SPRING

野

**更具体地生长**

All This Wild Hope

我只在深夜的街头摆着一个地摊，
所有的无非几个小钉，几个瓦碟，但也希望，
并且相信有些人会从中寻出合于他的用处的东西。

这一回，将来的运命如何呢？我们不知道。

# 且介亭杂文

## 鲁迅

著

GUANGXI NORMAL UNIVERSITY PRESS
广西师范大学出版社

·桂林·

**图书在版编目（CIP）数据**

且介亭杂文 / 鲁迅著.——桂林：广西师范大学出
版社，2024.9
ISBN 978-7-5598-6981-4

Ⅰ.①且… Ⅱ.①鲁… Ⅲ.①鲁迅杂文 – 杂文集
Ⅳ.①I210.4

中国国家版本馆CIP数据核字（2024）第099945号

QIEJIETINGZAWEN
且介亭杂文

作　　者：鲁　迅
责任编辑：彭　琳
特约编辑：徐子淇　赵雪雨
装帧设计：汐和、几迟 at compus studio
封面插画：Aleksandra Czudżak
内文制作：陆　靓

广西师范大学出版社出版发行

　广西桂林市五里店路9号　邮政编码：541004
　　网址：www.bbtpress.com
出版人：黄轩庄
全国新华书店经销
发行热线：010-64284815
北京启航东方印刷有限公司印刷
开本：787mm×1092mm　　1/64
印张：15.25　　字数：356千
2024年9月第1版　　2024年9月第1次印刷
ISBN：978-7-5598-6981-4
定价：75.00元

如发现印装质量问题，影响阅读，请与出版社发行部门联系调换。

# 目录

且介亭杂文

五　　　序言

一二　　关于中国的两三件事

二六　　答国际文学社问

二九　　《草鞋脚》（英译中国短篇小说
　　　　　　　　集）小引

三二　　论"旧形式的采用"

三九　　连环图画琐谈

四三　　　　　　　　　　儒术

五一　　　　　　　　《看图识字》

五八　　　　　　　　　拿来主义

六三　　　　　　　　　隔膜

七〇　　　　　　《木刻纪程》小引

七三　　　　　　　难行和不信

七七　　　　　买《小学大全》记

八九　　　　　　　韦素园墓记

九〇　　　　　　　忆韦素园君

一〇一　　　　　　忆刘半农君

一〇七　　　　　答曹聚仁先生信

一一二　　　　从孩子的照相说起

一一八　　　　　　　门外文谈

一五七　　　　不知肉味和不知水味

一六一　　　　　中国语文的新生

一六八　　　中国人失掉自信力了吗

一七二　　　　　　　　"以眼还眼"

一八一　　　　　　　　说"面子"

一八七　　　　　　　　运命

一九一　　　　　　　　脸谱臆测

一九五　　　　　　　　随便翻翻

二〇三　　　　　　　　拿破仑与隋那

二〇五　　　　　答《戏》周刊编者信

二一四　　　　　寄《戏》周刊编者信

二一七　　　　　　中国文坛上的鬼魅

二三〇　　　　　　　　关于新文字

二三六　　　　　　　　病后杂谈

二六〇　　　　　　　病后杂谈之余

二八六　　　河南卢氏曹先生教泽碑文

二八八　　　　　　　　　阿金

二九七　　　　　　论俗人应避雅人

三〇四　　　　　　　　　附记

## 且介亭杂文二编

三二〇　　　　　　　　　　　　序言

三二八　　　　　　　叶紫作《丰收》序

三三二　　　　　　　　　　　　隐士

三三七　　　　　　　　　"招贴即扯"

三四一　　　　　　　书的还魂和赶造

三四五　　　　　　　漫谈"漫画"

三五〇　　　　　　　漫画而又漫画

三五四　　　《中国新文学大系》小说二集序

三九三　　　内山完造作《活中国的姿态》序

三九八　　　　　　　　　　"寻开心"

四〇三　　　　　　　　非有复译不可

四〇八　　　　　　　　　　论讽刺

四一二　　　　　　　从"别字"说开去

四二一　　　　　田军作《八月的乡村》序

四二六　　　　　徐懋庸作《打杂集》序

四三四　　　　人生识字胡涂始

四三九　　　　文人相轻

四四三　　　　"京派"和"海派"

四五〇　　　　镰田诚一墓记

四五一　　　　弄堂生意古今谈

四五六　　　　不应该那么写

四六〇　　　　在现代中国的孔夫子

四七二　　　　六朝小说和唐代传奇文有怎

　　　　　　　样的区别?

四七七　　　　什么是"讽刺"?

四八一　　　　论人言可畏

四九〇　　　　再论文人相轻

四九四　　　　《全国木刻联合展览会专辑》序

四九七　　　　文坛三户

五〇六　　　　从帮忙到扯淡

五〇九　　　　《中国小说史略》日本译本序

五一二　　　　　　　　“题未定”草（一至三）

五二八　　　　　　　　　　名人和名言

五三五　　　　　　　　　　“靠天吃饭”

五四〇　　　　　　　　　几乎无事的悲剧

五四五　　　　　　　　三论“文人相轻”

五五三　　　　　　　　四论“文人相轻”

五五八　　　　　五论“文人相轻”——明术

五六六　　　　　　　　　“题未定”草（五）

五七七　　　　　　　　　　论毛笔之类

五八二　　　　　　　　　　　　逃名

五八七　　　　　六论“文人相轻”——二卖

五九四　　　　　七论“文人相轻”——两伤

六〇一　　　　　　萧红作《生死场》序

六〇五　　　　　　　陀思妥夫斯基的事

六〇九　　　孔另境编《当代文人尺牍钞》序

六一二　　　　　　　　　　杂谈小品文

六一六　　　　　　　　"题未定"草（六至九）

六四六　　　　　　　　　　　　论新文字

六五一　　　　　　　　　《死魂灵百图》小引

六五六　　　　　　　　　　　　　后记

## 且介亭杂文续编

六九二　　　　　　　　　　　文人比较学

六九四　　　　　　　　　　　大小奇迹

六九八　　　《凯绥·珂勒惠支版画选集》序目

七二〇　　　　　　　　　　难答的问题

七二二　　　　　　　　　　登错的文章

七二四　　　　　　　　记苏联版画展览会

七三四　　　　　　　　　　　我要骗人

七四三　　　　　　　　　　《译文》复刊词

七四六　　　　　　白莽作《孩儿塔》序

七四九 《海上述林》上卷序言

七五一 我的第一个师父

七六五 续记

七七一 写于深夜里

七九三 三月的租界

七九九 《海上述林》下卷序言

八〇一 《出关》的"关"

八一二 答托洛斯基派的信

八二〇 论现在我们的文学运动

八二四 《苏联版画集》序

八二七 《呐喊》捷克译本序言

八二九 答徐懋庸并关于抗日统一战线问题

八五八 半夏小集

八六八 "这也是生活"

八七六 立此存照（一）

八七九 立此存照（二）

八八四　　　　　　　　　　　死

八九四　　　　　　　　　　　女吊

九〇六　　　　　　　立此存照（三）

九一六　　　　　　　立此存照（四）

九一九　　　　　　　立此存照（五）

九二二　　　　　　　立此存照（六）

九二八　　　　　　　立此存照（七）

九三二　　　　关于太炎先生二三事

九三八　曹靖华译《苏联作家七人集》序

九四三　　因太炎先生而想起的二三事

# 且介亭杂文

为现在抗争，却也正是为现在和未来的战斗的作者，因为失掉了现在，也就没有了未来。

序言

近几年来，所谓"杂文"的产生，比先前多，也比先前更受着攻击。

例如自称"诗人"邵洵美，前"第三种人"[1] 施蛰存和杜衡即苏汶，还不到一知半解程度的

---

1　这个说法来自苏汶 1932 年 7 月发表的一篇评论冯雪峰与胡秋原论争的文章："在'智识阶级的自由人'和'不自由的，有党派的'阶级争着文坛的霸权的时候，最吃苦的，却是这两种人之外的第三种人。这第三种人便是所谓作者之群。作者，老实说，是多少带点我前面所说起的死抱住文学不肯放手的气味的；否则，他也决不会在成千成万的事业中选定了这个最没出息的事业（也许说职业好一点吧）来做。"

六

大学生林希隽之流，就都和杂文有切骨之仇，给了种种罪状的。然而没有效，作者多起来，读者也多起来了。

其实"杂文"也不是现在的新货色，是"古已有之"的，凡有文章，倘若分类，都有类可归，如果编年，那就只按作成的年月，不管文体，各种都夹在一处，于是成了"杂"。分类有益于揣摩文章，编年有利于明白时势，倘要知人论世，是非看编年的文集不可的，现在新作的古人年谱的流行，即证明着已经有许多人省悟了此中的消息。况且现在是多么切迫的时候，作者的任务，是在对于有害的事物，立刻给以反响或抗争，是感应的神经，是攻守的手足。潜心于他的鸿篇巨制，为未来的文化设想，固然是很好的，但为现在抗争，却也正是为现在和未来的战斗的作者，因为失掉了现在，也就没有了未来。

战斗一定有倾向。这就是邵施杜林之流的大敌，其实他们所憎恶的是内容，虽然披了文艺的法衣，里面却包藏着"死之说教者"[1]，和生存不能两立。

这一本集子和《花边文学》，是我在去年一年中，在官民的明明暗暗，软软硬硬的围剿"杂文"的笔和刀下的结集，凡是写下来的，全在这里面。当然不敢说是诗史，其中有着时代的眉目，也决不是英雄们的八宝箱，一朝打开，便见光辉灿烂。我只在深夜的街头摆着一个地摊，所有的无非几个小钉，几个瓦碟，但也希望，并且相信有些人会从中寻出合于他的用处的东西。

一九三五年十二月三十日，记于上海之且介亭。

---

1　尼采《查拉图斯特拉如是说》第一卷第九篇的篇名。

一九三四年

状元宰相的文章是不足为据的，要自己去看地底下。

# 关于中国的两三件事

## 一 关于中国的火

　　希腊人所用的火，听说是在一直先前，普洛美修斯从天上偷来的，但中国的却和它不同，是燧人氏自家所发见——或者该说是发明罢。因为并非偷儿，所以拴在山上，给老雕去啄的灾难是免掉了，然而也没有普洛美修斯那样的被传扬，被崇拜。

一三

中国也有火神的。但那可不是燧人氏，而是随意放火的莫名其妙的东西。

自从燧人氏发见，或者发明了火以来，能够很有味的吃火锅，点起灯来，夜里也可以工作了，但是，真如先哲之所谓"有一利必有一弊"罢，同时也开始了火灾，故意点上火，烧掉那有巢氏所发明的巢的了不起的人物也出现了。

和善的燧人氏是该被忘却的。即使伤了食，这回是属于神农氏的领域了，所以那神农氏，至今还被人们所记得。至于火灾，虽然不知道那发明家究竟是什么人，但祖师总归是有的，于是没有法，只好漫称之曰火神，而献以敬畏。看他的画像，是红面孔，红胡须，不过祭祀的时候，却须避去一切红色的东西，而代之以绿色。他大约像西班牙的牛一样，一看见红色，便会亢奋起来，做出一种可怕的行动的。

他因此受着崇祀。在中国，这样的恶神还很多。

然而，在人世间，倒似乎因了他们而热闹。赛会也只有火神的，燧人氏的却没有。倘有火灾，则被灾的和邻近的没有被灾的人们，都要祭火神，以表感谢之意。被了灾还要来表感谢之意，虽然未免有些出于意外，但若不祭，据说是第二回还会烧，所以还是感谢了的安全。而且也不但对于火神，就是对于人，有时也一样的这么办，我想，大约也是礼仪的一种罢。

其实，放火，是很可怕的，然而比起烧饭来，却也许更有趣。外国的事情我不知道，若在中国，则无论查检怎样的历史，总寻不出烧饭和点灯的人们的列传来。在社会上，即使怎样的善于烧饭，善于点灯，也毫没有成为名人的希望。然而秦始皇一烧书，至今还俨然做着名人，至于引为希特拉[1]烧书事件的先例。假使希特拉太太善于开电灯，烤面包罢，那么，要在历史上寻一点先例，恐怕可就难了。但是，幸而那样的事，是不会哄动一世的。

烧掉房子的事，据宋人的笔记说，是开始于蒙古人的。因为他们住着帐篷，不知道住房子，所以就一路的放火。然而，这是诳话。蒙古人中，懂得汉文的很少，所以不来更正的。其实，秦的末年就有着放火的名人项羽在，一烧阿房宫，便天下闻名，至今还会在戏台上出现，连在日本也很有名。然而，在未烧以前的阿房宫里每天点灯的人们，又有谁知道他们的名姓呢？

现在是爆裂弹呀，烧夷弹呀之类的东西已经做出，加以飞机也很进步，如果要做名

---

[1] 即希特勒。1933 年 5 月 10 日晚，德国包括柏林菩提树下大街在内的约 90 个场所举行了具有宣传表演性质的焚书活动。

一五

人，就更加容易了。而且如果放火比先前放得大，那么，那人就也更加受尊敬，从远处看去，恰如救世主一样，而那火光，便令人以为是光明。


## 二　关于中国的王道


在前年，曾经拜读过中里介山氏的大作《给支那及支那国民的信》。只记得那里面说，周汉都有着侵略者的资质。而支那人都讴歌他，欢迎他了。连对于朔北的元和清，也加以讴歌了。只要那侵略，有着安定国家之力，保护民生之实，那便是支那人民所渴望的王道，于是对于支那人的执迷不悟之点，愤慨得非常。

那"信"，在满洲出版的杂志上，是被译

载了的，但因为未曾输入中国，所以像是回信的东西，至今一篇也没有见。只在去年的上海报上所载的胡适博士的谈话里，有的说，"只有一个方法可以征服中国，即彻底停止侵略，反过来征服中国民族的心"。不消说，那不过是偶然的，但也有些令人觉得好像是对于那信的答复。

征服中国民族的心，这是胡适博士给中国之所谓王道所下的定义，然而我想，他自己恐怕也未必相信自己的话的罢。在中国，其实是彻底的未曾有过王道，"有历史癖和考据癖"的胡博士，该是不至于不知道的。

不错，中国也有过讴歌了元和清的人们，但那是感谢火神之类，并非连心也全被征服了的证据。如果给与一个暗示，说是倘不讴歌，便将更加虐待，那么，即使加以或一程度的虐待，也还可以使人们来讴歌。四五年前，我曾经加盟于一个要求自由的团体[1]，而那时的上海教育局长陈德征[2]氏勃然大怒道，在三民主义的统治之下，还觉得不满么？那可连现在所给与着的一点自由也要收起了。而且，真的是收起了的。每当感到比先前更不自由的时候，我一面佩服着陈氏的精通王道的学识，一面有时也不免想，真该是讴歌三民主义的。然而，现在是已经太晚了。

在中国的王道，看去虽然好像是和霸道对立的东西，其实却是兄弟，这之前和之后，一定要有霸道跑来的。人民之所讴歌，就为了希望霸道的减轻，或者不更加重的缘故。

汉的高祖，据历史家说，是龙种，但其实

---

1　即中共地下党在上海发起成立的"中国自由运动大同盟"，其宣言如此开头："自由是人类的第二生命，不自由，毋宁死。"

2　陈德征（1899—1951），弥洒社创始成员。1926 年任上海《民国日报》总编辑时，开展民意测验，选举中国伟人，结果第一名是他自己，第二名才是蒋介石。

是无赖出身，说是侵略者，恐怕有些不对的。至于周的武王，则以征伐之名入中国[1]，加以和殷似乎连民族也不同，用现代的话来说，那可是侵略者。然而那时的民众的声音，现在已经没有留存了。孔子和孟子确曾大大的宣传过那王道，但先生们不但是周朝的臣民而已，并且周游历国，有所活动，所以恐怕是为了想做官也难说。

说得好看一点，就是因为要"行道"，倘做了官，于行道就较为便当，而要做官，则不如称赞周朝之为便当的。然而，看起别的记载来，却虽是那王道的祖师而且专家的周朝，当讨伐之初，也有伯夷和叔齐扣马而谏，非拖开不可；纣的军队也加反抗，非使他们的血流到漂杵不可。接着是殷民又造了反，虽然特别称

[1] "中国"一词最早出自西周早期青铜器何尊的铭文，是方位词，指今河南洛阳一带。

之曰"顽民",从王道天下的人民中除开,但总之,似乎究竟有了一种什么破绽似的。好个王道,只消一个顽民,便将它弄得毫无根据了。

儒士和方士,是中国特产的名物。方士的最高理想是仙道,儒士的便是王道。但可惜的是这两件在中国终于都没有。据长久的历史上的事实所证明,则倘说先前曾有真的王道者,是妄言,说现在还有者,是新药。孟子生于周季,所以以谈霸道为羞,倘使生于今日,则跟着人类的智识范围的展开,怕要羞谈王道的罢。

## 三 关于中国的监狱

我想,人们是的确由事实而从新省悟,而

事情又由此发生变化的。从宋朝到清朝的末年，许多年间，专以代圣贤立言的"制艺"这一种烦难的文章取士，到得和法国打了败仗，这才省悟了这方法的错误。于是派留学生到西洋，开设兵器制造局，作为那改正的手段。省悟到这还不够，是在和日本打了败仗之后，这回是竭力开起学校来。于是学生们年年大闹了。从清朝倒掉，国民党掌握政权的时候起，才又省悟了这错误，作为那改正的手段的，是除了大造监狱之外，什么也没有了。

在中国，国粹式的监狱，是早已各处都有的，到清末，就也造了一点西洋式，即所谓文明式的监狱。那是为了示给旅行到此的外国人而建造，应该与为了和外国人好互相应酬，特地派出去，学些文明人的礼节的留学生，属于同一种类的。托了这福，犯人的待遇也还好，给洗澡，也给一定分量的饭吃，所以倒是颇为幸福的地方。但是，就在两三礼拜前，政府因为要行仁政了，还发过一个不准克扣囚粮的命令。从此以后，可更加幸福了。

至于旧式的监狱，则因为好像是取法于佛教的地狱的，所以不但禁锢犯人，此外还有给他吃苦的职掌。挤取金钱，使犯人的家属穷到透顶的职掌，有时也会兼带的。但大家都以为应该。如果有谁反对罢，那就等于替犯人说话，便要受恶党的嫌疑。然而文明是出奇的进步了，所以去年也有了提倡每年该放犯人回家一趟，给以解决性欲的机会的，颇是人道主义气味之说的官吏。其实，他也并非对于犯人的性欲，特别表着同情，不过因为总不愁竟会实行的，所以也就高声嚷一下，以见自己的作为官吏的存在。然而舆论颇为沸腾了。有一位批评家，还以为这么一来，大家便要不怕牢监，高高兴兴的进去了，很为世道人心愤慨了一下。受了所谓圣贤之教那么久，竟还没有那位官吏的圆滑，固然也令人觉得诚实可靠，然而他的意见，是以为对于犯人，非加虐待不可，却也因此可见了。

从别一条路想，监狱确也并非没有不像以"安全第一"为标语的人们的理想乡的地方。火灾极少，偷儿不来，土匪也一定不来抢。即使打仗，也决没有以监狱为目标，施行轰炸的傻子；即使革命，有释放囚犯的例，而加以屠戮的是没有的。当福建独立[1]之初，虽有说是释放犯人，而一到外面，和他们自己意见不同的人们倒反而失踪了的谣言，然而这样的例子，以前是未曾有过的。总而言之，似乎也并非很坏的处所。只要准带家眷，则即使不是现在似

---

[1] 1933 年 11 月 20 日，十九路军的陈铭枢、蒋光鼐、蔡廷锴等联合国民党内李济深等反蒋势力发动福建事变，宣布成立"中华共和国人民革命政府"。

的大水、饥荒、战争、恐怖的时候，请求搬进去住的人们，也未必一定没有的。于是虐待就成为必不可少了。

牛兰[1]夫妇，作为赤化宣传者而关在南京的监狱里，也绝食了三四回了，可是什么效力也没有。这是因为他不知道中国的监狱的精神的缘故。有一位官员诧异的说过：他自己不吃，和别人有什么关系呢？岂但和仁政并无关系而已呢，省些食料，倒是于监狱有益的。甘地的把戏，倘不挑选兴行[2]场，就毫无成效了。

然而，在这样的近于完美的监狱里，却还剩着一种缺点。至今为止，对于思想上的事，都没有很留心。为要弥补这缺点，是在近来新发明的叫作"反省院"的特种监狱里，施着教

---

1　牛兰（1894—1963），本名雅科夫·马特维耶维奇·卢尼克，出生于乌克兰，后加入全俄肃反委员会（契卡），1930年起担任共产国际在上海的主要负责人。

2　日语，意为公演、上映。

育。我还没有到那里面去反省过，所以并不知道详情，但要而言之，好像是将三民主义时时讲给犯人听，使他反省着自己的错误。听人说，此外还得做排击共产主义的论文。如果不肯做，或者不能做，那自然，非终身反省不可了，而做得不够格，也还是非反省到死则不可。现在是进去的也有，出来的也有，因为听说还得添造反省院，可见还是进去的多了。考完放出的良民，偶尔也可以遇见，但仿佛大抵是萎靡不振，恐怕是在反省和毕业论文上，将力气使尽了罢。那前途，是在没有希望这一面的。

二五

# 答国际文学社问

原问——

一、苏联的存在与成功，对于你怎样（苏维埃建设的十月革命，对于你的思想的路径和创作的性质，有什么改变）？

二、你对于苏维埃文学的意见怎样？

三、在资本主义的各国，什么事件和种种文化上的进行，特别引起你的注意？

一、先前，旧社会的腐败，我是觉到了的，

我希望着新的社会的起来，但不知道这"新的"该是什么，而且也不知道"新的"起来以后，是否一定就好。待到十月革命后，我才知道这"新的"社会的创造者是无产阶级，但因为资本主义各国的反宣传，对于十月革命还有些冷淡，并且怀疑。现在苏联的存在和成功，使我确切的相信无阶级社会一定要出现，不但完全扫除了怀疑，而且增加许多勇气了。但在创作上，则因为我不在革命的旋涡中心，而且久不能到各处去考察，所以我大约仍然只能暴露旧社会的坏处。

二、我只能看别国——德国、日本——的译本。我觉得现在的讲建设的，还是先前的讲战斗的——如《铁甲列车》《毁灭》《铁流》等——于我有兴趣，并且有益。我看苏维埃文学，是大半因为想绍介给中国，而对于中国，现在也还是战斗的作品更为紧要。

三、我在中国，看不见资本主义各国之所谓"文化"；我单知道他们和他们的奴才们，在中国正在用力学和化学的方法，还有电气机械，以拷问革命者，并且用飞机和炸弹以屠杀革命群众。

# 《草鞋脚》（英译中国短篇小说集）小引

在中国，小说是向来不算文学的。在轻视的眼光下，自从十八世纪末的《红楼梦》以后，实在也没有产生什么较伟大的作品。小说家的侵入文坛，仅是开始"文学革命"运动，即一九一七年以来的事。自然，一方面是由于社会的要求的，一方面则是受了西洋文学的影响。

但这新的小说的生存，却总在不断的战

斗中。最初，文学革命者的要求是人性的解放，他们以为只要扫荡了旧的成法，剩下来的便是原来的人，好的社会了，于是就遇到保守家们的迫压和陷害。大约十年之后，阶级意识觉醒了起来，前进的作家，就都成了革命文学者，而迫害也更加厉害，禁止出版，烧掉书籍，杀戮作家，有许多青年，竟至于在黑暗中，将生命殉了他的工作了。

这一本书，便是十五年来的，"文学革命"以后的短篇小说的选集。因为在我们还算是新的尝试，自然不免幼稚，但恐怕也可以看见它恰如压在大石下面的植物一般，虽然并不繁荣，它却在曲曲折折地生长。

至今为止，西洋人讲中国的著作，大约比中国人民讲自己的还要多。不过这些总不免只是西洋人的看法，中国有一句古谚，说："肺腑而能语，医师面如土。"我想，假使肺腑真能说话，怕也未必一定完全可靠的罢，然而，也一定能有医师所诊察不到，出乎意外，而其实是十分真实的地方。

一九三四年三月二十三日，鲁迅记于上海。

三一

# 论 "旧形式的采用"

　　"旧形式的采用"的问题，如果平心静气
的讨论起来，在现在，我想是很有意义的，
但开首便遭到了耳耶[1]先生的笔伐。"类乎投
降""机会主义"，这是近十年来"新形式的探
求"的结果，是克敌的咒文，至少先使你惹一
身不干不净。但耳耶先生是正直的，因为他同
时也在译《艺术底内容和形式》，一经登完，

---

1　即聂绀弩（1903—1986），早期以杂文著称，文风与鲁迅神
　　似，后期工旧体诗，并自成一家。

便会洗净他激烈的责罚；而且有几句话也正确的，是他说新形式的探求不能和旧形式的采用机械地分开。

不过这几句话已经可以说是常识；就是说内容和形式不能机械地分开，也已经是常识；还有，知道作品和大众不能机械地分开，也当然是常识。旧形式为什么只是"采用"——但耳耶先生却指为"为整个（！）旧艺术捧场"——就是为了新形式的探求。采取若干，和"整个"捧来是不同的，前进的艺术家不能有这思想（内容）。然而他会想到采取旧艺术，因为他明白了作品和大众不能机械地分开。以为艺术是艺术家的"灵感"的爆发，像鼻子发痒的人，只要打出喷嚏来就浑身舒服，一了百了的时候已经过去了，现在想到，而且关心了大众。这是一个新思想（内容），由此而在探求新形式，首先提出的是旧形式的采取，这采取的主张，正是新形式的发端，也就是旧形式的蜕变，在我看来，是既没有将内容和形式机械地分开，更没有看得《姊妹花》[1]叫座，于是也来学一套的投机主义的罪案的。

自然，旧形式的采取，或者必须说新形式的探求，都必须艺术学徒的努力的实践，但理论家或批评家是同有指导，评论，商量的责任的，不能只斥他交代未清之后，便可逍遥事外。我们有艺术史，而且生在中国，即必须翻开中国的艺术史来。采取什么呢？我想，唐以前的真迹，我们无从目睹了，但还能知道大抵以故事为题材，这是可以取法的；在唐，可取佛画的灿烂，线画的空实和明快，宋的院画，萎靡柔媚之处当舍，周密不苟之处是可取的，米点

---

1　中国第一代导演郑正秋的代表作，根据其舞台剧作品《贵人与犯人》改编而成，由胡蝶饰演一对孪生姐妹，创造了当时国产片的上映纪录。

二
四

山水，则毫无用处。[1] 后来的写意画（文人画）有无用处，我此刻不敢确说，恐怕也许还有可用之点的罢。这些采取，并非断片的古董的杂陈，必须溶化于新作品中，那是不必赘说的事，恰如吃用牛羊，弃去蹄毛，留其精粹，以滋养及发达新的生体，决不因此就会"类乎"牛羊的。

只是上文所举的，亦即我们现在所能看见的，都是消费的艺术。它一向独得有力者的宠爱，所以还有许多存留。但既有消费者，必有生产者，所以一面有消费者的艺术，一面也有生产者的艺术。古代的东西，因为无人保护，除小说的插画以外，我们几乎什么也看不见了。至于现在，却还有市上新年的花纸，和猛克先生所指出的连环图画。这些虽未必是真正的生

1　院体画一般指宋代翰林图画院及其后宫廷画家的绘画，风格工整细腻。米点山水为宋代山水画派，由米芾首创。

产者的艺术，但和高等有闲者的艺术对立，是无疑的。但虽然如此，它还是大受着消费者艺术的影响，例如在文学上，则民歌大抵脱不开七言的范围，在图画上，则题材多是士大夫的部事，然而已经加以提炼，成为明快，简捷的东西了。这也就是蜕变，一向则谓之"俗"。注意于大众的艺术家，来注意于这些东西，大约也未必错，至于仍要加以提炼，那也是无须赘说的。

但中国的两者的艺术，也有形似而实不同的地方，例如佛画的满幅云烟，是豪华的装潢，花纸也有一种硬填到几乎不见白纸的，却是惜纸的节俭；唐伯虎画的细腰纤手的美人，是他一类人们的欲得之物，花纸上也有这一种，在赏玩者却只以为世间有这一类人物，聊资博识，或满足好奇心而已。为大众的画家，都无须避忌。

至于谓连环图画不过图画的种类之一，与文学中之有诗歌，戏曲，小说相同，那自然是不错的。但这种类之别，也仍然与社会条件相关联，则我们只要看有时盛行诗歌，有时大出小说，有时独多短篇的史实便可以知道。因此，也可以知道即与内容相关联。现在社会上的流行连环图画，即因为它有流行的可能，且有流行的必要，着眼于此，因而加以导引，正是前进的艺术家的正确的任务；为了大众，力求易懂，也正是前进的艺术家正确的努力。旧形式是采取，必有所删除，既有删除，必有所增益，这结果是新形式的出现，也就是变革。而且，这工作是决不如旁观者所想的容易的。

但就是立有了新形式罢，当然不会就是很高的艺术。艺术的前进，还要别的文化工作的协助，某一文化部门，要某一专家唱独脚戏来提得特别高，是不妨空谈，却难做到的事，所以专责个人，那立论的偏颇和偏重环境的是一样的。

五月二日。

# 连环图画琐谈

　　"连环图画"的拥护者，看现在的议论，是"启蒙"之意居多的。

　　古人"左图右史"[1]，现在只剩下一句话，看不见真相了，宋元小说，有的是每页上图下说，却至今还有存留，就是所谓"出相"；明、清以来，有卷头只画书中人物的，称为"绣像"。

---

1　中国有图书并重的传统，如宋代史学家郑樵所言，"古之学者为学有要，置图于左，置书于右；索象于图，索理于书"，但由于历史文化发展的走向，加上印刷技艺的限制，"图"常常呈跛足之势。

有画每回故事的，称为"全图"。那目的，大概是在诱引未读者的购读，增加阅读者的兴趣和理解。

但民间另有一种《智灯难字》或《日用杂字》，是一字一像，两相对照，虽可看图，主意却在帮助识字的东西，略加变通，便是现在的《看图识字》。文字较多的是《圣谕像解》《二十四孝图》等，都是借图画以启蒙，又因中国文字太难，只得用图画来济文字之穷的产物。

"连环图画"便是取"出相"的格式，收《智灯难字》的功效的，倘要启蒙，实在也是一种利器。

但要启蒙，即必须能懂。懂的标准，当然不能俯就低能儿或白痴，但应该着眼于一般的大众，譬如罢，中国画是一向没有阴影的，我所遇见的农民，十之九不赞成西洋画及照相，

四〇

他们说：人脸那有两边颜色不同的呢？西洋人的看画，是观者作为站在一定之处的，但中国的观者，却向不站在定点上，所以他说的话也是真实。那么，作"连环图画"而没有阴影，我以为是可以的；人物旁边写上名字，也可以的，甚至于表示做梦从人头上放出一道毫光来，也无所不可。观者懂得了内容之后，他就会自己删去帮助理解的记号。这也不能谓之失真，因为观者既经会得了内容，便是有了艺术上的真，倘必如实物之真，则人物只有二三寸，就不真了，而没有和地球一样大的纸张，地球便无法绘画。

艾思奇[1]先生说："若能够触到大众真正的切身问题，那恐怕愈是新的，才愈能流行。"这话也并不错。不过要商量的是怎样才能够触

[1] 艾思奇（1910—1966），中国哲学家、教育家，代表作《大众哲学》。

到，触到之法，"懂"是最要紧的，而且能懂
的图画，也可以仍然是艺术。

五月九日。

四
二

# 儒术

元遗山在金元之际，为文宗，为遗献[1]，为愿修野史，保存旧章的有心人，明清以来，颇为一部分人士所爱重。然而他生平有一宗疑案，就是为叛将崔立颂德者，是否确实与他无涉，或竟是出于他的手笔的文章。

金天兴元年（一二三二），蒙古兵围洛阳；次年，安平都尉京城西面元帅崔立杀二丞相，

---

[1] 指前朝留下的贤人。元好问（1190—1257），号遗山，为宋金对峙时期北方文学的主要代表，被尊为"一代文宗"。

自立为郑王，降于元。惧或加以恶名，群小承旨，议立碑颂功德，于是在文臣间，遂发生了极大的惶恐，因为这与一生的名节相关，在个人是十分重要的。

当时的情状，《金史》《王若虚传》这样说——

天兴元年，哀宗走归德。明年春，崔立变，群小附和，请为立建功德碑。翟奕以尚书省命，召若虚为文。时奕辈恃势作威，人或少忤，则谗搆立见屠灭。若虚自分必死，私谓左右司员外郎元好问曰，"今召我作碑，不从则死，作之则名节扫地，不若死之为愈。虽然，我姑以理谕之。"……奕辈不能夺，乃召太学生刘祁麻革辈赴省，好问张信之喻以立碑事曰，"众议属二君，且已白郑王矣！二君

四四

其无让。"祁等固辞而别。数日，促迫不已，祁即为草定，以付好问。好问意未惬，乃自为之，既成，以示若虚，乃共删定数字，然止直叙其事而已。后兵入城，不果立也。

碑虽然"不果立"，但当时却已经发生了"名节"的问题，或谓元好问作，或谓刘祁作，文证具在清凌廷堪所辑的《元遗山先生年谱》中，兹不多录。经其推勘，已知前出的《王若虚传》文，上半据元好问《内翰王公墓表》，后半却全取刘祁自作的《归潜志》，被诬攀之说所蒙蔽了。凌氏辩之云，"夫当时立碑撰文，不过畏崔立之祸，非必取文辞之工，有京叔属草，已足塞立之请，何取更为之耶？"然则刘祁之未尝决死如王若虚，固为一生大玷，但不能更有所推诿，以致成为"塞责"之具，却也可以说是十分晦气的。

然而，元遗山生平还有一宗大事，见于《元史》《张德辉传》——

世祖在潜邸，……访中国人材。德辉举魏璠、元裕、李冶等二十余人。……壬子，德辉与元裕北觐，请世祖为儒教大宗师，世祖悦而受之。因启：累朝有旨蠲儒户兵赋，乞令有司遵行。从之。

以拓跋魏的后人，与德辉请蒙古小酋长为"汉儿"的"儒教大宗师"，在现在看来，未免有些滑稽，但当时却似乎并无訾议。盖蠲除兵赋，"儒户"均沾利益，清议操之于士，利益既沾，虽已将"儒教"呈献，也不想再来开口了。

由此士大夫便渐渐的进身，然终因不切实

用，又渐渐的见弃。但仕路日塞，而南北之士的相争却也日甚了。余阙[1]的《青阳先生文集》卷四《杨君显民诗集序》云——

> 我国初有金宋，天下之人，惟才是用之，无所专主，然用儒者为居多也。自至元以下，始浸用吏，虽执政大臣，亦以吏为之，……而中州之士，见用者遂浸寡。况南方之地远，士多不能自至于京师，其抱才绲者，又往往不屑为吏，故其见用者尤寡也。及其久也，则南北之士亦自町畦以相訾，甚若晋之与秦，不可与同中国，故夫南方之士微矣。

1 余阙（1303—1358），字廷心，唐兀氏，世居河西，因父官庐州，遂为合肥人。至正十七年秋任江淮行省右丞，次年正月陈友谅攻占安庆，乃自杀。

然在南方，士人其实亦并不冷落。同书《送范立中赴襄阳诗序》云——

宋高宗南迁，合淝遂为边地，守臣多以武臣为之。……故民之豪杰者，皆去而为将校，累功多至节制。郡中衣冠之族，惟范氏，商氏，葛氏三家而已。……皇元受命，包裹兵革，……诸武臣之子弟，无所用其能，多伏匿而不出。春秋月朔，郡太守有事于学，衣深衣，戴乌角巾，执笾豆罍爵，唱赞道引者，皆三家之子孙也，故其材皆有所成就，至学校官，累累有焉。……虽天道忌满恶盈，而儒者之泽深且远，从古然也。

这是"中国人才"们献教，卖经以来，"儒户"所食的佳果。虽不能为王者师，且次于史者数等，而究亦胜于将门和平民者一等，"唱赞道引"，非"伏匿"者所敢望了。

中华民国二十三年五月二十日及次日，上海无线电播音由冯明权先生讲给我们一种奇书：《抱经堂勉学家训》（据《大美晚报》）。这是从未前闻的书，但看见下署"颜子推"，便可以悟出是颜之推《家训》中的《勉学篇》了。曰"抱经堂"者，当是因为曾被卢文弨印入《抱经堂丛书》中的缘故。所讲有这样的一段——

有学艺者，触地而安。自荒乱已来，诸见俘虏，虽百世小人，知读《论语》《孝经》者，尚为人师；虽千载冠冕，不晓书记者，莫不耕田养马。以此观之，汝可不自勉耶？若能常保数百卷书，千载终不为小人也。……谚曰，"积财千万，不如薄伎在身。"伎之易习而可贵者，无过读书也。

这说得很透彻：易习之伎，莫如读书，但知读《论语》《孝经》，则虽被俘虏，犹能为人师，居一切别的俘虏之上。这种教训，是从当时的事实推断出来的，但施之于金元而准，按之于明清之际而亦准。现在忽由播音，以"训"听众，莫非选讲者已大有感于方来，遂绸缪于未雨么？

"儒者之泽深且远"，即小见大，我们由此可以明白"儒术"，知道"儒效"了。

五月二十七日。

## 《看图识字》

　　凡一个人，即使到了中年以至暮年，倘一和孩子接近，便会踏进久经忘却了的孩子世界的边疆去，想到月亮怎么会跟着人走，星星究竟是怎么嵌在天空中。但孩子在他的世界里，是好像鱼之在水，游泳自如，忘其所以的，成人却有如人的凫水一样，虽然也觉到水的柔滑和清凉，不过总不免吃力，为难，非上陆不可了。

　　月亮和星星的情形，一时怎么讲得清楚

呢，家境还不算精穷，当然还不如给一点所谓教育，首先是识字。上海有各国的人们，有各国的书铺，也有各国的儿童用书。但我们是中国人，要看中国书，识中国字。这样的书也有，虽然纸张、图画、色彩、印订，都远不及别国，但有是也有的。我到市上去，给孩子买来的是民国二十一年十一月印行的"国难后第六版"[1]的《看图识字》。

先是那色彩就多么恶浊，但这且也不管他。图画又多么死板，这且也不管他。出版处虽然是上海，然而奇怪，图上有蜡烛，有洋灯，却没有电灯；有朝靴，有三镶云头鞋，却没有皮鞋。跪着放枪的，一脚拖地；站着射箭的，两臂不平，他们将永远不能达到目的，更坏的是连钓竿、风车、布机之类，也和实物有些不同。

---

1　国难指 1932 年日军在上海发动的"一·二八"事变。

我轻轻的叹了一口气，记起幼小时候看过的《日用杂字》来。这是一本教育妇女婢仆，使她们能够记账的书，虽然名物的种类并不多，图画也很粗劣，然而很活泼，也很像。为什么呢？就因为作画的人，是熟悉他所画的东西的，一个"萝卜"，一只鸡，在他的记忆里并不含胡，画起来当然就切实。现在我们只要看《看图识字》里所画的生活状态——洗脸，吃饭，读书——就知道这是作者意中的读者，也是作者自己的生活状态，是在租界上租一层屋，装了全家，既不阔绰，也非精穷的，埋头苦干一日，才得维持生活一日的人，孩子得上学校，自己须穿长衫，用尽心神，撑住场面，又那有余力去买参考书，观察事物，修炼本领呢？况且，那书的末叶上还有一行道："戊申年七月初版"。查年表，才知道那就是清朝光绪三十四年，即西历一九〇八年，虽是前年新印，书却

五三

成于二十七年前，已是一部古籍了，其奄奄无生气，正也不足为奇的。

孩子是可以敬服的，他常常想到星月以上的境界，想到地面下的情形，想到花卉的用处，想到昆虫的言语；他想飞上天空，他想潜入蚁穴……所以给儿童看的图书就必须十分慎重，做起来也十分烦难。即如《看图识字》这两本小书，就天文、地理、人事、物情，无所不有。其实是，倘不是对于上至宇宙之大，下至苍蝇之微，都有些切实的知识的画家，决难胜任的。

然而我们是忘却了自己曾为孩子时候的情形了，将他们看作一个蠢才，什么都不放在眼里。即使因为时势所趋，只得施一点所谓教育，也以为只要付给蠢才去教就足够。于是他们长大起来，就真的成了蠢才，和我们一样了。

然而我们这些蠢才，却还在变本加厉的

愚弄孩子。只要看近两三年的出版界，给"小学生""小朋友"看的刊物，特别的多就知道。中国突然出了这许多"儿童文学家"了么？我想：是并不然的。

五月三十日。

我们要拿来。我们要或拿来，或使用，或存放，或毁灭。

# 拿来主义

中国一向是所谓"闭关主义"，自己不去，别人也不许来。自从给枪炮打破了大门之后，又碰了一串钉子，到现在，成了什么都是"送去主义"了。别的且不说罢，单是学艺上的东西，近来就先送一批古董到巴黎去展览，但终"不知后事如何"；还有几位"大师"们捧着几张古画和新画，在欧洲各国一路的挂过去，叫作"发扬国光"。听说不远还要送梅兰芳博士到苏联去，以催进"象征主义"，此后是顺便到欧洲传道。我在这里不想讨论梅博士演艺和象征主义的关系，总之，活人替代了古董，我敢说，也可以算得显出一点进步了。

但我们没有人根据了"礼尚往来"的仪节，说道：拿来！

当然，能够只是送出去，也不算坏事情，一者见得丰富，二者见得大度。尼采就自诩过他是太阳，光热无穷，只是给与，不想取得。然而尼采究竟不是太阳，他发了疯。中国也不是，虽然有人说，掘起地下的煤来，就足够全世界几百年之用。但是，几百年之后呢？几百年之后，我们当然是化为魂灵，或上天堂，或落了地狱，但我们的子孙是在的，所以还应该给他们留下一点礼品。要不然，则当佳节大典之际，他们拿不出东西来，只好磕头贺喜，讨一点残羹冷炙做奖赏。

这种奖赏，不要误解为"抛来"的东西，

这是"抛给"的，说得冠冕些，可以称之为"送来"，我在这里不想举出实例。

我在这里也并不想对于"送去"再说什么，否则太不"摩登"了。我只想鼓吹我们再吝啬一点，"送去"之外，还得"拿来"，是为"拿来主义"。

但我们被"送来"的东西吓怕了。先有英国的鸦片，德国的废枪炮，后有法国的香粉，美国的电影，日本的印着"完全国货"的各种小东西。于是连清醒的青年们，也对于洋货发生了恐怖。其实，这正是因为那是"送来"的，而不是"拿来"的缘故。

所以我们要运用脑髓，放出眼光，自己来拿！

譬如罢，我们之中的一个穷青年，因为祖上的阴功（姑且让我这么说说罢），得了一所大宅子，且不问他是骗来的，抢来的，或合法继承的，或是做了女婿换来的。那么，怎么办呢？我想，首先是不管三七二十一，"拿来"！但是，如果反对这宅子的旧主人，怕给他的东西染污了，徘徊不敢走进门，是孱头；勃然大怒，放一把火烧光，算是保存自己的清白，则是昏蛋。不过因为原是羡慕这宅子的旧主人的，而这回接受一切，欣欣然的蹩进卧室，大吸剩下的鸦片，那当然更是废物。"拿来主义"者是全不这样的。

他占有，挑选。看见鱼翅，并不就抛在路上以显其"平民化"，只要有养料，也和朋友们像萝卜白菜一样的吃掉，只不用它来宴大宾；看见鸦片，也不当众摔在毛厕里，以见其彻底革命，只送到药房里去，以供治病之用，却不弄"出售存膏，售完即止"的玄虚。只有烟枪和烟灯，虽然形式和印度，波斯，阿剌伯的烟具都不同，确可以算是一种国粹，倘使背着周游世界，一定会有人看，但我想，除了送一点进博物馆之外，其余的是大可以毁掉的了。还有一群姨太太，也大以请她们各自走散为是，要不然，"拿来主义"怕未免有些危机。

总之，我们要拿来。我们要或使用，或存放，或毁灭。那么，主人是新主人，宅子也就会成为新宅子。然而首先要这人沉着，勇猛，有辨别，不自私。没有拿来的，人不能自成为新人，没有拿来的，文艺不能自成为新文艺。

六月四日。

# 隔膜

清朝初年的文字之狱，到清朝末年才被从新提起。最起劲的是"南社"里的有几个人，为被害者辑印遗集；还有些留学生，也争从日本搬回文证来。待到孟森[1]的《心史丛刊》出，我们这才明白了较详细的状况，大家向来的意见，总以为文字之祸，是起于笑骂了清朝。然

[1] 孟森（1869—1938），号心史，1902 年前往日本攻读法政，归国后曾参与宪政，后参加革命，最后专力治史，开创明清断代史研究之先河。

而，其实是不尽然的。

这一两年来，故宫博物院的故事似乎不大能够令人敬服，但它却印给了我们一种好书，曰《清代文字狱档》，去年已经出到八辑。其中的案件，真是五花八门，而最有趣的，则莫如乾隆四十八年二月"冯起炎注解易诗二经欲行投呈案"。

冯起炎是山西临汾县的生员，闻乾隆将谒泰陵，便身怀著作，在路上徘徊，意图呈进，不料先以"形迹可疑"被捕了。那著作，是以《易》解《诗》，实则信口开河，在这里犯不上抄录，惟结尾有"自传"似的文章一大段，却是十分特别的——

又，臣之来也，不愿如何如何，亦别无愿求之事，惟有一事未决，请对陛下一叙其缘由。臣……名曰冯起炎，字是南州

六四

尝到臣张三姨母家，见一女，可娶，而恨力不足以办此。此女名曰小女，年十七岁，方当待字之年，而正在未字之时，乃原籍东关春牛厂长兴号张守恃之次女也。又到臣杜五姨母家，见一女，可娶，而恨力不足以办此。

此女名小凤，年十三岁，虽非必字之年，而已在可字之时，乃本京东城闹市口瑞生号杜月之次女也。若以陛下之力，差干员一人，选快马一匹，克日长驱到临邑，问彼临邑之地方官："其东关春牛厂长兴号中果有张守恃一人否？"诚如是也，则此事谐矣。再问："东城闹市口瑞生号中果有杜月一人否？"诚如是也，则此事谐矣。二事谐，则臣之愿毕矣。然臣之来也，方不知陛下纳臣之言耶否耶，而必以此等事相强乎？特进言之际，一叙及之。

这何尝有丝毫恶意？不过着了当时通行的才子佳人小说的迷，想一举成名，天子做媒，表妹入抱而已。不料事实结局却不大好，署直隶总督袁守侗拟奏罪名是"阅其呈首，胆敢于圣主之前，混讲经书，而呈尾措词，尤属狂妄。核其情罪，较冲突仪仗为更重。冯起炎一犯，应从重发往黑龙江等处，给披甲人为奴。俟部复到日，照例解部刺字发遣"。这位才子，后来大约终于单身出关做西崽去了。

此外的案情，虽然没有这么风雅，但并非反动的还不少。有的是卤莽；有的是发疯；有的是乡曲迂儒，真的不识讳忌；有的则是草野愚民，实在关心皇家。而运命大概很悲惨，不是凌迟，灭族，便是立刻杀头，或者"斩监候"，也仍然活不出。

凡这等事，粗略的一看，先使我们觉得清朝的凶虐，其次，是死者的可怜。但再来一想，事情是并不这么简单的。这些惨案的来由，都只为了"隔膜"。

满洲人自己，就严分着主奴，大臣奏事，必称"奴才"，而汉人却称"臣"就好。这并非因为是"炎黄之胄"，特地优待，锡以嘉名的，其实是所以别于满人的"奴才"，其地位还下于"奴才"数等。奴隶只能奉行，不许言议；评论固然不可，妄自颂扬也不可，这就是"思不出其位"[1]。譬如说：主子，您这袍角有些儿破了，拖下去怕更要破烂，还是补一补好。进言者方自以为在尽忠，而其实却犯了罪，因为另有准其讲这样的话的人在，不是谁都可说的。一乱说，便是"越俎代谋"，当然"罪有应得"。倘自以为是"忠而获咎"，那不过是自己的胡涂。

1　语出《易经》。两山重叠，形成艮卦，君子须知止。

但是，清朝的开国之君是十分聪明的，他们虽然打定了这样的主意，嘴里却并不照样说，用的是中国的古训："爱民如子""一视同仁"。一部分的大臣，士大夫，是明白这奥妙的，并不敢相信。但有一些简单愚蠢的人们却上了当，真以为"陛下"是自己的老子，亲亲热热的撒娇讨好去了。他那里要这被征服者做儿子呢？于是乎杀掉。不久，儿子们吓得不再开口了，计划居然成功；直到光绪时康有为们的上书[1]，才又冲破了"祖宗的成法"。然而这奥妙，好像至今还没有人来说明。

　　施蛰存先生在《文艺风景》创刊号里，很为"忠而获咎"者不平，就因为还不免有些"隔

---

1　传统关于"公车上书"事件的表述主要依据的是康有为自己的说法，已受到学界的广泛质疑。如学者茅海建认为，"公车上书"有两个概念：一是由政治高层发动、京官组织的上书，其数量多达 31 件，签名举人达 1555 人，且上达光绪；一是康有为组织的"十八行省举人联名上书"，乃一次流产的政治事件。

膜"的缘故。这是《颜氏家训》或《庄子》《文选》里所没有的。

六月十日。

# 《木刻纪程》小引

　　中国木刻图画，从唐到明，曾经有过很体面的历史。但现在的新的木刻，却和这历史不相干。新的木刻，是受了欧洲的创作木刻的影响的。创作木刻的绍介，始于朝花社，那出版的《艺苑朝华》四本，虽然选择印造，并不精工，且为艺术名家所不齿，却颇引起了青年学徒的注意。到一九三一年夏，在上海遂有了中国最初的木刻讲习会。又由是蔓衍而有木铃社，曾印《木铃木刻集》两本。又有野穗社，曾印

七

《木刻画》一辑。有无名木刻社，曾印《木刻集》。但木铃社早被毁灭，后两社也未有继续或发展的消息。前些时在上海还剩有 M. K. 木刻研究社，是一个历史较长的小团体，曾经屡次展览作品，并且将出《木刻画选集》的，可惜今夏又被私怨者告密。社员多遭捕逐，木版也为工部局所没收了。

据我们所知道，现在似乎已经没有一个研究木刻的团体了。但尚有研究木刻的个人。如罗清桢，已出《清桢木刻集》二辑；如又村，最近已印有《廖坤玉故事》的连环图。这是都值得特记的。

而且仗着作者历来的努力和作品的日见其优良，现在不但已得中国读者的同情，并且也渐渐的到了跨出世界上去的第一步。虽然还未坚实，但总之，是要跨出去了。不过，同时也到了停顿的危机。因为倘没有鼓励和切磋，恐怕也很容易陷于自足。本集即愿做一个木刻的路程碑，将自去年以来，认为应该流布的作品，陆续辑印，以为读者的综观，作者的借镜之助。但自然，只以收集所及者为限，中国的优秀之作，是决非尽在于此的。

别的出版者，一方面还正在绍介欧美的新作，一方面则在复印中国的古刻，这也都是中国的新木刻的羽翼。采用外国的良规，加以发挥，使我们的作品更加丰满是一条路；择取中国的遗产，融合新机，使将来的作品别开生面也是一条路。如果作者都不断的奋发，使本集能一程一程的向前走，那就会知道上文所说，实在不仅是一种奢望的了。

一九三四年六月中，铁木艺术社记。

七二

# 难行和不信

中国的"愚民"——没有学问的下等人，向来就怕人注意他。如果你无端的问他多少年纪，什么意见，兄弟几个，家景如何，他总是支吾一通之后，躲了开去。有学识的大人物，很不高兴他们这样的脾气。然而这脾气总不容易改，因为他们也实在从经验而来的。

假如你被谁注意了，一不小心，至少就不免上一点小当，譬如罢，中国是改革过的了，孩子们当然早已从"孟宗哭竹""王祥卧冰"的教训里蜕出，然而不料又来了一个崭新的"儿童年"，爱国之士，因此又想起了"小朋友"，或者用笔，或者用舌，不怕劳苦的来给他们教训。一个说要用功，古时候曾有"囊萤照读""凿壁偷光"的志士；一个说要爱国，古时候曾有十几岁突围请援，十四岁上阵杀敌的奇童。这些故事，作为闲谈来听听是不算很坏的，但万一有谁相信了，照办了，那就会成为乳臭未干的吉诃德。你想，每天要捉一袋照得见四号铅字的萤火虫，那岂是一件容易事？但这还只是不容易罢了，倘去凿壁，事情就更糟，无论在哪里，至少是挨一顿骂之后，立刻由爸爸妈妈赔礼，雇人去修好。

请援，杀敌，更加是大事情，在外国，都是三四十岁的人们所做的。他们那里的儿童，着重的是吃，玩，认字，听些极普通，极紧要的常识。中国的儿童给大家特别看得起，那当然也很好，然而出来的题目就因此常常是难题，仍如飞剑一样，非上武当山寻师学道之后，决计没法办。到了二十世纪，古人空想中的潜水艇，飞行机，是实地上成功了，但《龙文鞭影》或《幼学琼林》里的模范故事，却还有些难学。我想，便是说教的人，恐怕自己也未必相信罢。

所以听的人也不相信。我们听了千多年的剑仙侠客，去年到武当山去的只有三个人，只占全人口的五百兆分之一[1]，就可见。古时候也许还要多，现在是有了经验，不大相信了，于是照办的人也少了。——但这是我个人的推测。

不负责任的，不能照办的教训多，则相信的人少；利己损人的教训多，则相信的人更

1 此处的"兆"是指百万，而非中国古代的用法。1934 年前后世界总人口约为 21 亿，即七百兆分之一。

其少。"不相信"就是"愚民"的远害的堑壕，也是使他们成为散沙的毒素。然而有这脾气的也不但是"愚民"，虽是说教的士大夫，相信自己和别人的，现在也未必有多少。例如既尊孔子，又拜活佛者，也就是恰如将他的钱试买各种股票，分存许多银行一样，其实是那一面都不相信的。

七月一日。

# 买《小学大全》记

　　线装书真是买不起了。乾隆时候的刻本的价钱，几乎等于那时的宋本。明版小说，是五四运动以后飞涨的；从今年起，洪运怕要轮到小品文身上去了。至于清朝禁书，则民元革命后就是宝贝，即使并无足观的著作，也常要百余元至数十元。我向来也走走旧书坊，但对于这类宝书，却从不敢作非分之想。端午节前，在四马路一带闲逛，竟无意之间买到了一种，曰《小学大全》，共五本，价七角，看这名目，是不大有人会欢迎的，然而，却是清朝的禁书。

这书的编纂者尹嘉铨，博野人；他父亲尹会一，是有名的孝子，乾隆皇帝曾经给过褒扬的诗。他本身也是孝子，又是道学家，官又做到大理寺卿稽察觉罗学[1]。还请令旗籍子弟也讲读朱子的《小学》，而"荷蒙朱批：所奏是。钦此"。这部书便成于两年之后的，加疏的《小学》六卷，《考证》和《释文》《或问》各一卷，《后编》二卷，合成一函，是为《大全》。也曾进呈，终于在乾隆四十二年九月十七日奉旨："好！知道了。钦此。"那明明是得了皇帝的嘉许的。

到乾隆四十六年，他已经致仕回家了，但

---

1　依照清制，显祖（努尔哈赤的父亲）的直系子孙称宗室，旁系亲属子孙称觉罗。觉罗学即为觉罗子弟设立的学校总称，创立于雍正七年（1729）。

真所谓"及其老也，戒之在得"[1]罢，虽然欲得的乃是"名"，也还是一样的招了大祸。这年三月，乾隆行经保定，尹嘉铨便使儿子送了一本奏章，为他的父亲请谥，朱批是"与谥乃国家定典，岂可妄求。此奏本当交部治罪，念汝为父私情，姑免之。若再不安分家居，汝罪不可逭矣！钦此。"不过他豫先料不到会碰这样的大钉子，所以接着还有一本，是请许"我朝"名臣汤斌范文程李光地顾八代张伯行等从祀孔庙，"至于臣父尹会一，既蒙御制诗章褒嘉称孝，已在德行之科，自可从祀，非臣所敢请也。"这回可真出了大岔子，三月十八日的朱批是："竟大肆狂吠，不可恕矣！钦此。"

乾隆时代的一定办法，是凡以文字获罪者，一面拿办，一面就查抄，这并非着重他的

---

[1] 孔子在《论语》中谈到君子有三戒：少年血气未定，戒色；壮年血气方刚，戒斗；老年血气衰弱，戒得。

家产，乃在查看藏书和另外的文字，如果别有"狂吠"，便可以一并治罪。因为乾隆的意见，是以为既敢"狂吠"，必不止于一两声，非彻底根究不可的。尹嘉铨当然逃不出例外，和自己的被捕同时，他那博野的老家和北京的寓所，都被查抄了。藏书和别项著作，实在不少，但其实也并无什么干碍之作。不过那时是决不能这样就算的，经大学士三宝等再三审讯之后，定为"相应请旨将尹嘉铨照大逆律凌迟处死"，幸而结果很宽大："尹嘉铨著加恩免其凌迟之罪，改为处绞立决，其家属一并加恩免其缘坐"就完结了。

这也还是名儒兼孝子的尹嘉铨所不及料的。

这一回的文字狱，只绞杀了一个人，比起别的案子来，决不能算是大狱，但乾隆皇帝却颇费心机，发表了几篇文字。从这些文字和奏章（均见《清代文字狱档》第六辑）看来，这回的祸机虽然发于他的"不安分"，但大原因，却在既以名儒自居，又请将名臣从祀：这都是大"不可恕"的地方。清朝虽然尊崇朱子，但止于"尊崇"，却不许"学样"，因为一学样，就要讲学，于是而有学说，于是而有门徒，于是而有门户，于是而有门户之争，这就足为"太平盛世"之累。况且以这样的"名儒"而做官，便不免以"名臣"自居，"妄自尊大"。乾隆是不承认清朝会有"名臣"的，他自己是"英主"，是"明君"，所以在他的统治之下，不能有奸臣，既没有特别坏的奸臣，也就没有特别好的名臣，一律都是不好不坏，无所谓好坏的奴子。

特别攻击道学先生，所以是那时的一种潮流，也就是"圣意"。我们所常见的，是纪昀总纂的《四库全书总目提要》和自著的《阅微草堂笔记》里的时时的排击。这就是迎合着这

八一

种潮流的，倘以为他秉性平易近人，所以憎恨了道学先生的黯刻，那是一种误解。大学士三宝们也很明白这潮流，当会审尹嘉铨时，曾奏道："查该犯如此狂悖不法，若即行定罪正法，尚不足以泄公愤而快人心。该犯曾任三品大员，相应遵例奏明，将该犯严加夹讯，多受刑法，问其究属何心，录取供词，具奏，再请旨立正典刑，方足以昭炯戒。"后来究竟用了夹棍没有，未曾查考，但看所录供词，却于用他的"丑行"来打倒他的道学的策略，是做得非常起劲的。现在抄三条在下面——

　　问：尹嘉铨！你所书李孝女暮年不字事一篇，说"年逾五十，依然待字，吾妻李恭人闻而贤之，欲求淑女以相助，仲女固辞不就"等语。这处女既立志不嫁，已年过五旬，你为何叫你女人遣媒说合，要他做妾？这样没廉耻的事，难道是讲正经人干的么？据供：我说的李孝女年逾五十，依然待字，原因素日间知道雄县有个姓李的女子，守贞不字。吾女人要聘他为妾，我那时在京候补，并不知道；后来我女人告诉我，才知道的，所以替他做了这篇文字，要表扬他，实在我并没有见过他的面。但他年过五十，我还将要他做妾的话，做在文字内，这就是我廉耻丧尽，还有何辩。

问：你当时在皇上跟前讨赏翎子[1]，说是没有翎子，就回去见不得你妻小。你这假道学怕老婆，到底皇上没有给你翎子，你如何回去的呢？据供：我当初在家时，

---

[1] 清朝的礼帽，在顶珠下有质地为白玉或翡翠的翎管，用以安插翎枝。翎枝分两种：蓝翎，由鹖羽所做；花翎，由孔雀羽所做，分一眼、二眼、三眼，目晕数越多越显贵。

曾向我妻子说过，要见皇上讨翎子，所以我彼时不辞冒昧，就妄求恩典，原想得了翎子回家，可以夸耀。后来皇上没有赏我，我回到家里，实在觉得害羞，难见妻子。这都是我假道学，怕老婆，是实。

问：你女人平日妒悍，所以替你娶妾，也要娶这五十岁女人给你，知道这女人断不肯嫁，他又得了不妒之名。总是你这假道学居常做惯这欺世盗名之事，你女人也学了你欺世盗名。你难道不知道么？供：我女人要替我讨妾，这五十岁李氏女子既已立志不嫁，断不肯做我的妾，我女人是明知的，所以借此要得不妒之名。总是我平日所做的事，俱系欺世盗名，所以我女人也学做此欺世盗名之事，难逃皇上洞鉴。

八四

还有一件要紧事是销毁和他有关的书。他的著述也真太多，计应"销毁"者有书籍八十六种，石刻七种，都是著作；应"撤毁"者有书籍六种，都是古书，而有他的序跋。《小学大全》虽不过"疏辑"，然而是在"销毁"之列的。

但我所得的《小学大全》，却是光绪二十二年开雕，二十五年刊竣，而"宣统丁巳"（实是中华民国六年）重校的遗老本，有张锡恭跋云："世风不古若矣，愿读是书者，有以转移之。……"又有刘安涛跋云："晚近凌夷，益加甚焉，异言喧豗，显与是书相悖，一唱百和，……驯致家与国均蒙其害，唐虞三代以来先圣先贤蒙以养正之遗意，扫地尽矣。剥极必复，天地之心见焉。……"为了文字狱，使士子不敢治史，尤不敢言近代事，但一面却也使昧于掌故，乾隆朝所竭力"销毁"的书，虽遗老也不复明白，不到一百三十年，又从新奉为宝典了。这莫非也是"剥极必复"么？恐怕是遗老们的乾隆皇帝所不及料的罢。

但是，清的康熙雍正和乾隆三个，尤其是后两个皇帝，对于"文艺政策"或说得较大一点的"文化统制"，却真尽了很大的努力的。文字狱不过是消极的一方面，积极的一面，则如钦定四库全书，于汉人的著作，无不加以取舍，所取的书，凡有涉及金元之处者，又大抵加以修改，作为定本。此外，对于"七经""二十四史"，《通鉴》，文士的诗文，和尚的语录，也都不肯放过，不是鉴定，便是评选，文苑中实在没有不被蹂躏的处所了。而且他们是深通汉文的异族的君主，以胜者的看法，来批评被征服的汉族的文化和人情，也鄙夷，但也恐惧，有苛论，但也有确评，文字狱只是由此而来的辣手的一种，那成果，由满洲这方面言，是的确不能说它没有效的。

现在这影响好像是淡下去了，遗老们的重刻《小学大全》，就是一个证据，但也可见被愚弄了的性灵，又终于并不清醒过来。近来明人小品，清代禁书，市价之高，决非穷读书人所敢窥觑，但《东华录》《御批通鉴辑览》《上谕八旗》《雍正朱批谕旨》……等，却好像无人过问，其低廉为别的一切大部书所不及。倘有有心人加以收集，一一钩稽，将其中的关于驾御汉人，批评文化，利用文艺之处，分别排比，辑成一书，我想，我们不但可以看见那策略的博大和恶辣，并且还能够明白我们怎样受异族主子的驯扰，以及遗留至今的奴性的由来的罢。

自然，这决不及赏玩性灵文字的有趣，然

而借此知道一点演成了现在的所谓性灵的历史，却也十分有益的。

七月十日。

# 韦素园墓记

韦君素园之墓。

君以一九又二年六月十八日生，一九三二年八月一日卒。呜呼，宏才远志，厄于短年。文苑失英，明者永悼。弟丛芜，友静农，霁野立表；鲁迅书。

# 忆韦素园君

我也还有记忆的，但是，零落得很。我自己觉得我的记忆好像被刀刮过了的鱼鳞，有些还留在身体上，有些是掉在水里了，将水一搅，有几片还会翻腾，闪烁，然而中间混着血丝，连我自己也怕得因此污了赏鉴家的眼目。

现在有几个朋友要纪念韦素园君，我也须说几句话。是的，我是有这义务的。我只好连身外的水也搅一下，看看泛起怎样的东西来。

怕是十多年之前了罢，我在北京大学做讲师，有一天，在教师豫备室里遇见了一个头发和胡子统统长得要命的青年，这就是李霁野。我的认识素园，大约就是霁野绍介的罢，然而我忘记了那时的情景。现在留在记忆里的，是他已经坐在客店的一间小房子里计画出版了。

这一间小房子，就是未名社。

那时我正在编印两种小丛书，一种是《乌合丛书》，专收创作，一种是《未名丛刊》，专收翻译，都由北新书局出版。出版者和读者的不喜欢翻译书，那时和现在也并不两样，所以《未名丛刊》是特别冷落的。恰巧，素园他们愿意绍介外国文学到中国来，便和李小峰商量，要将《未名丛刊》移出，由几个同人自办。小峰一口答应了，于是这一种丛书便和北新书局脱离。稿子是我们自己的，另筹了一笔印费，就算开始。因这丛书的名目，连社名也就叫了"未名"——但并非"没有名目"的意思，是"还没有名目"的意思，恰如孩子的"还未成丁"似的。

　　未名社的同人，实在并没有什么雄心和大志，但是，愿意切切实实的，点点滴滴的做下去的意志，却是大家一致的。而其中的骨干就是素园。


　　于是他坐在一间破小屋子，就是未名社里办事了，不过小半好像也因为他生着病，不能上学校去读书，因此便天然的轮着他守寨。

　　我最初的记忆是在这破寨里看见了素园，一个瘦小、精明、正经的青年，窗前的几排破旧外国书，在证明他穷着也还是钉住着文学。然而，我同时又有了一种坏印象，觉得和他是很难交往的，因为他笑影少。"笑影少"原是未名社同人的一种特色，不过素园显得最分明，一下子就能够令人感得。但到后来，我知道我的判断是错误了，和他也并不难于交往。他的不很笑，大约是因为年龄的不同，对我的一种特别态度罢，可惜我不能化为青年，使大家忘掉彼我，得到确证了。这真相，我想，霁野他们是知道的。

但待到我明白了我的误解之后，却同时又发见了一个他的致命伤：他太认真；虽然似乎沉静，然而他激烈。认真会是人的致命伤的么？至少，在那时以至现在，可以是的。一认真，便容易趋于激烈，发扬则送掉自己的命，沉静着，又啮碎了自己的心。

这里有一点小例子。——我们是只有小例子的。

那时候，因为段祺瑞总理和他的帮闲们的

迫压，我已经逃到厦门，但北京的狐虎之威还正是无穷无尽。段派的女子师范大学校长林素园，带兵接收学校去了，演过全副武行之后，还指留着的几个教员为"共产党"。这个名词，一向就给有些人以"办事"上的便利，而且这方法，也是一种老谱，本来并不希罕的。但素园却好像激烈起来了，从此以后，他给我的信上，有好一晌竟憎恶"素园"两字而不用，改称为"漱园"。

同时社内也发生了冲突，高长虹从上海寄信来，说素园压下了向培良的稿子，叫我讲一句话。我一声也不响。于是在《狂飙》上骂起来了，先骂素园，后是我。素园在北京压下了培良的稿子，却由上海的高长虹来抱不平，要在厦门的我去下判断，我颇觉得是出色的滑稽，而且一个团体，虽是小小的文学团体罢，每当光景艰难时，内部是一定有人起来捣乱的，这也并不希罕。然而素园却很认真，他不但写信给我，叙述着详情，还作文登在杂志上剖白。在"天才"们的法庭上，别人剖白得清楚的么？——我不禁长长的叹了一口气，想到他只是一个文人，又生着病，却这么拼命的对付着内忧外患，又怎么能够持久呢。自然，这仅仅是小忧患，但在认真而激烈的个人，却也相当的大的。

不久，未名社就被封，几个人还被捕。也许素园已经咯血，进了病院了罢，他不在内。但后来，被捕的释放，未名社也启封了，忽封忽启，忽捕忽放，我至今还不明白这是怎么的一个玩意。

我到广州，是第二年——一九二七年的秋初，仍旧陆续的接到他几封信，是在西山病院里，伏在枕头上写就的，因为医生不允许他起坐。他措辞更明显，思想也更清楚，更广大了，但也更使我担心他的病。有一天，我忽然接到一本书，是布面装订的素园翻译的《外套》[1]。我一看明白，就打了一个寒噤：这明明是他送给我的一个纪念品，莫非他已经自觉了生命的期限了么？

我不忍再翻阅这一本书，然而我没有法。

我因此记起，素园的一个好朋友也咯过血，一天竟对着素园咯起来，他慌张失措，用了爱和忧急的声音命令道："你不许再吐了！"我那时却记起了伊孛生的《勃兰特》[2]。他不是命令过去的人，从新起来，却并无这神力，只将自己埋在崩雪下面的么？……

---

1　果戈里的短篇小说，收录于《彼得堡故事》。

2　《勃兰特》现通译为《布朗德》，为易卜生于 1866 年发表的诗剧，亦是其成名作。有别于传统的牧师形象，布朗德是个极端主义者："我的上帝是风暴，而你们的上帝是和风。"

我在空中看见了勃兰特和素园，但是我没有话。

一九二九年五月末，我最以为侥幸的是自己到西山病院去，和素园谈了天。他为了日光浴，皮肤被晒得很黑了，精神却并不萎顿。我们和几个朋友都很高兴。但我在高兴中，又时时夹着悲哀：忽而想到他的爱人，已由他同意之后，和别人订了婚；忽而想到他竟连绍介外国文学给中国的一点志愿，也怕难于达到；忽而想到他在这里静卧着，不知道他自以为是在等候全愈，还是等候灭亡；忽而想到他为什么要寄给我一本精装的《外套》？……

壁上还有一幅陀思妥也夫斯基的大画像。对于这先生，我是尊敬，佩服的，但我又恨他残酷到了冷静的文章。他布置了精神上的苦刑，一个个拉了不幸的人来，拷问给我们看。现在他用沉郁的眼光，凝视着素园和他的卧榻，好像在告诉我：这也是可以收在作品里的不幸的人。

自然，这不过是小不幸，但在素园个人，是相当的大的。


一九三二年八月一日晨五时半，素园终于病殁在北平同仁医院里了，一切计画，一切希望，也同归于尽。我所抱憾的是因为避祸，烧去了他的信札，我只能将一本《外套》当作唯一的纪念，永远放在自己的身边。


自素园病殁之后，转眼已是两年了，这其间，对于他，文坛上并没有人开口。这也不能算是希罕的，他既非天才，也非豪杰，活的时候，既不过在默默中生存，死了之后，当然也只好在默默中泯没。但对于我们，却是值得记念的青年，因为他在默默中支持了未名社。

未名社现在是几乎消灭了，那存在期，也并不长久。然而自素园经营以来，绍介了果戈理（N. Gogol），陀思妥也夫斯基（F. Dostoevsky），安特列夫（L. Andreev），绍介了望·蔼覃（F. van Eeden），绍介了爱伦堡（I. Ehrenburg）的《烟袋》和拉夫列涅夫（B. Lavrenev）的《四十一》。还印行了《未名新集》，其中有丛芜的《君山》，静农的《地之子》和《建塔者》，我的《朝华夕拾》，在那时候，也都还算是相当可看的作品。事实不为轻薄阴险小儿留情，曾几何年，他们就都已烟消火灭，然而未名社的译作，在文苑里却至今没有枯死的。

是的，但素园却并非天才，也非豪杰，当然更不是高楼的尖顶，或名园的美花，然而他是楼下的一块石材，园中的一撮泥土，在中国第一要它多。他不入于观赏者的眼中，只有建筑者和栽植者，决不会将他置之度外。

文人的遭殃，不在生前的被攻击和被冷落，一瞑之后，言行两亡，于是无聊之徒，谬托知己，是非蜂起，既以自衒，又以卖钱，连死尸也成了他们的沽名获利之具，这倒是值得悲哀的。现在我以这几千字纪念我所熟识的素园，但愿还没有营私肥己的处所，此外也别无话说了。

我不知道以后是否还有记念的时候，倘止于这一次，那么，素园，从此别了！

一九三四年七月十六之夜，鲁迅记。

# 忆刘半农君

这是小峰出给我的一个题目。

这题目并不出得过分。半农去世，我是应该哀悼的，因为他也是我的老朋友。但是，这是十来年前的话了，现在呢，可难说得很。

我已经忘记了怎么和他初次会面，以及他怎么能到了北京。他到北京，恐怕是在《新青年》投稿之后，由蔡孑民先生或陈独秀先生去请来的，到了之后，当然更是《新青年》里的一个战士。他活泼，勇敢，很打了几次大仗。

譬如罢，答王敬轩的双镆信，"她"字和"牠"字的创造，就都是的。这两件，现在看起来，自然是琐屑得很，但那是十多年前，单是提倡新式标点，就会有一大群人"若丧考妣"，恨不得"食肉寝皮"的时候，所以的确是"大仗"。现在的二十左右的青年，大约很少有人知道三十年前，单是剪下辫子就会坐牢或杀头的了。然而这曾经是事实。

但半农的活泼，有时颇近于草率，勇敢也有失之无谋的地方。但是，要商量袭击敌人的时候，他还是好伙伴，进行之际，心口并不相应，或者暗暗的给你一刀，他是决不会的。倘若失了算，那是因为没有算好的缘故。

《新青年》每出一期，就开一次编辑会，商定下一期的稿件。其时最惹我注意的是陈独秀和胡适之。假如将韬略比作一间仓库罢，独秀先生的是外面竖一面大旗，大书道："内皆武器，来者小心！"但那门却开着的，里面有几枝枪，几把刀，一目了然，用不着提防。适之先生的是紧紧的关着门，门上粘一条小纸条道："内无武器，请勿疑虑。"这自然可以是真的，但有些人——至少是我这样的人——有时总不免要侧着头想一想。半农却是令人不觉其有"武库"的一个人，所以我佩服陈胡，却亲近半农。

所谓亲近，不过是多谈闲天，一多谈，就露出了缺点。几乎有一年多，他没有消失掉从上海带来的才子必有"红袖添香夜读书"的艳福的思想，好容易才给我们骂掉了。但他好像到处都这么的乱说，使有些"学者"皱眉。有时候，连到《新青年》投稿都被排斥。他很勇于写稿，但试去看旧报去，很有几期是没有他的。那些人们批评他的为人，是：浅。

不错，半农确是浅。但他的浅，却如一条

清溪，澄澈见底，纵有多少沉渣和腐草，也不掩其大体的清。倘使装的是烂泥，一时就看不出它的深浅来了。如果是烂泥的深渊呢，那就更不如浅一点的好。

但这些背后的批评，大约是很伤了半农的心的，他的到法国留学，我疑心大半就为此。我最懒于通信，从此我们就疏远起来了。他回来时，我才知道他在外国钞古书，后来也要标点《何典》[1]，我那时还以老朋友自居，在序文上说了几句老实话，事后，才知道半农颇不高兴了，"驷不及舌"，也没有法子。另外还有一回关于《语丝》的彼此心照的不快活。五六年前，曾在上海的宴会上见过一回面，那时候，我们几乎已经无话可谈了。

---

1　《何典》是一部极具谐谑性的社会讽刺小说，清代张南庄所作，20 世纪 20 年代重版后，成为文人论战时进行粗鄙谩骂的范本。

近几年，半农渐渐的据了要津，我也渐渐的更将他忘却；但从报章上看见他禁称"蜜斯"[1]之类，却很起了反感：我以为这些事情是不必半农来做的。从去年来，又看见他不断的做打油诗，弄烂古文，回想先前的交情，也往往不免长叹。我想，假如见面，而我还以老朋友自居，不给一个"今天天气……哈哈哈"完事，那就也许会弄到冲突的罢。

不过，半农的忠厚，是还使我感动的。我前年曾到北平，后来有人通知我，半农是要来看我的，有谁恐吓了他一下，不敢来了。这使我很惭愧，因为我到北平后，实在未曾有过访问半农的心思。

现在他死去了，我对于他的感情，和他生时也并无变化。我爱十年前的半农，而憎恶他

---

1　英语 "Miss"（小姐）的音译，也作"密斯""蜜司""密司"。

的近几年。这憎恶是朋友的憎恶，因为我希望他常是十年前的半农，他的为战士，即使"浅"罢，却于中国更为有益。我愿以愤火照出他的战绩，免使一群陷沙鬼将他先前的光荣和死尸一同拖入烂泥的深渊。

八月一日。

# 答曹聚仁先生信

聚仁先生：

关于大众语的问题，提出得真是长久了，我是没有研究的，所以一向没有开过口。但是现在的有些文章觉得不少是"高论"，文章虽好，能说而不能行，一下子就消灭，而问题却依然如故。

现在写一点我的简单的意见在这里：

一、汉字和大众，是势不两立的。

二、所以，要推行大众语文，必须用罗马

一〇七

字拼音（即拉丁化，现在有人分为两件事，我不懂是怎么一回事），而且要分为多少区，每区又分为小区（譬如绍兴一个地方，至少也得分为四小区），写作之初，纯用其地的方言，但是，人们是要前进的，那时原有方言一定不够，就只好采用白话，欧字，甚而至于语法。但，在交通繁盛，言语混杂的地方，又有一种语文，是比较普通的东西，它已经采用着新字汇，我想，这就是"大众语"的雏形，它的字汇和语法，即可以输进穷乡僻壤去。中国人是无论如何，在将来必有非通几种中国语不可的运命的，这事情，由教育与交通，可以办得到。

三、普及拉丁化，要在大众自掌教育的时候。现在我们所办得到的是：（甲）研究拉丁化法；（乙）试用广东话之类，读者较多的言语，做出东西来看；（丙）竭力将白话做得浅豁，使能懂的人增多，但精密的所谓"欧化"语文，仍应支持，因为讲话倘要精密，中国原有的语法是不够的，而中国的大众语文，也决不会永久含胡下去。譬如罢，反对欧化者所说的欧化，就不是中国固有字，有些新字眼，新语法，是会有非用不可的时候的。

四、在乡僻处启蒙的大众语，固然应该纯用方言，但一面仍然要改进。譬如"妈的"一句话罢，乡下是有许多意义的，有时骂骂，有时佩服，有时赞叹，因为他说不出别样的话来。先驱者的任务，是在给他们许多话，可以发表更明确的意思，同时也可以明白更精确的意义。如果也照样的写着"这妈的天气真是妈的，妈的再这样，什么都要妈的了"，那么于大众有什么益处呢？

五、至于已有大众语雏形的地方，我以为大可以依此为根据而加以改进，太僻的土语，是不必用的。例如上海叫"打"为"吃生活"，可以用于上海人的对话，却不必特用于作者的叙事中，因为说"打"，工人也一样的能够懂。有些人以为如"像煞有介事"之类，已经通行，也是不确的话，北方人对于这句话的理解，和江苏人是不一样的，那感觉并不比"俨乎其然"切实。

语文和口语不能完全相同；讲话的时候，可以夹许多"这个这个""那个那个"之类，其实并无意义，到写作时，为了时间、纸张的经济，意思的分明，就要分别删去的，所以文章一定应该比口语简洁，然而明了，有些不同，并非文章的坏处。

所以现在能够实行的，我以为是（一）制定罗马字拼音（赵元任的太繁，用不来的）；（二）做更浅显的白话文，采用较普通的方言，姑且算是向大众语去的作品，至于思想，那不消说，该是"进步"的；（三）仍要支持欧化文法，当作一种后备。

　　还有一层，是文言的保护者，现在也有打了大众语的旗子的了，他一方面，是立论极高，使大众语悬空，做不得；别一方面，借此攻击他当面的大敌——白话。这一点也须注意的。要不然，我们就会自己缴了自己的械。专此布复，即颂

　　时绥。

迅上。八月二日。

# 从孩子的照相说起

　　因为长久没有小孩子，曾有人说，这是我做人不好的报应，要绝种的。房东太太讨厌我的时候，就不准她的孩子们到我这里玩，叫作"给他冷清冷清，冷清得他要死！"但是，现在却有了一个孩子，虽然能不能养大也很难说，然而目下总算已经颇能说些话，发表他自己的意见了。不过不会说还好，一会说，就使我觉得他仿佛也是我的敌人。

　　他有时对于我很不满，有一回，当面对我

说："我做起爸爸来，还要好……"甚而至于颇近于"反动"，曾经给我一个严厉的批评道："这种爸爸，什么爸爸！？"

我不相信他的话。做儿子时，以将来的好父亲自命，待到自己有了儿子的时候，先前的宣言早已忘得一干二净了。况且我自以为也不算怎么坏的父亲，虽然有时也要骂，甚至于打，其实是爱他的。所以他健康，活泼，顽皮，毫没有被压迫得瘟头瘟脑。如果真的是一个"什么爸爸"，他还敢当面发这样反动的宣言么？

但那健康和活泼，有时却也使他吃亏，九一八事件后，就被同胞误认为日本孩子，骂了好几回，还挨过一次打——自然是并不重的。这里还要加一句说的听的，都不十分舒服的话：近一年多以来，这样的事情可是一次也没有了。

中国和日本的小孩子，穿的如果都是洋服，

普通实在是很难分辨的。但我们这里的有些人，都有一种错误的速断法：温文尔雅，不大言笑，不大动弹的，是中国孩子；健壮活泼，不怕生人，大叫大跳的，是日本孩子。

然而奇怪，我曾在日本的照相馆里给他照过一张相，满脸顽皮，也真像日本孩子；后来又在中国的照相馆里照了一张相，相类的衣服，然而面貌很拘谨，驯良，是一个道地的中国孩子了。

为了这事，我曾经想了一想。

这不同的大原因，是在照相师的。他所指示的站或坐的姿势，两国的照相师先就不相同，站定之后，他就瞪了眼睛，觑机摄取他以为最好的一刹那的相貌。孩子被摆在照相机的镜头之下，表情是总在变化的，时而活泼，时而顽皮，时而驯良，时而拘谨，时而烦厌，时而疑惧，时而无畏，时而疲劳……照住了驯良和拘谨的一刹那的，是中国孩子相；照住了活泼或顽皮的一刹那的，就好像日本孩子相。

驯良之类并不是恶德。但发展开去，对一切事无不驯良，却决不是美德，也许简直倒是没出息。"爸爸"和前辈的话，固然也要听的，但也须说得有道理。假使有一个孩子，自以为事事都不如人，鞠躬倒退；或者满脸笑容，实际上却总是阴谋暗箭，我实在宁可听到当面骂我"什么东西"的爽快，而且希望他自己是一个东西。

但中国一般的趋势，却只在向驯良之类——"静"的一方面发展，低眉顺眼，唯唯诺诺，才算一个好孩子，名之曰"有趣"。活泼，健康，顽强，挺胸仰面——凡是属于"动"的，那就未免有人摇头了，甚至于称之为"洋气"。又因为多年受着侵略，就和这"洋气"为仇；更进一步，则故意和这"洋气"反一调：他们活动，我偏静坐；他们讲科学，我偏扶乩；他们穿短衣，我偏着长衫；他们重卫生，我偏吃苍蝇；他们壮健，我偏生病……这才是保存中国固有文化，这才是爱国，这才不是奴隶性。

其实，由我看来，所谓"洋气"之中，有不少是优点，也是中国人性质中所本有的，但因了历朝的压抑，已经萎缩了下去，现在就连自己也莫名其妙，统统送给洋人了。这是必须拿它回来——恢复过来的——自然还得加一番慎重的选择。

即使并非中国所固有的罢，只要是优点，我们也应该学习。即使那老师是我们的仇敌罢，我们也应该向他学习。我在这里要提出现在大家所不高兴说的日本来，他的会摹仿、少创造，是为中国的许多论者所鄙薄的，但是，只要看看他们的出版物和工业品，早非中国所及，就知道"会摹仿"决不是劣点，我们正应该学习这"会摹仿"的。"会摹仿"又加以有创造，不是更好么？否则，只不过是一个"恨恨而死"而已。

我在这里还要附加一句象是多余的声明：我相信自己的主张，决不是"受了帝国主义者的指使"，要诱中国人做奴才；而满口爱国，满身国粹，也于实际上的做奴才并无妨碍。

八月七日。

一七

# 门外文谈

## 一　开头

听说今年上海的热，是六十年来所未有的。白天出去混饭，晚上低头回家，屋子里还是热，并且加上蚊子，这时候，只有门外是天堂。因为海边的缘故罢，总有些风，用不着挥扇。虽然彼此也有些认识，却不常见面的寓在四近的亭子间或搁楼里的邻人也都坐出来了，他们有的

一二八

是店员，有的是书局里的校对员，有的是制图工人的好手。大家都已经做得筋疲力尽，叹着苦，但这时总还算有闲的，所以也谈闲天。

闲天的范围也并不小：谈旱灾，谈求雨，谈吊膀子，谈三寸怪人干，谈洋米，谈裸腿，也谈古文，谈白话，谈大众语。因为我写过几篇白话文，所以关于古文之类他们特别要听我的话，我也只好特别说得多。这样的过了两三夜，才给别的话岔开，也总算谈完了。不料过了几天之后，有几个还要我写出来。

他们里面，有的是因为我看过几本古书，所以相信我的，有的是因为我看过一点洋书，有的又因为我看古书也看洋书；但有几位却因此反不相信我，说我是蝙蝠。我说到古文，他就笑道，你不是唐宋八大家，能信么？我谈到大众语，他又笑道：你又不是劳苦大众，讲什么海话呢？

一
九

这也是真的。我们讲旱灾的时候，就讲到一位老爷下乡查灾，说有些地方是本可以不成灾的，现在成灾，是因为农民懒，不戽水。但一种报上，却记着一个六十老翁，因儿子戽水乏力而死，灾象如故，无路可走，自杀了。老爷和乡下人，意见是真有这么的不同的。那么，我的夜谈，恐怕也终不过是一个门外闲人的空话罢了。

飓风过后，天气也凉爽了一些，但我终于照着希望我写的几个人的希望，写出来了，比口语简单得多，大致却无异，算是抄给我们一流人看的。当时只凭记忆，乱引古书，说话是耳边风，错点不打紧，写在纸上，却使我很踌躇，但自己又苦于没有原书可对，这只好请读者随时指正了。

一九三四年，八月十六夜，写完并记。

一二〇

## 二　字是什么人造的？

字是什么人造的？

我们听惯了一件东西，总是古时候一位圣贤所造的故事，对于文字，也当然要有这质问。但立刻就有忘记了来源的答话：字是仓颉造的。

这是一般的学者的主张，他自然有他的出典。我还见过一幅这位仓颉的画像，是生着四只眼睛的老头陀。可见要造文字，相貌先得出奇，我们这种只有两只眼睛的人，是不但本领不够，连相貌也不配的。

然而做《易经》的人（我不知道是谁），却比较的聪明，他说："上古结绳而治，后世圣人易之以书契。"他不说仓颉，只说"后世圣人"，不说创造，只说掉换，真是谨慎得很；

也许他无意中就不相信古代会有一个独自造出许多文字来的人的了，所以就只是这么含含胡胡的来一句。

但是，用书契来代结绳的人，又是什么脚色呢？文学家？不错，从现在的所谓文学家的最要卖弄文字，夺掉笔杆便一无所能的事实看起来，的确首先就要想到他；他也的确应该给自己的吃饭家伙出点力。然而并不是的。有史以前的人们，虽然劳动也唱歌，求爱也唱歌，他却并不起草，或者留稿子，因为他做梦也想不到卖诗稿，编全集，而且那时的社会里，也没有报馆和书铺子，文字毫无用处。据有些学者告诉我们的话来看，这在文字上用了一番工夫的，想来该是史官了。

原始社会里，大约先前只有巫，待到渐次进化，事情繁复了，有些事情，如祭祀、狩猎、战争之类，渐有记住的必要，巫就只好在他那本职的"降神"之外，一面也想法子来记事，这就是"史"的开头。况且"升中于天"[1]，他在本职上，也得将记载酋长和他的治下的大事的册子，烧给上帝看，因此一样的要做文章——虽然这大约是后起的事。再后来，职掌分得更清楚了，于是就有专门记事的史官。文字就是史官必要的工具，古人说："仓颉，黄帝史。"第一句未可信，但指出了史和文字的关系，却是很有意思的。至于后来的"文学家"用它来写"阿呀呀，我的爱哟，我要死了！"那些佳句，那不过是享享现成的罢了，"何足道哉"！

---

指祭天。语出《礼记·礼器》："因名山升中于天，因吉土以飨帝于郊。"

## 三　字是怎么来的？

照《易经》说，书契之前明明是结绳；我们那里的乡下人，碰到明天要做一件紧要事，怕得忘记时，也常常说："裤带上打一个结！"那么，我们的古圣人，是否也用一条长绳，有一件事就打一个结呢？恐怕是不行的。只有几个结还记得，一多可就糟了。或者那正是伏羲皇上的"八卦"之流，三条绳一组，都不打结是"乾"，中间各打一结是"坤"罢？恐怕也不对。八组尚可，六十四组就难记，何况还会有五百十二组呢。只有在秘鲁还有存留的"打结字"（Quippus），用一条横绳，挂上许多直绳，拉来拉去的结起来，网不像网，倒似乎还可以表现较多的意思。我们上古的结绳，恐怕也是如此的罢。但它既然被书契掉换，又不是书契的祖宗，我们也不妨暂且不去管它了。

夏禹的"岣嵝碑"[1]，是道士们假造的；现在我们能在实物上看见的最古的文字，只有商朝的甲骨和钟鼎文。但这些，都已经很进步了，几乎找不出一个原始形态。只在铜器上，有时还可以看见一点写实的图形，如鹿，如象，而从这图形上，又能发见和文字相关的线索：中国文字的基础是"象形"。

画在西班牙的亚勒泰米拉（Altamira）洞里的野牛，是有名的原始人的遗迹，许多艺术史家说，这正是"为艺术的艺术"，原始人画着玩玩的。但这解释未免过于"摩登"，因为原始人没有十九世纪的文艺家那么有闲，他的画一只牛，是有缘故的，为的是关于野牛，或者是猎取野牛，禁咒野牛的事。现在上海墙壁

---

1　传说原刻位于湖南衡山岣嵝峰，但只有南宋的何致看到过，并临拓全文复刻于长沙岳麓山，之后各地的拓本皆以此为母本。

上的香烟和电影的广告画，尚且常有人张着嘴巴看，在少见多怪的原始社会里，有了这么一个奇迹，那轰动一时，就可想而知了。他们一面看，知道了野牛这东西，原来可以用线条移在别的平面上，同时仿佛也认识了一个"牛"字，一面也佩服这作者的才能，但没有人请他作自传赚钱，所以姓氏也就湮没了。但在社会里，仓颉也不止一个，有的在刀柄上刻一点图，有的在门户上画一些画，心心相印，口口相传，文字就多起来，史官一采集，便可以敷衍记事了。中国文字的由来，恐怕也逃不出这例子的。

自然，后来还该有不断的增补，这是史官自己可以办到的，新字夹在熟字中，又是象形，别人也容易推测到那字的意义。直到现在，中国还在生出新字来。但是，硬做新仓颉，却要失败的，吴的朱育、唐的武则天，都曾经造过古怪字[1]，也都白费力。现在最会造字的是中国化学家，许多原质和化合物的名目，很不容易认得，连音也难以读出来了。老实说，我是一看见就头痛的，觉得远不如就用万国通用的拉丁名来得爽快，如果二十来个字母都认不得，请恕我直说：那么，化学也大抵学不好的。

## 四　写字就是画画

《周礼》和《说文解字》上都说文字的构成法有六种，这里且不谈罢，只说些和"象形"有关的东西。

象形，"近取诸身，远取诸物"，就是画一

---

[1]　一般认为武则天造过十八个字，只有她为自己名字选用的"曌"沿用至今。

只眼睛是"目"，画一个圆圈，放几条毫光是"日"，那自然很明白，便当的。但有时要碰壁，譬如要画刀口，怎么办呢？不画刀背，也显不出刀口来，这时就只好别出心裁，在刀口上加一条短棍，算是指明"这个地方"的意思，造了"刃"。这已经颇有些办事棘手的模样了，何况还有无形可象的事件，于是只得来"象事"，也叫作"会意"。一只手放在树上是"采"，一颗心放在屋子和饭碗之间是"宓"，有吃有住，安宓了。但要写"宁可"的宁，却又得在碗下面放一条线，表明这不过是用了"宓"的声音的意思。"会意"比"象形"更麻烦，它至少要画两样。如"寶"字，则要画一个屋顶，一串玉，一个缶，一个貝，计四样；我看"缶"字还是杵臼两形合成的，那么一共有五样。单单为了寶这一个字，就很要破费些工夫。

不过还是走不通，因为有些事物是画不出

有些事物是画不来，譬如松柏，叶样不同，原是可以分出来的，但写字究竟是写字，不能像绘画那样精工，到底还是硬挺不下去。来打开这僵局的是"谐声"，意义和形象离开了关系。这已经是"记音"了，所以有人说，这是中国文字的进步。不错，也可以说是进步，然而那基础也还是画画儿。例如"菜，从草，采声"，画一窠草，一个爪，一株树：三样；"海，从水，每声"，画一条河，一位戴帽（？）的太太，也三样。总之：如果要写字，就非永远画画不成。

但古人是并不愚蠢的，他们早就将形象改得简单，远离了写实。篆字圆折，还有图画的余痕，从隶书到现在的楷书，和形象就天差地远。不过那基础并未改变，天差地远之后，就成为不象形的象形字，写起来虽然比较的简单，认起来却非常困难了，要凭空一个一个的记住。

而且有些字，也至今并不简单，例如"鸞"或"鑿"，去叫孩子写，非练习半年六月，是很难写在半寸见方的格子里面的。

还有一层，是"谐声"字也因为古今字音的变迁，很有些和"声"不大"谐"的了。现在还有谁读"滑"为"骨"，读"海"为"每"呢？

古人传文字给我们，原是一份重大的遗产，应该感谢的。但在成了不象形的象形字，不十分谐声的谐声字的现在，这感谢却只好踌躇一下了。


## 五　古时候言文一致么？


到这里，我想来猜一下古时候言文是否一致的问题。

对于这问题，现在的学者们虽然并没有分明的结论，但听他口气，好像大概是以为一致的；越古，就越一致。不过我却很有些怀疑，因为文字愈容易写，就愈容易写得和口语一致，但中国却是那么难画的象形字，也许我们的古人，向来就将不关重要的词摘去了的。

《书经》有那么难读，似乎正可作照写口语的证据，但商周人的的确的口语，现在还没有研究出，还要繁也说不定的。至于周秦古书，虽然作者也用一点他本地的方言，而文字大致相类，即使和口语还相近罢，用的也是周秦白话，并非周秦大众语。汉朝更不必说了，虽是肯将《书经》里难懂的字眼，翻成今字的司马迁，也不过在特别情况之下，采用一点俗语，例如陈涉的老朋友看见他为王，惊异道："夥颐，涉之为王沈沈者"，而其中的"涉之为王"四个字，我还疑心太史公加过修剪的。

那么，古书里采录的童谣、谚语、民歌，该是那时的老牌俗语罢。

我看也很难说。中国的文学家，是颇有爱改别人文章的脾气的。最明显的例子是汉民间的《淮南王歌》，同一地方的同一首歌，《汉书》和《前汉纪》记的就两样。

一面是——

一尺布，尚可缝；
一斗粟，尚可舂。
兄弟二人，不能相容。

一面却是——

一尺布，暖童童；
一斗粟，饱蓬蓬。
兄弟二人不相容。

比较起来，好像后者是本来面目，但已经删掉了一些也说不定的：只是一个提要。后来宋人的语录、话本，元人的杂剧和传奇里的科白，也都是提要，只是它用字较为平常，删去的文字较少，就令人觉得"明白如话"了。

我的臆测，是以为中国的言文，一向就并不一致的，大原因便是字难写，只好节省些。当时的口语的摘要，是古人的文；古代的口语的摘要，是后人的古文。所以我们的做古文，是在用了已经并不象形的象形字，未必一定谐声的谐声字，在纸上描出今人谁也不说，懂的也不多的，古人的口语的摘要来。你想，这难不难呢？

## 六  于是文章成为奇货了

文字在人民间萌芽，后来却一定为特权者所收揽。据《易经》的作者所推测，"上古结绳而治"，则连结绳就已是治人者的东西。待到落在巫史的手里的时候，更不必说了，他们都是酋长之下、万民之上的人。社会改变下去，学习文字的人们的范围也扩大起来，但大抵限于特权者。至于平民，那是不识字的，并非缺少学费，只因为限于资格，他不配。而且连书籍也看不见。中国在刻版还未发达的时候，有一部好书，往往是"藏之秘阁，副在三馆"[1]，连做了士子，也还是不知道写着什么的。

---

1　北宋在灭五代诸国后，集中书籍与文物于首都开封，负责机关为"三馆"，即史馆、昭文馆、集贤院，合称崇文院。后来空间不敷使用，便将文物移往新建的崇文院中堂，即所谓"秘阁"。

因为文字是特权者的东西，所以它就有了尊严性，并且有了神秘性。中国的字，到现在还很尊严，我们在墙壁上，就常常看见挂着写上"敬惜字纸"的篓子；至于符的驱邪治病，那就靠了它的神秘性的。文字既然含着尊严性，那么，知道文字，这人也就连带的尊严起来了。新的尊严者日出不穷，对于旧的尊严者就不利，而且知道文字的人们一多，也会损伤神秘性的。符的威力，就因为这好像是字的东西，除道士以外，谁也不认识的缘故。所以，对于文字，他们一定要把持。

欧洲中世，文章学问，都在道院里；克罗蒂亚（Kroatia），是到了十九世纪，识字的还只有教士的，人民的口语，退步到对于旧生活刚够用。他们革新的时候，就只好从外国借进许多新语来。

我们中国的文字，对于大众，除了身分、

经济这些限制之外，却还要加上一条高门槛：难。单是这条门槛，倘不费他十来年工夫，就不容易跨过。跨过了的，就是士大夫，而这些士大夫，又竭力的要使文字更加难起来，因为这可以使他特别的尊严，超出别的一切平常的士大夫之上。汉朝的杨雄的喜欢奇字，就有这毛病的，刘歆想借他的《方言》稿子，他几乎要跳黄浦。唐朝呢，樊宗师的文章做到别人点不断，李贺的诗做到别人看不懂，也都为了这缘故。还有一种方法是将字写得别人不认识，下焉者，是从《康熙字典》上查出几个古字来，夹进文章里面去；上焉者是钱坫的用篆字来写刘熙的《释名》，最近还有钱玄同先生的照《说文》字样给太炎先生抄《小学答问》。

文字难，文章难，这还都是原来的；这些上面，又加以士大夫故意特制的难，却还想它和大众有缘，怎么办得到。但士大夫们也正愿其如此，如果文字易识，大家都会，文字就不尊严，他也跟着不尊严了。说白话不如文言的人，就从这里出发的；现在论大众语，说大众只要教给"千字课"就够的人，那意思的根柢也还是在这里。

七　不识字的作家

用那么艰难的文字写出来的古语摘要，我们先前也叫"文"，现在新派一点的叫"文学"，这不是从"文学子游子夏"[1]上割下来的，是从日本输入，他们的对于英 Literature 的译名。

---

1　《论语·先进》列出了追随孔子的十位有成就的弟子，其中子游和子夏精通典籍。而"Literature"强调的是想象力和创造性。

会写写这样的"文"的，现在是写白话也可以了，就叫作"文学家"，或者叫"作家"。

文学的存在条件首先要会写字，那么，不识字的文盲群里，当然不会有文学家的了。然而作家却有的。你们不要太早的笑我，我还有话说。我想，人类是在未有文字之前，就有了创作的，可惜没有人记下，也没有法子记下。我们的祖先的原始人，原是连话也不会说的，为了共同劳作，必需发表意见，才渐渐的练出复杂的声音来，假如那时大家抬木头，都觉得吃力了，却想不到发表，其中有一个叫道"杭育杭育"，那么，这就是创作；大家也要佩服，应用的，这就等于出版；倘若用什么记号留存了下来，这就是文学；他当然就是作家，也是文学家，是"杭育杭育派"。不要笑，这作品确也幼稚得很，但古人不及今人的地方是很多的，这正是其一。就是周朝的什么"关关雎鸠，在河之洲，窈窕淑女，君子好逑"罢，它是《诗经》里的头一篇，所以吓得我们只好磕头佩服，假如先前未曾有过这样的一篇诗，现在的新诗人用这意思做一首白话诗，到无论什么副刊上去投稿试试罢，我看十分之九是要被编辑者塞进字纸篓去的。"漂亮的好小姐呀，是少爷的好一对儿！"什么话呢？

就是《诗经》的《国风》里的东西，好许多也是不识字的无名氏作品，因为比较的优秀，大家口口相传的。王官们检出它可作行政上参考的记录了下来，此外消灭的正不知有多少。希腊人荷马——我们姑且当作有这样一个人——的两大史诗，也原是口吟，现存的是别人的记录。东晋到齐陈的《子夜歌》和《读曲歌》之类，唐朝的《竹枝词》和《柳枝词》之类，原都是无名氏的创作，经文人的采录和润色之后，留传下来的。这一润色，留传固然留传了，但可惜的是一定失去了许多本来面目。到现在，到处还有民谣、山歌、渔歌等，这就是不识字的诗人的作品；也传述着童话和故事，这就是不识字的小说家的作品；他们，就都是不识字的作家。

但是，因为没有记录作品的东西，又很容易消灭，流布的范围也不能很广大，知道的人们也就很少了。偶有一点为文人所见，往往倒吃惊，吸入自己的作品中，作为新的养料。旧文学衰颓时，因为摄取民间文学或外国文学而起一个新的转变，这例子是常见于文学史上的。不识字的作家虽然不及文人的细腻，但他却刚健、清新。

要这样的作品为大家所共有，首先也就是要这作家能写字，同时也还要读者们能识字以至能写字，一句话：将文字交给一切人。

一四〇

## 八　怎么交代?


　　将文字交给大众的事实，从清朝末年就已经有了的。

　　"莫打鼓，莫打锣，听我唱个太平歌……"是钦颁的教育大众的俗歌；此外，士大夫也办过一些白话报，但那主意，是只要大家听得懂，不必一定写得出。《平民千字课》就带了一点写得出的可能，但也只够记账、写信。倘要写出心里所想的东西，它那限定的字数是不够的。譬如牢监，的确是给了人一块地，不过它有限制，只能在这圈子里行立坐卧，断不能跑出设定了的铁栅外面去。

　　劳乃宣和王照 [1] 他两位都有简字，进步得

---

1　劳乃宣（1843—1921），清末礼法之争的礼教派主要代表，音韵学家。王照（1859—1933），曾参与百日维新，变法失败后逃往日本，有感于日本的教育普及和将假名与汉字合用以减少识字困难的办法，潜心创制官话字母。

很，可以照音写字了。民国初年，教育部要制字母，他们俩都是会员，劳先生派了一位代表，王先生是亲到的，为了入声存废问题，曾和吴稚晖先生大战，战得吴先生肚子一凹，棉裤也落了下来。但结果总算几经斟酌，制成了一种东西，叫作"注音字母"。那时很有些人，以为可以替代汉字了，但实际上还是不行，因为它究竟不过简单的方块字，恰如日本的"假名"一样，夹上几个，或者注在汉字的旁边还可以，要它拜帅，能力就不够了。写起来会混杂，看起来要眼花。那时的会员们称它为"注音字母"，是深知道它的能力范围的。再看日本，他们有主张减少汉字的，有主张拉丁拼音的，但主张只用"假名"的却没有。

再好一点的是用罗马字拼法，研究得最精的是赵元任先生罢，我不大明白。用世界通用的罗马字拼起来——现在是连土耳其也采用了

——一词一串，非常清晰，是好的。但教我似的门外汉来说，好像那拼法还太繁。要精密，当然不得不繁，但繁得很，就又变了"难"，有些妨碍普及了。最好是另有一种简而不陋的东西。

这里我们可以研究一下新的"拉丁化"法，《每日国际文选》里有一小本《中国语书法之拉丁化》，《世界》第二年第六七号合刊附录的一份《言语科学》，就都是介绍这东西的。价钱便宜，有心的人可以买来看。它只有二十八个字母，拼法也容易学。"人"就是 Rhen，"房子"就是 Fangz，"我吃果子"是 Wo ch goz，"他是工人"是 Tau sh gungrhen。现在在华侨里实验，见了成绩的，还只是北方话。但我想，中国究竟还是讲北方话——不是北京话——的人们多，将来如果真有一种到处通行的大众语，那主力也恐怕还是北方话罢。为今之计，只要酌量增减一点，使它合于各该地方所特有的音，也就可以用到无论什么穷乡僻壤去了。

那么，只要认识二十八个字母，学一点拼法和写法，除懒虫和低能外，就谁都能够写得出、看得懂了。况且它还有一个好处，是写得快。美国人说，时间就是金钱；但我想：时间就是性命。无端的空耗别人的时间，其实是无异于谋财害命的。不过像我们这样坐着乘风凉，谈闲天的人们，可又是例外。


## 九　专化呢，普遍化呢？


到了这里，就又碰着了一个大问题：中国的言语，各处很不同，单给一个粗枝大叶的区别，就有北方话、江浙话、两湖川贵话、福建话、广东话这五种，而这五种中，还有小区别。现在用拉丁字来写，写普通话，还是写土话呢？要写普通话，人们不会；倘写土话，别处的人们就看不懂，反而隔阂起来，不及全国通行的汉字了。这是一个大弊病！

我的意思是：在开首的启蒙时期，各地方各写它的土话，用不着顾到和别地方意思不相通。当未用拉丁写法之前，我们的不识字的人们，原没有用汉字互通着声气，所以新添的坏处是一点也没有的。倒有新的益处，至少是在同一语言的区域里，可以彼此交换意见，吸收智识了——那当然，一面也得有人写些有益的书。问题倒在这各处的大众语文，将来究竟要它专化呢，还是普通化？

方言土语里，很有些意味深长的话，我们那里叫"炼话"，用起来是很有意思的，恰如文言的用古典，听者也觉得趣味津津。各就各处的方言，将语法和词汇，更加提炼，使他们发达上去的，就是专化。这于文学，是很有益处的，它可以做得比仅用泛泛的话头的文章更加有意思。但专化又有专化的危险。言语学我不知道，看生物，是一到专化，往往要灭亡的。未有人类以前的许多动植物，就因为太专化了，失其可变性，环境一改，无法应付，只好灭亡。——幸而我们人类还不算专化的动物，请你们不要愁。大众，是有文学、要文学的，但决不该为文学做牺牲，要不然，他的荒谬和为了保存汉字，要十分之八的中国人做文盲来殉难的活圣贤就并不两样。所以，我想，启蒙时候用方言，但一面又要渐渐的加入普通的语法和词汇去。先用固有的，是一地方的语文的大众化，加入新的去，是全国的语文的大众化。

几个读书人在书房里商量出来的方案，固然大抵行不通，但一切都听其自然，却也不是好办法。现在在码头上、公共机关中、大学校里，确已有着一种好像普通话模样的东西，大家说话，既非"国语"，又不是京话，各各带着乡音、乡调，却又不是方言，即使说的吃力，听的也吃力，然而总归说得出，听得懂。如果加以整理，帮它发达，也是大众语中的一支，说不定将来还简直是主力。我说要在方言里"加入新的去"，那"新的"的来源就在这地方。待到这一种出于自然，又加人工的话一普遍，我们的大众语文就算大致统一了。

此后当然还要做。年深月久之后，语文更加一致，和"炼话"一样好，比"古典"还要活的东西，也渐渐的形成，文学就更加精采了。马上是办不到的。你们想，国粹家当作宝贝的汉字，不是化了三四千年工夫，这才有这么一堆古怪成绩么？

至于开手要谁来做的问题，那不消说：是

觉悟的读书人。有人说："大众的事情，要大众自己来做！"那当然不错的，不过得看看说的是什么脚色。如果说的是大众，那有一点是对的，对的是要自己来，错的是推开了帮手。倘使说的是读书人呢，那可全不同了：他在用漂亮话把持文字，保护自己的尊荣。

## 十　不必恐慌

　　但是，这还不必实做，只要一说，就又使另一些人发生恐慌了。

　　首先是说提倡大众语文的，乃是"文艺的政治宣传员如宋阳之流"[1]，本意在于造反。

---

1　宋阳为瞿秋白的笔名。

给带上一顶有色帽，是极简单的反对法。不过一面也就是说，为了自己的太平，宁可中国有百分之八十的文盲。那么，倘使口头宣传呢，就应该使中国有百分之八十的聋子了。但这不属于"谈文"的范围，这里也无须多说。

专为着文学发愁的，我现在看见有两种。一种是怕大众如果都会读、写，就大家都变成文学家了。这真是怕天掉下来的好人。上次说过，在不识字的大众里，是一向就有作家的。我久不到乡下去了，先前是，农民们还有一点余闲，譬如乘凉，就有人讲故事。不过这讲手，大抵是特定的人，他比较的见识多，说话巧，能够使人听下去，懂明白，并且觉得有趣。这就是作家，抄出他的话来，也就是作品。倘有语言无味，偏爱多嘴的人，大家是不要听的，还要送给他许多冷话——讥刺。我们弄了几千年文言，十来年白话，凡是能写的人，何尝个个是文学家呢？即使都变成文学家，又不是军阀或土匪，于大众也并无害处的，不过彼此互看作品而已。

还有一种是怕文学的低落。大众并无旧文学的修养，比起士大夫文学的细致来，或者会显得所谓"低落"的，但也未染旧文学的痼疾，所以它又刚健、清新。无名氏文学如《子夜歌》之流，会给旧文学一种新力量，我先前已经说过了；现在也有人绍介了许多民歌和故事。还有戏剧，例如《朝花夕拾》所引《目连救母》里的无常鬼的自传，说是因为同情一个鬼魂，暂放还阳半日，不料被阎罗责罚，从此不再宽纵了——

那怕你铜墙铁壁！

那怕你皇亲国戚！……

何等有人情，又何等知过，何等守法，又何等果决，我们的文学家做得出来么？

这是真的农民和手业工人的作品，由他们闲中扮演。借目连的巡行来贯串许多故事，除《小尼姑下山》外，和刻本的《目莲救母记》是完全不同的。其中有一段《武松打虎》，是甲乙两人，一强一弱，扮着戏玩。先是甲扮武松，乙扮老虎；被甲打得要命，乙埋怨他了，甲道："你是老虎，不打，不是给你咬死了？"乙只得要求互换，却又被甲咬得要命，一说怨话，甲便道："你是武松，不咬，不是给你打死了？"我想：比起希腊的伊索、俄国的梭罗古勃[1]的寓言来，这是毫无逊色的。

如果到全国的各处去收集，这一类的作品

---

1　费奥多尔·索洛古勃（1863—1927），俄国象征主义诗人、小说家。从圣彼得堡师范学院毕业后，在偏远的外省当了十年老师，后基于这一阴郁经历写成代表作《小恶魔》。

恐怕还很多。但自然，缺点是有的。是一向受着难文字、难文章的封锁，和现代思潮隔绝。所以，倘要中国的文化一同向上，就必须提倡大众语、大众文，而且书法更必须拉丁化。

## 十一　大众并不如读书人所想像的愚蠢

但是，这一回，大众语文刚一提出，就有些猛将趁势出现了，来路是并不一样的，可是都向白话、翻译、欧化语法、新字眼进攻。他们都打着"大众"的旗，说这些东西，都为大众所不懂，所以要不得。其中有的是原是文言余孽，借此先来打击当面的白话和翻译的，就是祖传的"远交近攻"的老法术；有的是本是懒惰分子，未尝用功，要大众语未成，白话先倒，让他在这空场上夸海口的，其实也还是文言文的好朋友，我都不想在这里多谈。现在要说的只是那些好意的，然而错误的人，因为他们不是看轻了大众，就是看轻了自己，仍旧犯着古之读书人的老毛病。

读书人常常看轻别人，以为较新、较难的字句，自己能懂，大众却不能懂，所以为大众计，是必须彻底扫荡的；说话作文，越俗，就越好。这意见发展开来，他就要不自觉的成为新国粹派。或则希图大众语文在大众中推行得快，主张什么都要配大众的胃口，甚至于说要"迎合大众"，故意多骂几句，以博大众的欢心。这当然自有他的苦心孤诣，但这样下去，可要成为大众的新帮闲的。

说起大众来，界限宽泛得很，其中包括着各式各样的人，但即使"目不识丁"的文盲，由我看来，其实也并不如读书人所推想的那么愚蠢。他们是要智识，要新的智识，要学习，能摄取的。当然，如果满口新语法、新名词，他们是什么也不懂；但逐渐的检必要的灌输进去，他们却会接受；那消化的力量，也许还赛过成见更多的读书人。初生的孩子，都是文盲，但到两岁，就懂许多话，能说许多话了，这在他，全部是新名词、新语法。他哪里是从《马氏文通》或《辞源》里查来的呢，也没有教师给他解释，他是听过几回之后，从比较而明白了意义的。大众的会摄取新词汇和语法，也就是这样子，他们会这样的前进。所以，新国粹派的主张，虽然好像为大众设想，实际上倒尽了拖住的任务。不过也不能听大众的自然，因为有些见识，他们究竟还在觉悟的读书人之下，如果不给他们随时拣选，也许会误拿了无益的，甚而至于有害的东西。所以，"迎合大众"的新帮闲，是绝对的要不得的。

由历史所指示，凡有改革，最初，总是觉悟的智识者的任务。但这些智识者，却必须有研究、能思索、有决断，而且有毅力。他也用权，却不是骗人，他利导，却并非迎合。他不看轻自己，以为是大家的戏子，也不看轻别人，当作自己的喽罗。他只是大众中的一个人，我想，这才可以做大众的事业。

十二　煞　尾

话已经说得不少了。总之，单是话不行，要紧的是做。要许多人做：大众和先驱；要各式的人做：教育家、文学家、言语学家……。这已经迫于必要了，即使目下还有点逆水行舟，也只好拉纤；顺水固然好得很，然而还是少不得把舵的。

这拉纤或把舵的好方法，虽然也可以口谈，但大抵得益于实验，无论怎么看风看水，目的只是一个：向前。

各人大概都有些自己的意见，现在还是给我听听你们诸位的高论罢。

# 不知肉味和不知水味

今年的尊孔，是民国以来第二次的盛典，凡是可以施展出来的，几乎全都施展出来了。上海的华界虽然接近夷（亦作彝）场[1]，也听到了当年孔子听得"三月不知肉味"的"韶乐"。八月三十日的《申报》报告我们说——

廿七日本市各界在文庙举行孔诞纪念

指上海的租界，犹言洋场，含贬义。

会，到党政机关，及各界代表一千余人。有大同乐会演奏中和韶乐二章，所用乐器因欲扩大音量起见，不分古今，凡属国乐器，一律配入，共四十种。其谱一仍旧贯，并未变动。聆其节奏，庄严肃穆，不同凡响，令人悠然起敬，如亲三代以上之承平雅颂，亦即我国民族性酷爱和平之表示也。……

乐器不分古今，一律配入，盖和周朝的韶乐，该已很有不同。但为"扩大音量起见"，也只能这么办，而且和现在的尊孔的精神，也似乎十分合拍的。"孔子，圣之时者也"[1]，"亦即圣之摩登者也"，要三月不知鱼翅燕窝味，乐器大约决非"共四十种"不可；况且那时候，

---

1　语出孟子，称赞孔子识时务，但考虑到孟子自己乃因不趋时而成圣，或可解释为含有批评之意。

中国虽然已有外患，却还没有夷场。

不过因此也可见时势究竟有些不同了，纵使"扩大音量"，终于还扩不到乡间，同日的《中华日报》上，就记着一则颇伤"承平雅颂，亦即我国民族性酷爱和平之表示"的体面的新闻，最不凑巧的是事情也出在二十七——

（宁波通讯）余姚入夏以来，因天时亢旱，河水干涸，住民饮料，大半均在河畔开凿土井，借以汲取，故往往因争先后，而起冲突。廿七日上午，距姚城四十里之朗霞镇后方屋地方，居民杨厚坤与姚士莲，又因争井水，发生冲突，互相加殴。姚士莲以烟筒头猛击杨头部，杨当即昏倒在地。继姚又以木棍石块击杨中要害，竟遭殴毙。迨邻近闻声施救，杨早已气绝。而姚士莲见已闯祸，知必不能免，即乘机逃避……

闻韶，是一个世界，口渴，是一个世界。食肉而不知味，是一个世界，口渴而争水，又是一个世界。自然，这中间大有君子小人之分，但"非小人无以养君子"，到底还不可任凭他们互相打死，渴死的。

听说在阿拉伯，有些地方，水已经是宝贝，为了喝水，要用血去换。"我国民族性"是"酷爱和平"的，想必不至于如此。但余姚的实例却未免有点怕人，所以我们除食肉者听了而不知肉味的"韶乐"之外，还要不知水味者听了而不想水喝的"韶乐"。

八月二十九日。

一六〇

# 中国语文的新生

　　中国现在的所谓中国字和中国文，已经不是中国大家的东西了。古时候，无论那一国，能用文字的原是只有少数的人的，但到现在，教育普及起来，凡是称为文明国者，文字已为大家所公有。但我们中国，识字的却大概只占全人口的十分之二，能作文的当然还要少。这还能说文字和我们大家有关系么？

　　也许有人要说，这十分之二的特别国民，是怀抱着中国文化，代表着中国大众的。我觉得这话并不对。这样的少数，并不足以代表中国人。正如中国人中，有吃燕窝鱼翅的人，有卖红丸的人，有拿回扣的人，但不能因此就说一切中国人，都在吃燕窝鱼翅、卖红丸、拿回扣一样。要不然，一个郑孝胥[1]，真可以把全副"王道"挑到满洲去。

我们倒应该以最大多数为根据，说中国现在等于并没有文字。这样的一个连文字也没有的国度，是在一天一天的坏下去了。我想，这可以无须我举例。

单在没有文字这一点上，智识者是早就感到模胡的不安的。清末的办白话报，五四时候的叫"文学革命"，就为此。但还只知道了文章难，没有悟出中国等于并没有文字。今年的提倡复兴文言文，也为此，他明知道现在的机

---

1　郑孝胥（1860—1938），曾为李鸿章幕僚，辛亥革命后以遗老自居，后任伪满洲国总理。

关枪是利器，却因历来偷懒，未曾振作，临危又想侥幸，就只好梦想大刀队[1]成事了。

大刀队的失败已经显然，只有两年，已没有谁来打九十九把钢刀去送给军队。但文言队的显出不中用来，是很慢、很隐的，它还有寿命。

和提倡文言文的开倒车相反，是目前的大众语文的提倡，但也还没有碰到根本的问题：中国等于并没有文字。待到拉丁化的提议出现，这才抓住了解决问题的紧要关键。

反对，当然大大的要有的，特殊人物的成规，动他不得。格理莱倡地动说，达尔文说进化论，摇动了宗教、道德的基础，被攻击原是毫不足怪的；但哈飞[2]发见了血液在人身中环

<hr />

1 　1933 年 3 月，宋哲元所部第二十九军挑选擅长刀术和近身肉搏的士兵组成大刀队夜袭日军，取得喜峰口战斗的胜利，之后被当时的新闻界神话化。

2 　格理莱即伽利略，哈飞即英国医学家哈维。

流，这和一切社会制度有什么关系呢，却也被攻击了一世。然而结果怎样？结果是：血液在人身中环流！

中国人要在这世界上生存，那些识得《十三经》的名目的学者，"灯红"会对"酒绿"的文人，并无用处，却全靠大家的切实的智力，是明明白白的。那么，倘要生存，首先就必须除去阻碍传布智力的结核：非语文和方块字。如果不想大家来给文字做牺牲，就得牺牲掉旧文字。走那一面呢，这并非如冷笑家所指摘，只是拉丁化提倡者的成败，乃是关于中国大众的存亡的。要得实证，我看也不必等候怎么久。

至于拉丁化的较详的意见，我是大体和《自由谈》连载的华圉[1]作《门外文谈》相近的，

---

1　鲁迅仅用过一次的笔名，意为"（当时的）中国是个监狱"。

这里不多说。我也同意于一切冷笑家所冷嘲的大众语的前途的艰难；但以为即使艰难，也还要做；愈艰难，就愈要做。改革，是向来没有一帆风顺的，冷笑家的赞成，是在见了成效之后，如果不信，可看提倡白话文的当时。

九月二十四日。

他们有确信，不自欺；他们在前仆后继的战斗。

# 中国人失掉自信力了吗

从公开的文字上看起来：两年以前，我们总自夸着"地大物博"，是事实；不久就不再自夸了，只希望着国联[1]，也是事实；现在是既不夸自己，也不信国联，改为一味求神拜佛、怀古伤今了——却也是事实。

于是有人慨叹曰：中国人失掉自信力了。

---

1  第一次世界大战结束后成立的国际组织，其构想基于美国总统伍德罗·威尔逊的十四点和平原则，但美国并未加入。九一八事变后，曾派调查团来中国，判定日本的占领行为是错误的，导致日本宣布退出。

如果单据这一点现象而论，自信其实是早就失掉了的。先前信"地"，信"物"，后来信"国联"，都没有相信过"自己"。假使这也算一种"信"，那也只能说中国人曾经有过"他信力"，自从对国联失望之后，便把这他信力都失掉。

失掉了他信力，就会疑，一个转身，也许能够只相信了自己，倒是一条新生路，但不幸的是逐渐玄虚起来了。信"地"和"物"，还是切实的东西，国联就渺茫，不过这还可以令人不久就省悟到依赖它的不可靠。一到求神拜佛，可就玄虚之至了，有益或是有害，一时就找不出分明的结果来，它可以令人更长久的麻醉着自己。

中国人现在是在发展着"自欺力"。

"自欺"也并非现在的新东西，现在只不

过日见其明显，笼罩了一切罢了。然而，在这笼罩之下，我们有并不失掉自信力的中国人在。

我们从古以来，就有埋头苦干的人，有拼命硬干的人，有为民请命的人，有舍身求法的人，……虽是等于为帝王将相作家谱的所谓"正史"，也往往掩不住他们的光耀，这就是中国的脊梁。

这一类的人们，就是现在也何尝少呢？他们有确信，不自欺；他们在前仆后继的战斗，不过一面总在被摧残，被抹杀，消灭于黑暗中，不能为大家所知道罢了。说中国人失掉了自信力，用以指一部分人则可，倘若加于全体，那简直是诬蔑。

要论中国人，必须不被搽在表面的自欺欺人的脂粉所诓骗，却看看他的筋骨和脊梁。自

一七〇

信力的有无，状元宰相的文章是不足为据的，
要自己去看地底下。

九月二十五日。

# "以眼还眼"

　　杜衡先生在"最近，出于'与其看一部新的书，还不如看一部旧的书'的心情"，重读了莎士比亚的《凯撒传》[1]。这一读是颇有关系的，结果使我们能够拜读他从读旧书而来的新文章：《莎剧凯撒传里所表现的群众》（见《文艺风景》创刊号）。

---

1　现通译为《裘力斯·凯撒》，为五幕剧，但凯撒在剧中仅以衰老的形象出现过三场，并在第三幕第一场死去，所以该剧真正的主角存在争论。

这个剧本，杜衡先生是"曾经用两个月的时间把它翻译出来过"的，就可见读得非常子细。他告诉我们："在这个剧里，莎氏描写了两个英雄——凯撒，和……勃鲁都斯。……还进一步创造了两位政治家（煽动家）——阴险而卑鄙的卡西乌斯，和表面上显得那么麻木而糊涂的安东尼。"但最后的胜利却属于安东尼，而"很明显地，安东尼底胜利是凭借了群众底力量"，于是更明显地，即使"甚至说，群众是这个剧底无形的主脑，也不嫌太过"了。

然而这"无形的主脑"是怎样的东西呢？杜衡先生在叙事和引文之后，加以结束——决不是结论，这是作者所不愿意说的——道——

在这许多地方，莎氏是永不忘记把群众表现为一个力量的；不过，这力量只是一种盲目的暴力。他们没有理性，他们没

一七三

有明确的利害观念；他们底感情是完全被几个煽动家所控制着，所操纵着。……自然，我们不能贸然地肯定这是群众底本质，但是我们倘若说，这位伟大的剧作者是把群众这样看法的，大概不会有什么错误吧。这看法，我知道将使作者大大地开罪于许多把群众底理性和感情用另一种方式来估计的朋友们。至于我，说实话，我以为对这些问题的判断，是至今还超乎我底能力之上，我不敢妄置一词。……

杜衡先生是文学家，所以这文章做得极好，很谦虚。假如说，"妈的群众是瞎了眼睛的！"即使根据的是"理性"，也容易因了表现的粗暴而招致反感；现在是"这位伟大的剧作者"莎士比亚老前辈"把群众这样看法的"，您以

一七四

为怎么样呢？"巽语之言，能无说乎"[1]，至少也得客客气气的搔一搔头皮，如果你没有翻译或细读过莎剧《凯撒传》的话——只得说，这判断，更是"超乎我底能力之上"了。

于是我们都不负责任，单是讲莎剧。莎剧的确是伟大的，仅就杜衡先生所介绍的几点来看，它实在已经打破了文艺和政治无关的高论了。群众是一个力量，但"这力量只是一种盲目的暴力。他们没有理性，他们没有明确的利害观念"，据莎氏的表现，至少，他们就将"民治"的金字招牌踏得粉碎，何况其他？即在目前，也使杜衡先生对于这些问题不能判断了。一本《凯撒传》，就是作政论看，也是极有力量的。

然而杜衡先生却又因此替作者捏了一把

---

一 出自《论语·子罕》。"巽语"原作"巽与"，意为顺从、附和。"说"同"悦"。

汗，怕"将使作者大大地开罪于许多把群众底理性和感情用另一种方式来估计的朋友们"。自然，在杜衡先生，这是一定要想到的，他应该爱惜这一位以《凯撒传》给他智慧的作者。然而肯定的判断了那一种"朋友们"，却未免太不顾事实了。现在不但施蛰存先生已经看见了苏联将要排演莎剧的"丑态"（见《现代》九月号），便是《资本论》里，不也常常引用莎氏的名言，未尝说他有罪么？将来呢，恐怕也如未必有人引《哈孟雷特》来证明有鬼，更未必有人因《哈孟雷特》而责莎士比亚的迷信一样，会特地"吊民伐罪"，和杜衡先生一般见识的。

况且杜衡先生的文章，是写给心情和他两样的人们来读的，因为会看见《文艺风景》这一本新书的，当然决不是怀着"与其看一部新的书，还不如看一部旧的书"的心情的朋友。

但是，一看新书，可也就不至于只看一本《文艺风景》了，讲莎剧的书又很多，涉猎一点，心情就不会这么抖抖索索，怕被"政治家"（煽动家）所煽动。那些"朋友们"除注意作者的时代和环境而外，还会知道《凯撒传》的材料是从布鲁特奇的《英雄传》里取来的，而且是莎士比亚从作喜剧转入悲剧的第一部；作者这时是失意了。为什么事呢，还不大明白。但总之，当判断的时候，是都要想到的，又未必有杜衡先生所豫言的痛快、简单。

单是对于"莎剧《凯撒传》里所表现的群众"的看法，和杜衡先生的眼睛两样的就有的是。现在只抄一位痛恨十月革命，逃入法国的显斯妥夫（Lev Shestov）先生[1]的见解，而且是结论在这里罢——

―――――――――

现通译为列夫·舍斯托夫（1866—1938），俄国哲学家，著有《雅典与耶路撒冷》等。

在《攸里乌斯·凯撒》中活动的人，以上之外，还有一个。那是复合底人物。那便是人民，或说"群众"。莎士比亚之被称为写实家，并不是无意义的。无论在那一点，他决不阿谀群众，做出凡俗的性格来。他们轻薄、胡乱、残酷。今天跟在彭贝的战车之后，明天喊着凯撒之名，但过了几天，却被他的叛徒勃鲁都斯的辩才所惑，其次又赞成安东尼的攻击，要求着刚才的红人勃鲁都斯的头了。人往往愤慨着群众之不可靠。但其实，岂不是正有适用着"以眼还眼，以牙还牙"的古来的正义的法则的事在这里吗？劈开底来看，群众原是轻蔑着彭贝、凯撒、安东尼、辛那之辈的，他们那一面，也轻蔑着群众。今天凯撒握着权力，凯撒万岁。明天轮到安东尼了，那就跟在他后面罢。只要他们给饭吃，给戏看，就好。他们的功绩之类，是用不着想到的。他们那一面也很明白，施与些像个王者的宽容，借此给自己收得报答。在拥挤着这些满是虚荣心的人们的连串里，间或夹杂着勃鲁都斯那样的廉直之士，是事实。然而谁有从山积的沙中，找出一粒珠子来的闲工夫呢？群众，是英雄的大炮的食料，而英雄，从群众看来，不过是余兴。在其间，正义就占了胜利，而幕也垂下来了。（《莎士比亚[剧]中的伦理的问题》）

这当然也未必是正确的见解，显斯妥夫就不很有人说他是哲学家或文学家。不过便是这一点点，就很可以看见虽然同是从《凯撒传》来看它所表现的群众，结果却已经和杜衡先生有这么的差别。而且也很可以推见，正不会如杜衡先生所豫料，"将使作者大大地开罪于许多把群众底理性和感情用另一方式来估计的朋友们"了。

所以，杜衡先生大可以不必替莎士比亚发愁。彼此其实都很明白："阴险而卑鄙的卡西乌斯，和表面上显得那么麻木而糊涂的安东尼"，就是在那时候的群众，也"不过是余兴"而已。

九月三十日。

# 说"面子"

"面子"，是我们在谈话里常常听到的，因为好像一听就懂，所以细想的人大约不很多。

但近来从外国人的嘴里，有时也听到这两个音，他们似乎在研究。

他们以为这一件事情，很不容易懂，然而是中国精神的纲领，只要抓住这个，就像二十四年前的拔住了辫子一样，全身都跟着走动了。相传前清时候，洋人到总理衙门去要求利益，一通威吓，吓得大官们满口答应，但临走时，却被从边门送出去。不给他走正门，就是他没有面子；他既然没有面子，自然就是中国有了面子，也就是占了上风了。这是不是事实，我断不定，但这故事，"中外人士"中是颇有些人知道的。

因此，我颇疑心他们想专将"面子"给我们。

但"面子"究竟是怎么一回事呢？不想还好，一想可就觉得胡涂。它像是很有好几种的，每一种身份，就有一种"面子"，也就是所谓"脸"。这"脸"有一条界线，如果落到这线的下面去了，即失了面子，也叫作"丢脸"。不怕"丢脸"，便是"不要脸"。但倘使做了超出这线以上的事，就"有面子"，或曰"露脸"。而"丢脸"之道，则因人而不同，例如车夫坐在路边赤膊捉虱子，并不算什么，富家姑爷坐在路边赤膊捉虱子，才成为"丢脸"。但车夫也并非没有"脸"，不过这时不算"丢"，要给老婆踢了一脚，就躺倒哭起来，这才成为他的"丢脸"。这一条"丢脸"律，是也适用于上等人的。这样看来，"丢脸"的机会，似乎上等人比较的多，但也不一定，例如车夫偷一个钱袋，被人发见，是失了面子的，而上等人大捞一批金珠珍玩，却仿佛也不见得怎样"丢脸"，况且还有"出洋考察"[1]，是改头换面的良方。

谁都要"面子"，当然也可以说是好事情，但"面子"这东西，却实在有些怪。九月三十日的《申报》就告诉我们一条新闻：沪西有业木匠大包作头之罗立鸿，为其母出殡，邀开"货器店之王树宝夫妇帮忙，因来宾众多，所备白衣，不敷分配，其时适有名王道才，绰号

---

[1] 军人、政客在失势时主动或被迫暂时隐退的手段，如杨虎城在西安事变后，便为蒋所迫，宣布辞职，随即"出洋考察"。

三喜子，亦到来送殡，争穿白衣不遂，以为有失体面，心中怀恨，……邀集徒党数十人，各执铁棍，据说尚有持手枪者多人，将王树宝家人乱打，一时双方有剧烈之战争，头破血流，多人受有重伤。……"白衣是亲族有服者所穿的，现在必须"争穿"而又"不遂"，足见并非亲族，但竟以为"有失体面"，演成这样的大战了。这时候，好像要和普通有些不同便是"有面子"，而自己成了什么，却可以完全不管。这类脾气，是"绅商"也不免发露的：袁世凯将要称帝的时候，有人以列名于劝进表中为"有面子"；有一国从青岛撤兵的时候，有人以列名于万民伞[1]上为"有面子"。

所以，要"面子"也可以说并不一定是好

---

[1] 旧时绅民为颂扬地方官的德政赠送的伞，伞沿缀有许多小绸条，上书赠送人名氏。到了晚清，官员在离任时往往主动索求。

事情——但我并非说，人应该"不要脸"。现在说话难，如果主张"非孝"，就有人会说你在煽动打父母，主张男女平等，就有人会说你在提倡乱交——这声明是万不可少的。

况且，"要面子"和"不要脸"实在也可以有很难分辨的时候。不是有一个笑话么？一个绅士有钱有势，我假定他叫四大人罢，人们都以能够和他扳谈为荣。有一个专爱夸耀的小瘪三，一天高兴的告诉别人道："四大人和我讲过话了！"人问他"说什么呢？"答道："我站在他门口，四大人出来了，对我说：滚开去！"当然，这是笑话，是形容这人的"不要脸"，但在他本人，是以为"有面子"的，如此的人一多，也就真成为"有面子"了。别的许多人，不是四大人连"滚开去"也不对他说么？

在上海，"吃外国火腿"虽然还不是"有

面子", 却也不算怎么"丢脸"了, 然而比起被一个本国的下等人所踢来, 又仿佛近于"有面子"。

中国人要"面子", 是好的, 可惜的是这"面子"是"圆机活法", 善于变化, 于是就和"不要脸"混起来了。长谷川如是闲[1]说"盗泉"云: "古之君子, 恶其名而不饮, 今之君子, 改其名而饮之。"也说穿了"今之君子"的"面子"的秘密。

十月四日。

---

1　长谷川如是闲（1875—1969）, 日本评论家, 大正时期民主运动代表人物, 著有《现代国家批判》《日本的性格》等。

# 运命

有一天，我坐在内山书店里闲谈——我是常到内山书店去闲谈的，我的可怜的敌对的"文学家"，还曾经借此竭力给我一个"汉奸"的称号，可惜现在他们又不坚持了——才知道日本的丙午年生，今年二十九岁的女性，是一群十分不幸的人。大家相信丙午年生的女人要克夫，即使再嫁，也还要克，而且可以多至五六个，所以想结婚是很难的。这自然是一种迷信，但日本社会上的迷信也还是真不少。

我问：可有方法解除这夙命呢？回答是：没有。

接着我就想到了中国。

许多外国的中国研究家，都说中国人是定命论者，命中注定，无可奈何；就是中国的论者，现在也有些人这样说。但据我所知道，中国女性就没有这样无法解除的命运。"命凶"或"命硬"，是有的，但总有法子想，就是所谓"禳解"；或者和不怕相克的命的男子结婚，制住她的"凶"或"硬"。假如有一种命，说是要连克五六个丈夫的罢，那就早有道士之类出场，自称知道妙法，用桃木刻成五六个男人，画上符咒，和这命的女人一同行"结俪之礼"后，烧掉或埋掉，于是真来订婚的丈夫，就算是第七个，毫无危险了。

中国人的确相信运命，但这运命是有方法转移的。所谓"没有法子"，有时也就是一种另想道路——转移运命的方法。等到确信这是"运命"，真真"没有法子"的时候，那是在事实上已经十足碰壁，或者恰要灭亡之际了。运命并不是中国人的事前的指导，乃是事后的一种不费心思的解释。

中国人自然有迷信，也有"信"，但好像很少"坚信"。我们先前最尊皇帝，但一面想玩弄他，也尊后妃，但一面又有些想吊她的膀子；畏神明，而又烧纸钱作贿赂，佩服豪杰，却不肯为他作牺牲。崇孔的名儒，一面拜佛，信甲的战士，明天信丁。宗教战争是向来没有的，从北魏到唐末的佛道二教的此仆彼起，是只靠几个人在皇帝耳朵边的甘言蜜语。风水，符咒，拜祷……偌大的"运命"，只要化一批钱或磕几个头，就改换得和注定的一笔大不相同了——就是并不注定。

我们的先哲，也有知道"定命"有这么的

不定，是不足以定人心的，于是他说，这用种种方法之后所得的结果，就是真的"定命"，而且连必须用种种方法，也是命中注定的。但看起一般的人们来，却似乎并不这样想。

人而没有"坚信"，狐狐疑疑，也许并不是好事情，因为这也就是所谓"无特操"。但我以为信运命的中国人而又相信运命可以转移，却是值得乐观的。不过现在为止，是在用迷信来转移别的迷信，所以归根结蒂，并无不同，以后倘能用正当的道理和实行——科学来替换了这迷信，那么，定命论的思想，也就和中国人离开了。

假如真有这一日，则和尚、道士、巫师、星相家、风水先生……的宝座，就都让给了科学家，我们也不必整年的见神见鬼了。

十月二十三日。

一九〇

# 脸谱臆测

对于戏剧，我完全是外行。但遇到研究中国戏剧的文章，有时也看一看。近来的中国戏是否象征主义，或中国戏里有无象征手法的问题，我是觉得很有趣味的。

伯鸿先生在《戏》周刊十一期（《中华日报》副刊）上，说起脸谱，承认了中国戏有时用象征的手法，"比如白表'奸诈'，红表'忠勇'，黑表'威猛'，蓝表'妖异'，金表'神灵'之类，实与西洋的白表'纯洁清净'，黑表'悲哀'，红表'热烈'，黄金色表'光荣'和'努力'"并无不同，这就是"色的象征"，虽然比较的单纯、低级。

这似乎也很不错，但再一想，却又生了疑问，因为白表奸诈、红表忠勇之类，是只以在脸上为限，一到别的地方，白就并不象征奸诈，红也不表示忠勇了。

对于中国戏剧史，我又是完全的外行。我只知道古时候（南北朝）的扮演故事，是带假面的，这假面上，大约一定得表示出这角色的特征，一面也是这角色的脸相的规定。古代的假面和现在的打脸的关系，好像还没有人研究过，假使有些关系，那么，"白表奸诈"之类，就恐怕只是人物的分类，却并非象征手法了。

中国古来就喜欢讲"相人术"，但自然和现在的"相面"不同，并非从气色上看出祸福来，而是所谓"诚于中，必形于外"，要从脸相上辨别这人的好坏的方法。一般的人们，也有这一种意见的，我们在现在，还常听到"看他样子就不是好人"这一类话。这"样子"的具体的表现，就是戏剧上的"脸谱"。富贵人全无心肝，只知道自私自利，吃得白白胖胖，什么都做得出，于是白就表了奸诈。红表忠勇，是从关云长的"面如重枣"来的。"重枣"[1]是怎样的枣子，我不知道，要之，总是红色的罢。在实际上，忠勇的人思想较为简单，不会神经衰弱，面皮也容易发红，倘使他要永远中立，自称"第三种人"，精神上就不免时时痛苦，脸上一块青、一块白，终于显出白鼻子来了。黑表威猛，更是极平常的事，整年在战场上驰驱，脸孔怎会不黑，擦着雪花膏的公子，是一定不肯自己出面去战斗的。

　　士君子常在一门一门的将人们分类，平民

---

[1]　枣到重阳节红熟，故有此说。

也在分类，我想，这"脸谱"，便是优伶和看客公同逐渐议定的分类图。不过平民的辨别，感受的力量，是没有士君子那么细腻的。况且我们古时候戏台的搭法，又和罗马不同，使看客非常散漫，表现倘不加重，他们就觉不到，看不清。这么一来，各类人物的脸谱，就不能不夸大化、漫画化，甚而至于到得后来，弄得希奇古怪，和实际离得很远，好像象征手法了。

脸谱，当然自有它本身的意义的，但我总觉得并非象征手法，而且在舞台的构造和看客的程度和古代不同的时候，它更不过是一种赘疣，无须扶持它的存在了。然而用在别一种有意义的玩艺上，在现在，我却以为还是很有兴趣的。

十月三十一日。

一九四

# 随便翻翻

　　我想讲一点我的当作消闲的读书——随便翻翻。但如果弄得不好，会受害也说不定的。

　　我最初去读书的地方是私塾，第一本读的是《鉴略》[1]，桌上除了这一本书和习字的描红格，对字（这是做诗的准备）的课本之外，不许有别的书。但后来竟也慢慢的认识字了，一认识字，对于书就发生了兴趣，家里原有两

[1] 清代王仕云编，为历史知识类的蒙学读物。

三箱破烂书，于是翻来翻去，大目的是找图画看，后来也看看文字。这样就成了习惯，书在手头，不管它是什么，总要拿来翻一下，或者看一遍序目，或者读几叶内容，到得现在，还是如此，不用心，不费力，往往在作文或看非看不可的书籍之后，觉得疲劳的时候，也拿这玩意来作消遣了，而且它也的确能够恢复疲劳。

倘要骗人，这方法很可以冒充博雅。现在有一些老实人，和我闲谈之后，常说我书是看得很多的，略谈一下，我也的确好像书看得多，殊不知就为了常常随手翻翻的缘故，却并没有本本细看。还有一种很容易到手的秘本，是《四库书目提要》，倘还怕繁，那么，《简明目录》也可以，这可要细看，它能做成你好像看过许多书。不过我也曾用过正经工夫，如什么"国学"之类，请过先生指教，留心过学者所开的参考书目。结果都不满意。有些书目开得太多，要十来年才能看完，我还疑心他自己就没有看；只开几部的较好，可是这须看这位开书目的先生了，如果他是一位胡涂虫，那么，开出来的几部一定也是极顶胡涂书，不看还好，一看就胡涂。

我并不是说，天下没有指导后学看书的先生，有是有的，不过很难得。

这里只说我消闲的看书——有些正经人是反对的，以为这么一来，就"杂"！"杂"，现在又算是很坏的形容词。但我以为也有好处。譬如我们看一家的陈年账簿，每天写着"豆付三文，青菜十文，鱼五十文，酱油一文"，就知先前这几个钱就可买一天的小菜，吃够一家；看一本旧历本，写着"不宜出行，不宜沐浴，不宜上梁"，就知道先前是有这么多的禁忌。看见了宋人笔记里的"食菜事魔"，明人笔记里的"十彪五虎"，[1] 就知道"哦呵，原来'古已有之'"。但看完一部书，都是些那时的名人轶事，某将军每餐要吃三十八碗饭，某先生体重一百七十五斤半；或是奇闻怪事，某村雷劈蜈蚣精，某妇产生人面蛇，毫无益处的也有。这时可得自己有主意了，知道这是帮闲文士所做的书。凡帮闲，他能令人消闲消得最坏，他用的是最坏的方法。倘不小心，被他诱过去，那就坠入陷阱，后来满脑子是某将军的饭量、某先生的体重、蜈蚣精和人面蛇了。

讲扶乩的书，讲婊子的书，倘有机会遇见，不要皱起眉头，显示憎厌之状，也可以翻一翻；明知道和自己意见相反的书，已经过时的

---

1　明人笔记即计六奇的《明季北略》。"十彪五虎"应为"五虎五彪"，指魏忠贤的十位党徒，五虎为文职，五彪为武职。

书，也用一样的办法。例如杨先生的《不得已》[1]是清初的著作，但看起来，他的思想是活着的，现在意见和他相近的人们正多得很。这也有一点危险，也就是怕被它诱过去。治法是多翻，翻来翻去，一多翻，就有比较，比较是医治受骗的好方子。乡下人常常误认一种硫化铜为金矿，空口是和他说不明白的，或者他还会赶紧藏起来，疑心你要白骗他的宝贝。但如果遇到一点真的金矿，只要用手掂一掂轻重，他就死心塌地：明白了。

"随便翻翻"是用各种别的矿石来比的方法，很费事，没有用真的金矿来比的明白、简单。我看现在青年的常在问人该读什么书，就是要看一看真金，免得受硫化铜的欺骗。而且

---

1　杨光先（1597—1669），"康熙历狱"的发起者，《不得已》为其攻击西方传教士、天主教和西洋历法的言论集，其中最有名的一句是："宁可使中夏无好历法，不可使中夏有西洋人。"

一识得真金，一面也就真的识得了硫化铜，一举两得了。

但这样的好东西，在中国现有的书里，却不容易得到。我回忆自己的得到一点知识，真是苦得可怜。幼小时候，我知道中国在"盘古氏开辟天地"之后，有三皇五帝、……宋朝、元朝、明朝、"我大清"。到二十岁，又听说"我们"的成吉思汗征服欧洲，是"我们"最阔气的时代。到二十五岁，才知道所谓这"我们"最阔气的时代，其实是蒙古人征服了中国，我们做了奴才。直到今年八月里，因为要查一点故事，翻了三部蒙古史，这才明白蒙古人的征服"斡罗思"[1]，侵入匈奥，还在征服全中国之前，那时的成吉思还不是我们的汗，倒是俄人被奴的资格比我们老，应该他们说"我

---

1　即俄罗斯。

们的成吉思汗征服中国，是我们最阔气的时代"的。

我久不看现行的历史教科书了，不知道里面怎么说；但在报章杂志上，却有时还看见以成吉思汗自豪的文章。事情早已过去了，原没有什么大关系，但也许正有着大关系，而且无论如何，总是说些真实的好。所以我想，无论是学文学的，学科学的，他应该先看一部关于历史的简明而可靠的书。但如果他专讲天王星，或海王星，虾蟆的神经细胞，或只咏梅花，叫妹妹，不发关于社会的议论，那么，自然，不看也可以的。

我自己，是因为懂一点日本文，在用日译本《世界史教程》和新出的《中国社会史》应应急的，都比我历来所见的历史书类说得明确。前一种中国曾有译本，但只有一本，后五本不译了，译得怎样，因为没有见过，不知道，后一种中国倒先有译本，叫作《中国社会发展史》，不过据日译者说，是多错误，有删节，靠不住的。

我还在希望中国有这两部书。又希望不要一哄而来，一哄而散，要译，就译他完；也不要删节，要删节，就得声明，但最好还是译得小心、完全，替作者和读者想一想。

十一月二日。

二〇二

# 拿破仑与隋那

我认识一个医生，忙的，但也常受病家的攻击，有一回，自解自叹道：要得称赞，最好是杀人，你把拿破仑和隋那（Edward Jenner，1749 — 1823）[1]去比比看……

我想，这是真的。拿破仑的战绩，和我们什么相干呢，我们却总敬服他的英雄。甚而至于自己的祖宗做了蒙古人的奴隶，我们却还恭

---

[1] 现通译为琴纳，英国医生，牛痘接种的发明者，被称为免疫学之父。

维成吉思；从现在的□字眼睛看来，黄人已经是劣种了，我们却还夸耀希特拉。

因为他们三个，都是杀人不眨眼的大灾星。

但我们看看自己的臂膊，大抵总有几个疤，这就是种过牛痘的痕迹，是使我们脱离了天花的危症的。自从有这种牛痘法以来，在世界上真不知救活了多少孩子，——虽然有些人大起来也还是去给英雄们做炮灰，但我们有谁记得这发明者隋那的名字呢？

杀人者在毁坏世界，救人者在修补它，而炮灰资格的诸公，却总在恭维杀人者。

这看法倘不改变，我想，世界是还要毁坏，人们也还要吃苦的。

十一月六日。

# 答《戏》周刊编者信

鲁迅先生鉴：

《阿Q》的第一幕已经登完了，搬上舞台实验虽还不是马上可以做到，但我们的准备工作是就要开始发动了。我们希望你能在第一幕刚登完的时候先发表一点意见，一方面对于我们的公演准备或者也有些帮助，另方面本刊的丛书计划一实现也可以把你的意见和《阿Q》剧本同时付印当作一篇序。这是编者的要求，也是作者、读者和演出的同志们的要求。祝健！

编者。

编辑先生——

在《戏》周刊上给我的公开信，我早看见了；后来又收到邮寄的一张周刊，我知道这大约是在催促我的答复。对于戏剧，我是毫无研究的，我的最可靠的答复，是一声也不响。但如果先生和读者们都肯豫先了解我不过是一个外行人的随便谈谈，那么，我自然也不妨说一点我个人的意见。

《阿Q》在每一期里，登得不多，每期相隔又有六天，断断续续的看过，也陆陆续续的忘记了。现在回忆起来，只记得那编排，将《呐喊》中的另外的人物也插进去，以显示未庄或鲁镇的全貌的方法，是很好的。但阿Q所说的绍兴话，我却有许多地方看不懂。

现在我自己想说几句的，有两点——

一、未庄在那里？《阿Q》的编者已经决定在绍兴。我是绍兴人，所写的背景又是绍兴的居多，对于这决定，大概是谁都同意的。但是，我的一切小说中，指明着某处的却少得很。中国人几乎都是爱护故乡、奚落别处的大英雄，阿Q也很有这脾气。那时我想，假如写一篇暴露小说，指定事情是出在某处的罢，那么，某处人恨得不共戴天，非某处人却无异隔岸观火，彼此都不反省，一班人咬牙切齿，一班人却飘飘然，不但作品的意义和作用完全失掉了，还要由此生出无聊的枝节来，大家争一通闲气——《闲话扬州》[1]是最近的例子。为了医病，方子上开人参，吃法不好，倒落得满身浮肿，

---

1　淞沪抗战后，江苏省政府部分机构从镇江迁到扬州，时为教育厅编审室主任的易君左在闲游之后，写了这本游记，结果因为涉嫌"辱扬"受到声讨。

二〇七

用萝卜子来解，这才恢复了先前一样的瘦，人参白买了，还空空的折贴了萝卜子。人名也一样，古今文坛消息家，往往以为有些小说的根本是在报私仇，所以一定要穿凿书上的谁，就是实际上的谁。为免除这些才子学者们的白费心思，另生枝节起见，我就用"赵太爷""钱大爷"，是《百家姓》上最初的两个字；至于阿Q的姓呢，谁也不十分了然。但是，那时还是发生了谣言。还有排行，因为我是长男，下有两个兄弟，为豫防谣言家的毒舌起见，我的作品中的坏脚色，是没有一个不是老大，或老四、老五的。

　　上面所说那样的苦心，并非我怕得罪人，目的是在消灭各种无聊的副作用，使作品的力量较能集中，发挥得更强烈。果戈理作《巡按使》[1]，使演员直接对看客道："你们笑自己！"

---

1　　现通译为《钦差大人》。鲁迅提到的这个译本或为贺启明的译本《巡按》，首次发表于1921年。

（奇怪的是中国的译本，却将这极要紧的一句删去了。）我的方法是在使读者摸不着在写自己以外的谁，一下子就推诿掉，变成旁观者，而疑心到像是写自己，又像是写一切人，由此开出反省的道路。但我看历来的批评家，是没有一个注意到这一点的。这回编者的对于主角阿Q所说的绍兴话，取了这样随手胡调的态度，我看他的眼睛也是为俗尘所蔽的。

但是，指定了绍兴也好。于是跟着起来的是第二个问题——

二、阿Q该说什么话？这似乎无须问，阿Q一生的事情既然出在绍兴，他当然该说绍兴话。但是第三个疑问接着又来了——

三、《阿Q》是演给那里的人们看的？倘是演给绍兴人看的，他得说绍兴话无疑。绍兴戏文中，一向是官员秀才用官话，堂倌狱卒用土话的，也就是生、旦、净大抵用官话，丑用土话。我想，这也并非全为了用这来区别人的上下、雅俗、好坏，还有一个大原因，是警句或炼话，讥刺和滑稽，十之九是出于下等人之口的，所以他必用土话，使本地的看客们能够彻底的了解。那么，这关系之重大，也就可想而知了。其实，倘使演给绍兴的人们看，别的脚色也大可以用绍兴话，因为同是绍兴话，所谓上等人和下等人说的也并不同，大抵前者句子简，语助词和感叹词少，后者句子长，语助词和感叹词多，同一意思的一句话，可以冗长到一倍。但如演给别处的人们看，这剧本的作用却减弱，或者简直完全消失了。据我所留心观察，凡有自以为深通绍兴话的外县人，他大抵是像目前标点明人小品的名人一样，并不怎么懂得的；至于北方或闽粤人，我恐怕他听了之后，不会比听外国马戏里的打诨更有所得。

　　我想，普遍、永久、完全，这三件宝贝，

自然是了不得的，不过也是作家的棺材钉，会将他钉死。譬如现在的中国，要编一本随时随地，无不可用的剧本，其实是不可能的，要这样编，结果就是编不成。所以我以为现在的办法，只好编一种对话都是比较的容易了解的剧本，倘在学校之类这些地方扮演，可以无须改动，如果到某一省县，某一乡村里面去，那么，这本子就算是一个底本，将其中的说白都改为当地的土话，不但语言，就是背景、人名，也都可变换，使看客觉得更加切实。譬如罢，如果这演剧之处并非水村，那么，航船可以化为大车，七斤[1]也可以叫作"小辫儿"的。

我的意见说完了，总括一句，不过是说，这剧本最好是不要专化，却使大家可以活用。

临末还有一点尾巴，当然决没有叭儿君

---

1　鲁迅小说《风波》中的主要人物，因在进城时被人剪掉辫子，成为议论的中心。

的尾巴的有趣。这是我十分抱歉的，不过还是非说不可。记得几个月之前，曾经回答过一个朋友的关于大众语的质问，这信后来被发表在《社会月报》上了，末了是杨邨人[1]先生的一篇文章。一位绍伯先生就在《火炬》上说我已经和杨邨人先生调和，并且深深的感慨了一番中国人之富于调和性。这一回，我的这一封信，大约也要发表的罢，但我记得《戏》周刊上已曾发表过曾今可叶灵凤[2]两位先生的文章；叶先生还画了一幅阿Q像，好像我那一本《呐喊》还没有在上茅厕时候用尽，倘不是多年便秘，

---

1 杨邨人（1901—1955），太阳社主要创建人之一，左联首任党团书记，1932年宣布脱党，被鲁迅称为"革命小贩"，1955年在肃反运动中自杀。

2 曾今可（1901—1971），曾创办《新时代月刊》，提倡"打打麻将"，叫喊"国家事管他娘"，引起鲁迅等人的批判。叶灵凤（1905—1975），1925年加入创造社，1932年加入新感觉派，海派作家代表之一。1929年11月，他曾发表小说《穷愁的自传》，里面的人物魏日青说："照着老例，起身后我便将十二枚铜元从旧货摊上买来的一册《呐喊》撕下三页到露台上去大便。"

那一定是又买了一本新的了。如果我被绍伯先生的判决所震慑，这回是应该不敢再写什么的，但我想，也不必如此。只是在这里要顺便声明：我并无此种权力，可以禁止别人将我的信件在刊物上发表，而且另外还有谁的文章，更无从豫先知道，所以对于同一刊物上的任何作者，都没有表示调和与否的意思；但倘有同一营垒中人，化了装从背后给我一刀，则我的对于他的憎恶和鄙视，是在明显的敌人之上的。

这倒并非个人的事情，因为现在又到了绍伯先生可以施展老手段的时候，我若不声明，则我所说过的各节，纵非买办意识，也是调和论了，还有什么意思呢？

专此布复，即请

文安。

二一三

鲁迅。十一月十四日。

# 寄《戏》周刊编者信

编辑先生：

　　今天看《戏》周刊第十四期，《独白》上"抱憾"于不得我的回信，但记得这信已于前天送出了，还是病中写的，自以为巴结得很，现在特地声明，算是讨好之意。

　　在这周刊上，看了几个阿Q像，我觉得都太特别，有点古里古怪。我的意见，以为阿Q该是三十岁左右，样子平平常常，有农民式的质朴、愚蠢，但也很沾了些游手之徒的狡猾。

在上海，从洋车夫和小车夫里面，恐怕可以找出他的影子来的，不过没有流氓样，也不像瘪三样。只要在头上戴上一顶瓜皮小帽，就失去了阿Q，我记得我给他戴的是毡帽。这是一种黑色的、半圆形的东西，将那帽边翻起一寸多，戴在头上的；上海的乡下，恐怕也还有人戴。

报上说要图画，我这里有十张，是陈铁耕君[1]刻的，今寄上，如不要，仍请寄回。他是广东人，所用的背景有许多大约是广东。第二、第三之二、第五、第七这四幅，比较刻得好；第三之一和本文不符；第九更远于事实，那时那里有摩托车给阿Q坐呢？该是大车，有些地方叫板车，是一种马拉的四轮的车，平时是载货物的。但绍兴也并没有这种车，我用的是那时的北京的情形，我在绍兴，其实并未见过这样的盛典。

---

1　陈铁耕（1908—1970），木刻家，经冯雪峰介绍与鲁迅取得联系，并得到其直接指导。

又，今天的《阿Q正传》上说："小D大约是小董罢？"并不是的。他叫"小同"，大起来，和阿Q一样。

专此布达，并请

撰安。

鲁迅上。十一月十八日。

# 中国文坛上的鬼魅

一

当国民党对于共产党从合作改为剿灭之后，有人说，国民党先前原不过利用他们的，北伐将成的时候，要施行剿灭是豫定的计划。但我以为这说的并不是真实。国民党中很有些有权力者，是愿意共产的，他们那时争先恐后的将自己的子女送到苏联去学习，便是一个证据，因为中国的父母，孩子是他们第一等宝贵的人，他们决不至于使他们去练习做剿灭的材料。不过权力者们好像有一种错误的思想，他们以为中国只管共产，但他们自己的权力却可以更大，财产和姨太太也更多；至少，也总不会比不共产还要坏。

我们有一个传说。大约二千年之前，有一个刘先生，积了许多苦功，修成神仙，可以和他的夫人一同飞上天去了，然而他的太太不愿意。为什么呢？她舍不得住着的老房子，养着的鸡和狗。刘先生只好去恳求上帝，设法连老房子、鸡、狗，和他们俩全都弄到天上去，这才做成了神仙。也就是大大的变化了，其实却等于并没有变化。假使共产主义国里可以毫不改动那些权力者的老样，或者还要阔，他们是一定赞成的。然而后来的情形证明了共产主义没有上帝那样的可以通融办理，于是才下了剿灭的决心。孩子自然是第一等宝贵的人，但自己究竟更宝贵。

于是许多青年们，共产主义者及其嫌疑者，左倾者及其嫌疑者，以及这些嫌疑者的朋友们，就到处用自己的血来洗自己的错误，以及那些权力者们的错误。权力者们的先前的错误，是受了他们的欺骗的，所以必得用他们的血来洗干净。然而另有许多青年们，却还不知底细，在苏联学毕，骑着骆驼高高兴兴的由蒙古回来了。我记得有一个外国旅行者还曾经看得酸心，她说，他们竟不知道现在在祖国等候他们的，却已经是绞架。

不错，是绞架。但绞架还不算坏，简简单单的只用绞索套住了颈子，这是属于优待的。而且也并非个个走上了绞架，他们之中的一些人，还有一条路，是使劲的拉住了那颈子套上了绞索的朋友的脚。这就是用事实来证明他内心的忏悔，能忏悔的人，精神是极其崇高的。

从此而不知忏悔的共产主义者，在中国就成了该杀的罪人。而且这罪人，却又给了别人无穷的便利；他们成为商品，可以卖钱，给人添出职业来了。而且学校的风潮，恋爱的纠纷，也总有一面被指为共产党，就是罪人，因此极容易的得到解决。如果有谁和有钱的诗人辩论，那诗人的最后的结论是：共产党反对资产阶级，我有钱，他反对我，所以他是共产党。于是诗神就坐了金的坦克车，凯旋了。

但是，革命青年的血，却浇灌了革命文学的萌芽，在文学方面，倒比先前更其增加了革命性。政府里很有些从外国学来，或在本国学得的富于智识的青年，他们自然是觉得的，最先用的是极普通的手段：禁止书报，压迫作者，终于是杀戮作者，五个左翼青年作家[1]就做了这示威的牺牲。然而这事件又并没有公表，他们很知道，这事是可以做，却不可以说的。古人也早经说过，"以马上得天下，不能以马上治之"。所以要剿灭革命文学，还得用文学的武器。

作为这武器而出现的，是所谓"民族文学"。他们研究了世界上各人种的脸色，决定了脸色一致的人种，就得取同一的行为，所以黄色的无产阶级，不该和黄色的有产阶级斗争，却该和白色的无产阶级斗争。他们还想到了成吉思汗，作为理想的标本，描写他的孙子拔都汗，怎样率领了许多黄色的民族，侵入斡罗斯，将他们的文化摧残，贵族和平民都做了奴隶。

中国人跟了蒙古的可汗去打仗，其实是不

---

[1] 即柔石、胡也频、李伟森、冯铿、殷夫这五位左联成员。1931年2月7日，他们在上海龙华被国民党政府杀害。

能算中国民族的光荣的，但为了扑灭斡罗斯，他们不能不这样做，因为我们的权力者，现在已经明白了古之斡罗斯，即今之苏联，他们的主义，是决不能增加自己的权力、财富和姨太太的了。然而，现在的拔都汗是谁呢？

一九三一年九月，日本占据了东三省，这确是中国人将要跟着别人去毁坏苏联的序曲，民族主义文学家们可以满足的了。但一般的民众却以为目前的失去东三省，比将来的毁坏苏联还紧要，他们激昂了起来。

于是民族主义文学家也只好顺风转舵，改为对于这事件的啼哭，叫喊了。许多热心的青年们往南京去请愿，要求出兵；然而这须经过极辛苦的试验，火车不准坐，露宿了几日，才给他们坐到南京，有许多是只好用自己的脚走。到得南京，却不料就遇到一大队曾经训练过的"民众"，手里是棍子、皮鞭、手枪，迎头一顿打，使他们只好脸上或身上肿起几块，当作结果，垂头丧气的回家，有些人还从此找不到，有的是在水里淹死了，据报上说，那是他们自己掉下去的。

民族主义文学家们的啼哭也从此收了场，他们的影子也看不见了，他们已经完成了送丧的任务。这正和上海的葬式行列是一样的，出去的时候，有杂乱的乐队，有唱歌似的哭声，但那目的是在将悲哀埋掉，不再记忆起来；目的一达，大家走散，再也不会成什么行列的了。

三

但是，革命文学是没有动摇的，还发达起

来，读者们也更加相信了。

于是别一方面，就出现了所谓"第三种人"，是当然决非左翼，但又不是右翼，超然于左右之外的人物。他们以为文学是永久的，政治的现象是暂时的，所以文学不能和政治相关，一相关，就失去它的永久性，中国将从此没有伟大的作品。不过他们，忠实于文学的"第三种人"，也写不出伟大的作品。为什么呢？是因为左翼批评家不懂得文学，为邪说所迷，对于他们的好作品，都加以严酷而不正确的批评，打击得他们写不出来了。所以左翼批评家，是中国文学的刽子手。

至于对于政府的禁止刊物、杀戮作家呢，他们不谈，因为这是属于政治的，一谈，就失去他们的作品的永久性了；况且禁压，或杀戮"中国文学的刽子手"之流，倒正是"第三种人"的永久的文学、伟大的作品的保护者。

这一种微弱的假惺惺的哭诉，虽然也是一种武器，但那力量自然是很小的，革命文学并不为它所击退。"民族主义文学"已经自灭，"第三种文学"又站不起来，这时候，只好又来一次真的武器了。

一九三三年十一月，上海的艺华影片公司突然被一群人们所袭击，捣毁得一塌胡涂了。他们是极有组织的，吹一声哨，动手，又一声哨，停止，又一声哨，散开。临时还留下了传单，说他们的所以征伐，是为了这公司为共产党所利用。而且所征伐的还不止影片公司，又蔓延到书店方面去，大则一群人闯进去捣毁一切，小则不知从那里飞来一块石子，敲碎了值洋二百的窗玻璃。那理由，自然也是因为这书店为共产党所利用。高价的窗玻璃的不安全，是使书店主人非常心痛的。几天之后，就有"文学家"将自己的"好作品"来卖给他了，他知道印出来是没有人看的，但得买下，因为价钱不过和一块窗玻璃相当，而可以免去第二块石子，省了修理窗门的工作。

四

　　压迫书店，真成为最好的战略了。

　　但是，几块石子是还嫌不够的。中央宣传委员会也查禁了一大批书，计一百四十九种，凡是销行较多的，几乎都包括在里面。中国左翼作家的作品，自然大抵是被禁止的，而且又禁到译本。要举出几个作者来，那就是高尔基（Gorky），卢那卡尔斯基[1]（Lunacharsky），斐

---

1　阿纳托利·瓦西里耶维奇·卢那察尔斯基（1875—1933），苏联教育家、文学理论家、作家。有《论国民教育》《克伦威尔》《俄国文学论文选》等许多著作。

定（Fedin），法捷耶夫（Fadeev），绥拉斐摩维支（Serafimovich），辛克莱（Upton Sinclair），甚而至于梅迪林克（Maeterlinck），梭罗古勃（Sologub），斯忒林培克（Strindberg）。

这真使出版家很为难，他们有的是立刻将书缴出，烧毁了，有的却还想补救，和官厅去商量，结果是免除了一部分。为减少将来的出版的困难起见，官员和出版家还开了一个会议。在这会议上，有几个"第三种人"因为要保护好的文学和出版家的资本，便以杂志编辑者的资格提议，请采用日本的办法，在付印之前，先将原稿审查，加以删改，以免别人也被左翼作家的作品所连累而禁止，或印出后始行禁止而使出版家受亏。这提议很为各方面所满足，当即被采用了，虽然并不是光荣的拔都汗的老方法。

而且也即开始了实行，今年七月，在上海

就设立了书籍杂志检查处，许多"文学家"的失业问题消失了，还有些改悔的革命作家们，反对文学和政治相关的"第三种人"们，也都坐上了检查官的椅子。他们是很熟悉文坛情形的；头脑没有纯粹官僚的胡涂，一点讽刺、一句反语，他们都比较的懂得所含的意义，而且用文学的笔来涂抹，无论如何总没有创作的烦难，于是那成绩，听说是非常之好了。

但是，他们的引日本为榜样，是错误的。日本固然不准谈阶级斗争，却并不说世界上并无阶级斗争，而中国则说世界上其实无所谓阶级斗争，都是马克思捏造出来的，所以这不准谈，为的是守护真理。日本固然也禁止，删削书籍杂志，但在被删削之处，是可以留下空白的，使读者一看就明白这地方是受了删削，而中国却不准留空白，必须连起来，在读者眼前好像还是一篇完整的文章，只是作者在说着意思不明的昏话。这种在现在的中国读者面前说昏话，是弗理契（Friche）[1]、卢那卡尔斯基他们也在所不免的。

于是出版家的资本安全了，"第三种人"的旗子不见了，他们也在暗地里使劲的拉那上了绞架的同业的脚，而没有一种刊物可以描出他们的原形，因为他们正握着涂抹的笔尖、生杀的权力。在读者，只看见刊物消沉、作品的衰落，和外国一向有名的前进的作家，今年也大抵忽然变了低能者而已。

然而在实际上，文学界的阵线却更加分明了。蒙蔽是不能长久的，接着起来的又将是一场血腥的战斗。

十一月二十一日。

---

1　弗里契（1870—1929），苏联文学史家，"庸俗社会学"文论的代表人物。1934 年苏联报刊对他的理论进行了批判。

# 关于新文字

## ——答问

比较，是最好的事情。当没有知道拼音字之前，就不会想到象形字的难；当没有看见拉丁化的新文字之前，就很难明确的断定以前的注音字母和罗马字拼法，也还是麻烦的，不合实用，也没有前途的文字。

方块汉字真是愚民政策的利器，不但劳苦大众没有学习和学会的可能，就是有钱有势的特权阶级，费时一二十年，终于学不会的也多得很。最近，宣传古文的好处的教授，竟将古文的句子也点错了，就是一个证据——他自己也没有懂。不过他们可以装作懂得的样子，来胡说八道，欺骗不明真相的人。

所以，汉字也是中国劳苦大众身上的一个结核，病菌都潜伏在里面，倘不首先除去它，结果只有自己死。先前也曾有过学者，想出拼音字来，要大家容易学，也就是更容易教训，并且延长他们服役的生命，但那些字都还很繁琐，因为学者总忘不了官话、四声，以及这是学者创造出来的字，必需有学者的气息。这回的新文字却简易得远了，又是根据于实生活的，容易学，有用，可以用这对大家说话、听大家的话、明白道理、学得技艺，这才是劳苦大众自己的东西，首先的唯一的活路。

现在正在中国试验的新文字，给南方人读起来，是不能全懂的。现在的中国，本来还不是一种语言所能统一，所以必须另照各地方的言语来拼，待将来再图沟通。反对拉丁化文字的人，往往将这当作一个大缺点，以为反而使中国的文字不统一了，但他却抹杀了方块汉字本为大多数中国人所不识，有些知识阶级也并不真识的事实。

然而他们却深知道新文字对于劳苦大众有利，所以在弥漫着白色恐怖的地方，这新文字是一定要受摧残的。现在连并非新文字，而只是更接近口语的"大众语"，也在受着苛酷的压迫和摧残。中国的劳苦大众虽然并不识字，但特权阶级却还嫌他们太聪明了，正竭力的弄麻木他们的思索机关呢，例如用飞机掷下炸弹去、用机关枪送过子弹去、用刀斧将他们的颈子砍断，就都是的。

十二月九日。

索性不装了，贤人说过的：一个人做人要真实。

# 病后杂谈

一

　　生一点病，的确也是一种福气。不过这里有两个必要条件：一要病是小病，并非什么霍乱吐泻、黑死病，或脑膜炎之类；二要至少手头有一点现款，不至于躺一天，就饿一天。这二者缺一，便是俗人，不足与言生病之雅趣的。

我曾经爱管闲事，知道过许多人，这些人物，都怀着一个大愿。大愿，原是每个人都有的，不过有些人却模模胡胡，自己抓不住，说不出。他们中最特别的有两位：一位是愿天下的人都死掉，只剩下他自己和一个好看的姑娘，还有一个卖大饼的；另一位是愿秋天薄暮，吐半口血，两个侍儿扶着，恹恹的到阶前去看秋海棠。这种志向，一看好像离奇，其实却照顾得很周到。第一位姑且不谈他罢，第二位的"吐半口血"，就有很大的道理。才子本来多病，但要"多"，就不能重，假使一吐就是一碗或几升，一个人的血，能有几回好吐呢？过不几天，就雅不下去了。

我一向很少生病，上月却生了一点点。开初是每晚发热，没有力，不想吃东西，一礼拜不肯好，只得看医生。医生说是流行性感冒。好罢，就是流行性感冒。但过了流行性感冒一定退热的时期，我的热却还不退。医生从他那大皮包里取出玻璃管来，要取我的血液，我知道他在疑心我生伤寒病了，自己也有些发愁。然而他第二天对我说，血里没有一粒伤寒菌；于是注意的听肺，平常；听心，上等。这似乎很使他为难。我说，也许是疲劳罢；他也不甚反对，只是沉吟着说，但是疲劳的发热，还应该低一点。……

好几回检查了全体，没有死症，不至于鸣呼哀哉是明明白白的，不过是每晚发热，没有力，不想吃东西而已，这真无异于"吐半口血"，大可享生病之福了。因为既不必写遗嘱，又没有大痛苦，然而可以不看正经书，不管柴米账，玩他几天，名称又好听，叫作"养病"。从这一天起，我就自己觉得好像有点儿"雅"了；那一位愿吐半口血的才子，也就是那时躺着无事，忽然记了起来的。

光是胡思乱想也不是事，不如看点不劳精神的书，要不然，也不成其为"养病"。像这样的时候，我赞成中国纸的线装书，这也就是有点儿"雅"起来了的证据。洋装书便于插架，便于保存，现在不但有洋装二十五六史，连《四部备要》也硬领而皮靴了，——原是不为无见的。但看洋装书要年富力强，正襟危坐，有严肃的态度。假使你躺着看，那就好像两只手捧着一块大砖头，不多工夫，就两臂酸麻，只好叹一口气，将它放下。所以，我在叹气之后，就去寻线装书。

一寻，寻到了久不见面的《世说新语》之类一大堆，躺着来看，轻飘飘的毫不费力了，魏晋人的豪放潇洒的风姿，也仿佛在眼前浮动。由此想到阮嗣宗的听到步兵厨善于酿酒，就求为步兵校尉；陶渊明的做了彭泽令，就教官田都种秫，以便做酒，因了太太的抗议，这才种了一点秫。[1] 这真是天趣盎然，决非现在的"站在云端里呐喊"者们所能望其项背。但是，"雅"要想到适可而止，再想便不行。例如阮嗣宗可以求做步兵校尉，陶渊明补了彭泽令，他们的地位，就不是一个平常人，要"雅"，也还是要地位。"采菊东篱下，悠然见南山"是渊明的好句，但我们在上海学起来可就难了。没有南山，我们还可以改作"悠然见洋房"或"悠然见烟囱"的，然而要租一所院子里有点竹篱，可以种菊的房子，租钱就每月总得一百两，水电在外；巡捕捐[2] 按房租百分之十四，每月十四两。单是这两项，每月就是一百十四两，每两作一元四角算，等于一百五十九元

---

1 秫为高粱，可做烧酒。秔即粳米，黏性介于籼米与糯米之间。

2 指租界当局为筹措公共经费而征收的房产税，最初由巡捕上门收取，故得此名。该费用本应由房主和房客分担，但因上海房子供不应求，全都转嫁给房客。

六。近来的文稿又不值钱，每千字最低的只有四五角，因为是学陶渊明的雅人的稿子，现在算他每千字三大元罢，但标点、洋文、空白除外。那么，单单为了采菊，他就得每月译作净五万三千二百字。吃饭呢？要另外想法子生发，否则，他只好"饥来驱我去，不知竟何之"了。

"雅"要地位，也要钱，古今并不两样的，但古代的买雅，自然比现在便宜；办法也并不两样，书要摆在书架上，或者抛几本在地板上，酒杯要摆在桌子上，但算盘却要收在抽屉里，或者最好是在肚子里。

此之谓"空灵"。

二

为了"雅"，本来不想说这些话的。后来

一想，这于"雅"并无伤，不过是在证明我自己的"俗"。王夷甫[1]口不言钱，还是一个不干不净人物，雅人打算盘，当然也无损其为雅人。不过他应该有时收起算盘，或者最妙是暂时忘却算盘，那么，那时的一言一笑，就都是灵机天成的一言一笑，如果念念不忘世间的利害，那可就成为"杭育杭育派"了。这关键，只在一者能够忽而放开，一者却是永远执着，因此也就大有了雅俗和高下之分。我想，这和时而"敦伦"[2]者不失为圣贤，连白天也在想女人的就被称为"登徒子"的道理，大概是一样的。

所以我恐怕只好自己承认"俗"，因为随手翻了一通《世说新语》，看过"婢隅跃清池"的时候，千不该万不该的竟从"养病"想

---

1　王衍（256—311），字夷甫，清谈玄学的代表，居宰辅之重，却只求自全之计。

2　也即男女房事。

到"养病费"上去了，于是一骨碌爬起来，写信讨版税，催稿费。写完之后，觉得和魏晋人有点隔膜，自己想，假使此刻有阮嗣宗或陶渊明在面前出现，我们也一定谈不来的。于是另换了几本书，大抵是明末清初的野史，时代较近，看起来也许较有趣味。第一本拿在手里的是《蜀碧》。

这是蜀宾[1]从成都带来送我的，还有一部《蜀龟鉴》，都是讲张献忠祸蜀的书，其实是不但四川人，而是凡有中国人都该翻一下的著作，可惜刻得太坏，错字颇不少。翻了一遍，在卷三里看见了这样的一条——

又，剥皮者，从头至尻，一缕裂之，

---

二四三

1　许钦文（1897—1984），因乡谊与鲁迅过从甚密，作品中以乡土题材小说成就最高。1932 年受诬入狱，获释后去四川旅行并教书。

张于前，如鸟展翅，率逾日始绝。有即毙者，行刑之人坐死。

　　也还是为了自己生病的缘故罢，这时就想到了人体解剖。医术和虐刑，是都要生理学和解剖学智识的。中国却怪得很，固有的医书上的人身五脏图，真是草率错误到见不得人，但虐刑的方法，则往往好像古人早懂得了现代的科学。例如罢，谁都知道从周到汉，有一种施于男子的"宫刑"，也叫"腐刑"，次于"大辟"一等。对于女性就叫"幽闭"，向来不大有人提起那方法，但总之，是决非将她关起来，或者将它缝起来。

　　近时好像被我查出一点大概来了，那办法的凶恶、妥当，而又合乎解剖学，真使我不得不吃惊。但妇科的医书呢？几乎都不明白女性下半身的解剖学的构造，他们只将肚子看作一个大口袋，里面装着莫名其妙的东西。

单说剥皮法，中国就有种种。上面所抄的是张献忠式；还有孙可望式，见于屈大均的《安龙逸史》，也是这回在病中翻到的。其时是永历六年，即清顺治九年，永历帝已经躲在安隆（那时改为安龙），秦王孙可望杀了陈邦传父子，御史李如月就弹劾他"擅杀勋将，无人臣礼"，皇帝反打了如月四十板。可是事情还不能完，又给孙党张应科知道了，就去报告了孙可望。

可望得应科报，即令应科杀如月，剥皮示众。俄缚如月至朝门，有负石灰一筐，稻草一捆，置于其前。如月问："如何用此？"其人曰："是擅你的草！"如月叱曰："瞎奴！此株株是文章，节节是忠肠也！"既而应科立右角门阶，捧可望令旨，喝如月跪。如月叱曰："我是朝廷命官，岂跪贼令！？"乃步至中门，向阙再拜。……应科促令仆地，剖脊，及臀，如月大呼曰："死得快活，浑身清凉！"又呼可望名，大骂不绝。及断至手足，转前胸，犹微声恨骂；至颈绝而死。随以灰渍之，纫以线，后乃入草，移北城门通衢阁上，悬之。……

张献忠的自然是"流贼"式；孙可望虽然也是流贼出身，但这时已是保明拒清的柱石，封为秦王，后来降了满洲，还是封为义王，所以他所用的其实是官式。明初，永乐皇帝剥了那忠于建文帝的景清[1]的皮，也就是用这方法的。大明一朝，以剥皮始，以剥皮终，可谓始

---

1 朱棣攻陷南京后，御史大夫景清假装归附以图刺杀，未果，被肢解而死，后被剥皮实草系于长安门示众。

终不变；至今在绍兴戏文里和乡下人的嘴上，还偶然可以听到"剥皮揎草"的话，那皇泽之长也就可想而知了。

真也无怪有些慈悲心肠人不愿意看野史，听故事；有些事情，真也不像人世，要令人毛骨悚然，心里受伤，永不全愈的。残酷的事实尽有，最好莫如不闻，这才可以保全性灵，也是"是以君子远庖厨也"的意思。比灭亡略早的晚明名家的潇洒小品在现在的盛行，实在也不能说是无缘无故。不过这一种心地晶莹的雅致，又必须有一种好境遇，李如月仆地"剖脊"，脸孔向下，原是一个看书的好姿势，但如果这时给他看袁中郎的《广庄》[1]，我想他是一定不要看的。这时他的性灵有些儿不对，不懂得真文艺了。

---

1　袁宏道（1568—1610），字中郎，明代文学家，提倡"性灵"，为林语堂所推崇。《广庄》为其借佛禅解庄子之作。

然而，中国的士大夫是到底有点雅气的，例如李如月说的"株株是文章，节节是忠肠"，就很富于诗趣。临死做诗的，古今来也不知道有多少。直到近代，谭嗣同在临刑之前就做一绝"闭门投辖思张俭"，秋瑾女士也有一句"秋雨秋风愁杀人"，然而还雅得不够格，所以各种诗选里都不载，也不能卖钱。

三

　　清朝有灭族，有凌迟，却没有剥皮之刑，这是汉人应该惭愧的，但后来脍炙人口的虐政是文字狱。虽说文字狱，其实还含着许多复杂的原因，在这里不能细说；我们现在还直接受到流毒的，是他删改了许多古人的著作的字句禁了许多明清人的书。

《安龙逸史》大约也是一种禁书，我所得的是吴兴刘氏嘉业堂的新刻本。他刻的前清禁书还不止这一种，屈大均的又有《翁山文外》；还有蔡显的《闲渔闲闲录》，是作者因此"斩立决"，还累及门生的，但我细看了一遍，却又寻不出什么忌讳。对于这种刻书家，我是很感激的，因为他传授给我许多知识——虽然从雅人看来，只是些庸俗不堪的知识。但是到嘉业堂去买书，可真难。

我还记得，今年春天的一个下午，好容易在爱文义路找着了，两扇大铁门，叩了几下，门上开了一个小方洞，里面有中国门房、中国巡捕、白俄镖师各一位。巡捕问我来干什么的。我说买书。他说账房出去了，没有人管，明天再来罢。我告诉他我住得远，可能给我等一会呢？他说，不成！同时也堵住了那个小方洞。过了两天，我又去了，改作上午，以为此时账房也许不至于出去。但这回所得回答却更其绝望，巡捕曰："书都没有了！卖完了！不卖了！"

我就没有第三次再去买，因为实在回复得斩钉截铁。现在所有的几种，是托朋友去辗转买来的，好像必须是熟人或走熟的书店，这才买得到。

每种书的末尾，都有嘉业堂主人刘承干先生的跋文，他对于明季的遗老很有同情，对于清初的文祸也颇不满。但奇怪的是他自己的文章却满是前清遗老的口风；书是民国刻的，"仪"还缺着末笔[1]。我想，试看明朝遗老的著作，反抗清朝的主旨，是在异族的入主中夏的，改换朝代，倒还在其次。所以要顶礼明末的遗

---

1　避讳最常用的方式为缺笔，"仪"字缺末笔，是前清遗老避宣统帝溥仪讳的方式。

民，必须接受他的民族思想，这才可以心心相印。现在以明遗老之仇的满清的遗老自居，却又引明遗老为同调，只着重在"遗老"两个字，而毫不问遗于何族，遗在何时，这真可以说是"为遗老而遗老"，和现在文坛上的"为艺术而艺术"，成为一副绝好的对子了。

倘以为这是因为"食古不化"的缘故，那可也并不然。中国的士大夫，该化的时候，就未必决不化。就如上面说过的《蜀龟鉴》，原是一部笔法都仿《春秋》的书，但写到"圣祖仁皇帝康熙元年春正月"，就有"赞"道："……明季之乱甚矣！风终《豳》，雅终《召旻》，托乱极思治之隐忧而无其实事，孰若臣祖亲见之，臣身亲被之乎？是编以元年正月终者，非徒谓体元表正，蔑以加兹；生逢盛世，荡荡难名，一以寄没世不忘之恩，一以见太平之业所由始耳！"

《春秋》上是没有这种笔法的。满洲的肃王的一箭，不但射死了张献忠，也感化了许多读书人，而且改变了"春秋笔法"了。


四


病中来看这些书，归根结蒂，也还是令人气闷。但又开始知道了有些聪明的士大夫，依然会从血泊里寻出闲适来。例如《蜀碧》，总可以说是够惨的书了，然而序文后面却刻着一位乐斋先生的批语道："古穆有魏晋间人笔意。"

这真是天大的本领！那死似的镇静，又将我的气闷打破了。

我放下书，合了眼睛，躺着想想学这本领

的方法，以为这和"君子远庖厨也"的法子是大两样的，因为这时是君子自己也亲到了庖厨里。瞑想的结果，拟定了两手太极拳。一，是对于世事要"浮光掠影"，随时忘却，不甚了然，仿佛有些关心，却又并不恳切；二，是对于现实要"蔽聪塞明"，麻木冷静，不受感触，先由努力，后成自然。第一种的名称不大好听，第二种却也是却病延年的要诀，连古之儒者也并不讳言的。这都是大道。还有一种轻捷的小道，是：彼此说谎，自欺欺人。

有些事情，换一句话说就不大合式，所以君子憎恶俗人的"道破"。其实，"君子远庖厨也"就是自欺欺人的办法：君子非吃牛肉不可，然而他慈悲，不忍见牛的临死的觳觫，于是走开，等到烧成牛排，然后慢慢的来咀嚼。牛排是决不会"觳觫"的了，也就和慈悲不再有冲突，于是他心安理得，天趣盎然，剔剔牙齿，摸摸肚子,"万物皆备于我矣"了。彼此说谎也决不是伤雅的事情,东坡先生在黄州,有客来,就要客谈鬼,客说没有,东坡道:"姑妄言之!"至今还算是一件韵事。

撒一点小谎,可以解无聊,也可以消闷气;到后来,忘却了真,相信了谎。也就心安理得,天趣盎然了起来。永乐的硬做皇帝,一部分士大夫是颇以为不大好的。尤其是对于他的惨杀建文的忠臣。和景清一同被杀的还有铁铉,景清剥皮,铁铉油炸,他的两个女儿则发付了教坊,叫她们做婊子。这更使士大夫不舒服,但有人说,后来二女献诗于原问官,被永乐所知,赦出,嫁给士人了。

这真是"曲终奏雅",令人如释重负,觉得天皇毕竟圣明,好人也终于得救。她虽然做过官妓,然而究竟是一位能诗的才女,她父亲又是大忠臣,为夫的士人,当然也不算辱没但是，必须"浮光掠影"到这里为止，想不得下去。一想，就要想到永乐的上谕，有些是凶残猥亵，将张献忠祭梓潼神[1]的"咱老子姓张，你也姓张，咱老子和你联了宗罢。尚飨！"的名文，和他的比起来，真是高华典雅，配登西洋的上等杂志，那就会觉得永乐皇帝决不像一位爱才怜弱的明君。况且那时的教坊是怎样的处所？罪人的妻女在那里是并非静候嫖客的，据永乐定法，还要她们"转营"，这就是每座兵营里都去几天，目的是在使她们为多数男性所凌辱，生出"小龟子"和"淫贱材儿"来！所以，现在成了问题的"守节"，在那时，其实是只准"良民"专利的特典。在这样的治下，这样的地狱里，做一首诗就能超生的么？

---

[1] 梓潼神本为川蜀地区的自然神，后人格化为张亚子，即所谓的文昌帝君。

我这回从杭世骏[1]的《订讹类编》（续补卷上）里，这才确切的知道了这佳话的欺骗。他说：

> ……考铁长女诗，乃吴人范昌期《题老妓卷》作也。诗云："教坊落籍洗铅华，一片春心对落花。旧曲听来空有恨，故园归去却无家。云鬟半亸临青镜，雨泪频弹湿绛纱。安得江州司马在，尊前重为赋琵琶。"昌期，字鸣凤；诗见张士瀹《国朝文纂》。同时杜琼用嘉亦有次韵诗，题曰《无题》，则其非铁氏作明矣。次女诗所谓"春来雨露深如海，嫁得刘郎胜阮郎"，其论尤为不伦。宗正睦㮮论革除事，谓建文

---

1　杭世骏（1696—1772），乾隆八年因上疏建言廷用人当泯满汉之见而遭革职后，一心奉养老母，攻读著述。梁启超认为其史学成就可比全祖望。

*流落西南诸诗，皆好事伪作，则铁女之诗可知。……*

《国朝文纂》我没有见过，铁氏次女的诗，杭世骏也并未寻出根底，但我以为他的话是可信的，——虽然他败坏了口口相传的韵事。况且一则他也是一个认真的考证学者，二则我觉得凡是得到大杀风景的结果的考证，往往比表面说得好听、玩得有趣的东西近真。

首先将范昌期的诗嫁给铁氏长女，聊以自欺欺人的是谁呢？我也不知道。但"浮光掠影"的一看，倒也罢了，一经杭世骏道破，再去看时，就很明白的知道了确是咏老妓之作，那第一句就不像现任官妓的口吻。不过中国的有一些士大夫，总爱无中生有、移花接木的造出故事来，他们不但歌颂升平，还粉饰黑暗。关于铁氏二女的撒谎，尚其小焉者耳，大至胡元杀掠、满清焚屠之际，也还会有人单单捧出什么烈女绝命、难妇题壁的诗词来，这个艳传，那个步韵，比对于华屋丘墟、生民涂炭之惨的大事情还起劲。到底是刻了一本集，连自己们都附进去，而韵事也就完结了。

我在写着这些的时候，病是要算已经好了的了，用不着写遗书。但我想在这里趁便拜托我的相识的朋友，将来我死掉之后，即使在中国还有追悼的可能，也千万不要给我开追悼会或者出什么记念册。因为这不过是活人的讲演或挽联的斗法场，为了造语惊人、对仗工稳起见，有些文豪们是简直不恤于胡说八道的。结果至多也不过印成一本书，即使有谁看了，于我死人，于读者活人，都无益处，就是对于作者，其实也并无益处，挽联做得好，也不过挽联做得好而已。

现在的意见，我以为倘有购买那些纸墨白

二五八

布的闲钱，还不如选几部明人、清人或今人的野史或笔记来印印，倒是于大家很有益处的。但是要认真，用点工夫，标点不要错。

十二月十一日。

# 病后杂谈之余

## ——关于"舒愤懑"

一

　　我常说明朝永乐皇帝的凶残，远在张献忠之上，是受了宋端仪[1]的《立斋闲录》的影

---

1　宋端仪（1447—1501），福建莆田人，明成化十七年进士。《立斋闲录》杂采诸种文献而成，记明太祖吴元年至明宪宗成化年间的典故人物，尤其建文朝的部分颇具价值。

响的。那时我还是满洲治下的一个拖着辫子的十四五岁的少年，但已经看过记载张献忠怎样屠杀蜀人的《蜀碧》，痛恨着这"流贼"的凶残。后来又偶然在破书堆里发见了一本不全的《立斋闲录》，还是明抄本，我就在那书上看见了永乐的上谕，于是我的憎恨就移到永乐身上去了。

那时我毫无什么历史知识，这憎恨转移的原因是极简单的，只以为流贼尚可，皇帝却不该，还是"礼不下庶人"的传统思想。至于《立斋闲录》，好像是一部少见的书，作者是明人，而明朝已有抄本，那刻本之少就可想。记得《汇刻书目》说是在明代的一部什么丛书中，但这丛书我至今没有见；清《四库全书总目提要》将它放在"存目"里，那么，《四库全书》里也是没有的，我家并不是藏书家，我真不解怎么会有这明抄本。这书我一直保存着，直到十多年前，因为肚子饿得慌了，才和别的两本明抄和一部明刻的《宫闺秘典》去卖给以藏书家和学者出名的傅某[1]，他使我跑了三四趟之后，才说一总给我八块钱，我赌气不卖，抱回来了，又藏在北平的寓里；但久已没有人照管，不知道现在究竟怎样了。

那一本书，还是四十年前看的，对于永乐的憎恨虽然还在，书的内容却早已模模胡胡，所以在前几天写《病后杂谈》时，举不出一句永乐上谕的实例。我也很想看一看《永乐实录》，但在上海又如何能够；来青阁有残本在寄售，十本，实价却是一百六十元，也决不是我辈书架上的书。又是一个偶然：昨天在《安徽丛书》第三集中看见了清俞正燮（1775 — 1840）《癸巳类稿》的改定本，那《除

---

1　指傅增湘（1872—1949），著名收藏家，曾任北洋政府教育总长。

乐户丐户籍及女乐考附古事》里，却引有永乐皇帝的上谕，是根据王世贞《弇州史料》中的《南京法司所记》的，虽然不多，又未必是精粹，但也足够"略见一斑"，和献忠流贼的作品相比较了。摘录于下——

永乐十一年正月十一日，教坊司于右顺门口奏：齐泰姊及外甥媳妇，又黄子澄妹四个妇人，每一日一夜，二十余条汉子看守着，年少的都有身孕，除生子令做小龟子，又有三岁女子，奏请圣旨。奉钦依：由他。不的到长大便是个淫贱材儿？

铁铉妻杨氏年三十五，送教坊司；茅大芳妻张氏年五十六，送教坊司。张氏病故，教坊司安政于奉天门奏。奉圣旨：分付上元县抬出门去，着狗吃了！钦此！

君臣之间的问答，竟是这等口吻，不见旧记，恐怕是万想不到的罢。但其实，这也仅仅是一时的一例。自有历史以来，中国人是一向被同族和异族屠戮、奴隶、敲掠、刑辱、压迫下来的，非人类所能忍受的楚毒，也都身受过，每一考查，真教人觉得不像活在人间。俞正燮看过野史，正是一个因此觉得义愤填膺的人，所以他在记载清朝的解放惰民丐户、罢教坊、停女乐的故事之后，作一结语道——

　　自三代至明，惟宇文周武帝，唐高祖，后晋高祖，金，元及明景帝，于法宽假之，而尚存其旧。余皆视为固然。本朝尽去其籍，而天地为之廓清矣。汉儒歌颂朝廷功德，自云"舒愤懑"，除乐户之事，诚可云舒愤懑者：故列古语琐事之实，有关因革者如此。

这一段结语，有两事使我吃惊。第一事，是宽假奴隶的皇帝中，汉人居很少数。但我疑心俞正燮还是考之未详，例如金元，是并非厚待奴隶的，只因那时连中国的蓄奴的主人也成了奴隶，从征服者看来，并无高下，即所谓"一视同仁"，于是就好像对于先前的奴隶加以宽假了。

第二事，就是这自有历史以来的虐政，竟必待满洲的清才来廓清，使考史的儒生，为之拍案称快，自比于汉儒的"舒愤懑"——就是明末清初的才子们之所谓"不亦快哉！"然而解放乐户却是真的，但又并未"廓清"，例如绍兴的惰民，直到民国革命之初，他们还是不与良民通婚，去给大户服役，不过已有报酬，这一点，恐怕是和解放之前大不相同的了。革命之后，我久不回到绍兴去了，不知道他们怎样，推想起来，大约和三十年前是不会有什么两样的。

但俞正燮的歌颂清朝功德，却不能不说是当然的事。他生于乾隆四十年，到他壮年以至晚年的时候，文字狱的血迹已经消失，满洲人的凶焰已经缓和，愚民政策早已集了大成，剩下的就只有"功德"了。那时的禁书，我想他都未必看见。现在不说别的，单看雍正乾隆两朝的对于中国人著作的手段，就足够令人惊心动魄。全毁、抽毁、剜去之类也且不说，最阴险的是删改了古书的内容。乾隆朝的纂修《四库全书》，是许多人颂为一代之盛业的，但他们却不但捣乱了古书的格式，还修改了古人的文章；不但藏之内廷，还颁之文风颇盛之处，使天下士子阅读，永不会觉得我们中国的作者里面，也曾经有过很有些骨气的人。（这两句奉官命改为"永远看不出底细来"。）

　　嘉庆道光以来，珍重宋元版本的风气逐渐旺盛，也没有悟出乾隆皇帝的"圣虑"，影宋元本或校宋元本的书籍很有些出版了，这就使那时的阴谋露了马脚。最初启示了我的是《琳琅秘室丛书》里的两部《茅亭客话》，一是校宋本，一是四库本，同是一种书，而两本的文章却常有不同，而且一定是关于"华夷"的处所。这一定是四库本删改了的；现在连影宋本的《茅亭客话》也已出版，更足据为铁证，不过倘不和四库本对读，也无从知道那时的阴谋。《琳琅秘室丛书》我是在图书馆里看的，自己没有，现在去买起来又嫌太贵，因此也举不出实例来。但还有比较容易的法子在。

　　新近陆续出版的《四部丛刊续编》自然应该说是一部新的古董书，但其中却保存着满清暗杀中国著作的案卷。例如宋洪迈的《容斋随笔》至《五笔》是影宋刊本和明活字本，据张元济跋，其中有三条就为清代刻本中所没有。所删的是怎样内容的文章呢？为惜纸墨计，现在只摘录一条《容斋三笔》卷三里的《北狄俘虏之苦》在这里——

元魏破江陵，尽以所俘士民为奴，无分贵贱，盖北方夷俗皆然也。自靖康之后，陷于金虏者，帝子王孙，官门仕族之家，尽没为奴婢，使供作务。每人一月支稗子五斗，令自舂为米，得一斗八升，用为餱粮；岁支麻五把，令绩为裳。此外更无一钱一帛之入。男子不能绩者，则终岁裸体。虏或哀之，则使执爨，虽时负火得暖气，然才出外取柴归，再坐火边，皮肉即脱落，不日辄死。惟喜有手艺，如医人绣工之类，寻常只团坐地上，以败席或芦藉衬之，遇客至开筵，引能乐者使奏技，酒阑客散，各复其初，依旧环坐刺绣：任其生死，视如草芥。……

清朝不惟自掩其凶残，还要替金人来掩饰他们的凶残。据此一条，可见俞正燮入金朝于仁君之列，是不确的了，他们不过是一扫宋朝的主奴之分，一律都作为奴隶，而自己则是主子。但是，这校勘，是用清朝的书坊刻本的，不知道四库本是否也如此。要更确凿，还有一部也是《四部丛刊续编》里的影旧抄本宋晁说之《嵩山文集》在这里，卷末就有单将《负薪对》一篇和四库本相对比，以见一斑的实证，现在摘录几条在下面，大抵非删则改，语意全非，仿佛宋臣晁说之，已在对金人战栗，嗫嚅不吐，深怕得罪似的了——

| 旧抄本 | 四库本 |
|---|---|
| 金贼以我疆场之臣无状，斥堠不明，遂豕突河北，蛇结河东。 | 金人扰我疆场之地，边城斥堠不明，遂长驱河北，盘结河东。 |
| 犯孔子春秋之大禁， | 为上下臣民之大耻， |
| 以百骑却虏枭将， | 以百骑却辽枭将， |
| 彼金贼虽非人类，而犬豕亦有掉瓦怖恐之号，顾弗之惧哉！ | 彼金人虽甚强盛，而赫然示之以威令之森严，顾弗之惧哉！ |
| 我取而歼焉可也。 | 我因而取之可也。 |
| 太宗时，女真困于契丹之三栅，控告乞援，亦卑恭甚矣。不谓敢眈眈中国之地于今日也。 | 太宗时，女真困于契丹之三栅，控告乞援，亦和好甚矣。不谓竟酿患滋祸一至于今日也。 |
| 忍弃上皇之子于胡虏乎？ | 忍弃上皇之子于异地乎？ |

二七〇

| 旧抄本 | 四库本 |
|---|---|
| 何则：夷狄喜相吞并斗争，是其犬羊猜吠咋啮之性也。唯其富者最先亡。 | |
| 古今夷狄族帐，大小见于史册者百十，今其存者一二，皆以其财富而自底灭亡者也。今此小丑不指日而灭亡，是无天道也。 | （无） |
| 褫中国之衣冠，复夷狄之态度。 | 遂其报复之心，肆其凌侮之意。 |
| 取故相家孙女姊妹，缚马上而去，执侍帐中，远近胆落，不暇寒心。 | 故相家皆携老襁幼，弃其籍而去，焚掠之余，远近胆落，不暇寒心。 |

即此数条，已可见"贼""虏""犬羊"是讳的；说金人的淫掠是讳的；"夷狄"当然要讳，但也不许看见"中国"两个字，因为这是

和"夷狄"对立的字眼，很容易引起种族思想来的。但是，这《嵩山文集》的抄者不自改，读者不自改，尚存旧文，使我们至今能够看见晁氏的真面目，在现在说起来，也可以算是令人大"舒愤懑"的了。

清朝的考据家有人说过，"明人好刻古书而古书亡"，因为他们妄行校改。我以为这之后，则清人纂修《四库全书》而古书亡，因为他们变乱旧式，删改原文；今人标点古书而古书亡，因为他们乱点一通，佛头着粪：这是古书的水火兵虫以外的三大厄。


三


对于清朝的愤懑的从新发作，大约始于光

绪中，但在文学界上，我没有查过以谁为"祸首"。太炎先生是以文章排满的骁将著名的，然而在他那《訄书》[1] 的未改订本中，还承认满人可以主中国，称为"客帝"，比于嬴秦的"客卿"[2]。但是，总之，到光绪末年，翻印的不利于清朝的古书，可是陆续出现了；太炎先生也自己改正了"客帝"说，在再版的《訄书》里，"删而存此篇"；后来这书又改名为《检论》，我却不知道是否还是这办法。留学日本的学生们中的有些人，也在图书馆里搜寻可以鼓吹革命的明末清初的文献。那时印成一大本的有《汉声》，是《湖北学生界》的增刊，面子上题着四句集《文选》句："抒怀旧之积念，

---

1　章太炎 1898 年开始写作《訄书》，1900 年 7 月出版，由梁启超题签。书中多有排满之言，在《苏报》案中，章曾因这些言论被捕入狱。

2　秦国请其他诸侯国的人来本国做官，其位为卿，以客礼代之，故称客卿。

发思古之幽情"，第三句想不起来了，第四句是"振大汉之天声"。无古无今，这种文献，倒是总要在外国的图书馆里抄得的。

我生长在偏僻之区，毫不知道什么是满汉，只在饭店的招牌上看见过"满汉酒席"字样，也从不引起什么疑问来。听人讲"本朝"的故事是常有的，文字狱的事情却一向没有听到过，乾隆皇帝南巡的盛事也很少有人讲述了，最多的是"打长毛"。

我家里有一个年老的女工，她说长毛时候，她已经十多岁，长毛故事要算她对我讲得最多，但她并无邪正之分，只说最可怕的东西有三种，一种自然是"长毛"，一种是"短毛"，还有一种是"花绿头"[1]。到得后来，我才明白

---

1　太平军留发而不结辫，称"长毛"。清兵剃发，称"短毛"。帮助清政府镇压太平军的法国兵（以花布缠头）和英国兵（以绿布缠头），则为"花绿头"。

后两种其实是官兵，但在愚民的经验上，是和长毛并无区别的。给我指明长毛之可恶的倒是几位读书人；我家里有几部县志，偶然翻开来看，那时殉难的烈士烈女的名册就有一两卷，同族里的人也有几个被杀掉的，后来封了"世袭云骑尉"，我于是确切的认定了长毛之可恶。然而，真所谓"心事如波涛"[1]罢，久而久之，由于自己的阅历，证以女工的讲述，我竟决不定那些烈士烈女的凶手，究竟是长毛呢，还是"短毛"和"花绿头"了。我真很羡慕"四十而不惑"的圣人的幸福。

对我最初提醒了满汉的界限的不是书，是辫子。这辫子，是砍了我们古人的许多头，这才种定了的，到得我有知识的时候，大家早忘却了血史，反以为全留乃是长毛，全剃好像和

1　出自唐代诗人李贺《申胡子觱篥歌》。

二七五

尚，必须剃一点、留一点，才可以算是一个正经人了。而且还要从辫子上玩出花样来：小丑挽一个结，插上一朵纸花打诨；开口跳 [1] 将小辫子挂在铁杆上，慢慢的吸烟献本领；变把戏的不必动手，只消将头一摇，劈拍一声，辫子便自会跳起来盘在头顶上，他于是耍起关王刀来了。而且还切于实用：打架的时候可以拔住，挣脱极难；捉人的时候可以拉着，省得绳索，要是被捉的人多呢，只要捏住辫梢头，一个人就可以牵一大串。吴友如 [2] 画的《申江胜景图》里，有一幅会审公堂，就有一个巡捕拉着犯人的辫子的形象，但是，这是已经算作"胜景"了。

住在偏僻之区还好，一到上海，可就不免

---

1　戏曲中的丑角分文丑和武丑，开口跳为武丑的俗称。

2　吴友如（约1840—1893），清代画家，作品以描绘市井风俗、时事新闻为主，曾任《点石斋画报》主笔。

有时会听到一句洋话：Pig-tail——猪尾巴。这一句话，现在是早不听见了，那意思，似乎也不过说人头上生着猪尾巴，和今日之上海，中国人自己一斗嘴，便彼此互骂为"猪猡"的，还要客气得远。不过那时的青年，好像涵养工夫没有现在的深，也还未懂得"幽默"，所以听起来实在觉得刺耳。而且对于拥有二百余年历史的辫子的模样，也渐渐的觉得并不雅观，既不全留，又不全剃，剃去一圈，留下一撮，又打起来拖在背后，真好像做着好给别人来拔着牵着的柄子。对于它终于怀了恶感，我看也正是人情之常，不必指为拿了什么地方的东西、迷了什么斯基的理论的[1]。（这两句，奉官谕改为"不足怪的"。）

我的辫子留在日本，一半送给客店里的一位使女做了假发，一半给了理发匠，人是在宣

---

[1]　意为拿卢布，信俄国人的理论。

统初年回到故乡来了。一到上海，首先得装假辫子。这时上海有一个专装假辫子的专家，定价每条大洋四元，不折不扣，他的大名，大约那时的留学生都知道。做也真做得巧妙，只要别人不留心，是很可以不出岔子的，但如果人知道你原是留学生，留心研究起来，那就漏洞百出。夏天不能戴帽，也不大行；人堆里要防挤掉或挤歪，也不行。装了一个多月，我想，如果在路上掉了下来或者被人拉下来，不是比原没有辫子更不好看么？索性不装了，贤人说过的：一个人做人要真实。

但这真实的代价真也不便宜，走出去时，在路上所受的待遇完全和先前两样了。我从前是只以为访友作客，才有待遇的，这时才明白路上也一样的一路有待遇。最好的是呆看，但大抵是冷笑、恶骂。小则说是偷了人家的女人，因为那时捉住奸夫，总是首先剪去他辫子的，我至今还不明白为什么；大则指为"里通外国"，就是现在之所谓"汉奸"。我想，如果一个没有鼻子的人在街上走，他还未必至于这么受苦，假使没有了影子，那么，他恐怕也要这样的受社会的责罚了。

我回中国的第一年在杭州做教员，还可以穿了洋服算是洋鬼子；第二年回到故乡绍兴中学去做学监，却连洋服也不行了，因为有许多人是认识我的，所以不管如何装束，总不失为"里通外国"的人，于是我所受的无辜之灾，以在故乡为第一。尤其应该小心的是满洲人的绍兴知府的眼睛，他每到学校来，总喜欢注视我的短头发，和我多说话。

学生们里面，忽然起了剪辫风潮了，很有许多人要剪掉。我连忙禁止。他们就举出代表来诘问道：究竟有辫子好呢，还是没有辫子好呢？我的不假思索的答覆是：没有辫子好，然而我劝你们不要剪。学生是向来没有一个说我"里通外国"的，但从这时起，却给了我一个"言行不一致"的结语，看不起了。"言行一致"，当然是很有价值的，现在之所谓文学家里，也还有人以这一点自豪，但他们却不知道他们一剪辫子，价值就会集中在脑袋上。轩亭口离绍兴中学并不远，就是秋瑾小姐就义之处，他们常走，然而忘却了。

"不亦快哉！"——到了一千九百十一年的双十，后来绍兴也挂起白旗来，算是革命了，我觉得革命给我的好处，最大、最不能忘的是我从此可以昂头露顶，慢慢的在街上走，再不听到什么嘲骂。几个也是没有辫子的老朋友从乡下来，一见面就摩着自己的光头，从心底里笑了出来道：哈哈，终于也有了这一天了。

假如有人要我颂革命功德，以"舒愤懑"，那么，我首先要说的就是剪辫子。

四

然而辫子还有一场小风波，那就是张勋的“复辟”，一不小心，辫子是又可以种起来的，我曾见他的辫子兵在北京城外布防，对于没辫子的人们真是气焰万丈。幸而不几天就失败了，使我们至今还可以剪短，分开，披落，烫卷……

张勋的姓名已经暗淡，“复辟”的事件也逐渐遗忘，我曾在《风波》里提到它，别的作品上却似乎没有见，可见早就不受人注意。现在是，连辫子也日见稀少，将与周鼎商彝同列，渐有卖给外国人的资格了。

我也爱看绘画，尤其是人物。国画呢，方巾长袍，或短褐椎结，从没有见过一条我所记得的辫子；洋画呢，歪脸汉子，肥腿女人，也从没有见过一条我所记得的辫子。这回见了几幅钢笔画和木刻的阿Q像，这才算遇到了在艺术上的辫子，然而是没有一条生得合式的。想起来也难怪，现在的二十岁上下的青年，他生下来已是民国，就是三十岁的，在辫子时代也不过四五岁，当然不会深知道辫子的底细的了。

那么，我的"舒愤懑"，恐怕也很难传给别人，令人一样的愤激、感慨、欢喜、忧愁的罢。

十二月十七日。

一星期前，我在《病后杂谈》里说到铁氏二女的诗。据杭世骏说，钱谦益编的《列朝诗集》里是有的，但我没有这书，所以只引了《订讹类编》完事。今天《四部丛刊续编》的明遗民彭孙贻《茗斋集》出版了，后附《明诗钞》，却有铁氏长女诗在里面。现在就照抄在这里，并将范昌期原作，与所谓铁女诗不同之处，用括弧附注在下面，以便比较。照此看来，作伪者实不过改了一句，并每句各改易一二字而已——

### 教坊献诗

教坊脂粉（落籍）洗铅华，一片闲（春）心对落花。旧曲听来犹（空）有恨，故园归去已（却）无家。云鬟半挽（斜）临妆（青）镜，雨泪空流（频弹）湿绛纱。今日相逢白司马（安得江州司马在），尊前重与诉（为赋）琵琶。

但俞正燮《癸巳类稿》又据茅大芳《希董集》，言"铁公妻女以死殉"；并记或一说云，"铁二子，无女"。那么，连铁铉有无女儿，也都成为疑案了。两个近视眼论扁额上字，辩论一通，其实连扁额也没有挂，原也是能有的事实。不过铁妻死殉之说，我以为是粉饰的。《弇州史料》所记，奏文与上谕具存，王世贞明人，决不敢捏造。

倘使铁铉真的并无女儿，或有而实已自杀，则由这虚构的故事，也可以窥见社会心理之一斑。就是：在受难者家族中，无女不如其有之有趣，自杀又不如其落教坊之有趣；但铁铉究竟是忠臣，使其女永沦教坊，终觉于心不安，所以还是和寻常女子不同，因献诗而配了士子。

这和小生落难，下狱挨打，到底中了状元的公式，完全是一致的。

二十三日之夜，附记．

# 河南卢氏曹先生教泽碑文

　　夫激荡之会，利于乘时，劲风盘空，轻蓬振翮，故以豪杰称一时者多矣，而品节卓异之士，盖难得一。卢氏曹植甫先生名培元，幼承义方，长怀大愿，秉性宽厚，立行贞明。躬居山曲，设校授徒，专心一志，启迪后进，或有未谛，循循诱之，历久不渝，惠流遐迩。又不泥古，为学日新，作时世之前驱，与童冠而俱迈。爰使旧乡丕变，日见昭明，君子自强，永无意必。而韬光里巷，处之怡然。此岂轻才小慧之徒之所能至哉。中华民国二十有三年秋，年届七十，含和守素，笃行如初。门人敬仰，同心立表，冀彰潜德，亦报师恩云尔。铭曰：

华土奥衍，代生英贤，或居或作，历四千年，文物有赫，峙于中天。海涛外薄，黄神徙倚，巧黠因时，鸮枪鹊起，然犹飘风，终朝而已。卓哉先生，遗荣崇实，开拓新流，恢弘文术，诲人不倦，惟精惟一。介立或有，恒久则难，數教翊化，实邦之翰，敢契贞石，以励后昆。

会稽后学鲁迅谨撰。

# 阿金

近几时我最讨厌阿金。

她是一个女仆，上海叫娘姨，外国人叫阿妈，她的主人也正是外国人。

她有许多女朋友，天一晚，就陆续到她窗下来，"阿金，阿金！"的大声的叫，这样的一直到半夜。她又好像颇有几个姘头；她曾在后门口宣布她的主张：弗轧姘头，到上海来做啥呢？……

不过这和我不相干。不幸的是她的主人

家的后门，斜对着我的前门，所以"阿金，阿金！"的叫起来，我总受些影响，有时是文章做不下去了，有时竟会在稿子上写一个"金"字。更不幸的是我的进出，必须从她家的晒台下走过，而她大约是不喜欢走楼梯的，竹竿、木板，还有别的什么，常常从晒台上直摔下来，使我走过的时候，必须十分小心，先看一看这位阿金可在晒台上面，倘在，就得绕远些。自然，这是大半为了我的胆子小，看得自己的性命太值钱；但我们也得想一想她的主子是外国人，被打得头破血出，固然不成问题，即使死了，开同乡会，打电报也都没有用的，——况且我想，我也未必能够弄到开起同乡会。

半夜以后，是别一种世界，还剩着白天脾气是不行的。有一夜，已经三点半钟了，我在译一篇东西，还没有睡觉。忽然听得路上有人低声的在叫谁，虽然听不清楚，却并不是叫阿金，当然也不是叫我。我想：这么迟了，还有谁来叫谁呢？同时也站起来，推开楼窗去看去了，却看见一个男人，望着阿金的绣阁的窗，站着。他没有看见我。我自悔我的莽撞，正想关窗退回的时候，斜对面的小窗开处，已经现出阿金的上半身来，并且立刻看见我，向那男人说了一句不知道什么话，用手向我一指，又一挥，那男人便开大步跑掉了。我很不舒服，好像是自己做了甚么错事似的，书译不下去了，心里想：以后总要少管闲事，要炼到泰山崩于前而色不变，炸弹落于侧而身不移！……

但在阿金，却似乎毫不受什么影响，因为她仍然嘻嘻哈哈。不过这是晚快边[1]才得到的结论，所以我真是负疚了小半夜和一整天。这时我很感激阿金的大度，但同时又讨厌了她的

---

1　傍晚。

大声会议，嘻嘻哈哈了。自有阿金以来，四围的空气也变得扰动了，她就有这么大的力量。这种扰动，我的警告是毫无效验的，她们连看也不对我看一看。有一回，邻近的洋人说了几句洋话，她们也不理；但那洋人就奔出来了，用脚向各人乱踢，她们这才逃散，会议也收了场。这踢的效力，大约保存了五六夜。

此后是照常的嚷嚷；而且扰动又廓张了开去，阿金和马路对面一家烟纸店里的老女人开始奋斗了，还有男人相帮。她的声音原是响亮的，这回就更加响亮，我觉得一定可以使二十间门面以外的人们听见。不一会，就聚集了一大批人。论战的将近结束的时候当然要提到"偷汉"之类，那老女人的话我没有听清楚，阿金的答复是：

"你这老 × 没有人要！我可有人要呀！"

这恐怕是实情，看客似乎大抵对她表同

情，"没有人要"的老 × 战败了。这时踱来了一位洋巡捕，反背着两手，看了一会，就来把看客们赶开；阿金赶紧迎上去，对他讲了一连串的洋话。洋巡捕注意的听完之后，微笑的说道：

"我看你也不弱呀！"

他并不去捉老 ×，又反背着手，慢慢的踱过去了。这一场巷战就算这样的结束。但是，人间世的纠纷又并不能解决得这么干脆，那老 × 大约是也有一点势力的。第二天早晨，那离阿金家不远的也是外国人家的西崽忽然向阿金家逃来。后面追着三个彪形大汉。西崽的小衫已被撕破，大约他被他们诱出外面，又给人堵住后门，退不回去，所以只好逃到他爱人这里来了。爱人的肘腋之下，原是可以安身立命的，伊孛生（H. Ibsen）戏剧里的彼尔·干德[1]，就是失败之后，终于躲在爱人的裙边，听唱催眠歌的大人物。但我看阿金似乎比不上瑙威女子，她无情，也没有魄力。独有感觉是灵的，那男人刚要跑到的时候，她已经赶紧把后门关上了。那男人于是进了绝路，只得站住。这好像也颇出于彪形大汉们的意料之外，显得有些踌躇；但终于一齐举起拳头，两个是在他背脊和胸脯上一共给了三拳，仿佛也并不怎么重，一个在他脸上打了一拳，却使它立刻红起来。这一场巷战很神速，又在早晨，所以观战者也不多，胜败两军，各自走散，世界又从此暂时和平了。然而我仍然不放心，因为我曾经听人说过：所谓"和平"，不过是两次战争之间的时日。

　　但是，过了几天，阿金就不再看见了，我

1　现通译为培尔·金特，人物形象相当于挪威的阿 Q。

猜想是被她自己的主人所回复。补了她的缺的是一个胖胖的，脸上很有些福相和雅气的娘姨，已经二十多天，还很安静，只叫了卖唱的两个穷人唱过一回"奇葛隆冬强"的《十八摸》[1]之类，那是她用"自食其力"的余闲，享点清福，谁也没有话说的。只可惜那时又招集了一群男男女女，连阿金的爱人也在内，保不定什么时候又会发生巷战。但我却也叨光听到了男嗓子的上低音（barytone）的歌声，觉得很自然，比绞死猫儿似的《毛毛雨》[2]要好得天差地远。

阿金的相貌是极其平凡的。所谓平凡，就是很普通，很难记住，不到一个月，我就说不出她究竟是怎么一副模样来了。但是我还讨厌她，想到"阿金"这两个字就讨厌；在邻近闹

---

1　兴起于江浙地区的淫艳之曲，曾被普契尼加以改编，用在《蝴蝶夫人》中。

2　由黎锦晖创作于 1927 年初，由其女黎明晖演唱，受到张爱玲的喜爱。

嚷一下当然不会成什么深仇重怨，我的讨厌她是因为不消几日，她就动摇了我三十年来的信念和主张。

我一向不相信昭君出塞会安汉，木兰从军就可以保隋；也不信妲己亡殷、西施沼吴、杨妃乱唐的那些古老话。我以为在男权社会里，女人是决不会有这种大力量的，兴亡的责任，都应该男的负。但向来的男性的作者，大抵将败亡的大罪，推在女性身上，这真是一钱不值的没有出息的男人。殊不料现在阿金却以一个貌不出众、才不惊人的娘姨，不用一个月，就在我眼前搅乱了四分之一里，假使她是一个女王，或者是皇后、皇太后，那么，其影响也就可以推见了：足够闹出大大的乱子来。

昔者孔子"五十而知天命"，我却为了区区一个阿金，连对于人事也从新疑惑起来了，虽然圣人和凡人不能相比，但也可见阿金的伟力，和我的满不行。我不想将我的文章的退步，归罪于阿金的嚷嚷，而且以上的一通议论，也很近于迁怒，但是，近几时我最讨厌阿金，仿佛她塞住了我的一条路，却是的确的。

愿阿金也不能算是中国女性的标本。

十二月二十一日。

# 论俗人应避雅人

这是看了些杂志，偶然想到的——

浊世少见"雅人"，少有"韵事"。但是，没有浊到彻底的时候，雅人却也并非全没有，不过因为"伤雅"的人们多，也累得他们"雅"不彻底了。

道学先生是躬行"仁恕"的，但遇见不仁不恕的人们，他就也不能仁恕。所以朱子是大贤，而做官的时候，不能不给无告的官妓吃板子。新月社的作家们是最憎恶骂人的，但遇见骂人的人，就害得他们不能不骂。林语堂先生是佩服"费厄泼赖"[1]的，但在杭州赏菊，遇见"口里含一枝苏俄香烟，手里夹一本什么斯基的译本"的青年，他就不能不"假作无精打彩，愁眉不展，忧国忧家"（详见《论语》五十五期）的样子，面目全非了。

优良的人物，有时候是要靠别种人来比较、衬托的，例如上等与下等、好与坏、雅与俗、小器与大度之类。没有别人，即无以显出这一面之优，所谓"相反而实相成"者，就是这。但又须别人凑趣，至少是知趣，即使不能帮闲，也至少不可说破，逼得好人们再也好不下去。例如曹孟德是"尚通侻"[2]的，但祢正平天天

---

1　即 fair play，指"公正的比赛"。时值女师大进步学潮，段祺瑞、章士钊躲至天津，林语堂等人提倡"费厄泼赖"精神，叫嚷不要"痛打落水狗"。

2　通侻即通脱。刘师培论汉魏之际文学变迁："建武以还，士民秉礼。迨及建安，渐尚通侻。侻则侈陈哀乐，通则渐藻玄思。"

上门来骂他，他也只好生起气来，送给黄祖去"借刀杀人"了。祢正平真是"咎由自取"。

所谓"雅人"，原不是一天雅到晚的，即使睡的是珠罗帐，吃的是香稻米，但那根本的睡觉和吃饭，和俗人究竟也没有什么大不同；就是肚子里盘算些挣钱固位之法，自然也不能绝无其事。但他的出众之处，是在有时又忽然能够"雅"。倘使揭穿了这谜底，便是所谓"杀风景"，也就是俗人，而且带累了雅人，使他雅不下去，"未能免俗"了。若无此辈，何至于此呢？所以错处总归在俗人这方面。

譬如罢，有两位知县在这里，他们自然都是整天的办公事、审案子的，但如果其中之一，能够偶然的去看梅花，那就要算是一位雅官，应该加以恭维，天地之间这才会有雅人，会有韵事。如果你不恭维，还可以；一皱眉，就俗；敢开玩笑，那就把好事情都搅坏了。然而世间也偏有狂夫俗子；记得在一部中国的什么古"幽默"书里，有一首"轻薄子"咏知县老爷公余探梅的七绝——

> 红帽哼兮黑帽呵，风流太守看梅花。
> 梅花低首开言道：小底梅花接老爷。

这真是恶作剧，将韵事闹得一塌胡涂。而且他替梅花所说的话，也不合式，它这时应该一声不响的，一说，就"伤雅"，会累得"老爷"不便再雅，只好立刻还俗，赏吃板子，至少是给一种什么罪案的。为什么呢？就因为你俗，再不能以雅道相处了。

小心谨慎的人，偶然遇见仁人君子或雅人学者时，倘不会帮闲凑趣，就须远远避开，愈远愈妙。假如不然，即不免要碰着和他们口头大不相同的脸孔和手段。晦气的时候，还会弄到卢布学说的老套，大吃其亏。只给你"口里含一枝苏俄香烟，手里夹一本什么斯基的译本"，倒还不打紧，——然而险矣。

大家都知道"贤者避世"，我以为现在的俗人却要避雅，这也是一种"明哲保身"。

十二月二十六日。

我们活在这样的地方，我们活在这样的时代。

附记

第一篇《关于中国的两三件事》，是应日本的改造社之托而写的，原是日文，即于是年三月，登在《改造》上，改题为《火，王道，监狱》。记得中国北方，曾有一种期刊译载过这三篇，但在南方，却只有林语堂、邵洵美、章克标三位所主编的杂志《人言》上，曾用这为攻击作者之具，其详见于《准风月谈》的后记中，兹不赘。

《草鞋脚》是现代中国作家的短篇小说集，

应伊罗生（H.Isaacs）[1] 先生之托，由我和茅盾先生选出，他更加选择，译成英文的。但至今好像还没有出版。

《答曹聚仁先生信》原是我们的私人通信，不料竟在《社会月报》上登出来了，这一登可是祸事非小，我就成为"替杨邨人氏打开场锣鼓，谁说鲁迅先生器量窄小呢"了。有八月三十一日《大晚报》副刊《火炬》上的文章为证——

### 调和绍伯

——读《社会月报》八月号

"中国人是善于调和的民族"——这话我从前还不大相信，因为那时我年纪还

---

1 哈罗德·伊罗生（1910—1986），美国记者、政治学家，1930 年来到中国，参与上海的左翼运动，著有《中国革命的悲剧》（1938）。

轻，阅历不到，我自己是不大肯调和的，我就以为别人也和我一样的不肯调和。

这观念后来也稍稍改正了。那是我有一个亲戚，在我故乡两个军阀的政权争夺战中做了牺牲，我那时对于某军阀虽无好感，却因亲戚之故也感着一种同仇敌忾，及至后来两军阀到了上海又很快的调和了，彼此过从颇密，我不觉为之呆然，觉得我们亲戚假使仅仅是为着他的"政友"而死，他真是白死了。

后来又听得广东A君告诉我在两广战争后战士们白骨在野碧血还腥的时候，两军主持的太太在香港寓楼时常一道打牌，亲昵逾常，这更使我大彻大悟。

现在，我们更明白了，这是当然的事，不单是军阀战争如此，帝国主义的分赃战争也作如是观。老百姓整千整万地做了炮

三〇七

灰，各国资本家却可以聚首一堂举着香槟相视而笑。什么"军阀主义""民主主义"都成了骗人的话。

然而这是指那些军阀资本家们"无原则的争斗"，若夫真理追求者的"有原则的争斗"应该不是这样！

最近这几年，青年们追随着思想界的领袖们之后做了许多惨淡的努力，有的为着这还牺牲了宝贵的生命。个人的生命是可宝贵的，但一代的真理更可宝贵，生命牺牲了而真理昭然于天下，这死是值得的，就是不可以太打浑了水，把人家弄得不明不白。

后者的例子可求之于《社会月报》。这月刊真可以说是当今最完备的"杂"志了。而最"杂"得有趣的是题为"大众语特辑"的八月号。读者试念念这一期的目录罢，第一位打开场锣鼓的是鲁迅先生（关于大众语的意见），而"压轴子"的是《赤区归来记》作者杨邨人氏。就是健忘的读者想也记得鲁迅先生和杨邨人氏有过不小的一点"原则上"的争执罢。鲁迅先生似乎还"嘘"过杨邨人氏，然而他却可以替杨邨人氏打开场锣鼓，谁说鲁迅先生器量窄小呢？

　　苦的只是读者，读了鲁迅先生的信，我们知道"汉字和大众不两立"，我们知道应把"交通繁盛言语混杂的地方"的"大众语"的雏形，它的"字汇和语法输进穷乡僻壤去"。我们知道"先驱者的任务"是在给大众许多话"发表更明确的意思"，同时"明白更精确的意义"；我们知道现在所能实行的是以"进步的"思想写"向大众语去的作品"。但读了最后杨邨人氏的文章，才知道向大众去根本是一条死路，那里在水灾与敌人围攻之下，破产无余，……"维持已经困难，建设更不要空谈"。还是"归"到都会里"来"扬起小资产阶级文学之旗更靠得住。

于是，我们所得的知识前后相销，昏昏沉沉，莫明其妙。

这恐怕也表示中国民族善于调和吧，但是太调和了，使人疑心思想上的争斗也渐渐没有原则了。变成"戟门坝上的儿戏"[1]了。照这样的阵容看，有些人真死的不明不白。

关于开锣以后"压轴"以前的那些"中间作家"的文章特别是大众语问题的

---

1　汉文帝慰问军队，"霸上棘门军若儿戏"，唯独周亚夫的细柳驻军戒备森严，未得其令，连皇帝都不得入。

一些宏论，本想略抒鄙见，但这只好改日再谈了。

关于这一案，我到十一月《答〈戏〉周刊编者的信》里，这才回答了几句。

《门外文谈》是用了"华圉"的笔名，向《自由谈》投稿的，每天登一节。但不知道为什么，第一节被删去了末一行，第十节开头又被删去了二百余字，现仍补足，并用黑点为记。

《不知肉味和不知水味》是写给《太白》的，登出来时，后半篇都不见了，我看这是"中央宣传部书报检查委员会"的政绩。那时有人看了《太白》上的这一篇，当面问我道："你在说什么呀？"现仍补足，并用黑点为记，使读者可以知道我其实是在说什么。

《中国人失掉自信力了吗》也是写给《太

白》的。凡是对于求神拜佛，略有不敬之处，都被删除，可见这时我们的"上峰"正在主张求神拜佛。现仍补足，并用黑点为记，聊以存一时之风尚耳。

《脸谱臆测》是写给《生生月刊》的，奉官谕：不准发表。我当初很觉得奇怪，待到领回原稿，看见用红铅笔打着杠子的处所，才明白原来是因为得罪了"第三种人"老爷们了。现仍加上黑杠子，以代红杠子，且以警戒新作家。

《答〈戏〉周刊编者信》的末尾，是对于绍伯先生那篇《调和》的答复。听说当时我们有一位姓沈的"战友"[1]看了就呵呵大笑道："这老头子又发牢骚了！""头子"而"老"，"牢

---

1 　即夏衍（1900—1995），原名沈乃熙，字端先，电影戏剧家，鲁迅在《答徐懋庸并关于抗日统一战线问题》中提到的"四条汉子"之一。

骚"而"又"，恐怕真也滑稽得很。然而我自己，是认真的。

不过向《戏》周刊编者去"发牢骚"，别人也许会觉得奇怪。然而并不，因为编者之一是田汉同志，而田汉同志也就是绍伯先生。

《中国文坛上的鬼魅》是写给《现代中国》（China Today）的，不知由何人所译，登在第一卷第五期，后来又由英文转译，载在德文和法文的《国际文学》上。

《病后杂谈》是向《文学》的投稿，共五段；待到四卷二号上登了出来时，只剩下第一段了。后有一位作家，根据了这一段评论我道：鲁迅是赞成生病的。他竟毫不想到检查官的删削。可见文艺上的暗杀政策，有时也还有一些效力的。

《病后杂谈之余》也是向《文学》的投稿，但不知道为什么，检查官这回却古里古怪了，不说不准登，也不说可登，也不动贵手删削，就是一个支支吾吾。发行人没有法，来找我自己删改了一些，然而听说还是不行，终于由发行人执笔，检查官动口，再删一通，这才能在四卷三号上登出。题目必须改为《病后余谈》，小注"关于舒愤懑"这一句也不准有；改动的两处，我都注在本文之下，删掉的五处，则仍以黑点为记，读者试一想这些讳忌，是会觉得很有趣的。只有不准说"言行一致"云云，也许莫明其妙，现在我应该指明，这是因为又触犯了"第三种人"了。

《阿金》是写给《漫画生活》的；然而不但不准登载，听说还送到南京中央宣传会里去了。这真是不过一篇漫谈，毫无深意，怎么会惹出这样大问题来的呢，自己总是参不透。后来索回原稿，先看见第一页上有两颗紫色印，一大一小，文曰"抽去"，大约小的是上海印，

三二四

大的是首都印，然则必须"抽去"，已无疑义了。再看下去，就又发见了许多红杠子，现在改为黑杠，仍留在本文的旁边。

看了杠子，有几处是可以悟出道理来的。例如"主子是外国人""炸弹""巷战"之类，自然也以不提为是。但是我总不懂为什么不能说我死了"未必能够弄到开起同乡会"的缘由，莫非官意是以为我死了会开同乡会的么？

我们活在这样的地方，我们活在这样的时代。

一九三五年十二月三十日，编讫记。

# 且介亭杂文

# 二编

文学是战斗的！

序言

昨天编完了去年的文字，取发表于日报的短论以外者，谓之《且介亭杂文》；今天再来编今年的，因为除做了几篇《文学论坛》，没有多写短文，便都收录在这里面，算是《二集》。

过年本来没有什么深意义，随便那天都好，明年的元旦，决不会和今年的除夕就不同，不过给人事借此时时算有一个段落，结束一点事情，倒也便利的。倘不是想到了已经年终，我

三二一

的两年以来的杂文，也许还不会集成这一本。

编完以后，也没有什么大感想。要感的感过了，要写的也写过了，例如"以华制华"之说罢，我在前年的《自由谈》上发表时，曾大受傅公红蓼之流的攻击，今年才又有人提出来，却是风平浪静。一定要到得"不幸而吾言中"，这才大家默默无言，然而为时已晚，是彼此都大可悲哀的。我宁可如邵洵美辈的《人言》之所说："意气多于议论，捏造多于实证。"

我有时决不想在言论界求得胜利，因为我的言论有时是枭鸣，报告着大不吉利事，我的言中，是大家会有不幸的。在今年，为了内心的冷静和外力的迫压，我几乎不谈国事了，偶尔触着的几篇，如《什么是讽刺》，如《从帮忙到扯淡》，也无一不被禁止。别的作者的遭遇，大约也是如此的罢，而天下太平，直到华北自治，才见有新闻记者恳求保护正当的舆论。

我的不正当的舆论，却如国土一样，仍在日即于沦亡，但是我不想求保护，因为这代价，实在是太大了。

单将这些文字，过而存之，聊作今年笔墨的记念罢。

一九三五年十二月三十一日，

鲁迅记于上海之且介亭。

三三三

一九三五年

在一刹时中，在一个人上，会聚集了一切难堪的不幸。

# 叶紫作《丰收》序

　　作者写出创作来，对于其中的事情，虽然不必亲历过，最好是经历过。诘难者问：那么，写杀人最好是自己杀过人，写妓女还得去卖淫么？答曰：不然。我所谓经历，是所遇，所见，所闻，并不一定是所作，但所作自然也可以包含在里面。天才们无论怎样说大话，归根结蒂，还是不能凭空创造。描神画鬼，毫无对证，本可以专靠了神思，所谓"天马行空"似的挥写了，然而他们写出来的，也不过是三只眼，长颈子，就是在常见的人体上，增加了眼睛一只，增长了颈子二三尺而已。这算什么本领，这算什么创造？

地球上不只一个世界，实际上的不同，比人们空想中的阴阳两界还利害。这一世界中人，会轻蔑、憎恶、压迫、恐怖、杀戮别一世界中人，然而他不知道，因此他也写不出，于是他自称"第三种人"，他"为艺术而艺术"，他即使写了出来，也不过是三只眼、长颈子而已。"再亮些"？不要骗人罢！你们的眼睛在那里呢？

伟大的文学是永久的，许多学者们这么说。对啦，也许是永久的罢。但我自己，却与其看薄凯契阿[1]、雨果的书，宁可看契诃夫、高尔基的书，因为它更新，和我们的世界更接近。

---

1 即薄伽丘（1313—1375），《十日谈》的作者。

中国确也还盛行着《三国志演义》和《水浒传》，但这是为了社会还有三国气和水浒气的缘故。《儒林外史》作者的手段何尝在罗贯中下，然而留学生漫天塞地以来，这部书就好像不永久，也不伟大了。伟大也要有人懂。

这里的六个短篇，都是太平世界的奇闻，而现在却是极平常的事情。因为极平常，所以和我们更密切，更有大关系。作者还是一个青年，但他的经历，却抵得太平天下的顺民的一世纪的经历，在转辗的生活中，要他"为艺术而艺术"，是办不到的。但我们有人懂得这样的艺术，一点用不着谁来发愁。

这就是伟大的文学么？不是的，我们自己并没有这么说。"中国为什么没有伟大文学产生？"我们听过许多指导者的教训了，但可惜他们独独忘却了一方面的对于作者和作品的摧残。"第三种人"教训过我们，希腊神话里说什么恶鬼有一张床，捉了人去，给睡在这床上，短了，就拉长他，太长，便把他截短。左翼批评就是这样的床，弄得他们写不出东西来了。现在这张床真的摆出来了，不料却只有"第三种人"睡得不长不短，刚刚合式。仰面唾天，掉在自己的眼睛里，天下真会有这等事。

但我们却有作家写得出东西来，作品在摧残中也更加坚实。不但为一大群中国青年读者所支持，当《电网外》在《文学新地》上以《王伯伯》的题目发表后，就得到世界的读者了。这就是作者已经尽了当前的任务，也是对于压迫者的答复：文学是战斗的！

我希望将来还有看见作者的更多、更好的作品的时候。

一九三五年一月十六日，鲁迅记于上海。

三三一

# 隐士

　　隐士，历来算是一个美名，但有时也当作一个笑柄。最显著的，则有刺陈眉公[1]的"翩然一只云中鹤，飞去飞来宰相衙"的诗，至今也还有人提及。我以为这是一种误解。因为一方面，是"自视太高"，于是别方面也就"求之太高"，彼此"忘其所以"，不能"心照"，

---

1　陈继儒（1558—1639），号眉公，明代著名画家、书法家。朝廷屡次征召，皆以病辞，声名倾动全国。在闭门读书的同时，仍与高官豪绅周旋，亦招来时人的讥讽。

而又不能"不宣",从此口舌也多起来了。

非隐士的心目中的隐士,是声闻不彰,息影山林的人物。但这种人物,世间是不会知道的。一到挂上隐士的招牌,则即使他并不"飞去飞来",也一定难免有些表白、张扬;或是他的帮闲们的开锣喝道——隐士家里也会有帮闲,说起来似乎不近情理,但一到招牌可以换饭的时候,那是立刻就有帮闲的,这叫作"啃招牌边"。这一点,也颇为非隐士的人们所诟病,以为隐士身上而有油可揩,则隐士之阔绰可想了。其实这也是一种"求之太高"的误解,和硬要有名的隐士,老死山林中者相同。凡是有名的隐士,他总是已经有了"悠哉游哉,聊以卒岁"的幸福的。倘不然,朝砍柴、昼耕田、晚浇菜、夜织屦,又那有吸烟品茗、吟诗作文的闲暇?陶渊明先生是我们中国赫赫有名的大隐,一名"田园诗人",自然,他并不办期刊,也赶不上吃"庚款"[1]，然而他有奴子。汉晋时候的奴子，是不但侍候主人，并且给主人种地、营商的，正是生财器具。所以虽是渊明先生，也还略略有些生财之道在，要不然，他老人家不但没有酒喝，而且没有饭吃，早已在东篱旁边饿死了。

所以我们倘要看看隐君子风，实际上也只能看看这样的隐君子，真的"隐君子"是没法看到的。古今著作，足以汗牛而充栋，但我们可能找出樵夫渔父的著作来？他们的著作是砍柴和打鱼。至于那些文士诗翁，自称什么钓徒樵子的，倒大抵是悠游自得的封翁或公子，何尝捏过钓竿或斧头柄。要在他们身上赏鉴隐逸

---

1　1900 年义和团运动导致八国联军武力干涉，最终达成《辛丑条约》，规定清政府须赔偿 4.5 亿两白银，赔偿期限为 1902 年至 1940 年，本息合计 9.8 亿两，是为"庚子赔款"，后美国退回部分赔款作为留美学习基金和中国教育文化基金。

气，我敢说，这只能怪自己胡涂。

登仕，是唉饭之道，归隐，也是唉饭之道。假使无法唉饭，那就连"隐"也隐不成了。"飞去飞来"，正是因为要"隐"，也就是因为要唉饭；肩出"隐士"的招牌来，挂在"城市山林"里，这就正是所谓"隐"，也就是唉饭之道。帮闲们或开锣，或喝道，那是因为自己还不配"隐"，所以只好揩一点"隐"油，其实也还不外乎唉饭之道。汉唐以来，实际上是入仕并不算鄙，隐居也不算高，而且也不算穷。必须欲"隐"而不得，这才看作士人的末路。唐末有一位诗人左偃，自述他悲惨的境遇道："谋隐谋官两无成"，是用七个字道破了所谓"隐"的秘密的。

"谋隐"无成，才是沦落，可见"隐"总和享福有些相关，至少是不必十分挣扎谋生，颇有悠闲的余裕。但赞颂悠闲，鼓吹烟茗，却又是挣扎之一种，不过挣扎得隐藏一些。虽"隐"，也仍然要唉饭，所以招牌还是要油漆，要保护的。泰山崩，黄河溢，隐士们目无见、耳无闻，但苟有议及自己们或他的一伙的，则虽千里之外，半句之微，他便耳聪目明，奋袂而起，好像事件之大，远胜于宇宙之灭亡者，也就为了这缘故。其实连和苍蝇也何尝有什么相关。

明白这一点，对于所谓"隐士"也就毫不诧异了，心照不宣，彼此都省事。

一月二十五日。

## "招贴即扯"

工愁的人物，真是层出不穷。开年正月，就有人怕骂倒了一切古今人，只留下自己的没意思。要是古今中外真的有过这等事，这才叫作希奇，但实际上并没有，将来大约也不会有。岂但一切古今人，连一个人也没有骂倒过。凡是倒掉的，决不是因为骂，却只为揭穿了假面。揭穿假面，就是指出了实际来，这不能混谓之骂。

然而世间往往混为一谈。就以现在最流行

的袁中郎为例罢，既然肩出来当作招牌，看客就不免议论这招牌，怎样撕破了衣裳，怎样画歪了脸孔。这其实和中郎本身是无关的，所指的是他的自以为徒子徒孙们的手笔。然而徒子徒孙们就以为骂了他的中郎爷，愤慨和狼狈之状可掬，觉得现在的世界是比五四时代更狂妄了。但是，现在的袁中郎脸孔究竟画得怎样呢？时代很近，文证具存，除了变成一个小品文的老师，"方巾气"[1]的死敌而外，还有些什么？

和袁中郎同时活在中国的，无锡有一个顾宪成，他的著作，开口"圣人"，闭口"吾儒"，真是满纸"方巾气"。而且疾恶如仇，对小人决不假借。他说："吾闻之：凡论人，当观其趋向之大体。趋向苟正，即小节出入，不失为君子；趋向苟差，即小节可观，终归于小人。

---

1　方巾为明代书生戴的帽子，方巾气指道学气，林语堂常用该词批评左翼作家的战斗性小品文。

又闻：为国家者，莫要于扶阳抑阴，君子即不幸有讹误，当保护爱惜成就之；小人即小过乎，当早排绝，无令为后患。……"（《自反录》）推而广之，也就是倘要论袁中郎，当看他趋向之大体，趋向苟正，不妨恕其偶讲空话，作小品文，因为他还有更重要的一方面在。正如李白会做诗，就可以不责其喝酒，如果只会喝酒，便以半个李白，或李白的徒子徒孙自命，那可是应该赶紧将他"排绝"的。

中郎还有更重要的一方面么？有的。万历三十七年，顾宪成辞官，时中郎"主陕西乡试，发策，有'过劣巢由'之语。监临者问'意云何？'袁曰：'今吴中大贤亦不出，将令世道何所倚赖，故发此感尔。'"（《顾端文公年谱》下）中郎正是一个关心世道，佩服"方巾气"人物的人，赞《金瓶梅》，作小品文，并不是他的全部。

中郎之不能被骂倒，正如他之不能被画歪。但因此也就不能作他的蛆虫们的永久的巢穴了。

一月二十六日。

# 书的还魂和赶造

　　把大部的丛书印给读者看，是宋朝就有的，一直到现在。缺点是因为部头大，所以价钱贵。好处是把研究一种学问的书汇集在一处，能比一部一部的自去寻求更省力；或者保存单本小种的著作在里面，使它不易于灭亡。但这第二种好处，是也靠着部头大，价钱贵，人们就因此格外珍重的缺点的。

　　但丛书也有蠹虫。从明末到清初，就时有欺人的丛书出现。那方法之一，是删削内容，轻减刻费，而目录却有一大串，使购买者只觉其种类之多；之二，是不用原题，别立名目，甚至另题撰人，使购买者只觉其收罗之广。如《格致丛书》《历代小史》《五朝小说》《唐人说荟》等，就都是的。现在是大抵消灭了，只有末一种化名为《唐代丛书》，有时还在流毒。

然而时代改变，新花样也要跟着出来了。

推测起新花样来：其一，是豫先设定一种丛书的大名，罗列目录，大如宇宙，微至苍蝇身上的细菌，无所不包，这才分头觅人，托他译作，限定时日，必须完工，虽然译作者未必定是专家，但总之有许多手同时在稿纸上写字，于是不必穷年累月，一大部煌煌巨制也就出现了；其二，是原有一批零碎的旧译作，一向不甚流行，或者虽曾流行，而现在却已经过了时候，于是聚在一起，略加类别，开成一串五花八门的目录，而一大部煌煌巨制也就出现了。

出版者是明白读者们的心想的，有些读者们，苦于不知道什么是必要的书，所以往往以为被选进丛书里的，总该是必要的书籍；而且丛书里的一本，价钱也比单行本便宜，所以看起来好像很上算；加以大小一律，也很合人们爱好整齐的心情。本数又多，一下子可以填满几书架，规模不大的图书馆有这几部，馆员就省下时常留心选购新书的精神了。然而出版者是又很明白购买者们的经济状况的，他深知道现在他们手头已没有这许多钱，所以这些书一定是廉价，使他们拚命的办出来，或者是分期豫约，使他们逐渐的缴进去。

汇印新作，当然是很好的，但新作必须是精粹的本子，这才可以救读者们的智识的饥荒。就是重印旧作，也并不算坏，不过这旧作必须已是一种带着文献性的本子，这才足供读者们的研究。如果仅仅是克日速成的草稿，或是栈房角落的存书，改换新装，招摇过市，但以"大"或"多"或"廉"诱人，使读者化去不少的钱，实际上却不过得到一大堆废物，这恶影响之在读书界是很不小的。

凡留心于文化的前进的人，对于这些书应该加以检讨！

二月十五日。

# 漫谈“漫画”

　　孩子们吵架，有一个用木炭——上海是大抵用铅笔了——在墙壁上写道："小三子可乎之及及也，同同三千三百刀！"这和政治之类是毫不相干的，然而不能算小品文。画也一样，住家的恨路人到对门来小解，就在墙上画一个乌龟，题几句话，也不能叫它作"漫画"。为什么呢？就因为这和被画者的形体或精神，是绝无关系的。

　　漫画的第一件紧要事是诚实，要确切的显

示了事件或人物的姿态，也就是精神。

漫画是 Karikatur[1] 的译名，那"漫"，并不是中国旧日的文人学士之所谓"漫题""漫书"的"漫"。当然也可以不假思索，一挥而就的，但因为发芽于诚实的心，所以那结果也不会仅是嬉皮笑脸。这一种画，在中国的过去的绘画里很少见，《百丑图》或《三十六声粉铎图》庶几近之，可惜的是不过戏文里的丑脚的摹写；罗两峰的《鬼趣图》[2]，当不得已时，或者也就算进去罢，但它又太离开了人间。

漫画要使人一目了然，所以那最普通的方法是"夸张"，但又不是胡闹。无缘无故的将所攻击或暴露的对象画作一头驴，恰如拍马家将所拍的对象做成一个神一样，是毫没有效果

---

1　德语，也指讽刺画。

2　罗聘（1733—1799），扬州八怪之一，以画鬼著称，《鬼趣图》为其代表作。

的，假如那对象其实并无驴气息或神气息。然而如果真有些驴气息，那就糟了，从此之后，越看越像，比读一本做得很厚的传记还明白。关于事件的漫画，也一样的。所以漫画虽然有夸张，却还是要诚实。"燕山雪花大如席"，是夸张，但燕山究竟有雪花，就含着一点诚实在里面，使我们立刻知道燕山原来有这么冷。如果说"广州雪花大如席"，那可就变成笑话了。

"夸张"这两个字也许有些语病，那么，说是"廓大"也可以的。廓大一个事件或人物的特点固然使漫画容易显出效果来，但廓大了并非特点之处却更容易显出效果。矮而胖的，瘦而长的，他本身就有漫画相了，再给他秃头、近视眼，画得再矮而胖些、瘦而长些，总可以使读者发笑。但一位白净苗条的美人，就很不容易设法，有些漫画家画作一个髑髅或狐狸之类，却不过是在报告自己的低能。有些漫画家却不用这呆法子，他用廓大镜照了她露出的搽粉的臂膊，看出她皮肤的褶皱，看见了这些褶皱中间的粉和泥的黑白画。这么一来，漫画稿子就成功了，然而这是真实，倘不信，大家或自己也用廓大镜去照照去。于是她也只好承认这真实，倘要好，就用肥皂和毛刷去洗一通。

因为真实，所以也有力。但这种漫画，在中国是很难生存的。我记得去年就有一位文学家说过，他最讨厌论人用显微镜。

欧洲先前，也并不两样。漫画虽然是暴露、讥刺，甚而至于是攻击的，但因为读者多是上等的雅人，所以漫画家的笔锋的所向，往往只在那些无拳无勇的无告者，用他们的可笑，衬出雅人们的完全和高尚来，以分得一枝雪茄的生意。像西班牙的戈雅（Francisco de Goya）

三四八

和法国的陀密埃（Honoré Daumier）<sup>1</sup> 那样的漫画家，到底还是不可多得的。

二月二十八日。

---

1　现通译为奥诺雷·杜米埃（1808—1879），自 1832 年起发表了许多抨击政府的石版漫画，最有名的是《高康大》，以拉伯雷小说中的主人公形象影射国王，以至于获罪入狱。

# 漫画而又漫画

德国现代的画家格罗斯（George Grosz），中国已经绍介过好几回，总可以不算陌生人了。从有一方说，他也可以算是漫画家；那些作品，大抵是白地黑线的。

他在中国的遭遇，还算好，翻印的画虽然制版术太坏了，或者被缩小，黑线白地却究竟还是黑线白地。不料中国"文艺"家的脑子今年反常了，在挂着"文艺"招牌的杂志上绍介格罗斯的黑白画，线条都变了雪白；地子呢，有蓝有红，真是五颜六色，好看得很。

　　自然，我们看石刻的拓本，大抵是黑地白字的。但翻印的绘画，却还没有见过将青绿山水变作红黄山水，水墨龙化为水粉龙的大改造。有之，是始于二十世纪过了三十五年的上海的"文艺"家。我才知道画家作画时候的调色，配色之类，都是多事。一经中国"文艺"家的手，全无问题，——嗡，嗡，随随便便。

　　这些翻印的格罗斯的画是有价值的，是漫画而又漫画。

二月二十八日。

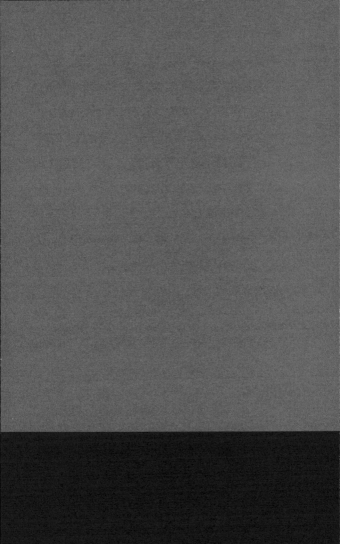

向内，在挖掘自己的魂灵，要发见心里的眼睛和喉吞，来凝视这世界，将真和美歌唱给寂寞的人们。

# 《中国新文学大系》小说二集序

一

　　凡是关心现代中国文学的人，谁都知道
《新青年》是提倡"文学改良"，后来更进一步
而号召"文学革命"的发难者。但当一九一五
年九月中在上海开始出版的时候，却全部是文

三五四

言的。苏曼殊的创作小说，陈嘏[1]和刘半农的翻译小说，都是文言，到第二年，胡适的《文学改良刍议》发表了，作品也只有胡适的诗文和小说是白话。后来白话作者逐渐多了起来，但又因为《新青年》其实是一个论议的刊物，所以创作并不怎样著重，比较旺盛的只有白话诗；至于戏曲和小说，也依然大抵是翻译。

　　在这里发表了创作的短篇小说的，是鲁迅。从一九一八年五月起，《狂人日记》《孔乙己》《药》等，陆续的出现了，算是显示了"文学革命"的实绩，又因那时的认为"表现的深切和格式的特别"，颇激动了一部分青年读者的心。然而这激动，却是向来怠慢了绍介欧洲大陆文学的缘故。一八三四年顷，俄国的果戈理（N. Gogol）就已经写了《狂人日记》；

---

1　　陈独秀的侄子，曾留学日本，翻译过屠格涅夫的《春潮》《初恋》、王尔德的戏剧《弗罗连斯》。

一八八三年顷，尼采（Fr. Nietzsche）也早借了苏鲁支（Zarathustra）的嘴，说过"你们已经走了从虫豸到人的路，在你们里面还有许多份是虫豸。你们做过猴子，到了现在，人还尤其猴子，无论比那一个猴子"的。而且《药》的收束，也分明的留着安特莱夫（L. Andreev）式的阴冷。但后起的《狂人日记》意在暴露家族制度和礼教的弊害，却比果戈理的忧愤深广，也不如尼采的超人的渺茫。以后虽然脱离了外国作家的影响，技巧稍为圆熟，刻划也稍加深切，如《肥皂》《离婚》等，但一面也减少了热情，不为读者们所注意了。

从《新青年》上，此外也没有养成什么小说的作家。

较多的倒是在《新潮》上。从一九一九年一月创刊，到次年主干者们出洋留学而消灭的两个年中，小说作者就有汪敬熙、罗家伦[1]、杨振声、俞平伯、欧阳予倩和叶绍钧。自然，技术是幼稚的，往往留存着旧小说上的写法和语调；而且平铺直叙，一泻无余；或者过于巧合，在一刹时中，在一个人上，会聚集了一切难堪的不幸。然而又有一种共同前进的趋向，是这时的作者们，没有一个以为小说是脱俗的文学，除了为艺术之外，一无所为的。他们每作一篇，都是"有所为"而发，是在用改革社会的器械，——虽然也没有设定终极的目标。

俞平伯的《花匠》以为人们应该屏绝矫揉造作，任其自然，罗家伦之作则在诉说婚姻不自由的苦痛，虽然稍嫌浅露，但正是当时许

---

1 汪敬熙（1898—1968），毕业于北京大学经济系，与傅斯年等人成立新潮社，后成为中国神经生物学奠基人。罗家伦（1897—1969），"五四运动"的学生领袖和命名者，中国近代著名的教育家、思想家和社会活动家。1928 年，出任国立清华大学第一任校长，后历任国民党中央政治学校教务主任、教育长，国立中央大学校长等职。

多智识青年们的公意；输入易卜生（H. Ibsen）的《娜拉》和《群鬼》的机运，这时候也恰恰成熟了，不过还没有想到《人民之敌》和《社会柱石》[1]。杨振声是极要描写民间疾苦的；汪敬熙并且装着笑容，揭露了好学生的秘密和苦人的灾难。但究竟因为是上层的智识者，所以笔墨总不免伸缩于描写身边琐事和小民生活之间。后来，欧阳予倩致力于剧本去了；叶绍钧却有更远大的发展。汪敬熙又在《现代评论》上发表创作，至一九二五年，自选了一本《雪夜》，但他好像终于没有自觉，或者忘却了先前的奋斗，以为他自己的作品，是并无"什么批评人生的意义的"了。序中有云——

　　我写这些篇小说的时候，是力求着去忠实的描写我所见的几种人生经验。我只

---

1　《人民之敌》现通译为《人民公敌》，《社会柱石》为《社会支柱》。

三五八

求描写的忠实，不搀入丝毫批评的态度。虽然一个人叙述一件事实之时，他的描写是免不了受他的人生观之影响，但我总是在可能的范围之内，竭力保持一种客观的态度。

因为持了这种客观态度的缘故，我这些短篇小说是不会有什么批评人生的意义。我只写出我所见的几种经验给读者看罢了。读者看了这些小说，心中对于这些种经验有什么评论，是我所不问的。

杨振声的文笔，却比《渔家》更加生发起来，但恰与先前的战友汪敬熙站成对跖：他"要忠实于主观"，要用人工来制造理想的人物。而且凭自己的理想还怕不够，又请教过几个朋友，删改了几回，这才完成一本中篇小说《玉君》，那自序道——

若有人问玉君是真的，我的回答是没有一个小说家说实话的。说实话的是历史家，说假话的才是小说家。历史家用的是记忆力，小说家用的是想像力。历史家取的是科学态度，要忠实于客观；小说家取的是艺术态度，要忠实于主观。一言以蔽之，小说家也如艺术家，想把天然艺术化，就是要以他的理想与意志去补天然之缺陷。

他先决定了"想把天然艺术化"，唯一的方法是"说假话"，"说假话的才是小说家"。于是依照了这定律，并且博采众议，将《玉君》创造出来了，然而这是一定的：不过一个傀儡，她的降生也就是死亡。我们此后也不再见这位作家的创作。

二

"五四"事件一起，这运动的大营的北京大学负了盛名，但同时也遭了艰险。终于，《新青年》的编辑中枢不得不复归上海，《新潮》群中的健将，则大抵远远的到欧美留学去了，《新潮》这杂志，也以虽有大吹大擂的豫告，却至今还未出版的"名著绍介"收场；留给国内的社员的，是一万部《孑民先生言行录》和七千部《点滴》[1]。创作衰歇了，为人生的文学自然也衰歇了。

但上海却还有着为人生的文学的一群，不过也崛起了为文学的文学的一群。这里应该提起的，是弥洒社。它在一九二三年三月出版

---

1　孑民先生即蔡元培。《点滴》为周作人选译的世界著名短篇小说集，"点滴"出自尼采《查拉图斯特拉如是说》的前言中"我爱那一切，沉重的点滴似的，从挂在人上面的黑云，滴滴下落者"一句。

的《弥洒》（Musai）上，由胡山源作的《宣言》
（《弥洒临凡曲》）告诉我们说——

> 我们乃是艺文之神；
> 我们不知自己何自而生，
> 也不知何为而生：
> …………
> 我们一切作为只知顺着我们的 Inspi-
> ration！

　　到四月出版的第二期，第一页上便分明的
标出了这是"无目的无艺术观不讨论不批评而
只发表顺灵感所创造的文艺作品的月刊"，即
是一个脱俗的文艺团体的刊物。但其实，是无
意中有着假想敌的。陈德征的《编辑余谈》说:
"近来文学作品，也有商品化的，所谓文学研
究者，所谓文人，都不免带有几分贩卖者底色

彩！这是我们所深恶而且深以为痛心疾首的一件事。……"就正是和讨伐"垄断文坛"者的大军一鼻孔出气的檄文。这时候，凡是要独树一帜的，总打着憎恶"庸俗"的幌子。

一切作品，诚然大抵很致力于优美，要舞得"翩跹回翔"，唱得"宛转抑扬"，然而所感觉的范围却颇为狭窄，不免咀嚼着身边的小小的悲欢，而且就看这小悲欢为全世界。在这刊物上，作为小说作者而出现的，是胡山源、唐鸣时、赵景沄、方企留、曹贵新、钱江春和方时旭，却只能数作速写的作者。从中最特出的是胡山源，他的一篇《睡》，是实践宣言，笼罩全群的佳作，但在《樱桃花下》（第一期），却正如这面的过度的睡觉一样，显出那面的病的神经过敏来了。"灵感"也究竟要露出目的的。赵景沄的《阿美》，虽然简单，虽然好像不能"无所为"，却强有力的写出了连敏感的作者们也忘却了的"丫头"的悲惨短促的一世。

一九二四年中发祥于上海的浅草社，其实也是"为艺术而艺术"的作家团体，但他们的季刊，每一期都显示着努力：向外，在摄取异域的营养，向内，在挖掘自己的魂灵，要发见心里的眼睛和喉舌，来凝视这世界，将真和美歌唱给寂寞的人们。韩君格、孔襄我、胡絜若、高世华、林如稷、徐丹歌、顾璜、莎子、亚士、陈翔鹤、陈炜谟、竹影女士，都是小说方面的工作者；连后来是中国最为杰出的抒情诗人冯至，也曾发表他幽婉的名篇。次年，中枢移入北京，社员好像走散了一些，《浅草》季刊改为篇叶较少的《沉钟》周刊了，但锐气并不稍衰，第一期的眉端就引着吉辛（G. Gissing）[1]

---

1　吉辛（1857—1903），英国作家，从 1880 年起共出版 22 部长篇小说，代表作《四季随笔》。

三六四

的坚决的句子——

而且我要你们一齐都证实……

我要工作啊，一直到我死之一日。

　　但那时觉醒起来的智识青年的心情，是大抵热烈，然而悲凉的。即使寻到一点光明，"径一周三"[1]，却更分明的看见了周围的无涯际的黑暗。摄取来的异域的营养又是"世纪末"的果汁：王尔德（Oscar Wilde），尼采（Fr. Nietzsche），波特莱尔（Ch. Baudelaire），安特莱夫（L. Andreev）们所安排的。"沉自己的船"还要在绝处求生，此外的许多作品，就往往"春非我春，秋非我秋"，玄发朱颜，却唱着饱经忧患的不欲明言的断肠之曲。虽是冯至的饰

1　出自《周髀算经》，圆的直径与周长的比，比喻差距甚远。

以诗情，莎子的托辞小草，还是不能掩饰的。凡这些，似乎多出于蜀中的作者，蜀中的受难之早，也即此可以想见了。

不过这群中的作者们也未尝自馁。陈炜谟在他的小说集《炉边》的"Proem"里说：——

但我不要这样；生活在我还在刚开头，有许多命运的猛兽正在那边张牙舞爪等着我在。可是这也不用怕。人虽不必去崇拜太阳，但何至于懦怯得连暗夜也要躲避呢？怎的，秃笔不会写在破纸上么？若干年之后，回想此时的我，即不管别人，在自己或也可值眷念罢，如果值得忆念的地方便应该忆念。……

自然，这仍是无可奈何的自慰的伤心之言，但在事实上，沉钟社却确是中国的最坚韧，最诚实，挣扎得最久的团体。它好像真要如吉辛的话，工作到死掉之一日；如"沉钟"的铸造者，死也得在水底里用自己的脚敲出洪大的钟声。然而他们并不能做到，他们是活着的，时移世易，百事俱非；他们是要歌唱的，而听者却有的睡眠，有的槁死，有的流散，眼前只剩下一片茫茫白地，于是也只好在风尘溷洞中，悲哀孤寂地放下了他们的箜篌了。

后来以"废名"出名的冯文炳，也是在《浅草》中略见一斑的作者，但并未显出他的特长来。在一九二五年出版的《竹林的故事》里，才见以冲淡为衣，而如著者所说，仍能"从他们当中理出我的哀愁"的作品。可惜的是大约作者过于珍惜他有限的"哀愁"，不久就更加不欲像先前一般的闪露，于是从率直的读者看来，就只见其有意低徊，顾影自怜之态了。

冯沅君有一本短篇小说集《卷葹》——是

"拔心不死"的草名[1]，也是一九二三年起，身在北京，而以"淦女士"的笔名，发表于上海创造社的刊物上的作品。其中的《旅行》是提炼了《隔绝》和《隔绝之后》（并在《卷施》内）的精粹的名文，虽嫌过于说理，却还未伤其自然；那"我很想拉他的手，但是我不敢，我只敢在间或车上的电灯被震动而失去它的光的时候；因为我害怕那些搭客们的注意。可是我们又自己觉得很骄傲的，我们不客气的以全车中最尊贵的人自命"。这一段，实在是五四运动直后，将毅然和传统战斗，而又怕敢毅然和传统战斗，遂不得不复活其"缠绵悱恻之情"的青年们的真实的写照。和"为艺术而艺术"的作品中的主角，或夸耀其颓唐，或衒鬻[2]其才绪，

---

1　冯沅君的作品名应为《卷葹》。卷葹，亦作卷施，《尔雅·释草》称其"拔心不死"。

2　意为卖弄。

是截然两样的。

然而也可以复归于平安。陆侃如在《卷施》再版后记里说：“‘淊’训‘沈’，取《庄子》‘陆沈’之义。现在作者思想变迁，故再版时改署沇君。……只因作者秉性疏懒，故托我代说。”诚然，三年后的《春痕》，就只剩了散文的断片了，更后便是关于文学史的研究。这使我又记起匈牙利的诗人彼兑菲（Petöfi Sándor）[1]题 B. Sz. 夫人照像的诗来——

听说你使你的男人很幸福，我希望不至于此，因为他是苦恼的夜莺，而今沉默在幸福里了。苛待他罢，使他因此常常唱出甜美的歌来。

---

1  即裴多菲 (1823—1849)，匈牙利诗人，他的代表作、长篇叙事诗《亚诺什勇士》在 19 世纪上半叶为鼓舞人民斗争和进步做出了贡献，鲁迅盛赞这首诗为“匈牙利的一部杰作”。

我并不是说：苦恼是艺术的渊源，为了艺术，应该使作家们永久陷在苦恼里。不过在彼兑菲的时候，这话是有些真实的；在十年前的中国，这话也有些真实的。

三

在北京这地方，——北京虽然是"五四运动"的策源地，但自从支持着《新青年》和《新潮》的人们，风流云散以来，一九二〇至二二年这三年间，倒显着寂寞荒凉的古战场的情景。《晨报副刊》，后来是《京报副刊》露出头角来了，然而都不是怎么注重文艺创作的刊物，它们在小说一方面，只绍介了有限的作家：蹇先艾、许钦文、王鲁彦、黎锦明、黄鹏基、尚钺、向培良。

塞先艾的作品是简朴的，如他在小说集《朝雾》里说——

……我已经是满过二十岁的人了，从老远的贵州跑到北京来，灰沙之中彷徨了也快七年，时间不能说不长，怎样混过的，并自身都茫然不知。是这样匆匆地一天一天的去了，童年的影子越发模糊消淡起来，像朝雾似的，袅袅的飘失，我所感到的只有空虚与寂寞。这几个岁月，除近两年信笔涂鸦的几篇新诗和似是而非的小说之外，还做了什么呢？每一回忆，终不免有点凄寥撞击心头。所以现在决然把这个小说集付印了，……借以纪念从此阔别的可爱的童年。……若果不失赤子之心的人们肯毅然光顾，或者从中间也寻得出一

　　诚然，虽然简朴，或者如作者所自谦的"幼稚"，但很少文饰，也足够写出他心曲的哀愁。他所描写的范围是狭小的，几个平常人，一些琐屑事，但如《水葬》，却对我们展示了"老远的贵州"的乡间习俗的冷酷，和出于这冷酷中的母性之爱的伟大，——贵州很远，但大家的情境是一样的。

　　这时——一九二四年——偶然发表作品的还有裴文中和李健吾。前者大约并不是向来留心创作的人，那《戎马声中》，却拉杂的记下了游学的青年，为了炮火下的故乡和父母而惊魂不定的实感。后者的《终条山的传说》是绚烂了，虽在十年以后的今日，还可以看见那藏在用口碑织就的华服里面的身体和灵魂。

　　塞先艾叙述过贵州，裴文中关心着榆关，

凡在北京用笔写出他的胸臆来的人们，无论他自称为用主观或客观，其实往往是乡土文学，从北京这方面说，则是侨寓文学的作者。但这又非如勃兰兑斯（G.Brandes）所说的"侨民文学"，侨寓的只是作者自己，却不是这作者所写的文章，因此也只见隐现着乡愁，很难有异域情调来开拓读者的心胸，或者眩耀他的眼界。许钦文自名他的第一本短篇小说集为《故乡》，也就是在不知不觉中，自招为乡土文学的作者，不过在还未开手来写乡土文学之前，他却已被故乡所放逐，生活驱逐他到异地去了，他只好回忆"父亲的花园"，而且是已不存在的花园，因为回忆故乡的已不存在的事物，是比明明存在，而只有自己不能接近的事物较为舒适，也更能自慰的——

父亲的花园最盛的几年距今已有几

时，已难确切的计算。当时的盛况虽曾照下一像，如今挂在父亲的房里，无奈为时已久，那时乡间的摄影又很幼稚，现已模胡莫辨了。挂在它旁边的芳姊的遗像也已不大清楚，惟有父亲题在像上的字句却很明白："性既执拗，遇复可怜，一朝痛割，我独何堪！"

…………

我想父亲的花园就是能够重行种起种种的花来，那时的盛况总是不能恢复的了，因为已经没有了芳姊。


无可奈何的悲愤，是令人不得不舍弃的，然而作者仍不能舍弃，没有法，就再寻得冷静和诙谐来做悲愤的衣裳；裹起来了，聊且当作"看破"。并且将这手段用到描写种种人物，尤其是青年人物去。因为故意的冷静，所以也刻

三七四

深，而终不免带着令人疑虑的嬉笑。"虽有忮心，不怨飘瓦"[1]，冷静要死静；包着愤激的冷静和诙谐，是被观察和被描写者所不乐受的，他们不承认他是一面无生命、无意见的镜子。于是他也往往被排进讽刺文学作家里面去，尤其是使女士们皱起了眉头。

这一种冷静和诙谐，如果滋长起来，对于作者本身其实倒是危险的。他也能活泼的写出民间生活来，如《石宕》，但可惜不多见。

看王鲁彦的一部分的作品的题材和笔致，似乎也是乡土文学的作家，但那心情，和许钦文是极其两样的。许钦文所苦恼的是失去了地上的"父亲的花园"，他所烦冤的却是离开了天上的自由的乐土。他听得"秋雨的诉苦"说——

1　出自《庄子·达生》，以物本身的无害将仇恨消解。

地太小了，地太脏了，到处都黑暗，到处都讨厌。人人只知道爱金钱，不知道爱自由，也不知道爱美。你们人类的中间没有一点亲爱，只有仇恨。你们人类，夜间像猪一般的甜甜蜜蜜的睡着，白天像狗一般的争斗着，撕打着……

这样的世界，我看得惯吗？我为什么不应该哭呢？在野蛮的世界上，让野兽们去生活着罢，但是我不，我们不……唔，我现在要离开这世界，到地底去了……

这和爱罗先珂（V. Eroshenko）[1] 的悲哀又仿佛相像的，然而又极其两样。那是地下的土拨鼠，欲爱人类而不得，这是太空的秋雨，要逃避人间而不能。他只好将心还给母亲，才来

---

1　爱罗先珂（1890—1952），俄国盲人作家，用世界语和日语写作，鲁迅译过他的童话集。

做"人"，骗得母亲的微笑。秋天的雨，无心的"人"，和人间社会是不会有情愫的。要说冷静，这才真是冷静；这才能够和"托尔斯小"的无抵抗主义一同抹杀"牛克斯"的斗争说；和"达我文"的进化说一并嘲弄"克鲁屁特金"的互助论[1]；对专制不平，但又向自由冷笑。作者是往往想以诙谐之笔出之的，但也因为太冷静了，就又往往化为冷话，失掉了人间的诙谐。

然而"人"的心是究竟还不尽的，《柚子》一篇，虽然为湘中的作者所不满，但在玩世的衣裳下，还闪露着地上的愤懑，在王鲁彦的作品里，我以为倒是最为热烈的了。

我所说的这湘中的作家是黎锦明，他大约是自小就离开了故乡的。在作品里，很少乡土

1 这四处文字游戏对应的分别是托尔斯泰、马克思、达尔文和克鲁泡特金。

气息，但蓬勃着楚人的敏感和热情。他一早就在《社交问题》里，对易卜生一流的解放论者掷了斯忒林培黎（A. Strindberg）[1] 式的投枪；但也能精致而明丽的说述儿时的"轻微的印象"。待到一九二六年，他布告不满于自己了，他在《烈火》再版的自序上说——

在北京生活的人们，如其有灵魂，他们的灵魂恐怕未有不染遍了灰色罢，自然，《烈火》即在这情形中写成，当我去年春时来到上海，我的心境完全变了，对于它，只有遗弃的一念。……

他判过去的生活为灰色，以早期的作品

---

1　斯特林堡比易卜生要年轻二十一岁，对后者的地位带来了强劲的冲击，同时两人在妇女问题上持截然不同的观点，这使得他们成为死敌。易卜生甚至在书房的墙上，挂起大幅的斯特林堡画像，用其凶狠的注视来激发自己的才华。

为童骏了。果然，在此后的《破垒集》中，的确很换了些披挂，有含讥的轻妙的小品，但尤其显出好的故事作者的特色来：有时如中国的"磊砢山房"主人[1]的瑰奇；有时如波兰的显克微支（H. Sienkiewicz）的警拔，却又不以失望收场，有声有色，总能使读者欣然终卷。但其失，则又即在立旨居陆离光怪的装饰之中，时或永被沉埋，倘一显现，便又见得鹘突了。

《现代评论》比起日报的副刊来，比较的着重于文艺，但那些作者，也还是新潮社和创造社的老手居多。凌叔华的小说，却发祥于这一种期刊的，她恰和冯沅君的大胆、敢言不同，大抵很谨慎的，适可而止的描写了旧家庭中的婉顺的女性。即使间有出轨之作，那是为了偶受着文酒之风的吹拂，终于也回复了她的故道了。这是好的，——使我们看见和冯沅君、黎

---

[1] 即清代小说家屠绅（1744—1801），著有《蟫史》。

锦明、川岛、汪静之所描写的绝不相同的人物，也就是世态的一角，高门巨族的精魂。

四

　　一九二五年十月间，北京突然有莽原社出现，这其实不过是不满于《京报副刊》编辑者的一群，另设《莽原》周刊，却仍附《京报》发行，聊以快意的团体。奔走最力者为高长虹，中坚的小说作者也还是黄鹏基、尚钺、向培良三个；而鲁迅是被推为编辑的。但声援的很不少，在小说方面，有文炳、沅君、霁野、静农、小酩、青雨等。到十一月，《京报》要停止副刊以外的小幅了，便改为半月刊，由未名社出版，其时所绍介的新作品，是描写着乡下的沉滞的氛围气的魏金枝之作：《留下镇上的黄昏》。

　　但不久这莽原社内部冲突了，长虹一流，便在上海设立了狂飙社。所谓"狂飙运动"，那草案其实是早藏在长虹的衣袋里面的，常要乘机而出，先就印过几期周刊；那《宣言》，又曾在一九二五年三月间的《京报副刊》上发表，但尚未以"超人"自命，还带着并不自满的声音——

　　黑沉沉的暗夜，一切都熟睡了，死一般的，没有一点声音，一件动作，阒寂无聊的长夜呵！

　　这样的，几百年几百年的时期过去了，而晨光没有来，黑夜没有止息。

　　死一般的，一切的人们，都沉沉的睡着了。

于是有几个人，从黑暗中醒来，便互相呼唤着：

——时候到了，期待已经够了。

——是呵，我们要起来了。我们呼唤着，使一切不安于期待的人们也起来罢。

——若是晨光终于不来，那么，也起来罢。我们将点起灯来，照耀我们幽暗的前途。

——软弱是不行的，睡着希望是不行的。我们要作强者，打倒障碍或者被障碍压倒。我们并不惧怯，也不躲避。

这样呼唤着，虽然是微弱的罢，听呵，从东方，从西方，从南方，从北方，隐隐的来了强大的应声，比我们更要强大的应声。

一滴水泉可以作江河之始流，一片树叶之飘动可以兆暴风之将来，微小的起源可以生出伟大的结果。因为这个缘故，我们的周刊便叫作《狂飙》。

不过后来却日见其自以为"超越"了。然而拟尼采样的彼此都不能解的格言式的文章，终于使周刊难以存在，可记的也仍然只是小说方面的黄鹏基、尚钺，——其实是向培良一个作者而已。

黄鹏基将他的短篇小说印成一本，称为《荆棘》，而第二次和读者相见的时候，已经改名"朋其"了。他是首先明白晓畅的主张文学不必如奶油，应该如刺，文学家不得颓丧，应该刚健的人；他在《刺的文学》（《莽原》周刊二十八期）里，说明了"文学绝不是无聊的东西"，"文学家并不一定就是得天独厚的特等民族"，"也不是成天哭泣的鲛人"。他说——

我以为中国现代的作品，应该是像一丛荆棘。因为在一片沙漠里，憧憬的花都会慢慢地消灭的，社会生出荆棘来，他的叶是有刺的，他的茎是有刺的，以至于他的根也是有刺的。——请不要拿植物生理来反驳我——一篇作品的思想，的结构，的练句，的用字，都应该把我们常感觉到的刺的意味儿表现出来。真的文学家……应该先站起来，使我们不得不站起来。他应该充实自己的力，让人们怎样充实他自己的力，知道他自己的力，表现他自己的力。一篇作品的成功至少要使读者一直读下去，无暇辨文字的美恶，——恶劣的感觉，固然不好，就是美妙的感觉，也算失败。——而要想因循，苟且而不得。怎样抓着他的病的深处，就很利害地刺他一下。一般整饬的结构，平凡的字句，会使他跑

三八四

到旁处去的，我们应该反对。

"沙漠里遍生了荆棘，中国人就会过人的生活了！"这是我相信的。


朋其的作品的确和他的主张并不怎么背驰，他用流利而诙谐的言语，暴露、描画、讽刺着各式人物，尤其是智识者层。他或者装着傻子，说出青年的思想来，或者化为渝腿，跑进阔佬们的家里去。但也许因为力求生动、流利的缘故罢，抉剔就不能深，而且结末的特地装置的滑稽，也往往毁损掉全篇的力量。讽刺文学是能死于自身的故意的戏笑的。不久他又"自招"（《荆棘》卷首）道："写出'刺的文学'四字，也不过因了每天对于霸王鞭的欣赏，和自己的'生也不辰'，未能十分领略花的意味儿"，那可大有徘徊之状了。此后也没有再看见他"刺的文学"。

三八五

尚钺的创作，也是意在讥刺，而且暴露、搏击的，小说集《斧背》之名，便是自提的纲要。他创作的态度，比朋其严肃，取材也较为广泛，时时描写着风气未开之处——河南信阳——的人民。可惜的是为才能所限，那斧背就太轻小了，使他为公和为私的打击的效力，大抵失在由于器械不良、手段生涩的不中里。

向培良当发表他第一本小说集《飘渺的梦》时，一开首就说——

　　时间走过去的时候，我的心灵听见轻微的足音，我把这个很拙笨地移到纸上去了，这就是我这本小册子的来源罢！

的确，作者向我们叙述着他的心灵所听到的时间的足音，有些是借了儿童时代的天真的爱和憎，有些是借着羁旅时候的寂寞的闻和见，然而他并不"拙笨"，却也不矫揉造作，只如熟人相对，娓娓而谈，使我们在不甚操心的倾听中，感到一种生活的色相。但是，作者的内心是热烈的，倘不热烈，也就不能这么平静的娓娓而谈了，所以他虽然间或休息于过去的"已经失去的童心"中，却终于爱了现在的"在强有力的憎恶后面，发现更强有力的爱"的"虚无的反抗者"，向我们介绍了强有力的《我离开十字街头》。下面这一段就是那不知名的反抗者所自述的憎恶——

为什么我要跑出北京？这个我也说不出很多的道理。总而言之：我已经讨厌了这古老的虚伪的大城。在这里面游离了四年之后，我已经刻骨地讨厌了这古老的虚伪的大城。在这里面，我只看见请安，打拱，要皇帝，恭维执政——卑怯的奴才！

卑劣，怯懦，狡猾，以及敏捷的逃躲，这都是奴才们的绝技！厌恶的深感在我口中，好似生的腥鱼在我口中一般；我需要呕吐，于是提着我的棍走了。

在这里听到了尼采声，正是狂飙社的进军的鼓角。尼采教人们准备着"超人"的出现，倘不出现，那准备便是空虚。但尼采却自有其下场之法的：发狂和死。否则，就不免安于空虚，或者反抗这空虚，即使在孤独中毫无"末人"的希求温暖之心，也不过蔑视一切权威，收缩而为虚无主义者（Nihilist）。巴札罗夫（Bazarov）是相信科学的；他为医术而死，一到所蔑视的并非科学的权威而是科学本身，那就成为沙宁（Sanin）[1] 之徒，只好以一无所

---

[1] 巴扎罗夫是屠格涅夫小说《父与子》的主角，俄罗斯文学第一个虚无主义形象。萨宁是阿尔志跋绥夫同名小说的主角，被视为俄国文化精英整体"堕落"的象征。

信为名，无所不为为实了。但狂飙社却似乎仅止于"虚无的反抗"，不久就散了队，现在所遗留的，就只有向培良的这响亮的战叫，说明着半绥惠略夫（Sheveriov）[1]式的"憎恶"的前途。

未名社却相反，主持者韦素园，是宁愿作为无名的泥土，来栽植奇花和乔木的人，事业的中心，也多在外国文学的译述。待到接办《莽原》后，在小说方面，魏金枝之外，又有李霁野，以锐敏的感觉创作，有时深而细，真如数着每一片叶的叶脉，但因此就往往不能广，这也是孤寂的发掘者所难以两全的。台静农是先不想到写小说，后不愿意写小说的人，但为了韦素园的奖劝，为了《莽原》的索稿，他挨

---

1　阿尔志跋绥夫著有中篇小说《工人绥惠略夫》，主人公是一个大学生，出于爱和自我牺牲精神采取革命行动，但群众并不理解，反而帮助警察来追捕他，最后他向群众开起了枪。

到一九二六年，也只得动手了。《地之子》的后记里自己说——

　　那时我开始写了两三篇，预备第二年用。素园看了，他很满意我从民间取材；他遂劝我专在这一方面努力，并且举了许多作家的例子。其实在我倒不大乐于走这一条路。人间的酸辛和凄楚，我耳边所听到的，目中所看见的，已经是不堪了；现在又将它用我的心血细细地写出，能说这不是不幸的事么？同时我又没有生花的笔，能够献给我同时代的少男少女以伟大的欢欣。

　　此后还有《建塔者》。要在他的作品里吸取"伟大的欢欣"，诚然是不容易的，但他却贡献了文艺；而且在争写着恋爱的悲欢、都会的明暗的那时候，能将乡间的死生、泥土的气息，移在纸上的，也没有更多、更勤于这作者的了。

临末，是关于选辑的几句话——

一、文学团体不是豆荚，包含在里面的，始终都是豆。大约集成时本已各个不同，后来更各有种种的变化。在这里，一九二六年后之作即不录，此后的作者的作风和思想等，也不论。

二、有些作者，是有自编的集子的，曾在期刊上发表过的初期的文章，集子里有时却不见，恐怕是自己不满，删去了。但我间或仍收在这里面，因为我以为就是圣贤豪杰，也不必自惭他的童年；自惭，倒是一个错误。

三、自编的集子里的有些文章，和先前在期刊上发表的，字句往往有些不同，这当然是作者自己添削的。但这里却有时采了初稿，因为我觉得加了修饰之后，也未必一定比质朴的初稿好。

以上两点，是要请作者原谅的。

四、十年中所出的各种期刊，真不知有多少，小说集当然也不少，但见闻有限，自不免有遗珠之憾。至于明明见了集子，却取舍失当，那就即使并非偏心，也一定是缺少眼力，不想来勉强辩解了。

一九三五年三月二日写讫。

三九二

# 内山完造作《活中国的姿态》序

　　这也并非自己的发见，是在内山书店里听着漫谈的时候拾来的，据说：像日本人那样的喜欢"结论"的民族，就是无论是听议论，是读书，如果得不到结论，心里总不舒服的民族，在现在的世上，好像是颇为少有的，云。

　　接收了这一个结论之后，就时时令人觉得很不错。例如关于中国人，也就是这样的。明治时代的支那研究的结论，似乎大抵受着英国

三
九
三

的什么人做的《支那人气质》[1] 的影响，但到近来，却也有了面目一新的结论了。一个旅行者走进了下野的有钱的大官的书斋，看见有许多很贵的砚石，便说中国是"文雅的国度"；一个观察者到上海来一下，买几种猥亵的书和图画，再去寻寻奇怪的观览物事，便说中国是"色情的国度"。连江苏和浙江方面，大吃竹笋的事，也算作色情心理的表现的一个证据。

然而广东和北京等处，因为竹少，所以并不怎么吃竹笋。倘到穷文人的家里或者寓里去，不但无所谓书斋，连砚石也不过用着两角钱一块的家伙。一看见这样的事，先前的结论就通不过去了，所以观察者也就有些窘，不得不另外摘出什么适当的结论来。于是这一回，是说支那很难懂得，支那是"谜的国度"了。

---

1　英文名为 *Chinese Characteristies*，作者 A. H. 史密斯（1845—1932），中文名为明恩溥，美国传教士。

据我自己想：只要是地位，尤其是利害一不相同，则两国之间不消说，就是同国的人们之间，也不容易互相了解的。

例如罢，中国向西洋派遣过许多留学生，其中有一位先生，好像也并不怎样喜欢研究西洋，于是提出了关于中国文学的什么论文，使那边的学者大吃一惊，得了博士的学位，回来了。然而因为在外国研究得太长久，忘记了中国的事情，回国之后，就只好来教授西洋文学。他一看见本国里乞丐之多，非常诧异，慨叹道：他们为什么不去研究学问，却自甘堕落的呢？所以下等人实在是无可救药的。

不过这是极端的例子。倘使长久的生活于一地方，接触着这地方的人民，尤其是接触，感得了那精神，认真的想一想，那么，对于那国度，恐怕也未必不能了解罢。

著者是二十年以上，生活于中国，到各处

去旅行，接触了各阶级的人们的，所以来写这样的漫文，我以为实在是适当的人物。事实胜于雄辩，这些漫文，不是的确放着一种异彩吗？自己也常常去听漫谈，其实负有捧场的权利和义务的，但因为已是很久的"老朋友"了，所以也想添几句坏话在这里。其一，是有多说中国的优点的倾向，这是和我的意见相反的，不过著者那一面，也自有他的意见，所以没有法子想。还有一点，是并非坏话也说不定的，就是读起那漫文来，往往颇令人觉得"原来如此"的处所，而这令人觉得"原来如此"的处所，归根结蒂，也还是结论。幸而卷末没有明记着"第几章：结论"，所以仍不失为漫谈，总算还好的。

然而即使力说是漫谈，著者的用心，还是在将中国的一部分的真相，绍介给日本的读者的。但是，在现在，总依然是因了各种的读者，

三九六

那结果也不一样罢。这是没有法子的事。据我看来，日本和中国的人们之间，是一定会有互相了解的时候的。新近的报章上，虽然又在竭力的说着"亲善"呀，"提携"呀，到得明年，也不知道又将说些什么话，但总而言之，现在却不是这时候。

倒不如看看漫文，还要有意思一点罢。

一九三五年三月五日鲁迅记于上海。

# "寻开心"

我有时候想到，忠厚老实的读者或研究者，遇见有两种人的文章，他是会吃冤枉苦头的。一种，是古里古怪的诗和尼采式的短句，以及几年前的所谓未来派的作品。这些大概是用怪字面、生句子，没意思的硬连起来的，还加上好几行很长的点线。作者本来就是乱写，自己也不知道什么意思。但认真的读者却以为里面有着深意，用心的来研究它，结果是到底莫名其妙，只好怪自己浅薄。假如你去请教作者本人罢，他一定不加解释，只是鄙夷的对你笑一笑。这笑，也就愈见其深。

还有一种，是作者原不过"寻开心"，说的时候本来不当真，说过也就忘记了。当然和先前的主张会冲突，当然在同一篇文章里自己也会冲突。但是你应该知道作者原以为作文和吃饭不同，不必认真的。你若认真的看，只能怪自己傻。最近的例子就是悍膂先生的研究语堂先生为什么会称赞《野叟曝言》。不错，这一部书是道学先生的悖慢淫毒心理的结晶，和"性灵"缘分浅得很，引了例子比较起来，当然会显出这称赞的出人意外。但其实，恐怕语堂先生之憎"方巾气"，谈"性灵"，讲"潇洒"，也不过对老实人"寻开心"而已，何尝真知道"方巾气"之类是怎么一回事；也许简直连他所称赞的《野叟曝言》也并没有怎么看。所以用本书和他那别的主张来比较研究，是永久不会懂的。自然，两面非常不同，这很清楚，但怎么竟至于称赞起来了呢，也还是一个"不可解"。我的意思是以为有些事情万不要想得太深，想得太忠厚、太老实，我们只要知道语堂先生那时正在崇拜袁中郎，而袁中郎也曾有过称赞《金瓶梅》的事实，就什么骇异之意也没有了。

还有一个例子。如读经，在广东，听说是从燕塘军官学校提倡起来的；去年，就有官定的小学校用的《经训读本》出版，给五年级用的第一课，却就是"孔子谓曾子曰：'身体发肤，受之父母，不敢毁伤，孝之始也。……'"那么，"为国捐躯"是"孝之终"么？并不然，第三课还有"模范"，是乐正子春述曾子闻诸夫子之说云："天之所生，地之所养，无人为大。父母全而生之，子全而归之，可谓孝矣。不亏其体，不辱其身，可谓全矣。故君子顷步而弗

四〇〇

敢忘孝也。……"

还有一个最近的例子，就在三月七日的《中华日报》上。那地方记的有"北平大学教授兼女子文理学院文史系主任李季谷氏"赞成《一十宣言》原则的谈话，末尾道："为复兴民族之立场言，教育部应统令设法标榜岳武穆，文天祥，方孝孺等有气节之名臣勇将，俾一般高官戎将有所法式云。"

凡这些，都是以不大十分研究为是的。如果想到"全而归之"和将来的临阵冲突，或者查查岳武穆们的事实，看究竟是怎样的结果，"复兴民族"了没有，那你一定会被捉弄得发昏，其实也就是自寻烦恼。语堂先生在暨南大学讲演道："……做人要正正经经，不好走入邪道，……一走入邪道，……一定失业，……然而，作文，要幽默，和做人不同，要玩玩笑笑，寻开心，……"（据《芒种》本）这虽然

四〇一

听去似乎有些奇特，但其实是很可以启发人的神智的：这"玩玩笑笑，寻开心"，就是开开中国许多古怪现象的锁的钥匙。

三月七日。

# 非有复译不可

好像有人说过，去年是"翻译年"；其实何尝有什么了不起的翻译，不过又给翻译暂时洗去了恶名却是真的。

可怜得很，还只译了几个短篇小说到中国来，创作家就出现了，说它是媒婆，而创作是处女。在男女交际自由的时候，谁还喜欢和媒婆周旋呢，当然没落。后来是译了一点文学理论到中国来，但"批评家"幽默家之流又出现了，说是"硬译""死译""好像看地图"，幽默家还从他自己的脑子里，造出可笑的例子来，使读者们"开心"，学者和大师们的话是不会错的，"开心"也总比正经省力，于是乎翻译的脸上就被他们画上了一条粉。

但怎么又来了"翻译年"呢，在并无什么了不起的翻译的时候？不是夸大和开心，它本身就太轻飘飘，禁不起风吹雨打的缘故么？

于是有些人又记起了翻译，试来译几篇。但这就又是"批评家"的材料了，其实，正名定分，他是应该叫作"唠叨家"的，是创作家和批评家以外的一种，要说得好听，也可以谓之"第三种"。他像后街的老虔婆一样，并不大声，却在那里唠叨，说是莫非世界上的名著都译完了吗，你们只在译别人已经译过的，有的还译过了七八次。

记得中国先前，有过一种风气，遇见外国——大抵是日本——有一部书出版，想来当为中国人所要看的，便往往有人在报上登出广告来，说"已在开译，请万勿重译为幸"。他看得译书好像订婚，自己首先套上约婚戒指了，别人便莫作非分之想。自然，译本是未必一定出版的，倒是暗中解约的居多；不过别人却也因此不敢译，新妇就在闺中老掉。这种广告，现在是久不看见了，但我们今年的唠叨家，却正继承着这一派的正统。他看得翻译好像结婚，有人译过了，第二个便不该再来碰一下，否则，就仿佛引诱了有夫之妇似的，他要来唠叨，当然啰，是维持风化。但在这唠叨里，他不也活活的画出了自己的猥琐的嘴脸了么？

前几年，翻译的失了一般读者的信用，学者和大师们的曲说固然是原因之一，但在翻译本身也有一个原因，就是常有胡乱动笔的译本。不过要击退这些乱译，诬赖、开心、唠叨，都没有用处，唯一的好方法是又来一回复译，还不行，就再来一回。譬如赛跑，至少总得有两个人，如果不许有第二人入场，则先在的一个永远是第一名，无论他怎样蹩脚。所以讥笑复译的，虽然表面上好像关心翻译界，其实是在毒害翻译界，比诬赖、开心的更有害，因为他更阴柔。

而且复译还不止是击退乱译而已，即使已有好译本，复译也还是必要的。曾有文言译本的，现在当改译白话，不必说了。即使先出的白话译本已很可观，但倘使后来的译者自己觉得可以译得更好，就不妨再来译一遍，无须客气，更不必管那些无聊的唠叨。取旧译的长处，再加上自己的新心得，这才会成功一种近于完全的定本。但因言语跟着时代的变化，将来还可以有新的复译本的，七八次何足为奇，何况中国其实也并没有译过七八次的作品。如果已

四〇六

经有，中国的新文艺倒也许不至于现在似的沉滞了。

三月十六日。

# 论讽刺

我们常不免有一种先入之见，看见讽刺作品，就觉得这不是文学上的正路，因为我们先就以为讽刺并不是美德。但我们走到交际场中去，就往往可以看见这样的事实，是两位胖胖的先生，彼此弯腰拱手，满面油晃晃的正在开始他们的扳谈——

"贵姓？……"

"敝姓钱。"

"哦，久仰久仰！还没有请教台甫……"

"草字阔亭。"

"高雅高雅。贵处是……?"

"就是上海……"

"哦哦,那好极了,这真是……"

谁觉得奇怪呢?但若写在小说里,人们可就会另眼相看了,恐怕大概要被算作讽刺。有好些直写事实的作者,就这样的被蒙上了"讽刺家"——很难说是好是坏——的头衔。例如在中国,则《金瓶梅》写蔡御史的自谦和恭维西门庆道:"恐我不如安石之才,而君有王右军之高致矣!"还有《儒林外史》写范举人因为守孝,连象牙筷子也不肯用,但吃饭时,他却"在燕窝碗里拣了一个大虾圆子送在嘴里",和这相似的情形是现在还可以遇见的;在外国,则如近来已被中国读者所注意了的果戈理的作品,他那《外套》(韦素园译,在《未名丛刊》中)里的大小官吏,《鼻子》(许遐译,在《译文》中）里的绅士、医生、闲人们之类的典型，是虽在中国的现在，也还可以遇见的。这分明是事实，而且是很广泛的事实，但我们皆谓之讽刺。

人大抵愿意有名，活的时候做自传，死了想有人分讣文、做行实，甚而至于还"宣付国史馆立传"。人也并不全不自知其丑，然而他不愿意改正，只希望随时消掉，不留痕迹，剩下的单是美点，如曾经施粥赈饥之类，却不是全般。"高雅高雅"，他其实何尝不知道有些肉麻，不过他又知道说过就完，"本传"里决不会有，于是也就放心的"高雅"下去。如果有人记了下来，不给它消灭，他可要不高兴了。于是乎挖空心思的来一个反攻，说这些乃是"讽刺"，向作者抹一脸泥，来掩藏自己的真相。但我们也每不免来不及思索，跟着说，"这些乃是讽刺呀！"上当真可是不浅得很。

同一例子的还有所谓"骂人"。假如你到四马路去，看见雉妓在拖住人，倘大声说："野鸡在拉客"，那就会被她骂你是"骂人"。骂人是恶德。于是你先就被判定在坏的一方面了，你坏，对方可就好。但事实呢，却的确是"野鸡在拉客"，不过只可心里知道，说不得，在万不得已时，也只能说"姑娘勒浪[1]做生意"，恰如对于那些弯腰拱手之辈，做起文章来，是要改作"谦以待人，虚以接物"的。——这才不是骂人，这才不是讽刺。

其实，现在的所谓讽刺作品，大抵倒是写实。非写实决不能成为所谓"讽刺"；非写实的讽刺，即使能有这样的东西，也不过是造谣和诬蔑而已。

三月十六日。

---

1　吴语，意为在或在这里。

# 从"别字"说开去

    自从议论写别字以至现在的提倡手头字[1]，其间的经过，恐怕也有一年多了，我记得自己并没有说什么话。这些事情，我是不反对的，但也不热心，因为我以为方块字本身就是一个死症，吃点人参，或者想一点什么方法，固然也许可以拖延一下，然而到底是无可挽救

---

[1] 1935年初，语言学家陈望道等发起手头字运动，提出把民间手头书写的一些俗体字用到印刷物上，使印刷体与手写体取得一致。首批选定的手头字有三百个，后来它们也大部分被1956年的《汉字简化方案》采用，如爱（愛）。

的，所以一向就不大注意这回事。

前几天在《自由谈》上看见陈友琴先生的《活字与死字》，才又记起了旧事来。他在那里提到北大招考，投考生写了误字，"刘半农教授作打油诗去嘲弄他，固然不应该"，但我"曲为之辩，亦大可不必"。那投考生的误字，是以"倡明"为"昌明"，刘教授的打油诗，是解"倡"为"娼妓"，我的杂感，是说"倡"不必一定作"娼妓"解，自信还未必是"曲"说；至于"大可不必"之评，那是极有意思的，一个人的言行，从别人看来，"大可不必"之点多得很，要不然，全国的人们就好像是一个了。

我还没有明目张胆的提倡过写别字，假如我在做国文教员，学生写了错字，我是要给他改正的，但一面也知道这不过是治标之法。至于去年的指摘刘教授，却和保护别字微有不同。（一）我以为既是学者或教授，年龄至少和学生差十年，不但饭菜多吃了万来碗了，就是每天认一个字，也就要比学生多识三千六百个，比较的高明，是应该的，在考卷里发见几个错字，"大可不必"飘飘然生优越之感，好像得了什么宝贝一样。况且（二）现在的学校，科目繁多，和先前专攻八股的私塾，大不相同了，纵使文字不及从前，正也毫不足怪，先前的不写错字的书生，他知道五洲的所在、原质的名目吗？自然，如果精通科学，又擅文章，那也很不坏，但这不能含含胡胡，责之一般的学生，假使他要学的是工程，那么，他只要能筑堤造路，治河导淮就尽够了，写"昌明"为"倡明"，误"留学"为"流学"，堤防决不会因此就倒塌的。如果说，别国的学生对于本国的文字，决不致闹出这样的大笑话，那自然可以归罪于中国学生的偏偏不肯学，但也可以归咎于先生的不善教，要不然，那就只能如我所说：方块字本身就是一个死症。

改白话以至提倡手头字，其实也不过一点樟脑针，不能起死回生的，但这就又受着缠不清的障害，至今没有完。还记得提倡白话的时候，保守者对于改革者的第一弹，是说改革者不识字、不通文，所以主张用白话。对于这些打着古文旗子的敌军，是就用古书作"法宝"，这才打退的，以毒攻毒，反而证明了反对白话者自己的不识字、不通文。要不然，这古文旗子恐怕至今还不倒下。

去年曹聚仁先生为别字辩护，战法也是搬古书，弄得文人学士之自以为识得"正字"者，哭笑不得，因为那所谓"正字"就有许多是别字。这确是轰毁旧营垒的利器。现在已经不大有人来辩文的白不白——但"寻开心"者除外——字的别不别了，因为这会引到今文《尚书》、骨甲文字去，麻烦得很。这就是改革者的胜利——至于这改革的损益，自然又作别论。

陈友琴先生的"死字和活字"，便是在这决战之后，重整阵容的最稳的方法，他已经不想从根本上斤斤计较字的错不错，即别不别了。他只问字的活不活；不活，就算错。他引了一段何仲英先生的《中国文字学大纲》来做自己的代表——

……古人用通借，也是写别字，也是不该。不过积古相沿，一向通行，到如今没有法子强人改正。假使个个字都能够改正，是《易经》里所说的"干父之蛊"。纵使不能，岂可在古人写的别字以外再加许多别字呢？古人写的别字，通行到如今，全国相同，所以还可以解得。今人若添写许多别字，各处用各处的方音去写，别省别县的人，就不能懂得了，后来全国的文字，必定彼此不同，这不是一种大障碍吗？……

这头几句，恕我老实的说罢，是有些可笑的。假如我们先不问有没有法子强人改正，自己先来改正一部古书试试罢，第一个问题是拿什么做"正字"，《说文》，金文，骨甲文，还是简直用陈先生的所谓"活字"呢？纵使大家愿意依，主张者自己先就没法改，不能"幹父之蛊"。所以陈先生的代表的接着的主张是已经错定了的，就一任他错下去，但是错不得添，以免将来破坏文字的统一。是非不谈，专论利害，也并不算坏，但直白的说起来，却只是维持现状说而已。

维持现状说是任何时候都有的，赞成者也不会少，然而在任何时候都没有效，因为在实际上决定做不到。假使古时候用此法，就没有今之现状，今用此法，也就没有将来的现状，直至辽远的将来，一切都和太古无异。以文字论，则未有文字之时，就不会象形以造"文"，更不会孳乳而成"字"，篆决不解散而为隶，隶更不简单化为现在之所谓"真书"。

文化的改革如长江大河的流行，无法遏止，假使能够遏止，那就成为死水，纵不干涸，也必腐败的。当然，在流行时，倘无弊害，岂不更是非常之好？然而在实际上，却断没有这样的事。回复故道的事是没有的，一定有迁移；维持现状的事也是没有的，一定有改变。有百利而无一弊的事也是没有的，只可权大小。况且我们的方块字，古人写了别字，今人也写别字，可见要写别字的病根，是在方块字本身的，别字病将与方块字本身并存，除了改革这方块字之外，实在并没有救济的十全好方法。

复古是难了，何先生也承认。不过现状却也维持不下去，因为我们现在一般读书人之所谓"正字"，其实不过是前清取士的规定，一切指示，都在薄薄的三本所谓"翰苑分书"的《字学举隅》[1]中，但二十年来，在不声不响中又有了一点改变。从古迄今，什么都在改变，但必须在不声不响中，倘一道破，就一定有窒碍，维持现状说来了，复古说也来了。这些说头自然也无效。但一时不失其为一种窒碍却也是真的，它能够使一部分的有志于改革者迟疑一下子，从招潮者变为乘潮者。

我在这里，要说的只是维持现状说听去好像很稳健，但实际上却是行不通的，史实在不

---

四
一
九

由清人龙启瑞编著，分"辨似""正讹""误用诸字"三类，旨在帮助科举考生应试，避免用到禁词，触发文字狱。

断的证明着它只是一种"并无其事"：仅在这
一些。

三月二十一日。

四二〇

# 田军作《八月的乡村》序

爱伦堡（Ilia Ehrenburg）论法国的上流社会文学家之后，他说，此外也还有一些不同的人们："教授们无声无息地在他们的书房里工作着，实验 X 光线疗法的医生死在他们的职务上，奋身去救自己的伙伴的渔夫悄然沉没在大洋里面。……一方面是庄严的工作，另一方面却是荒淫与无耻。"

这末两句，真也好像说着现在的中国。然而中国是还有更其甚的呢。手头没有书，说不清见于那里的了，也许是已经汉译了的日本箭内亘[1]氏的著作罢，他曾经一一记述了宋代的人民怎样为蒙古人所淫杀、俘获、践踏和奴使。然而南宋的小朝廷却仍旧向残山剩水间的黎民施威，在残山剩水间行乐；逃到那里，气焰和奢华就跟到那里，颓靡和贪婪也跟到那里。"若要官，杀人放火受招安；若要富，跟着行在卖酒醋。"这是当时的百姓提取了朝政的精华的结语。

人民在欺骗和压制之下，失了力量，哑了声音，至多也不过有几句民谣。"天下有道，则庶人不议。"就是秦始皇、隋炀帝，他会自承无道么？百姓就只好永远钳口结舌，相率被杀，被奴。这情形一直继续下来，谁也忘记了开口，但也许不能开口。即以前清末年而论，

---

1　箭内亘（1875—1926），日本蒙元史学家，日本历史学家那珂通世的弟子。

大事件不可谓不多了：雅片战争，中法战争，中日战争，戊戌政变，义和拳变，八国联军，以至民元革命。然而我们没有一部像样的历史的著作，更不必说文学作品了。"莫谈国事"，是我们做小民的本分。

我们的学者也曾说过：要征服中国，必须征服中国民族的心。其实，中国民族的心，有些是早给我们的圣君贤相武将帮闲之辈征服了的。近如东三省被占之后，听说北平富户，就不愿意关外的难民来租房子，因为怕他们付不出房租。在南方呢，恐怕义军的消息，未必能及鞭毙土匪、蒸骨验尸、阮玲玉自杀、姚锦屏化男的能够耸动大家的耳目罢？"一方面是庄严的工作，另一方面却是荒淫与无耻。"

但是，不知道是人民进步了，还是时代太近，还未湮没的缘故，我却见过几种说述关于东三省被占的事情的小说。这《八月的乡村》，即是很好的一部，虽然有些近乎短篇的连续，结构和描写人物的手段，也不能比法捷耶夫的《毁灭》，然而严肃、紧张，作者的心血和失去的天空、土地、受难的人民，以至失去的茂草、高粱、蝈蝈、蚊子，搅成一团，鲜红的在读者眼前展开，显示着中国的一份和全部，现在和未来，死路与活路。凡有人心的读者，是看得完的，而且有所得的。

"要征服中国民族，必须征服中国民族的心！"但这书却于"心的征服"有碍。心的征服，先要中国人自己代办。宋曾以道学替金元治心，明曾以党狱替满清钳口。这书当然不容于满洲帝国，但我看也因此当然不容于中华民国。这事情很快的就会得到实证。如果事实证明了我的推测并没有错，那也就证明了这是一部很好的书。

好书为什么倒会不容于中华民国呢？那当

四二四

然，上面已经说过几回了——

"一方面是庄严的工作，另一方面却是荒淫与无耻！"

这不像序。但我知道，作者和读者是决不和我计较这些的。

一九三五年三月二十八日之夜，鲁迅读毕记。

四
二
五

# 徐懋庸[1] 作《打杂集》序

我觉得中国有时是极爱平等的国度。有什么稍稍显得特出，就有人拿了长刀来削平它。以人而论，孙桂云是赛跑的好手，一过上海，不知怎的就萎靡不振，待到到得日本，不能跑了；阮玲玉算是比较的有成绩的明星，但"人言可畏"，到底非一口气吃下三瓶安眠药片不可。自然，也有例外，是捧了起来。但这捧了

---

1　徐懋庸（1910—1977），文学家、翻译家。1935年春，任"左联"常委、秘书长，并负责同鲁迅的联系。

起来，却不过为了接着摔得粉碎。大约还有人记得"美人鱼"[1]罢，简直捧得令观者发生肉麻之感，连看见姓名也会觉得有些滑稽。契诃夫说过："被昏蛋所称赞，不如战死在他手里。"真是伤心而且悟道之言。但中国又是极爱中庸的国度，所以极端的昏蛋是没有的，他不和你来战，所以决不会爽爽快快的战死，如果受不住，只好自己吃安眠药片。

在所谓文坛上当然也不会有什么两样：翻译较多的时候，就有人来削翻译，说它害了创作；近一两年，作短文的较多了，就又有人来削"杂文"，说这是作者的堕落的表现，因为既非诗歌小说，又非戏剧，所以不入文艺之林，他还一片婆心，劝人学学托尔斯泰，做《战争

---

1 当时的运动员杨秀琼的绰号。在 1933 年的全运会和 1934 年的远东运动会上，她几乎夺得女子游泳项目的所有金牌，被宋美龄认作干女儿。

与和平》似的伟大的创作去。这一流论客，在礼仪上，别人当然不该说他是"昏蛋"的。批评家吗？他谦虚得很，自己不承认。攻击杂文的文字虽然也只能说是杂文，但他又决不是杂文作家，因为他不相信自己也相率而堕落。如果恭维他为诗歌小说戏剧之类的伟大的创作者，那么，恭维者之为"昏蛋"也无疑了。归根结底，不是东西而已。不是东西之谈也要算是"人言"，这就使弱者觉得倒是安眠药片较为可爱的缘故。不过这并非战死。问是有人要问的：给谁害死的呢？种种议论的结果，凶手有三位：曰，万恶的社会；曰，本人自己；曰，安眠药片。完了。

我们试去查一通美国的"文学概论"或中国什么大学的讲义，的确，总不能发见一种叫作 Tsa-wen 的东西。这真要使有志于成为伟大的文学家的青年，见杂文而心灰意懒：原来这并不是爬进高尚的文学楼台去的梯子。托尔斯泰将要动笔时，是否查了美国的"文学概论"或中国什么大学的讲义之后，明白了小说是文学的正宗，这才决心来做《战争与和平》似的伟大的创作的呢？我不知道。但我知道中国的这几年的杂文作者，他的作文，却没有一个想到"文学概论"的规定，或者希图文学史上的位置的，他以为非这样写不可，他就这样写，因为他只知道这样的写起来，于大家有益。农夫耕田，泥匠打墙，他只为了米麦可吃、房屋可住，自己也因此有益之事，得一点不亏心的糊口之资，历史上有没有"乡下人列传"或"泥水匠列传"，他向来就并没有想到。如果他只想着成什么所谓气候，他就先进大学，再出外洋，三做教授或大官，四变居士或隐逸去了。历史上很尊隐逸，《居士传》不是还有专书吗，多少上算呀，噫！

但是，杂文这东西，我却恐怕要侵入高尚的文学楼台去的。小说和戏曲，中国向来是看作邪宗的，但一经西洋的"文学概论"引为正宗，我们也就奉之为宝贝，《红楼梦》《西厢记》之类，在文学史上竟和《诗经》《离骚》并列了。杂文中之一体的随笔，因为有人说它近于英国的 Essay，有些人也就顿首再拜，不敢轻薄。寓言和演说，好像是卑微的东西，但伊索和契开罗[1]，不是坐在希腊罗马文学史上吗？杂文发展起来，倘不赶紧削，大约也未必没有扰乱文苑的危险。以古例今，很可能的，真不是一个好消息。但这一段话，我是和不是东西之流开开玩笑的，要使他爬耳搔腮，热剌剌的觉得

---

1　即西塞罗，出身于骑士阶层，靠雄辩才能进入罗马政治舞台的中心，以四次演讲挫败罗马贵族喀提林组织的试图凭借武力夺取罗马国家政权的政治阴谋。

他的世界有些灰色。前进的杂文作者，倒决不计算着这些。

其实，近一两年来，杂文集的出版，数量并不及诗歌，更其赶不上小说，慨叹于杂文的泛滥，还是一种胡说八道。只是作杂文的人比先前多几个，却是真的，虽然多几个，在四万万人口里面，算得什么，却就要谁来疾首蹙额？中国也真有一班人在恐怕中国有一点生气；用比喻说：此之谓"虎伥"。

这本集子的作者先前有一本《不惊人集》，我只见过一篇自序；书呢，不知道那里去了。这一回我希望一定能够出版，也给中国的著作界丰富一点。我不管这本书能否入于文艺之林，但我要背出一首诗来比一比："夫子何为者？栖栖一代中。地狱鄹氏邑，宅接鲁王宫。叹凤嗟身否，伤麟怨道穷。今看两楹奠：犹与梦时同。"这是《唐诗三百首》里的第一首，是"文学概论"诗歌门里的所谓"诗"。但和我们不相干，那里能够及得这些杂文的和现在切贴，而且生动、泼剌、有益，而且也能移人情。能移人情，对不起得很，就不免要搅乱你们的文苑，至少，是将不是东西之流的唾向杂文的许多唾沫，一脚就踏得无踪无影了，只剩下一张满是油汗兼雪花膏的嘴脸。

这嘴脸当然还可以唠叨，说那一首"夫子何为者"并非好诗，并且时代也过去了。但是，文学正宗的招牌呢？"文艺的永久性"呢？

我是爱读杂文的一个人，而且知道爱读杂文还不只我一个，因为它"言之有物"。我还更乐观于杂文的开展，日见其斑斓。第一是使中国的著作界热闹、活泼；第二是使不是东西之流缩头；第三是使所谓"为艺术而艺术"的作品，在相形之下，立刻显出不死不活相。我所以极高兴为这本集子作序，并且借此发表意见，愿我们的杂文作家，勿为虎伥所迷，以为"人言可畏"，用最末的稿费买安眠药片去。

一九三五年三月三十一日，

鲁迅记于上海之卓面书斋。

# 人生识字胡涂始

　　中国的成语只有"人生识字忧患始"[1]，这一句是我翻造的。

　　孩子们常常给我好教训，其一是学话。他们学话的时候，没有教师，没有语法教科书，没有字典，只是不断的听取、记住、分析、比较，终于懂得每个词的意义，到得两三岁，普通的简单的话就大概能够懂，而且能够说了，

──────────

1　出自苏轼的《石苍舒醉墨堂》一诗："人生识字忧患始，姓名粗记可以休。"

四三四

也不大有错误。小孩子往往喜欢听人谈天，更喜欢陪客，那大目的，固然在于一同吃点心，但也为了爱热闹，尤其是在研究别人的言语，看有什么对于自己有关系——能懂，该问，或可取的。

我们先前的学古文也用同样的方法，教师并不讲解，只要你死读，自己去记住、分析、比较去。弄得好，是终于能够有些懂，并且竟也可以写出几句来的，然而到底弄不通的也多得很。自以为通，别人也以为通了，但一看底细，还是并不怎么通，连明人小品都点不断的，又何尝少有？人们学话，从高等华人以至下等华人，只要不是聋子或哑子，学不会的是几乎没有的，一到学文，就不同了，学会的恐怕不过极少数，就是所谓学会了的人们之中，请恕我坦白的再来重复的说一句罢，大约仍然胡胡涂涂的还是很不少。这自然是古文作怪。因为

四三五

我们虽然拼命的读古文，但时间究竟是有限的，不像说话，整天的可以听见；而且所读的书，也许是《庄子》和《文选》呀，《东莱博议》呀，《古文观止》呀，从周朝人的文章，一直读到明朝人的文章，非常驳杂，脑子给古今各种马队践踏了一通之后，弄得乱七八遭，但蹄迹当然是有些存留的，这就是所谓"有所得"。这一种"有所得"当然不会清清楚楚，大概是似懂非懂的居多，所以自以为通文了，其实却没有通，自以为识字了，其实也没有识。自己本是胡涂的，写起文章来自然也胡涂，读者看起文章来，自然也不会倒明白。然而无论怎样的胡涂文作者，听他讲话，却大抵清楚，不至于令人听不懂的——除了故意大显本领的讲演之外。因此我想，这"胡涂"的来源，是在识字和读书。

例如我自己，是常常会用些书本子上的词

汇的。虽然并非什么冷僻字，或者连读者也并不觉得是冷僻字。然而假如有一位精细的读者，请了我去，交给我一枝铅笔和一张纸，说道，"您老的文章里，说过这山是'崚嶒'的，那山是'巉岩'的，那究竟是怎么一副样子呀？您不会画画儿也不要紧，就钩出一点轮廓来给我看看罢。请，请，请……"这时我就会腋下出汗，恨无地洞可钻。因为我实在连自己也不知道"崚嶒"和"巉岩"究竟是什么样子，这形容词，是从旧书上钞来的，向来就并没有弄明白，一经切实的考查，就糟了。此外如"幽婉""玲珑""蹒跚""嗳嗳"……之类，还多得很。

　　说是白话文应该"明白如话"，已经要算唱厌了的老调了，但其实，现在的许多白话文却连"明白如话"也没有做到。倘要明白，我以为第一是在作者先把似识非识的字放弃，从活人的嘴上，采取有生命的词汇，搬到纸上来；也就是学学孩子，只说些自己的确能懂的话。至于旧语的复活，方言的普遍化，那自然也是必要的，但一须选择，二须有字典以确定所含的意义，这是另一问题，在这里不说它了。

四月二日。

# 文人相轻

　　老是说着同样的一句话是要厌的。在所谓文坛上，前年嚷过一回"文人无行"，去年是闹了一通"京派和海派"，今年又出了新口号，叫作"文人相轻"。

　　对于这风气，口号家很愤恨，他的"真理哭了"，于是大声疾呼，投一切"文人"以轻蔑。"轻蔑"，他是最憎恶的，但因为他们"相轻"，损伤了他理想中的一道同风的天下，害得他自己也只好施行轻蔑术了。自然，这是"即以其人之道，还治其人之身"，是古圣人的良法，但"相轻"的恶弊，可真也不容易除根。

我们如果到《文选》里去找词汇的时候，大概是可以遇着"文人相轻"这四个字的，拾来用用，似乎也还有些漂亮。然而，曹聚仁先生已经在《自由谈》（四月九日至十一日）上指明，曹丕之所谓"文人相轻"者，是"文非一体，鲜能备善，是以各以所长，相轻所短"，凡所指摘，仅限于制作的范围。一切别的攻击形体、籍贯，诬赖，造谣，以至施蛰存先生式的"他自己也是这样的呀"，或魏金枝先生式的"他的亲戚也和我一样了呀"之类，都不在内。倘把这些都作为曹丕所说的"文人相轻"，是混淆黑白，真理虽然大哭，倒增加了文坛的黑暗的。

我们如果到《庄子》里去找词汇，大概又可以遇着两句宝贝的教训："彼亦一是非，此亦一是非"，记住了来作危急之际的护身符，似乎也不失为漂亮。然而这是只可暂时口说，难以永远实行的。喜欢引用这种格言的人，那精神的相距之远，更甚于叭儿之与老聃，这里不必说它了。就是庄生自己，不也在《天下篇》里，历举了别人的缺失，以他的"无是非"轻了一切"有所是非"的言行吗？要不然，一部《庄子》，只要"今天天气哈哈哈……"七个字就写完了。

但我们现在所处的并非汉魏之际，也不必恰如那时的文人，一定要"各以所长，相轻所短"。凡批评家的对于文人，或文人们的互相评论，各各"指其所短，扬其所长"固可，即"掩其所短，称其所长"亦无不可。然而那一面一定得有"所长"，这一面一定得有明确的是非，有热烈的好恶。假使被今年新出的"文人相轻"这一个模模胡胡的恶名所吓昏，对于

四四一

充风流的富儿、装古雅的恶少、销淫书的瘪三，无不"彼亦一是非，此亦一是非"，一律拱手低眉，不敢说或不屑说，那么，这是怎样的批评家或文人呢？——他先就非被"轻"不可的！

四月十四日。

四四二

# "京派"和"海派"

　　去年春天，京派大师曾经大大的奚落了一顿海派小丑，海派小丑也曾经小小的回敬了几手，但不多久，就完了。文滩上的风波，总是容易起，容易完，倘使不容易完，也真的不便当。我也曾经略略的赶了一下热闹，在许多唇枪舌剑中，以为那时我发表的所说，倒也不算怎么分析错了的。其中有这样的一段——

　　……北京是明清的帝都，上海乃各国

之租界，帝都多官，租界多商，所以文人之在京者近官，没海者近商，近官者在使官得名，近商者在使商获利，而自己亦赖以糊口。要而言之：不过"京派"是官的帮闲，"海派"则是商的帮忙而已。……而官之鄙商，固亦中国旧习，就更使"海派"在"京派"眼中跌落了。……

但到得今年春末，不过一整年带点零，就使我省悟了先前所说的并不圆满。目前的事实，是证明着京派已经自己贬损，或是把海派在自己眼睛里抬高，不但现身说法，演述了派别并不专与地域相关，而且实践了"因为爱他，所以恨他"的妙语。当初的京海之争，看作"龙虎斗"固然是错误，就是认为有一条官商之界也不免欠明白。因为现在已经清清楚楚，到底搬出一碗不过黄鳝田鸡，炒在一起的苏式菜

——"京海杂烩"来了。

实例，自然是琐屑的，而且自然也不会有重大的例子。举一点罢。

一、是选印明人小品的大权，分给海派来了；以前上海固然也有选印明人小品的人，但也可以说是冒牌的，这回却有了真正老京派的题签[1]，所以的确是正统的衣钵。二、是有些新出的刊物，真正老京派打头，真正小海派煞尾了；以前固然也有京派开路的期刊，但那是半京半海派所主持的东西，和纯粹海派自说是自掏腰包来办的出产品颇有区别的。要而言之：今儿和前儿已不一样，京海两派中的一路，做成一碗了。

到这里要附带一点声明：我是故意不举出那新出刊物的名目来的。先前，曾经有人用过

真正老京派指周作人，真正小海派指施蛰存。

"某"字，什么缘故我不知道。但后来该刊的一个作者在该刊上说，他有一位"熟悉商情"的朋友，以为这是因为不替它来作广告。这真是聪明的好朋友，不愧为"熟悉商情"。由此启发，子细一想，他的话实在千真万确：被称赞固然可以代广告，被骂也可以代广告，张扬了荣是广告，张扬了辱又何尝非广告。例如罢，甲乙决斗，甲赢，乙死了，人们固然要看杀人的凶手，但也一样的要看那不中用的死尸，如果用芦席围起来，两个铜板看一下，准可以发一点小财。我这回的不说出这刊物的名目来，主意却正在不替它作广告，我有时很不讲阴德，简直要妨碍别人的借死尸敛钱。然而，请老实的看官不要立刻责备我刻薄。他们那里肯放过这机会，他们自己会敲了锣来承认的。

　　声明太长了一点了。言归正传。我要说的是直到现在，由事实证明，我才明白了去年京

四四六

派的奚落海派，原来根柢上并不是奚落，倒是路远迢迢的送来的秋波。

文豪，究竟是有真实本领的，法郎士做过一本《泰绮思》[1]，中国已有两种译本了，其中就透露着这样的消息。他说有一个高僧在沙漠中修行，忽然想到亚历山大府的名妓泰绮思，是一个贻害世道人心的人物，他要感化她出家，救她本身，救被惑的青年们，也给自己积无量功德。事情还算顺手，泰绮思竟出家了，他恨恨的毁坏了她在俗时候的衣饰。但是，奇怪得很，这位高僧回到自己的独房里继续修行时，却再也静不下来了，见妖怪，见裸体的女人。他急遁，远行，然而仍然没有效。他自己是知道因为其实爱上了泰绮思，所以神魂颠倒了的，但一群愚民，却还是硬要当他圣僧，到处跟着

---

现通译为《苔依丝》。法朗士 1921 年获得诺贝尔文学奖，20 世纪 20 年代的中国出现了一个译介他的作品的小高潮。

他祈求、礼拜，拜得他"哑子吃黄连"——有苦说不出。他终于决计自白，跑回泰绮思那里去，叫道"我爱你！"然而泰绮思这时已经离死期不远，自说看见了天国，不久就断气了。

不过京海之争的目前的结局，却和这一本书的不同，上海的泰绮思并没有死，她也张开两条臂膊，叫道"来嘘！"于是——团圆了。

《泰绮思》的构想，很多是应用弗洛伊特的精神分析学说的，倘有严正的批评家，以为算不得"究竟是有真实本领"，我也不想来争辩。但我觉得自己却真如那本书里所写的愚民一样，在没有听到"我爱你"和"来嘘"之前，总以为奚落单是奚落，鄙薄单是鄙薄，连现在已经出了气的弗洛伊特学说也想不到。

到这里又要附带一点声明：我举出《泰绮思》来，不过取其事迹，并非处心积虑，要用妓女来比海派的文人。这种小说中的人物，是不妨随意改换的，即改作隐士、侠客、高人、

四四八

公主、大少、小老板之类，都无不可。况且泰绮思其实也何可厚非。她在俗时是泼剌的活，出家后就刻苦的修，比起我们的有些所谓"文人"，刚到中年，就自叹道"我是心灰意懒了"的死样活气来，实在更其像人样。我也可以自白一句：我宁可向泼剌的妓女立正，却不愿意和死样活气的文人打棚[1]。

至于为什么去年北京送秋波，今年上海叫"来嘘"了呢？说起来，可又是事前的推测，对不对很难定了。我想：也许是因为帮闲帮忙，近来都有些"不景气"，所以只好两界合办，把断砖、旧袜、皮袍、洋服、巧克力、梅什儿……之类，凑在一处，重行开张，算是新公司，想借此来新一下主顾们的耳目罢。

四月十四日。

[1] 上海方言，意为开玩笑。

四四九

# 镰田诚一墓记

　　君以一九三〇年三月至沪，出纳图书，既勤且谨，兼修绘事，斐然有成。中遭艰巨，笃行靡改，扶危济急，公私两全。越三三年七月，因病归国休养，方期再造，展其英才，而药石无灵，终以不起，年仅二十有八。呜呼，昊天难测，蕙荃早摧，晔晔青春，永闷玄壤，忝居友列，衔哀记焉。

一九三五年四月二十二日，会稽鲁迅撰

四五〇

# 弄堂生意古今谈

"薏米杏仁莲心粥！"

"玫瑰白糖伦教糕！"

"虾肉馄饨面！"

"五香茶叶蛋！"

这是四五年前，闸北一带弄堂内外叫卖零食的声音，假使当时记录了下来，从早到夜，恐怕总可以有二三十样。居民似乎也真会化零钱，吃零食，时时给他们一点生意，因为叫声也时时中止，可见是在招呼主顾了。而且那些口号也真漂亮，不知道他是从《昭明文选》或《晚明小品》里找过词汇的呢，还是怎么的，实在使我似的初到上海的乡下人，一听到就有馋涎欲滴之概，"薏米杏仁"而又"莲心粥"，这是新鲜到连先前的梦里也没有想到的。但对于靠笔墨为生的人们，却有一点害处，假使你还没有练到"心如古井"，就可以被闹得整天整夜写不出什么东西来。

现在是大不相同了。马路边上的小饭店，正午傍晚，先前为长衫朋友所占领的，近来已经大抵是"寄沉痛于幽闲"[1]；老主顾呢，坐到黄包车夫的老巢的粗点心店里面去了。至于车夫，那自然只好退到马路边沿饿肚子，或者幸而还能够咬侉饼。弄堂里的叫卖声，说也奇怪，竟也和古代判若天渊，卖零食的当然还有，

---

1　林语堂对周作人《五秩自寿诗》的读解，带有吹捧之嫌。

但不过是橄榄或馄饨，却很少遇见那些"香艳肉感"的"艺术"的玩意了。嚷嚷呢，自然仍旧是嚷嚷的，只要上海市民存在一日，嚷嚷是大约决不会停止的。然而现在却切实了不少：麻油，豆腐，润发的刨花，晒衣的竹竿；方法也有改进，或者一个人卖袜，独自作歌赞叹着袜的牢靠。或者两个人共同卖布，交互唱歌颂扬着布的便宜。但大概是一直唱着进来，直达弄底，又一直唱着回去，走出弄外，停下来做交易的时候，是很少的。

偶然也有高雅的货色：果物和花。不过这是并不打算卖给中国人的，所以他用洋话：

"Ringo，Banana，Appulu-u，Appulu-u-u！"

"Hana 呀 Hana-a-a！ Ha-a-na-a-a！"[1]

———————————
"Ringo"为日语"林檎"（此处为沙果）的语音，"Banana"为香蕉，"Appulu"为苹果，"Hana"为花。

也不大有洋人买。

间或有算命的瞎子、化缘的和尚进弄来，几乎是专攻娘姨们的，倒还是他们比较的有生意，有时算一命，有时卖掉一张黄纸的鬼画符。但到今年，好像生意也清淡了，于是前天竟出现了大布置的化缘。先只听得一片鼓钹和铁索声，我正想做"超现实主义"的语录体诗，这么一来，诗思被闹跑了，寻声看去，原来是一个和尚用铁钩钩在前胸的皮上，钩柄系有一丈多长的铁索，在地上拖着走进弄里来，别的两个和尚打着鼓和钹。但是，那些娘姨们，却都把门一关，躲得一个也不见了。这位苦行的高僧，竟连一个铜子也拖不去。

事后，我探了探她们的意见，那回答是："看这样子，两角钱是打发不走的。"

独唱、对唱、大布置、苦肉计，在上海都已经赚不到大钱，一面固然足征洋场上的"人心浇薄”，但一面也可见只好去“复兴农村”了，唔。

四月二十三日。

# 不应该那么写

凡是有志于创作的青年，第一个想到的问题，大概总是"应该怎样写？"现在市场上陈列着的"小说作法""小说法程"之类，就是专掏这类青年的腰包的。然而，好像没有效，从"小说作法"学出来的作者，我们至今还没有听到过。有些青年是设法去问已经出名的作者，那些答案，还很少见有什么发表，但结果是不难推想而知的：不得要领。这也难怪，因为创作是并没有什么秘诀，能够交头接耳，句话就传授给别一个的，倘不然，只要有这秘诀，就真可以登广告，收学费，开一个三天包成文豪学校了。以中国之大，或者也许会有罢，但是，这其实是骗子。

在不难推想而知的种种答案中，大概总该有一个是"多看大作家的作品"。这恐怕也很不能满文学青年的意，因为太宽泛，茫无边际——然而倒是切实的。凡是已有定评的大作家，他的作品，全部就说明着"应该怎样写"。只是读者很不容易看出，也就不能领悟。因为在学习者一方面，是必须知道了"不应该那么写"，这才会明白原来"应该这么写"的。

这"不应该那么写"，如何知道呢？惠列赛耶夫的《果戈理研究》第六章里，答复着这问题——

四五七

应该这么写，必须从大作家们的完成

了的作品去领会。那么，不应该那么写这一面，恐怕最好是从那同一作品的未定稿本去学习了。在这里，简直好像艺术家在对我们用实物教授。恰如他指着每一行，直接对我们这样说——"你看——哪，这是应该删去的。这要缩短，这要改作，因为不自然了。在这里，还得加些渲染，使形象更加显豁些。"

这确是极有益处的学习法，而我们中国却偏偏缺少这样的教材。近几年来，石印的手稿是有一些了，但大抵是学者的著述或日记。也许是因为向来崇尚"一挥而就""文不加点"的缘故罢，又大抵是全本干干净净，看不出苦心删改的痕迹来。取材于外国呢，则即使精通文字，也无法搜罗名作的初版以至改定版的各种本子的。

读书人家的子弟熟悉笔墨，木匠的孩子会玩斧凿，兵家儿早识刀枪，没有这样的环境和遗产，是中国的文学青年的先天的不幸。

在没奈何中，想了一个补救法：新闻上的记事，拙劣的小说，那事件，是也有可以写成一部文艺作品的，不过那记事，那小说，却并非文艺——这就是"不应该这样写"的标本。只是和"应该那样写"，却无从比较了。

四月二十三日。

# 在现代中国的孔夫子

　　新近的上海的报纸，报告着因为日本的汤岛，孔子的圣庙落成了，湖南省主席何键将军就寄赠了一幅向来珍藏的孔子的画像。老实说，中国的一般的人民，关于孔子是怎样的相貌，倒几乎是毫无所知的，自古以来，虽然每一县一定有圣庙，即文庙，但那里面大抵并没有圣像。凡是绘画，或者雕塑应该崇敬的人物时，一般是以大于常人为原则的，但一到最应崇敬的人物，例如孔夫子那样的圣人，却好像连形

四六〇

象也成为亵渎，反不如没有的好。这也不是没有道理的。孔夫子没有留下照相来，自然不能明白真正的相貌，文献中虽然偶有记载，但是胡说白道也说不定。若是从新雕塑的话，则除了任凭雕塑者的空想而外，毫无办法，更加放心不下。于是儒者们也终于只好采取"全部，或全无"的勃兰特[1]式的态度了。

然而倘是画像，却也会间或遇见的。我曾经见过三次：一次是《孔子家语》里的插画；一次是梁启超氏亡命日本时，作为横滨出版的《清议报》上的卷头画，从日本倒输入中国来的；还有一次是刻在汉朝墓石上的孔子见老子的画像。说起从这些图画上所得的孔夫子的模样的印象来，则这位先生是一位很瘦的老头子，身穿大袖口的长袍子，腰带上插着一把剑，或者

---

[1] 易卜生诗剧《勃兰特》（今通译《布朗德》）中的主人公。

腋下挟着一枝杖，然而从来不笑，非常威风凛凛的。假使在他的旁边侍坐，那就一定得把腰骨挺得笔直，经过两三点钟，就骨节酸痛，倘是平常人，大约总不免急于逃走的了。

后来我曾到山东旅行。在为道路的不平所苦的时候，忽然想到了我们的孔夫子。一想起那具有俨然道貌的圣人，先前便是坐着简陋的车子，颠颠簸簸，在这些地方奔忙的事来，颇有滑稽之感。这种感想，自然是不好的，要而言之，颇近于不敬，倘是孔子之徒，恐怕是决不应该发生的。但在那时候，怀着我似的不规矩的心情的青年，可是多得很。

我出世的时候是清朝的末年，孔夫子已经有了"大成至圣文宣王"这一个阔得可怕的头衔，不消说，正是圣道支配了全国的时代。政府对于读书的人们，使读一定的书，即"四书"和"五经"；使遵守一定的注释；使写一定的

四六二

文章，即所谓"八股文"；并且使发一定的议论。然而这些千篇一律的儒者们，倘是四方的大地，那是很知道的，但一到圆形的地球，却什么也不知道，于是和"四书"上并无记载的法兰西和英吉利打仗而失败了。不知道为了觉得与其拜着孔夫子而死，倒不如保存自己们之为得计呢，还是为了什么，总而言之，这回是拚命尊孔的政府和官僚先就动摇起来，用官帑大翻起洋鬼子的书籍来了。属于科学上的古典之作的，则有侯失勒的《谈天》，雷侠儿的《地学浅释》，代那的《金石识别》，到现在也还作为那时的遗物，间或躺在旧书铺子里。

然而一定有反动。清末之所谓儒者的结晶，也是代表的大学士徐桐氏出现了。他不但连算学也斥为洋鬼子的学问；他虽然承认世界上有法兰西和英吉利这些国度，但西班牙和葡萄牙的存在，是决不相信的，他主张这是法国和英国常常来讨利益，连自己也不好意思了，所以随便胡诌出来的国名。他又是一九〇〇年的有名的义和团的幕后的发动者，也是指挥者。但是义和团完全失败，徐桐氏也自杀了。政府就又以为外国的政治法律和学问技术颇有可取之处了。

我的渴望到日本去留学，也就在那时候。达了目的，入学的地方，是嘉纳先生所设立的东京的弘文学院；在这里，三泽力太郎先生教我水是养气和轻气[1]所合成，山内繁雄先生教我贝壳里的什么地方其名为"外套"。这是有一天的事情。学监大久保先生集合起大家来，说：因为你们都是孔子之徒，今天到御茶之水的孔庙里去行礼罢！我大吃了一惊。现在还记

---

[1] 养气即氧气，译法来自中国科学先驱徐寿（1818—1884）。轻气即氢气，译法来自英国传教士合信（B. Hobson）编写的《博物新编》（1855）。

得那时心里想，正因为绝望于孔夫子和他的之徒，所以到日本来的，然而又是拜么？一时觉得很奇怪。而且发生这样感觉的，我想决不止我一个人。

但是，孔夫子在本国的不遇，也并不是始于二十世纪的。孟子批评他为"圣之时者也"，倘翻成现代语，除了"摩登圣人"实在也没有别的法。为他自己计，这固然是没有危险的尊号，但也不是十分值得欢迎的头衔。不过在实际上，却也许并不这样子。孔夫子的做定了"摩登圣人"是死了以后的事，活着的时候却是颇吃苦头的。跑来跑去，虽然曾经贵为鲁国的警视总监[1]，而又立刻下野，失业了；并且为权臣所轻蔑，为野人所嘲弄，甚至于为暴民所包围，饿扁了肚子，弟子虽然收了三千名，

四六五

---

[1] 日本警界的最高长官。孔子曾担任鲁国的司寇，主管刑狱。

中用的却只有七十二，然而真可以相信的又只有一个人。有一天，孔夫子愤慨道，"道不行，乘桴浮于海，从我者，其由与？"从这消极的打算上，就可以窥见那消息。然而连这一位由，后来也因为和敌人战斗，被击断了冠缨，但真不愧为由呀，到这时候也还不忘记从夫子听来的教训，说道"君子死，冠不免"，一面系着冠缨，一面被人砍成肉酱了。连唯一可信的弟子也已经失掉，孔子自然是非常悲痛的，据说他一听到这消息，就吩咐去倒掉厨房里的肉酱云。

孔夫子到死了以后，我以为可以说是运气比较的好一点。因为他不会噜苏了，种种的权势者便用种种的白粉给他来化妆，一直抬到吓人的高度。但比起后来输入的释迦牟尼来，却实在可怜得很。诚然，每一县固然都有圣庙即文庙，可是一副寂寞的冷落的样子，一般的庶

四六六

民，是决不去参拜的，要去，则是佛寺，或者是神庙。若向老百姓们问孔夫子是什么人，他们自然回答是圣人，然而这不过是权势者的留声机。他们也敬惜字纸，然而这是因为倘不敬惜字纸，会遭雷殛的迷信的缘故；南京的夫子庙固然是热闹的地方，然而这是因为另有各种玩耍和茶店的缘故。虽说孔子作《春秋》而乱臣贼子惧，然而现在的人们，却几乎谁也不知道一个笔伐了的乱臣贼子的名字。说到乱臣贼子，大概以为是曹操，但那并非圣人所教，却是写了小说和剧本的无名作家所教的。

总而言之，孔夫子之在中国，是权势者们捧起来的，是那些权势者或想做权势者们的圣人，和一般的民众并无什么关系。然而对于圣庙，那些权势者也不过一时的热心。因为尊孔的时候已经怀着别样的目的，所以目的一达，这器具就无用，如果不达呢，那可更加无用了。

在三四十年前，凡有企图获得权势的人，就是希望做官的人，都是读"四书"和"五经"，做"八股"，别一些人就将这些书籍和文章，统名之为"敲门砖"。这就是说，文官考试一及第，这些东西也就同时被忘却，恰如敲门时所用的砖头一样，门一开，这砖头也就被抛掉了。孔子这人，其实是自从死了以后，也总是当着"敲门砖"的差使的。

一看最近的例子，就更加明白。从二十世纪的开始以来，孔夫子的运气是很坏的，但到袁世凯时代，却又被从新记得，不但恢复了祭典，还新做了古怪的祭服，使奉祀的人们穿起来。跟着这事而出现的便是帝制。然而那一道门终于没有敲开，袁氏在门外死掉了。余剩的是北洋军阀，当觉得渐近末路时，也用它来敲过另外的幸福之门。盘据着江苏和浙江，在路上随便砍杀百姓的孙传芳将军，一面复兴了投壶之礼；钻进山东，连自己也数不清金钱和兵丁和姨太太的数目了的张宗昌将军，则重刻了《十三经》，而且把圣道看作可以由肉体关系来传染的花柳病一样的东西，拿一个孔子后裔的谁来做自己的女婿。然而幸福之门，却仍然对谁也没有开。

这三个人，都把孔夫子当作砖头用，但是时代不同了，所以都明明白白的失败了。岂但自己失败而已呢，还带累孔子也更加陷入了悲境。他们都是连字也不大认识的人物，然而偏要大谈什么《十三经》之类，所以使人们觉得滑稽；言行也太不一致了，就更加令人讨厌。既已厌恶和尚，恨及袈裟，而孔夫子之被利用为或一目的的器具，也从新看得格外清楚起来，于是要打倒他的欲望，也就越加旺盛。所以把孔子装饰得十分尊严时，就一定有找他缺点的论文和作品出现。即使是孔夫子，缺点总也有的，在平时谁也不理会，因为圣人也是人，本是可以原谅的。然而如果圣人之徒出来胡说一通，以为圣人是这样，是那样，所以你也非这样不可的话，人们可就禁不住要笑起来了。五六年前，曾经因为公演了《子见南子》这剧本，引起过问题，在那个剧本里，有孔夫子登场，以圣人而论，固然不免略有欠稳重和呆头呆脑的地方，然而作为一个人，倒是可爱的好人物。但是圣裔们非常愤慨，把问题一直闹到官厅里去了。因为公演的地点，恰巧是孔夫子的故乡，在那地方，圣裔们繁殖得非常多，成着使释迦牟尼和苏格拉第都自愧弗如的特权阶级。然而，那也许又正是使那里的非圣裔的青年们，不禁特地要演《子见南子》的原因罢。

中国的一般的民众，尤其是所谓愚民，虽称孔子为圣人，却不觉得他是圣人；对于他，是恭谨的，却不亲密。但我想，能像中国的愚民那样，懂得孔夫子的，恐怕世界上是再也没有的了。不错，孔夫子曾经计划过出色的治国的方法，但那都是为了治民众者，即权势者设想的方法，为民众本身的，却一点也没有。这就是"礼不下庶人"。成为权势者们的圣人，终于变了"敲门砖"，实在也叫不得冤枉。和民众并无关系，是不能说的，但倘说毫无亲密之处，我以为怕要算是非常客气的说法了。不去亲近那毫不亲密的圣人，正是当然的事，什么时候都可以，试去穿了破衣，赤着脚，走上大成殿去看看罢，恐怕会像误进上海的上等影戏院或者头等电车一样，立刻要受斥逐的。谁都知道这是大人老爷们的物事，虽是"愚民"，却还没有愚到这步田地的。

四月二十九日。

四七一

# 六朝小说和唐代传奇文有怎样的区别？

## ——答文学社问

这试题很难解答。

因为唐代传奇，是至今还有标本可见的，但现在之所谓六朝小说，我们所依据的只是从《新唐书·艺文志》以至清《四库书目》的判定，有许多种，在六朝当时，却并不视为小说。例如《汉武故事》《西京杂记》《搜神记》《续齐谐记》等，直至刘昫的《唐书经籍志》，还属于史部起居注和杂传类里的。那时还相信神仙和鬼神，并不以为虚造，所以所记虽有仙凡和幽明之殊，却都是史的一类。

况且从晋到隋的书目，现在一种也不存在了，我们已无从知道那时所视为小说的是什么，有怎样的形式和内容。现存的惟一最早的目录只有《隋书经籍志》，修者自谓"远览马史班书，近观王阮志录"，也许尚存王俭《今书七志》、阮孝绪《七录》的痕迹罢，但所录小说二十五种中，现存的却只有《燕丹子》和刘义庆撰《世说》合刘孝标注两种了。此外，则《郭子》《笑林》、殷芸《小说》《水饰》，及当时以为隋代已亡的《青史子》《语林》等，还能在唐宋类书里遇见一点遗文。

单从上述这些材料来看，武断的说起来，则六朝人小说，是没有记叙神仙或鬼怪的，所写的几乎都是人事；文笔是简洁的；材料是笑柄，谈资；但好像很排斥虚构，例如《世说新语》说裴启《语林》记谢安语不实，谢安一说，这书即大损声价云云，就是。

唐代传奇文可就大两样了：神仙人鬼妖物，都可以随便驱使；文笔是精细、曲折的，至于被崇尚简古者所诟病；所叙的事，也大抵具有首尾和波澜，不止一点断片的谈柄；而且作者往往故意显示着这事迹的虚构，以见他想象的才能了。

但六朝人也并非不能想象和描写，不过他不用于小说，这类文章，那时也不谓之小说。例如阮籍的《大人先生传》，陶潜的《桃花源记》，其实倒和后来的唐代传奇文相近；就是嵇康的《圣贤高士传赞》（今仅有辑本），葛洪的《神仙传》，也可以看作唐人传奇文的祖师的。李公佐作《南柯太守传》，李肇为之赞这就是嵇康的《高士传》法；陈鸿《长恨传》置白居易的长歌之前，元稹的《莺莺传》既录《会真诗》，又举李公垂《莺莺歌》之名作结，也令人不能不想到《桃花源记》。

至于他们之所以著作，那是无论六朝或唐人，都是有所为的。《隋书经籍志》抄《汉书艺文志》说，以著录小说，比之"询于刍荛"，就是以为虽然小说，也有所为的明证。不过在实际上，这有所为的范围却缩小了。晋人尚清谈，讲标格，常以寥寥数言，立致通显，所以那时的小说，多是记载畸行隽语的《世说》一类，其实是借口舌取名位的入门书。唐以诗文取士，但也看社会上的名声，所以士子入京应试，也须豫先干谒名公，呈献诗文，冀其称誉，这诗文叫作"行卷"。诗文既滥，人不欲观，有的就用传奇文，来希图一新耳目，获得特效了，于是那时的传奇文，也就和"敲门砖"很有关系。但自然，只被风气所推，无所为而作者，却也并非没有的。

五月三日。

# 什么是“讽刺”？

我想：一个作者，用了精炼的，或者简直有些夸张的笔墨——但自然也必须是艺术地——写出或一群人的或一面的真实来，这被写的一群人，就称这作品为“讽刺”。

“讽刺”的生命是真实；不必是曾有的实事，但必须是会有的实情。所以它不是“捏造”，也不是“诬蔑”；既不是“揭发阴私”，又不是专记骇人听闻的所谓“奇闻”或“怪现状”。

四七七

它所写的事情是公然的，也是常见的，平时是谁都不以为奇的，而且自然是谁都毫不注意的。不过这事情在那时却已经是不合理、可笑、可鄙，甚而至于可恶。但这么行下来了，习惯了，虽在大庭广众之间，谁也不觉得奇怪；现在给它特别一提，就动人。譬如罢，洋服青年拜佛，现在是平常事，道学先生发怒，更是平常事，只消几分钟，这事迹就过去，消灭了。但"讽刺"却是正在这时候照下来的一张相，一个撅着屁股，一个皱着眉心，不但自己和别人看起来有些不很雅观，连自己看见也觉得不很雅观；而且流传开去，对于后日的大讲科学和高谈养性，也不免有些妨害。倘说，所照的并非真实，是不行的，因为这时有目共睹，谁也会觉得确有这等事；但又不好意思承认这是真实，失了自己的尊严。于是挖空心思，给起了一个名目，叫作"讽刺"。其意若曰：它偏要提出这等事，可见也不是好货。

　　有意的偏要提出这等事，而且加以精炼，甚至于夸张，却确是"讽刺"的本领。同一事件，在拉杂的非艺术的记录中，是不成为讽刺，谁也不大会受感动的。例如新闻记事，就记忆所及，今年就见过两件事。其一，是一个青年，冒充了军官，向各处招摇撞骗，后来破获了，他就写忏悔书，说是不过借此谋生，并无他意。其二，是一个窃贼招引学生，教授偷窃之法，家长知道，把自己的子弟禁在家里了，他还上门来逞凶。较可注意的事件，报上是往往有些特别的批评文字的，但对于这两件，却至今没有说过什么话，可见是看得很平常，以为不足介意的了。然而这材料，假如到了斯惠夫德（J. Swift）[1] 或果戈理（N. Gogol）的手里，我看是准可以成为出色的讽刺作品的。在或一时

---

[1] 即斯威夫特，《格列佛游记》的作者。

代的社会里，事情越平常，就越普遍，也就愈合于作讽刺。

讽刺作者虽然大抵为被讽刺者所憎恨，但他却常常是善意的，他的讽刺，在希望他们改善，并非要捺这一群到水底里。然而待到同群中有讽刺作者出现的时候，这一群却已是不可收拾，更非笔墨所能救了，所以这努力大抵是徒劳的，而且还适得其反，实际上不过表现了这一群的缺点以至恶德，而对于敌对的别一群，倒反成为有益。我想：从别一群看来，感受是和被讽刺的那一群不同的，他们会觉得"暴露"更多于"讽刺"。

如果貌似讽刺的作品，而毫无善意，也毫无热情，只使读者觉得一切世事，一无足取，也一无可为，那就并非讽刺了，这便是所谓"冷嘲"。

五月三日

四八〇

# 论人言可畏

　　"人言可畏"是电影明星阮玲玉自杀之后，发见于她的遗书中的话。这哄动一时的事件，经过了一通空论，已经渐渐冷落了，只要《玲玉香消记》一停演，就如去年的艾霞[1]自杀事件一样，完全烟消火灭。她们的死，不过像在无边的人海里添了几粒盐，虽然使扯淡的嘴巴们觉得有些味道，但不久也还是淡，淡，淡。

---

　　[1] 艾霞（1912—1934），电影演员、作家，代表作品有《春蚕》《现代一女性》。1934年除夕前一天吞食鸦片自杀。

这句话，开初是也曾惹起一点小风波的。有评论者，说是使她自杀之咎，可见也在日报记事对于她的诉讼事件的张扬；不久就有一位记者公开的反驳，以为现在的报纸的地位、舆论的威信，可怜极了，那里还有丝毫主宰谁的运命的力量，况且那些记载，大抵采自经官的事实，绝非捏造的谣言，旧报具在，可以复按。所以阮玲玉的死，和新闻记者是毫无关系的。

这都可以算是真实话。然而——也不尽然。

现在的报章之不能像个报章，是真的；评论的不能逞心而谈，失了威力，也是真的，明眼人决不会过分的责备新闻记者。但是，新闻的威力其实是并未全盘坠地的，它对甲无损，对乙却会有伤；对强者它是弱者，但对更弱者它却还是强者，所以有时虽然吞声忍气，有时仍可以耀武扬威。于是阮玲玉之流，就成了发扬余威的好材料了，因为她颇有名，却无力。

小市民总爱听人们的丑闻，尤其是有些熟识的人的丑闻。上海的街头巷尾的老虔婆，一知道近邻的阿二嫂家有野男人出入，津津乐道，但如果对她讲甘肃的谁在偷汉，新疆的谁在再嫁，她就不要听了。阮玲玉正在现身银幕，是一个大家认识的人，因此她更是给报章凑热闹的好材料，至少也可以增加一点销场。读者看了这些，有的想："我虽然没有阮玲玉那么漂亮，却比她正经"；有的想："我虽然不及阮玲玉的有本领，却比她出身高"；连自杀了之后，也还可以给人想："我虽然没有阮玲玉的技艺，却比她有勇气，因为我没有自杀"，化几个铜元就发见了自己的优胜，那当然是很上算的。但靠演艺为生的人，一遇到公众发生了上述的前两种的感想，她就够走到末路了。所以我们且不要高谈什么连自己也并不了然的社会组织或意志强弱的滥调，先来设身处地的想一想罢，那么，大概就会知道阮玲玉的以为"人言可畏"，是真的，或人的以为她的自杀，和新闻记事有关，也是真的。

但新闻记者的辩解，以为记载大抵采自经官的事实，却也是真的。

上海的有些介乎大报和小报之间的报章，那社会新闻，几乎大半是官司已经吃到公安局或工部局去了的案件。但有一点坏习气，是偏要加上些描写，对于女性，尤喜欢加上些描写；这种案件，是不会有名公巨卿在内的，因此也更不妨加上些描写。案中的男人的年纪和相貌，是大抵写得老实的，一遇到女人，可就要发挥才藻了，不是"徐娘半老，风韵犹存"，就是"豆蔻年华，玲珑可爱"。一个女孩儿跑掉了，自奔或被诱还不可知，才子就断定道，"小姑独宿，不惯无郎"，你怎么知道？一个村妇再醮了两回，原是穷乡僻壤的常事，一到才子的笔下，就又赐以大字的题目道，"奇淫不减武则天"，这程度你又怎么知道？这些轻薄句子，加之村姑，大约是并无什么影响的，她不识字，她的关系人也未必看报。但对于一个智识者，尤其是对于一个出到社会上了的女性，却足够使她受伤，更不必说故意张扬、特别渲染的文字了。

然而中国的习惯，这些句子是摇笔即来，不假思索的，这时不但不会想到这也是玩弄着女性，并且也不会想到自己乃是人民的喉舌。但是，无论你怎么描写，在强者是毫不要紧的，只消一封信，就会有正误或道歉接着登出来，不过无拳无勇如阮玲玉，可就正做了吃苦的材料了，她被额外的画上一脸花，没法洗刷。叫她奋斗吗？她没有机关报，怎么奋斗；有冤无头，有怨无主，和谁奋斗呢？我们又可以设身处地的想一想，那么，大概就又知她的以为

"人言可畏"，是真的，或人的以为她的自杀，和新闻记事有关，也是真的。

然而，先前已经说过，现在的报章的失了力量，却也是真的，不过我以为还没有到达如记者先生所自谦，竟至一钱不值、毫无责任的时候。因为它对于更弱者如阮玲玉一流人，也还有左右她命运的若干力量的，这也就是说，它还能为恶，自然也还能为善。"有闻必录"或"并无能力"的话，都不是向上的负责的记者所该采用的口头禅，因为在实际上，并不如此，——它是有选择的，有作用的。

至于阮玲玉的自杀，我并不想为她辩护。我是不赞成自杀，自己也不豫备自杀的。但我的不豫备自杀，不是不屑，却因为不能。凡有谁自杀了，现在是总要受一通强毅的评论家的呵斥，阮玲玉当然也不在例外。然而我想，自杀其实是不很容易，决没有我们不豫备自杀的

四八六

人们所渺视的那么轻而易举的。倘有谁以为容易么，那么，你倒试试看！

　　自然，能试的勇者恐怕也多得很，不过他不屑，因为他有对于社会的伟大的任务。那不消说，更加是好极了，但我希望大家都有一本笔记簿，写下所尽的伟大的任务来，到得有了曾孙的时候，拿出来算一算，看看怎么样。

　　　　　　　　　　　　　　　　　五月五日。

只是唱着所是，颂着所爱，而不管所非和所憎。

# 再论文人相轻

今年的所谓"文人相轻"，不但是混淆黑白的口号，掩护着文坛的昏暗，也在给有一些人"挂着羊头卖狗肉"的。

真的"各以所长，相轻所短"的能有多少呢！我们在近几年所遇见的，有的是"以其所短，轻人所短"。例如白话文中，有些是诘屈难读的，确是一种"短"，于是有人提了小品或语录，向这一点昂然进攻了，但不久就露出尾巴来，暴露了他连对于自己所提倡的文章，

四九〇

也常常点着破句，"短"得很。有的却简直是
"以其所短，轻人所长"了。例如轻蔑"杂文"
的人，不但他所用的也是"杂文"，而他的"杂
文"，比起他所轻蔑的别的"杂文"来，还拙
劣到不能相提并论。那些高谈阔论，不过是契
诃夫（A. Chekhov）所指出的登了不识羞的顶
颠，傲视着一切，被轻者是无福和他们比较的，
更从什么地方"相"起？现在谓之"相"，其
实是给他们一扬，靠了这"相"，也是"文人"
了。然而，"所长"呢？

　　况且现在文坛上的纠纷，其实也并不是为
了文笔的短长。文学的修养，决不能使人变成
木石，所以文人还是人，既然还是人，他心里
就仍然有是非，有爱憎；但又因为是文人，他
的是非就愈分明，爱憎也愈热烈。从圣贤一直
敬到骗子屠夫，从美人香草一直爱到麻疯病菌
的文人，在这世界上是找不到的，遇见所是和

四九一

所爱的，他就拥抱，遇见所非和所憎的，他就反拨。如果第三者不以为然了，可以指出他所非的其实是"是"，他所憎的其实该爱来，单用了笼统的"文人相轻"这一句空话，是不能抹杀的，世间还没有这种便宜事。一有文人，就有纠纷，但到后来，谁是谁非，孰存孰亡，都无不明明白白。因为还有一些读者，他的是非爱憎，是比和事老的评论家还要清楚的。

然而，又有人来恐吓了。他说，你不怕么？古之嵇康，在柳树下打铁，钟会来看他，他不客气，问道："何所闻而来，何所见而去？"于是得罪了钟文人，后来被他在司马懿面前搬是非，送命了。所以你无论遇见谁，应该赶紧打拱作揖，让坐献茶，连称"久仰久仰"才是。这自然也许未必全无好处，但做文人做到这地步，不是很有些近乎婊子了么？况且这位恐吓家的举例，其实也是不对的，嵇康的送命，并非为了他是傲慢的文人，大半倒因为他是曹家的女婿，即使钟会不去搬是非，也总有人去搬是非的，所谓"重赏之下，必有勇夫"者是也。

不过我在这里，并非主张文人应该傲慢，或不妨傲慢，只是说，文人不应该随和；而且文人也不会随和，会随和的，只有和事老。但这不随和，却又并非回避，只是唱着所是，颂着所爱，而不管所非和所憎；他得像热烈地主张着所是一样，热烈地攻击着所非，像热烈地拥抱着所爱一样，更热烈地拥抱着所憎——恰如赫尔库来斯（Hercules）的紧抱了巨人安太乌斯（Antaeus）[1] 一样，因为要折断他的肋骨。

五月五日。

---

[1] 赫拉克勒斯为宙斯之子，以力大著称。安泰俄斯是大地女神盖亚之子，同样力大无穷，但必须保持与大地的接触。赫拉克勒斯发现这一秘密后，将其举在空中扼死。

# 《全国木刻联合展览会专辑》序

　　木刻的图画，原是中国早先就有的东西。唐末的佛像、纸牌，以至后来的小说绣像、启蒙小图，我们至今还能够看见实物。而且由此明白：它本来就是大众的，也就是"俗"的。明人曾用之于诗笺，近乎雅了，然而归结是有文人学士在它全体上用大笔一挥，证明了这其实不过是践踏。

　　近五年来骤然兴起的木刻，虽然不能说和古文化无关，但决不是葬中枯骨，换了新装，

四九四

它乃是作者和社会大众的内心的一致的要求，所以仅有若干青年们的一副铁笔和几块木板，便能发展得如此蓬蓬勃勃。它所表现的是艺术学徒的热诚，因此也常常是现代社会的魂魄。实绩具在，说它"雅"，固然是不可的，但指为"俗"，却又断乎不能。这之前，有木刻了，却未曾有过这境界。

这就是所以为新兴木刻的缘故，也是所以为大众所支持的原因。血脉相通，当然不会被漠视的。所以木刻不但淆乱了雅俗之辨而已，实在还有更光明、更伟大的事业在它的前面。

曾被看作高尚的风景和静物画，在新的木刻上是减少了，然而看起出品来，这二者反显着较优的成绩。因为中国旧画，两者最多，耳濡目染，不觉见其久经摄取的所长了，而现在最需要的，也是作者最着力的人物和故事画，却仍然不免有些逊色，平常的器具和形态，也间有不合实际的。由这事实，一面固足见古文化之裨助着后来，也束缚着后来，但一面也可见入"俗"之不易了。

这选集，是聚全国出品的精粹的第一本。但这是开始，不是成功，是几个前哨的进行，愿此后更有无尽的旌旗蔽空的大队。

一九三五年六月四日记。

四九六

# 文坛三户

　　二十年来，中国已经有了一些作家，多少作品，而且至今还没有完结，所以有个"文坛"，是毫无可疑的。不过搬出去开博览会，却还得顾虑一下。

　　因为文字的难、学校的少，我们的作家里面，恐怕未必有村姑变成的才女，牧童化出的文豪。古时候听说有过一面看牛牧羊，一面读经，终于成了学者的人的，但现在恐怕未必有。——我说了两回"恐怕未必"，倘真有例外的天才，尚希鉴原为幸。要之，凡有弄弄笔墨的人们，他先前总有一点凭借：不是祖遗的正在少下去的钱，就是父积的还在多起来的钱。要不然，他就无缘读书识字。现在虽然有了识字运动，我也不相信能够由此运出作家来。所以这文坛，从阴暗这方面看起来，暂时大约还要被两大类子弟，就是"破落户"和"暴发户"所占据。

已非暴发，又未破落的，自然也颇有出些著作的人，但这并非第三种，不近于甲，即近于乙的，至于掏腰包印书，仗爷资出版者，那是文坛上的捐班，更不在本论范围之内。所以要说专仗笔墨的作者，首先还得求之于破落户中。他先世也许暴发过，但现在是文雅胜于算盘，家景大不如意了，然而又因此看见世态的炎凉、人生的苦乐，于是真的有些抚今追昔，"缠绵悱恻"起来。一叹天时不良，二叹地理可恶，三叹自己无能。但这无能又并非真无能，乃是自己不屑有能，所以这无能的高尚，倒远在有能之上。你们剑拔弩张，汗流浃背，到底做成了些什么呢？惟我的颓唐相，是"十年一觉扬州梦"，惟我的破衣上，是"襟上杭州旧酒痕"[1]，连懒态和污渍，也都有历史的甚深意义的。可惜俗人不懂得，于是他们的杰作上，就大抵放射着一种特别的神彩，是："顾影自怜"。

暴发户作家的作品，表面上和破落户的并无不同。因为他意在用墨水洗去铜臭，这才爬上一向为破落户所主宰的文坛来，以自附于"风雅之林"，又并不想另树一帜，因此也决不标新立异。但仔细一看，却是属于别一本户口册上的；他究竟显得浅薄，而且装腔，学样。

---

[1] "十年"一句出自杜牧的《遣怀》，"襟上"一句出自白居易的《故衫》。

房里会有断句的诸子，看不懂；案头也会有石印的骈文，读不断。也会嚷"襟上杭州旧酒痕"呀，但一面又怕别人疑心他穿破衣，总得设法表示他所穿的乃是笔挺的洋服或簇新的绸衫；也会说"十年一觉扬州梦"的，但其实倒是并不挥霍的好品行，因为暴发户之于金钱，觉得比懒态和污渍更有历史的甚深的意义。破落户的颓唐，是掉下来的悲声，暴发户的做作的颓唐，却是"爬上去"的手段。所以那些作品，即使摹拟到和破落户的杰作几乎相同，但一定还差一尘：他其实并不"顾影自怜"，倒在"沾沾自喜"。

这"沾沾自喜"的神情，从破落户的眼睛看来，就是所谓"小家子相"，也就是所谓"俗"。风雅的定律，一个人离开"本色"，是就要"俗"的。不识字人不算俗，他要掉文，又掉不对，就俗；富家儿郎也不算俗，他要做诗，又做不好，就俗了。这在文坛上，向来为破落户所鄙弃。

然而破落户到了破落不堪的时候，这两户却有时可以交融起来的。如果谁有在找"词汇"的《文选》，大可以查一查，我记得里面就有一篇弹文，所弹的乃是一个败落的世家，把女儿嫁给了暴发而冒充世家的满家子：这就足见两户的怎样反拨，也怎样的联合了。文坛上自然也有这现象；但在作品上的影响，却不过使暴发户增添一些得意之色，破落户则对于"俗"变为谦和，向别方面大谈其风雅而已：并不怎么大。

暴发户爬上文坛，固然未能免俗，历时既久，一面持筹握算，一面诵诗读书，数代以后，就雅起来，待到藏书日多，藏钱日少的时候，便有做真的破落户文学的资格了。然而时势的飞速的变化，有时能不给他这许多修养的工夫，于是暴发不久，破落随之，既"沾沾自喜"，也"顾影自怜"，但却又失去了"沾沾自喜"的确信，可又还没有配得"顾影自怜"的风姿，仅存无聊，连古之所谓雅俗也说不上了。向来无定名，我姑且名之为"破落暴发户"罢。这一户，此后是恐怕要多起来的。但还要有变化：向积极方面走，是恶少；向消极方面走，是瘪三。

　　使中国的文学有起色的人，在这三户之外。

六月六日。

五〇二

帮闲的盛世是帮忙，到末代就只剩了这扯淡。

# 从帮忙到扯淡

　　"帮闲文学"曾经算是一个恶毒的贬辞，
——但其实是误解的。

　　《诗经》是后来的一部经，但春秋时代，
其中的有几篇就用之于侑酒；屈原是"楚辞"
的开山老祖，而他的《离骚》，却只是不得帮
忙的不平。到得宋玉，就现有的作品看起来，
他已经毫无不平，是一位纯粹的清客了。然
而《诗经》是经，也是伟大的文学作品；屈原、
宋玉，在文学史上还是重要的作家。为什么呢？

——就因为他究竟有文采。

中国的开国的雄主，是把"帮忙"和"帮闲"分开来的，前者参与国家大事，作为重臣，后者却不过叫他献诗作赋，"俳优蓄之"，只在弄臣之例。不满于后者的待遇的是司马相如，他常常称病，不到武帝面前去献殷勤，却暗暗的作了关于封禅的文章，藏在家里，以见他也有计画大典——帮忙的本领，可惜等到大家知道的时候，他已经"寿终正寝"了。然而虽然并未实际上参与封禅的大典，司马相如在文学史上也还是很重要的作家。为什么呢？就因为他究竟有文采。

但到文雅的庸主时，"帮忙"和"帮闲"的可就混起来了，所谓国家的柱石，也常是柔媚的词臣，我们在南朝的几个末代时，可以找出这实例。然而主虽然"庸"，却不"陋"，所以那些帮闲者，文采却究竟还有的，他们的作品，有些也至今不灭。

谁说"帮闲文学"是一个恶毒的贬辞呢？

就是权门的清客，他也得会下几盘棋，写一笔字，画画儿，识古董，懂得些猜拳行令，打趣插科，这才能不失其为清客。也就是说，清客，还要有清客的本领的，虽然是有骨气者所不屑为，却又非搭空架者所能企及。例如李渔的《一家言》、袁枚的《随园诗话》，就不是每个帮闲都做得出来的。必须有帮闲之志，又有帮闲之才，这才是真正的帮闲。如果有其志而无其才，乱点古书，重抄笑话，吹拍名士，拉扯趣闻，而居然不顾脸皮，大摆架子，反自以为得意，——自然也还有人以为有趣，——但按其实，却不过"扯淡"而已。

帮闲的盛世是帮忙，到末代就只剩了这扯淡。

六月六日。

# 《中国小说史略》日本译本序

听到了拙著《中国小说史略》的日本译《支那小说史》已经到了出版的机运，非常之高兴，但因此又感到自己的衰退了。

回忆起来，大约四五年前罢，增田涉[1]君几乎每天到寓斋来商量这一本书，有时也纵谈当时文坛的情形，很为愉快。那时候，我是还有这样的余暇，而且也有再加研究的野心的。

---

[1] 增田涉（1903—1977），日本中国文学研究者、鲁迅学生。曾翻译鲁迅的《中国小说史略》，撰写日文版《鲁迅传》。

五〇九

但光阴如驶，近来却连一妻一子，也将为累，至于收集书籍之类，更成为身外的长物了。改订《小说史略》的机缘，恐怕也未必有。所以恰如准备辍笔的老人，见了自己的全集的印成而高兴一样，我也因而高兴的罢。

然而，积习好像也还是难忘的。关于小说史的事情，有时也还加以注意，说起较大的事来，则有今年已成故人的马廉教授，于去年翻印了清平山堂残本，使宋人话本的材料更加丰富；郑振铎教授又证明了《四游记》中的《西游记》是吴承恩《西游记》的摘录，而并非祖本，这是可以订正拙著第十六篇的所说的，那精确的论文，就收录在《痀偻集》里。还有一件，是《金瓶梅词话》被发见于北平，为通行至今的同书的祖本，文章虽比现行本粗率，对话却全用山东的方言所写，确切的证明了这决非江苏人王世贞所作的书。

但我却并不改订，目睹其不完不备，置之不问，而只对于日本译的出版，自在高兴了。但愿什么时候，还有补这懒惰之过的时机。

这一本书，不消说，是一本有着寂寞的运命的书。然而增田君排除困难，加以翻译，赛棱社主三上於菟吉氏不顾利害，给它出版，这是和将这寂寞的书带到书斋里去的读者诸君，我都真心感谢的。

一九三五年六月九日灯下，鲁迅。

# "题未定"草（一至三）

一

    极平常的豫想，也往往会给实验打破。我向来总以为翻译比创作容易，因为至少是无须构想。但到真的一译，就会遇着难关，譬如一个名词或动词，写不出，创作时候可以回避，翻译上却不成，也还得想，一直弄到头昏眼花，好像在脑子里面摸一个急于要开箱子的钥匙，却没有。严又陵说，"一名之立，旬月踟蹰"[1]，是他的经验之谈，的的确确的。

新近就因为豫想的不对，自己找了一个苦吃。《世界文库》的编者要我译果理的《死魂灵》，没有细想，一口答应了。这书我不过曾经草草的看过一遍，觉得写法平直，没有现代作品的希奇古怪，那时的人们还在蜡烛光下跳舞，可见也不会有什么摩登名词，为中国所未有，非译者来闭门生造不可。我最怕新花样的名词，譬如电灯，其实也不算新花样了，一个电灯的另件，我叫得出六样：花线、灯泡、灯罩、沙袋、扑落、开关。但这是上海话，那后三个，在别处怕就行不通。《一天的工作》里有一篇短篇，讲到铁厂，后来有一位在北方铁厂里的读者给我一封信，说其中的机件名

五一三　　1　严复（1854—1921），字又陵，在《天演论》的"译例言"中曾谈及专名翻译的重要和艰难。

目，没有一个能够使他知道实物是什么的。呜呼， ——这里只好呜呼了—— 其实这些名目，大半乃是十九世纪末我在江南学习挖矿时，得之老师的传授。不知是古今异时，还是南北异地之故呢，隔膜了。在青年文学家靠它修养的《庄子》和《文选》或者明人小品里，也找不出那些名目来。没有法子。"三十六着，走为上着"，最没有弊病的是莫如不沾手。

可恨我还太自大，竟又小觑了《死魂灵》，以为这倒不算什么，担当回来，真的又要翻译了。于是"苦"字上头。仔细一读，不错，写法的确不过平铺直叙，但到处是刺，有的明白，有的却隐藏，要感得到；虽然重译，也得竭力保存它的锋头。里面确没有电灯和汽车，然而十九世纪上半期的菜单、赌具、服装，也都是陌生家伙。这就势必至于字典不离手，冷汗不离身，一面也自然只好怪自己语学程度的不够格。但这一杯偶然自大了一下的罚酒是应该喝干的：硬着头皮译下去。到得烦厌、疲倦了的时候，就随便拉本新出的杂志来翻翻，算是休息。这是我的老脾气，休息之中，也略含幸灾乐祸之意，其意若曰：这回是轮到我舒舒服服的来看你们在闹什么花样了。

好像华盖运还没有交完，仍旧不得舒服。拉到手的是《文学》四卷六号，一翻开来，卷头就有一幅红印的大广告，其中说是下一号里，要有我的散文了，题目叫作《未定》。往回一想，编辑先生的确曾经给我一封信，叫我寄一点文章，但我最怕的正是所谓做文章，不答。文章而至于要做，其苦可知。不答者，即答曰不做之意。不料一面又登出广告来了，情同绑票，令我为难。但同时又想到这也许还是自己错，我曾经发表过，我的文章，不是涌出，乃是挤出来的。他大约正抓住了这弱点，在用挤出法；而且我遇见编辑先生们时，也间或觉得他们有想挤之状，令人寒心。先前如果说："我的文章，是挤也挤不出来的"，那恐怕要安全得多了，我佩服陀思妥也夫斯基的少谈自己，以及有些文豪们的专讲别人。

但是，积习还未尽除，稿费又究竟可以换米，写一点也还不算什么"冤沉海底"。笔，是有点古怪的，它有编辑先生一样的"挤"的本领。袖手坐着，想打盹，笔一在手，面前放一张稿子纸，就往往会莫名其妙的写出些什么来。自然，要好，可不见得。

二

还是翻译《死魂灵》的事情。躲在书房里，

是只有这类事情的。动笔之前，就先得解决一个问题：竭力使它归化，还是尽量保存洋气呢？日本文的译者上田进君，是主张用前一法的。他以为讽刺作品的翻译，第一当求其易懂，愈易懂，效力也愈广大。所以他的译文，有时就化一句为数句，很近于解释。我的意见却两样的。只求易懂，不如创作，或者改作，将事改为中国事，人也化为中国人。如果还是翻译，那么，首先的目的，就在博览外国的作品，不但移情，也要益智，至少是知道何地何时，有这等事，和旅行外国，是很相像的：它必须有异国情调，就是所谓洋气。其实世界上也不会有完全归化的译文，倘有，就是貌合神离，从严辨别起来，它算不得翻译。凡是翻译，必须兼顾着两面，一当然力求其易解，一则保存着原作的丰姿，但这保存，却又常常和易懂相矛盾：看不惯了。不过它原是洋鬼子，当然谁也看不惯，为比较的顺眼起见，只能改换他的衣裳，却不该削低他的鼻子，剜掉他的眼睛。我是不主张削鼻剜眼的，所以有些地方，仍然宁可译得不顺口。只是文句的组织，无须科学理论似的精密了，就随随便便，但副词的"地"字，却还是使用的，因为我觉得现在看惯了这字的读者已经很不少。

然而"幸乎不幸乎"，我竟因此发见我的新职业了：做西崽。

还是当作休息的翻杂志，这回是在《人间世》二十八期上遇见了林语堂先生的大文，摘录会损精神，还是抄一段——

……今人一味仿效西洋，自称摩登，甚至不问中国文法，必欲仿效英文，分"历史地"为形容词，"历史地的"为状词，以模仿英文之 historc-al-ly，拖一西洋辫

五一八

子，然则"快来"何不因"快"字是状词而改为"快地的来"？此类把戏，只是洋场孽少怪相，谈文学虽不足，当西崽颇有才。此种流风，其弊在奴，救之之道，在于思。（《今文八弊》中）

其实是"地"字之类的采用，并非一定从高等华人所擅长的英文而来的。"英文""英文"，一笑一笑。况且看上文的反问语气，似乎"一味仿效西洋"的"今人"，实际上也并不将"快来"改为"快地的来"，这仅是作者的虚构，所以助成其名文，殆即所谓"保得自身为主，则圆通自在，大畅无比"之例了。不过不切实，倘是"自称摩登"的"今人"所说，就是"其弊在浮"。

倘使我至今还住在故乡，看了这一段文章，是懂得，相信的。我们那里只有几个洋教堂，里面想必各有几位西崽，然而很难得遇见。要研究西崽，只能用自己做标本，虽不过"颇"，也够合用了。

又是"幸乎不幸乎"，后来竟到了上海，上海住着许多洋人，因此有着许多西崽，因此也给了我许多相见的机会；不但相见，我还得了和他们中的几位谈天的光荣。不错，他们懂洋话，所懂的大抵是"英文""英文"，然而这是他们的吃饭家伙，专用于服事洋东家的，他们决不将洋辫子拖进中国话里来，自然更没有捣乱中国文法的意思，有时也用几个音译字，如"那摩温""土司"[1]之类，但这也是向来用惯的话，并非标新立异，来表示自己的摩登的。他们倒是国粹家，一有余闲，拉皮胡，唱《探母》；上工穿制服，下工换华装，间或请假出

---

1　"那摩温"为"Number One"的音译，旧中国工厂中的工头的别称；"土司"现通译为吐司。

游，有钱的就是缎鞋绸衫子。不过要戴草帽，眼镜也不用玳瑁边的老样色，倘用华洋的"门户之见"看起来，这两样却不免是缺点。

又倘使我要另找职业，能说英文，我可真的肯去做西崽的，因为我以为用工作换钱，西崽和华仆在人格上也并无高下，正如用劳力在外资工厂或华资工厂换得工资，或用学费在外国大学或中国大学取得资格，都没有卑贱和清高之分一样。西崽之可厌不在他的职业，而在他的"西崽相"。这里之所谓"相"，非说相貌，乃是"诚于中而形于外"的，包括着"形式"和"内容"而言。这"相"，是觉得洋人势力，高于群华人，自己懂洋话，近洋人，所以也高于群华人；但自己又系出黄帝，有古文明，深通华情，胜洋鬼子，所以也胜于势力高于群华人的洋人，因此也更胜于还在洋人之下的群华人。租界上的中国巡捕，也常常有这一种"相"。

倚徙华洋之间，往来主奴之界，这就是现在洋场上的"西崽相"。但又并不是骑墙，因为他是流动的，较为"圆通自在"，所以也自得其乐，除非你扫了他的兴头。


三


由前所说，"西崽相"就该和他的职业有关了，但又不全和职业相关，一部份却来自未有西崽以前的传统。所以这一种相，有时是连清高的士大夫也不能免的。"事大"，历史上有过的，"自大"，事实上也常有的；"事大"和"自大"，虽然不相容，但因"事大"而"自大"，却又为实际上所常见——他足以傲视一切连"事大"也不配的人们。有人佩服得五体

五二三

投地的《野叟曝言》中，那"居一人之下，在众人之上"的文素臣，就是这标本。他是崇华，抑夷，其实却是"满崽"；古之"满崽"，正犹今之"西崽"也。

所以虽是我们读书人，自以为胜西崽远甚，而洗伐未净，说话一多，也常常会露出尾巴来的。再抄一段名文在这里——

> ……其在文学，今日绍介波兰诗人，明日绍介捷克文豪，而对于已经闻名之英美法德文人，反厌为陈腐，不欲深察，求一究竟。此与妇女新装求入时一样，总是媚字一字不是，自叹女儿身，事人以颜色，其苦不堪言。此种流风，其弊在浮，救之之道，在于学。（《今文八弊》中）

但是，这种"新装"的开始，想起来却长

久了，"绍介波兰诗人"，还在三十年前，始于我的《摩罗诗力说》。那时满清宰华，汉民受制，中国境遇，颇类波兰，读其诗歌，即易于心心相印，不但无事大之意，也不存献媚之心。后来上海的《小说月报》，还曾为弱小民族作品出过专号，这种风气，现在是衰歇了，即偶有存者，也不过一脉的余波。但生长于民国的幸福的青年，是不知道的，至于附势奴才、拜金崽子，当然更不会知道。但即使现在绍介波兰诗人、捷克文豪，怎么便是"媚"呢？他们就没有"已经闻名"的文人吗？况且"已经闻名"，是谁闻其"名"，又何从而"闻"的呢？诚然，"英、美、法、德"在中国有宣教师，在中国现有或曾有租界，几处有驻军，几处有军舰，商人多，用西崽也多，至于使一般人仅知有"大英""花旗""法兰西"和"茄门"[1]而不知

---

1　"花旗"为对美国的俗称，"茄门"指德国。

五二四

世界上还有波兰和捷克。但世界文学史，是用了文学的眼睛看，而不用势利眼睛看的，所以文学无须用金钱和枪炮作掩护，波兰、捷克，虽然未曾加入八国联军来打过北京，那文学却在，不过有一些人，并未"已经闻名"而已。外国的文人，要在中国闻名，靠作品似乎是不够的，他反要得到轻薄。

所以一样的没有打过中国的国度的文学，如希腊的史诗、印度的寓言、亚剌伯的《天方夜谈》、西班牙的《堂·吉诃德》，纵使在别国"已经闻名"，不下于"英美法德文人"的作品，在中国却被忘记了，他们或则国度已灭，或则无能，再也用不着"媚"字。

对于这情形，我看可以先把上章所引的林语堂先生的训词移到这里来的——

此种流风，其弊在奴，救之之道，在于思。

不过后两句不合用，既然"奴"了，"思"亦何益，思来思去，不过"奴"得巧妙一点而已。中国宁可有未"思"的西崽，将来的文学倒较为有望。

但"已经闻名的英美法德文人"，在中国却确是不遇的。中国的立学校来学这四国语，为时已久，开初虽不过意在养成使馆的译员，但后来却展开，盛大了。学德语盛于清末的改革军操，学法语盛于民国的"勤工俭学"。学英语最早，一为了商务，二为了海军，而学英语的人数也最多，为学英语而作的教科书和参考书也最多，由英语起家的学士文人也不少。然而海军不过将军舰送人，绍介"已经闻名"的司各德、迭更斯、狄福、斯惠夫德……的，竟是只知汉文的林纾，连绍介最大的"已经闻名"的莎士比亚的几篇剧本的，也有待于并不专攻英文的田汉。这缘故，可真是非"在于思"则不可了。

然而现在又到了"今日绍介波兰诗人，明日绍介捷克文豪"的危机，弱国文人，将闻名于中国，英、美、法、德的文风，竟还不能和他们的财力武力，深入现在的文林，"狗逐尾巴"者既没有恒心，志在高山的又不屑动手，但见山林映以电灯，语录夹些洋话，"对于已经闻名之英、美、德、法文人"，真不知要待何人、至何时，这才来"求一究竟"。那些文人的作品，当然也是好极了的，然甲则曰不佞望洋而兴叹，乙则曰汝辈何不潜心而探求。旧笑话云：昔有孝子，遇其父病，闻股肉可疗，而自怕痛，执刀出门，执途人臂，悍然割之，途人惊拒，孝子谓曰，割股疗父，乃是大孝，汝竟惊拒，岂是人哉！是好比方；林先生云："说法虽乖，功效实同"，是好辩解。

六月十日。

# 名人和名言

　　《太白》二卷七期上有一篇南山先生的《保守文言的第三道策》，他举出：第一道是说"要做白话由于文言做不通"，第二道是说"要白话做好，先须文言弄通"。十年之后，才来了太炎先生的第三道，"他以为你们说文言难，白话更难。理由是现在的口头语，有许多是古语，非深通小学就不知道现在口头语的某音，就是古代的某音，不知道就是古代的某字，就要写错。……"

太炎先生的话是极不错的。现在的口头语，并非一朝一夕，从天而降的语言，里面当然有许多是古语，既有古语，当然会有许多曾见于古书，如果做白话的人，要每字都到《说文解字》里去找本字，那的确比做任用借字的文言要难到不知多少倍。然而自从提倡白话以来，主张者却没有一个以为写白话的主旨，是在从"小学"里寻出本字来的，我们就用约定俗成的借字。诚然，如太炎先生说："乍见熟人而相寒暄曰'好呀'，'呀'即'乎'字；应人之称曰'是唉'，'唉'即'也'字。"但我们即使知道了这两字，也不用"好乎"或"是也"，还是用"好呀"或"是唉"。因为白话是写给现代的人们看，并非写给商、周、秦、汉的鬼看的，起古人于地下，看了不懂，我们也毫不畏缩。所以太炎先生的第三道策，其实是文不对题的。这缘故，是因为先生把他所专长

五二九

的小学，用得范围太广了。

　　我们的知识很有限，谁都愿意听听名人的指点，但这时就来了一个问题：听博识家的话好，还是听专门家的话好呢？解答似乎很容易：都好。自然都好；但我由历听了两家的种种指点以后，却觉得必须有相当的警戒。因为是：博识家的话多浅，专门家的话多悖的。

　　博识家的话多浅，意义自明，惟专门家的话多悖的事，还得加一点申说。他们的悖，未必悖在讲述他们的专门，是悖在倚专家之名，来论他所专门以外的事。社会上崇敬名人，于是以为名人的话就是名言，却忘记了他之所以得名是那一种学问或事业。名人被崇奉所诱惑，也忘记了自己之所以得名是那一种学问或事业，渐以为一切无不胜人，无所不谈，于是乎就悖起来了。其实，专门家除了他的专长之外，许多见识是往往不及博识家或常识者的。太炎先生是革命的先觉，小学的大师，倘谈文献，讲《说文》，当然娓娓可听，但一到攻击现在的白话，便牛头不对马嘴，即其一例。还有江亢虎博士，是先前以讲社会主义出名的名人，他的社会主义到底怎么样呢，我不知道。只是今年忘其所以，谈到小学，说"'德'之古字为'悳'，从'直'从'心'，'直'即直觉之意"，却真不知道悖到那里去了，他竟连那上半并不是曲直的直字这一点都不明白。这种解释，却须听太炎先生了。

不过在社会上，大概总以为名人的话就是名言，既是名人，也就无所不通，无所不晓。所以译一本欧洲史，就请英国话说得漂亮的名人校阅，编一本经济学，又乞古文做得好的名人题签；学界的名人绍介医生，说他"术擅岐黄"，商界的名人称赞画家，说他"精研六法"。……

这也是一种现在的通病。德国的细胞病理学家维尔晓（Virschow）[1]，是医学界的泰斗，举国皆知的名人，在医学史上的位置，是极为重要的，然而他不相信进化论，他那被教徒所利用的几回讲演，据赫克尔（Haeckel）[2]说，很给了大众不少坏影响。因为他学问很深，名甚大，于是自视甚高，以为他所不解的，此后也无人能解，又不深研进化论，便一口归功于上帝了。现在中国屡经绍介的法国昆虫学大家法布耳（Fabre），也颇有这倾向。他的著作还有两种缺点：一是嗤笑解剖学家，二是用人类道德于昆虫界。但倘无解剖，就不能有他那样精到的观察，因为观察的基础，也还是解剖学；农学者根据对于人类的利害，分昆虫为益虫和

---

1　通译魏尔肖（1821—1902），德国病理学家、社会改革家。出版过重要著作《细胞病理学》，被誉为"病理学之父"。

2　即海克尔（1834—1919），德国动物学家、哲学家。将达尔文进化论引入德国，并在此基础上完善其理论。

害虫，是有理可说的，但凭了当时的人类的道德和法律，定昆虫为善虫或坏虫，却是多余了。有些严正的科学者，对于法布耳的有微词，实也并非无故。但倘若对这两点先加警戒，那么，他的大著作《昆虫记》十卷，读起来也还是一部很有趣，也很有益的书。

不过名人的流毒，在中国却较为利害，这还是科举的余波。那时候，儒生在私塾里揣摩高头讲章，和天下国家何涉，但一登第，真是"一举成名天下知"，他可以修史，可以衡文，可以临民，可以治河；到清朝之末，更可以办学校，开煤矿，练新军，造战舰，条陈新政，出洋考察了。成绩如何呢，不待我多说。

这病根至今还没有除，一成名人，便有"满天飞"之概。我想，自此以后，我们是应该将"名人的话"和"名言"分开来的，名人的话并不都是名言；许多名言，倒出自田夫野老之口。这也就是说，我们应该分别名人之所以名，是由于那一门，而对于他的专门以外的纵谈，却加以警戒。苏州的学子是聪明的，他们请太炎先生讲国学，却不请他讲簿记学或步兵操典，——可惜人们却又不肯想得更细一点了。

我很自歉这回时时涉及了太炎先生。但"智者千虑，必有一失"，这大约也无伤于先生的"日月之明"的。至于我的所说，可是我想，"愚者千虑，必有一得"，盖亦"悬诸日月而不刊"之论也。

七月一日。

# "靠天吃饭"

　　"靠天吃饭说"是我们中国的国宝。清朝中叶就有《靠天吃饭图》的碑，民国初年，状元陆润庠[1]先生也画过一张：一个大"天"字，末一笔的尖端有一位老头子靠着，捧了碗在吃饭。这图曾经石印，信天派或嗜奇派，也许还有收藏的。

　　而大家也确是实行着这学说，和图不同者，

---

[1]　陆润庠（1841—1915），同治十三年（1874）状元。

只是没有碗捧而已。这学说总算存在着一半。

前一月，我们曾经听到过嚷着"旱象已成"，现在是梅雨天，连雨了十几日，是每年必有的常事，又并无飓风暴雨，却又到处发现水灾了。植树节所种的几株树，也不足以挽回天意。"五日一风，十日一雨"的唐虞之世，去今已远，靠天而竟至于不能吃饭，大约为信天派所不及料的罢。到底还是做给俗人读的《幼学琼林》聪明，曰："轻清者上浮而为天"，"轻清"而又"上浮"，怎么一个"靠"法。

古时候的真话，到现在就有些变成谎话。大约是西洋人说的罢，世界上穷人有份的，只有日光空气和水。这在现在的上海就不适用，卖心卖力的被一天关到夜，他就晒不着日光，吸不到好空气；装不起自来水的，也喝不到干净水。报上往往说："近来天时不正，疾病盛行"，这岂只是"天时不正"之故，"天何言哉"，它默默地被冤枉了。

但是，"天"下去就要做不了"人"，沙漠中的居民为了一塘水，争夺起来比我们这里的才子争夺爱人还激烈，他们要拚命，决不肯做一首"阿呀诗"就了事。洋大人斯坦因博士[1]，不是从甘肃敦煌的沙里掘出了许多古董么。那地方原是繁盛之区，靠天的结果，却被天风吹了沙埋没了。为制造将来的古董起见，靠天确也是一种好方法，但为活人计，却是不大值得的。

一到这里，就不免要说征服自然了，但现在谈不到，"带住"可也。

七月一日。

---

1　斯坦因（1862—1943），英籍匈牙利裔考古学家、探险家，曾以 500 两银子的价钱从敦煌拿走经卷 8082 卷、木板印刷本 20 卷，以及图画、绣品等文物共 29 箱，共计 9000 余件。

然而人们灭亡于英雄的特别的悲剧者少，消磨于极平常的，或者简直近于没有事情的悲剧者却多。

# 几乎无事的悲剧

果戈理（Nikolai Gogol）的名字，渐为中国读者所认识了，他的名著《死魂灵》的译本，也已经发表了第一部的一半。那译文虽然不能令人满意，但总算借此知道了从第二至六章，一共写了五个地主的典型，讽刺固多，实则除一个老太婆和吝啬鬼泼留希金外，都各有可爱之处，至于写到农奴，却没有一点可取了，连他们诚心来帮绅士们的忙，也不但无益，反而有害。果戈理自己就是地主。

然而当时的绅士们很不满意，一定的照例的反击，是说书中的典型，多是果戈理自己，而且他也并不知道大俄罗斯地主的情形。这是说得通的，作者是乌克兰人，而看他的家信，有时也简直和书中的地主的意见相类似。然而即使他并不知道大俄罗斯的地主的情形罢，那创作出来的脚色，可真是生动极了，直到现在，纵使时代不同，国度不同，也还使我们像是遇见了有些熟识的人物。讽刺的本领，在这里不及谈，单说那独特之处，尤其是在用平常事、平常话，深刻的显出当时地主的无聊生活。例如第四章里的罗士特来夫，是地方恶少式的地主，赶热闹，爱赌博，撒大谎，要恭维，——但挨打也不要紧。他在酒店里遇到乞乞科夫，夸示自己的好小狗，勒令乞乞科夫摸过狗耳朵之后，还要摸鼻子——

乞乞科夫要和罗士特来夫表示好意，便摸了一下那狗的耳朵。"是的，会成功一匹好狗的。"他加添着说。

　　"再摸摸它那冰冷的鼻头，拿手来呀！"因为要不使他扫兴，乞乞科夫就又一碰那鼻子，于是说道："不是平常的鼻子！"

　　这种莽撞而沾沾自喜的主人，和深通世故的客人的圆滑的应酬，是我们现在还随时可以遇见的，有些人简直以此为一世的交际术。"不是平常的鼻子"，是怎样的鼻子呢？说不明的，但听者只要这样也就足够了。后来又同到罗士特来夫的庄园去，历览他所有的田产和东西——

还去看克里米亚的母狗，已经瞎了眼

据罗士特来夫说，是就要倒毙的。两年以前，却还是一条很好的母狗。大家也来察看这母狗，看起来，它也确乎瞎了眼。

这时罗士特来夫并没有说谎，他表扬着瞎了眼的母狗，看起来，也确是瞎了眼的母狗。这和大家有什么关系呢，然而世界上有一些人，却确是嚷闹、表扬、夸示着这一类事，又竭力证实着这一类事，算是忙人和诚实人，在过了他的整一世。

这些极平常的，或者简直近于没有事情的悲剧，正如无声的言语一样，非由诗人画出它的形象来，是很不容易觉察的。然而人们灭亡于英雄的特别的悲剧者少，消磨于极平常的，或者简直近于没有事情的悲剧者却多。

听说果戈理的那些所谓"含泪的微笑"，在他本土，现在是已经无用了，来替代它的有了健康的笑。但在别的地方，也依然有用，因为其中还藏着许多活人的影子。况且健康的笑，在被笑的一方面是悲哀的，所以果戈理的"含泪的微笑"，倘传到了和作者地位不同的读者的脸上，也就成为健康：这是《死魂灵》的伟大处，也正是作者的悲哀处。

七月十四日。

五四四

# 三论"文人相轻"

## 分明的是非和热烈的好恶

魏金枝

人应有分明的是非，和热烈的好恶，这是不错的。文人应更有分明的是非，和更热烈的好恶，这也是不错的。但天下的事情，并没有这么简单，除了是非之外，还有"似是而非"的"是"，和"非中有是"之非，在这当口，我们的好恶，便有些为难了。

譬如有一种人，他们借着一个好看的幌子，做其为所欲为的勾当，不论是非，无分好恶，一概置之在所排挤之列，这叫做玉石俱焚，在他自己的心目之中，已先无是非之分。但他还要大言不惭，自以为是。于是其所谓"是"，不免似是而实非了。这是我们在谈话是非之前，所应最先将它分辨明白的。次则以趣观之，往往有些具着两张面孔的人，对于腰骨硬朗的，他会伏在地下，打拱作揖，对于下一点的，也会装起高不可扳的怪腔，甚至给你当头一脚，拒之千里之外。其时是非，便会然时分手，各归其主，因之好恶不同，也是常事。在此时际，要谈是非，就得易地而处，平心而论，彼一是非，此一是非，原非确论。

至于非中之是，它的是处，正胜过于

似是之非，因为其犹讲交友之道，而无门阀之分。凡人在落难时节，没有朋友，没有六亲，更无是非天道可言，能与猿鹤为伍，自然最好，否则与鹿豕为伍，也是好的，即到千万没有办法的时候，至于躺在破庙角里，而与麻疯病菌为伍，倘然我的体力，尚能为自然的抗御，因而不至毁灭以死，也比被实际上也做着骗子屠夫的所诱杀宰割，较为心愿。所以，倘然要讲是非，也该去怪追奔逐北的好汉，我等小民，不任其咎。但近来那般似是的人，还在那里大登告白，说是"少卿教匈奴为兵"，那个意思，更为凶恶，为他营业，卖他朋友，甚而至于陷井下石，望人万劫不复，那层似是的甜衣，不是糖拌砒霜，是什么呢？

总之，文人相轻，不外乎文的长短，

道的是非，文既无长短可言，道又无是非之分，则空谈是非，何补于事！已而已而，手无寸铁的人呵！

七月一日，《芒种》第八期。

《芒种》第八期上有一篇魏金枝先生的《分明的是非和热烈的好恶》，是为以前的《文学论坛》上的《再论"文人相轻"》而发的。他先给了原则上的几乎全体的赞成，说，"人应有分明的是非，和热烈的好恶，这是不错的，文人应更有分明的是非，和更热烈的好恶，这也是不错的"。中间虽说"凡人在落难时节……能与猿鹤为伍，自然最好，否则与鹿豕为伍，也是好的。即到千万没有办法的时候，至于躺在破庙角里，而与麻疯病菌为伍，倘然我的体力，尚能为自然的抗御，因而不至毁灭以死也比被实际上也做着骗子屠夫的所诱杀脔割，较为心愿"。看起来好像有些微辞，但其实说的是他的憎恶骗子屠夫，远在猿鹤以至麻疯病菌之上，和《论坛》上所说的"从圣贤一直敬到骗子屠夫，从美人香草一直爱到麻疯病菌的文人，在这世界上是找不到的"的话，也并不两样。至于说"平心而论，彼一是非，此一是非，原非确论"，则在近来的庄子道友中，简直是鹤立鸡群似的卓见了。

然而魏先生的大论的主旨，并不专在这一些，他要申明的是：是非难定，于是爱憎就为难。因为"譬如有一种人，……在他自己的心目之中，已先无是非之分。……于是其所谓'是'，不免似是而实非了"。但"至于非中之是，它的是处，正胜过于似是之非，因为其犹讲交友之道，而无门阀之分"的。到这地步，我们的文人就只好吞吞吐吐，假揩眼泪了。"似是之非"其实就是"非"，倘使已经看穿，不是只要给以热烈的憎恶就成了吗？然而"天下的事情，并没有这么简单"，又不得不爱护"非中之是"，何况还有"似非而是"和"是中之非"，取其大，略其细的方法，于是就不适用了。天下何尝有黑暗，据物理学说，地球上的无论如何的黑暗中，不是总 X 分之一的光的吗？看起书来，据理就该看见 X 分之一的字的，——我们不能论明暗。

这并非刻薄的比喻，魏先生却正走到"无是非"的结论的。他终于说："总之，文人相轻，不外乎文的长短，道的是非，文既无长短可言，道又无是非之分，则空谈是非，何补于事！已而已而，手无寸铁的人呵！"人无全德，道无大成，刚说过"非中之是"，胜过"似是之非"，怎么立刻又变成"文既无长短可言，道又无是非之分"了呢？文人的铁，就是文章，魏先生正在大做散文，力施搏击，怎么同时又说是"手无寸铁"了呢？这可见要抬举"非中之是"，却又不肯明说，事实上是怎样的难，所以即使在那大文上列举了许多对手的"排挤""大言""卖友"的恶谥，而且那大文正可通行无阻，却还是觉得"手无寸铁"，归根结蒂，掉进"无是非"说的深坑里，和自己以为"原非确论"的"彼亦一是非，此亦一是非"说成了"朋友"——这里不说"门阀"——了。

况且，"文既无长短可言，道又无是非之分"，魏先生的文章，就他自己的结论而言，就先没有动笔的必要。不过要说结果，这无须动笔的动笔，却还是有战斗的功效的，中国的有些文人一向谦虚，所以有时简直会自己先躺在地上，说道，"倘然要讲是非，也该去怪追奔逐北的好汉，我等小民，不任其咎"。明明是加入论战中的了，却又立刻肩出一面"小民"

旗来，推得干干净净，连肋骨在那里也找不到了。论"文人相轻"竟会到这地步，这真是叫作到了末路！

七月十五日。

五五二

# 四论"文人相轻"

前一回没有提到，魏金枝先生的大文《分明的是非和热烈的好恶》里，还有一点很有意思的文章。他以为现在"往往有些具着两张面孔的人"，重甲而轻乙；他自然不至于主张文人应该对谁都打拱作揖，连称久仰久仰的，只因为乙君原是大可钦敬的作者。所以甲乙两位，"此时此际，要谈是非，就得易地而处"，甲说你的甲话，乙呢，就觉得"非中之是，……正胜过于似是之非，因为其犹讲交友之道，而无门阀之分"，把"门阀"留给甲君，自去另找讲交道的"朋友"，即使没有，竟"与麻疯病菌为伍，……也比被实际上也做着骗子屠夫的所诱杀脔割，较为心愿"了。

这拥护"文人相轻"的情境，是悲壮的，但也正证明了现在一般之所谓"文人相轻"，至少，是魏先生所拥护的"文人相轻"，并不是因为"文"，倒是为了"交道"。朋友乃五常[1]之一名，交道是人间的美德，当然也好得很。不过骗子有屏风，屠夫有帮手，在他们自己之间，却也叫作"朋友"的。

"必也正名乎"，好名目当然也好得很。只可惜美名未必一定包着美德。"翻手为云覆手雨，纷纷轻薄何须数，君不见管鲍

---

1　五常指君臣、父子、夫妇、兄弟、朋友等五种伦理关系应该遵守的规范。

贫时交，此道今人弃如土！"这是李太白先生罢，就早已"感慨系之矣"，更何况现在这洋场——古名"蜃场"——的上海。最近的《大晚报》的副刊上就有一篇文章在通知我们要在上海交朋友，说话先须漂亮，这才不至于吃亏，见面第一句，是"格位（或'迪个'）朋友贵姓？"此时此际，这"朋友"两字中还未含有任何利害，但说下去，就要一步紧一步的显出爱憎和取舍，即决定共同玩花样，还是用作"阿木林"之分来了。"朋友，以义合者也。"古人确曾说过的，然而又有古人说："义，利也。"呜呼！

如果在冷路上走走，有时会遇见几个人蹲在地上赌钱，庄家只是输，押的只是赢，然而他们其实是庄家的一伙，就是所谓"屏风"——也就是他们自己之所谓"朋友"——目的是在引得蠢才眼热，也来出手，然后掏空他的腰包。如果你站下来，他们又觉得你并非蠢才，只因为好奇，未必来上当，就会说："朋友，管自己走，没有什么好看。"这是一种朋友，不妨害骗局的朋友。荒场上又有变戏法的，石块变白鸽，坛子装小孩，本领大抵不很高强，明眼人本极容易看破，于是他们就时时拱手大叫道："在家靠父母，出家靠朋友！"这并非在要求撒钱，是请托你不要说破。这又是一种朋友，是不戳穿戏法的朋友。把这些识时务的朋友稳住了，他才可以掏呆朋友的腰包；或者手执花枪，来赶走不知趣的走近去窥探底细的傻子，恶狠狠的啐一口道："……瞎你们的眼睛！"

孩子的遭遇可是还要危险。现在有许多文章里，不是常在很亲热的叫着"小朋友，小朋友"吗？这是因为要请他做未来的主人公，把一切担子都搁在他肩上了；至少，也得去买儿童画报、杂志、文库之类，据说否则就要落伍。

已成年的作家们所占领的文坛上，当然不至于有这么彰明较著的可笑事，但地方究竟是上海，一面大叫朋友，一面却要他悄悄的纳钱五块，买得"自己的园地"，才有发表作品的权利的"交道"，可也不见得就不会出现的。

八月十三日。

# 五论 "文人相轻" ——明术

"文人相轻"是局外人或假充局外人的话。如果自己是这局面中人之一，那就是非被轻则是轻人，他决不用这对等的"相"字。但到无可奈何的时候，却也可以拿这四个字来遮掩一下。这遮掩是逃路，然而也仍然是战术，所以这口诀还被有一些人所宝爱。

不过这是后来的话。在先，当然是"轻"。

"轻"之术很不少。粗糙的说：大略有三种。一种是自卑，自己先躺在垃圾里，然后来拖敌人，就是"我是畜生，但是我叫你爹爹，你既是畜生的爹爹，可见你也是畜生了"的法子。这形容自然未免过火一点，然而较文雅的现象，文坛上却并不怎么少见的。埋伏之法，是甲乙两人的作品，思想和技术，分明不同，甚而至于相反的，某乙却偏要设法表明，说惟独自己的作品乃是某甲的嫡派；补救之法，是某乙的缺点倘被某甲所指摘，他就说这些事情正是某甲所具备，而且自己也正从某甲那里学了来的。此外，已经把别人评得一钱不值了，临末却又很谦虚的声明自己并非批评家，凡有所说，也许全等于放屁之类，也属于这一派。

　　一种是最正式的，就是自高，一面把不利于自己的批评，统统谓之"漫骂"，一面又竭力宣扬自己的好处，准备跨过别人。但这方法比较的麻烦，因为除"辟谣"之外，自吹自擂是究竟不很雅观的，所以做这些文章时，自己得另用一个笔名，或者邀一些"讲交道"的"朋友"来互助。不过弄得不好，那些"朋友"就会变成保驾的打手或抬驾的轿夫，而使那"朋友"会变成这一类人物的，则这御驾一定不过是有些手势的花花公子，抬来抬去，终于脱不了原形，一年半载之后，花花之上也再添不上什么花头去，而且打手轿夫，要而言之，也究竟要工食，倘非腰包饱满，是没法维持的。如果能用死轿夫，如袁中郎或"晚明二十家"之流来抬，再请一位活名人喝道，自然较为轻而易举，但看过去的成绩和效验，可也并不见佳。

还有一种是自己连名字也并不抛头露面，只用匿名或由"朋友"给敌人以"批评"——要时髦些，就可以说是"批判"。尤其要紧的是给与一个名称，像一般的"诨名"一样。因为读者大众的对于某一作者，是未必和"批评"或"批判"者同仇敌忾的，一篇文章，纵使题目用头号字印成，他们也不大起劲，现在制出一个简括的诨名，就可以比较的不容易忘记了。在近十年来的中国文坛上，这法术，用是也常用的，但效果却很小。

法术原是极利害、极致命的法术。果戈理夸俄国人之善于给别人起名号——或者也是自夸——说是名号一出，就是你跑到天涯海角，它也要跟着你走，怎么摆也摆不脱。这正如传神的写意画，并不细画须眉，并不写上名字，不过寥寥几笔，而神情毕肖，只要见过被画者的人，一看就知道这是谁；夸张了这人的特长——不论优点或弱点，却更知道这是谁。可惜我们中国人并不怎样擅长这本领。起源，是古的。从汉末到六朝之所谓"品题"，如"关东觥觥郭子横""五经纷纶井大春"[1]，就是这法术，但说的是优点居多。梁山泊上一百另八条好汉都有诨名，也是这一类，不过着眼多在形体，如"花和尚鲁智深"和"青面兽杨志"，或者才能，如"浪里白跳张顺"和"鼓上蚤时迁"等，并不能提挈这人的全般。直到后来的讼师，写状之际，还常常给被告加上一个诨名以见他原是流氓地痞一类，然而不久也就拆穿西洋镜，即使毫无才能的师爷，也知道这是不足注意的了。现在的所谓文人，除了改用几个新名词之外，也并无进步，所以那些"批判"，结果还大抵是徒劳。

这失败之处，是在不切帖。批评一个人，得到结论，加以简括的名称，虽只寥寥数字，

---

1　郭宪，字子横，东汉文学家、方术家，为人刚正耿直，敢于直谏，时称"关东觥觥郭子横"。井丹，字大春，东汉经学家，博学高论，时称"五经纷纶井大春"。

却很要明确的判断力和表现的才能的。必须切帖，这才和被批判者不相离，这才会跟了他跑到天涯海角。现在却大抵只是漫然的抓了一时之所谓恶名，摔了过去：或"封建余孽"，或"布尔乔亚"，或"破锣"[1]，或"无政府主义者"，或"利己主义者"……等等；而且怕一个不够致命，又连用些什么"无政府主义封建余孽"或"布尔乔亚破锣利己主义者"；怕一人说没有力，约朋友各给他一个；怕说一回还太少，一年内连给他几个：时时改换，个个不同。这举棋不定，就因为观察不精，因而品题也不确，所以即使用尽死劲，流完大汗，写了出去，也还是和对方不相干，就是用浆糊粘在他身上，不久也就脱落了。汽车夫发怒，便骂洋车夫阿四一声"猪猡"，顽皮孩子高兴，也会在卖炒

[1] 英语"Proletariat"（无产阶级）音译为普罗列塔利亚，简称普罗，"破锣"是利用谐音的打趣。

白果阿五的背上画一个乌龟，虽然也许博得市侩们的一笑，但他们是决不因此就得"猪猡阿四"或"乌龟阿五"的诨名的。此理易明：因为不切帖。

五四时代的所谓"桐城谬种"和"选学妖孽"[1]，是指做"载飞载鸣"[2]的文章和抱住《文选》寻字汇的人们的，而某一种人确也是这一流，形容惬当，所以这名目的流传也较为永久。除此之外，恐怕也没有什么还留在大家的记忆里了。到现在，和这八个字可以匹敌的，或者只好推"洋场恶少"和"革命小贩"了罢。前一联出于古之"京"，后一联出于今之"海"。

创作难，就是给人起一个称号或诨名也不

---

1　钱玄同对以桐城派传人自居的林纾，以及大力鼓吹《文选》的黄侃、刘师培的攻击。

2　语出《诗经·小宛》，被章太炎用来评价严复的文笔。梁启超也批评其文笔"太务渊雅，刻意模仿先秦文体"。严复则辩解道："窃以为文辞者，载理想之羽翼而达情感之音声也。"

易。假使有谁能起颠扑不破的诨名的罢，那么，他如作评论，一定也是严肃正确的批评家，倘弄创作，一定也是深刻博大的作者。

所以，连称号或诨名起得不得法，也还是因为这班"朋友"的不"文"。——"再亮些！"

八月十四日。

# "题未定"草（五）

五

　　M君寄给我一封剪下来的报章。这是近十年常有的事情，有时是杂志。闲暇时翻检一下，其中大概有一点和我相关的文章，甚至于还有"生脑膜炎"之类的恶消息。这时候，我就得预备大约一块多钱的邮票，来寄信回答陆续函问的人们。至于寄报的人呢，大约有两类：

一是朋友，意思不过说，这刊物上的东西，有些和你相关；二，可就难说了，猜想起来，也许正是作者或编者，"你看，咱们在骂你了！"用的是《三国志演义》上的"三气周瑜"或"骂死王朗"的法子。不过后一种近来少一些了，因为我的战术是暂时搁起，并不给以反应，使他们诸公的刊物很少有因我而蓬蓬勃勃之望，到后来却也许会去拨一拨谁的下巴：这于他们诸公是很不利的。

M君是属于第一类的；剪报是天津《益世报》的《文学副刊》。其中有一篇张露薇先生做的《略论中国文坛》，下有一行小注道："偷懒，奴性，而忘掉了艺术"。只要看这题目，就知道作者是一位勇敢而记住艺术的批评家了。看起文章来，真的，痛快得很。我以为介绍别人的作品，删节实在是极可惜的，倘有妙文，大家都应该设法流传，万不可听其泯灭。

不过纸墨也须顾及，所以只摘录了第二段，就是"永远是日本人的追随者的作家"在这里，也万不能再少，因为我实在舍不得了——

奴隶性是最"意识正确"的东西，于是便有许多人跟着别人学口号。特别是对于苏联，在目前的中国，一般所谓作家也者，都怀着好感。可是，我们是人，我们应该有自己的人性，对于苏联的文学，尤其是对于那些由日本的浅薄的知识贩卖者所得来的一知半解的苏联的文学理论家与批评家的话，我们所取的态度决不该是应声虫式的；我们所需要的介绍的和模仿的（其实是只有抄袭和盲目的应声）方式也决不该是完全出于热情的。主观是对于事物的选择，客观才是对于事物的方法，我们有了一般奴隶性极深的作家，于是我们便有无数的空虚的标语和口号。

然而我们没有几个懂得苏联的文学的人，只有一堆盲目的赞美者和零碎的翻译者，而赞美者往往是牛头不对马嘴的胡说，翻译者又不配合于他们的工作，不得不草率，不得不"硬译"，不得不说文不对题的话，一言以蔽之，他们的能力永远是对不起他们的思想；他们的"意识"虽然正确了，可是他们的工作却永远是不正确的。

从苏联到中国是很近的，可是为什么就非经过日本人的手不可？我们在日本人的群中并没有发现几个真正了解苏联文学的新精神的人，为什么偏从浅薄的日本知识阶级中去寻我们的食粮？这真是一件可耻的事实。我们为什么不直接的了解？为什么不取一种纯粹客观的工作的态度？为什么人家唱"新写实主义"，我们跟着喊，人家换了"社会主义的写实主义"，我们又跟着喊；人家介绍纪德，我们才叫；人家介绍巴尔扎克，我们也号；然而我敢预言，在一千年以内：绝不会见到那些介绍纪德、巴尔扎克的人们会给中国的读者译出一两本纪德、巴尔扎克的重要著作来，全集更不必说。

我们再退一步，对于那些所谓"文学遗产"，我们并不要求那些跟着人家对喊"文学遗产"的人们担负把那些"文学遗产"送给中国的"大众"的责任。可是我们却要求那些人们有承受那些"遗产"的义务，这自然又是谈不起来的。我们还记得在庆祝高尔基的四十年的创作生活的时候，中国也有鲁迅、丁玲一般人发了庆祝的电文；这自然是冠冕堂皇的事情。然而

五七〇

那一群签名者中有几个读过高尔基的十分之一的作品？有几个是知道高尔基的伟大在那儿的？……中国的知识阶级就是如此浅薄，做应声虫有余，做一个忠实的、不苟且的、有理性的文学创作者和研究者便不成了。

五月廿九日天津《益世报》。


我并不想因此来研究"奴隶性是最'意识正确'的东西""主观是对于事物的选择，客观才是对于事物的方法"这些难问题；我只要说，诚如张露薇先生所言，就是在文艺上，我们中国也的确太落后。法国有纪德和巴尔扎克，苏联有高尔基，我们没有；日本叫喊起来了，我们才跟着叫喊，这也许真是"追随"而且"永远"，也就是"奴隶性"，而且是"最'意识正确'的东西"。但是，并不"追随"的叫喊其实是也有一些的，林语堂先生说过："……其在文学，今日绍介波兰诗人，明日绍介捷克文豪，而对于已经闻名之英美法德文人，反厌为陈腐，不欲深察，求一究竟。……此种流风，其弊在浮，救之之道，在于学。"（《人间世》二十八期《今文八弊》中）南北两公，眼睛都有些斜视，只看了一面，各骂了一面，独跳犹可，并排跳舞起来，那"勇敢"就未免化为有趣了。

不过林先生主张"求一究竟"，张先生要求"直接了解"，这"实事求是"之心，两位是大抵一致的，不过张先生比较的悲观，因为他是"预言"家，断定了"在一千年以内，绝不会见到那些绍介纪德、巴尔扎克的人们会给中国的读者译出一两本纪德、巴尔扎克的重要著作来，全集更不必说"的缘故。照这"预言"看起来，"直接了解"的张露薇先生自己，当然是一定不译的了；别人呢，我还想存疑，但可惜我活不到一千年，决没有目睹的希望。

豫言颇有点难。说得近一些，容易露破绽。还记得我们的批评家成仿吾先生手抡双斧，从"创造"的大旗下，一跃而出的时候，曾经说，他不屑看流行的作品，要从冷落堆里提出作家来。这是好的，虽然勃兰兑斯曾从冷落中提出过伊孛生和尼采，但我们似乎也难以斥他为追随或奴性。不大好的是他的这一张支票，到十多年后的现在还没有兑现。说得远一些罢，又容易成笑柄。江浙人相信风水，富翁往往豫先寻葬地；乡下人知道一个故事：有风水先生给人寻好了坟穴，起誓道："您百年之后，安葬下去，如果到第三代不发，请打我的嘴巴！"然而他的期限，比张露薇先生的期限还要少到约十分之九的样子。

然而讲已往的琐事也不易。张露薇先生说

庆祝高尔基四十年创作的时候，"中国也有鲁迅、丁玲一般人发了庆祝的电文，……然而那一群签名者中有几个读过高尔基的十分之一的作品？"这质问是极不错的。

我只得招供：读得很少，而且连高尔基十分之一的作品究竟是几本也不知道。不过高尔基的全集，却连他本国也还未出全，所以其实也无从计算。至于祝电，我以为打一个是应该的，似乎也并非中国人的耻辱，或者便失了人性，然而我实在却并没有发，也没有在任何电报底稿上签名。这也并非怕有"奴性"，只因没有人来邀，自己也想不到，过去了。发不妨，不发也不要紧，我想：发，高尔基大约不至于说我是"日本人的追随者的作家"，不发，也未必说我是"张露薇的追随者的作家"的。但对于绥拉菲摩维支的祝贺日，我却发过一个祝电，因为我校印过中译的《铁流》。这是在情

五七四

理之中的，但也较难于想到，还不如测定为对于高尔基发电的容易。当然，随便说说也不要紧，然而，"中国的知识阶级就是如此浅薄，做应声虫有余，做一个忠实的、不苟且的、有理性的文学创作者和研究者便不成了"的话，对于有一些人却大概是真的了。

张露薇先生自然也是知识阶级，他在同阶级中发见了这许多奴隶，拿鞭子来抽，我是了解他的心情的。但他和他所谓的奴隶们，也只隔了一张纸。如果有谁看过菲洲的黑奴工头，傲然的拿鞭子乱抽着做苦工的黑奴的电影的，拿来和这《略论中国文坛》的大文一比较，便会禁不住会心之笑。那一个和一群，有这么相近，却又有这么不同，这一张纸真隔得利害：分清了奴隶和奴才。

我在这里，自以为总算又钩下了一种新的

伟大人物——一九三五年度文艺"预言"家

——的嘴脸的轮廓了。

八月十六日。

# 论毛笔之类

国货也提倡得长久了，虽然上海的国货公司并不发达，"国货城"也早已关了城门，接着就将城墙撤去，日报上却还常见关于国货的专刊。那上面，受劝和挨骂的主角，照例也还是学生、儿童和妇女。

前几天看见一篇关于笔墨的文章，中学生之流，很受了一顿训斥，说他们十分之九，是用钢笔和墨水的，这就使中国的笔墨没有出路。自然，倒并不说这一类人就是什么奸，但至少，恰如摩登妇女的爱用外国脂粉和香水似的，应负"入超"[1]的若干的责任。

这话也并不错的。不过我想，洋笔墨的用不用，要看我们的闲不闲。我自己是先在私塾里用毛笔，后在学校里用钢笔，后来回到乡下又用毛笔的人，却以为假如我们能够悠悠然，洋洋焉，拂砚伸纸，磨墨挥毫的话，那么，羊毫和松烟当然也很不坏。不过事情要做得快，字要写得多，可就不成功了，这就是说，它敌不过钢笔和墨水。譬如在学校里抄讲义罢，即使改用墨盒，省去临时磨墨之烦，但不久，墨汁也会把毛笔胶住，写不开了，你还得带洗笔的水池，终于弄到在小小的桌子上，摆开"文房四宝"。况且毛笔尖触纸的多少，就是字的粗细，是全靠手腕作主的，因此也容易疲劳，

<hr>

1　又称贸易赤字，即特定年度一国的出口贸易总额小于进口贸易总额，外汇储备减少。

越写越慢。闲人不要紧，一忙，就觉得无论如何，总是墨水和钢笔便当了。

青年里面，当然也不免有洋服上挂一枝万年笔[1]，做做装饰的人，但这究竟是少数，使用者的多，原因还是在便当。便于使用的器具的力量，是决非劝谕、讥刺、痛骂之类的空言所能制止的。假如不信，你倒去劝那些坐汽车的人，在北方改用骡车，在南方改用绿呢大轿试试看。如果说这提议是笑话，那么，劝学生改用毛笔呢？现在的青年，已经成了"庙头鼓"，谁都不妨敲打了。一面有繁重的学科，古书的提倡，一面却又有教育家喟然兴叹，说他们成绩坏，不看报纸，昧于世界的大势。

但是，连笔墨也乞灵于外国，那当然是不行的。这一点，却要推前清的官僚聪明，他们

1　日语，自来水笔。

在上海立过制造局，想造比笔墨更紧要的器械——虽然为了"积重难返"，终于也造不出什么东西来。欧洲人也聪明，金鸡那原是斐洲的植物，因为去偷种子，还死了几个人，但竟偷到手，在自己这里种起来了，使我们现在如果发了疟疾，可以很便当的大吃金鸡那霜丸，而且还有"糖衣"，连不爱服药的娇小姐们也吃得甜蜜蜜。制造墨水和钢笔的法子，弄弄到手，是没有偷金鸡那子那么危险的。所以与其劝人莫用墨水和钢笔，倒不如自己来造墨水和钢笔；但必须造得好，切莫"挂羊头卖狗肉"。要不然，这一番工夫就又是一个白费。

但我相信，凡有毛笔拥护论者大约也不免以我的提议为空谈：因为这事情不容易。这也是事实；所以典当业只好呈请禁止奇装异服，以免时价早晚不同，笔墨业也只好主张吮墨舐毫，以免国粹渐就沦丧。改造自己，总比禁止别人来得难。然而这办法却是没有好结果的，不是无效，就是使一部分青年又变成旧式的斯文人。

八月二十三日。

# 逃名

就在这几天的上海报纸上，有一条广告，题目是四个一寸见方的大字——

"看救命去！"

如果只看题目，恐怕会猜想到这是展览着外科医生对重病人施行大手术，或对淹死的人用人工呼吸，救助触礁船上的人员，挖掘崩坏的矿穴里面的工人的。但其实并不是。还是照例的"筹赈水灾游艺大会"，看陈皮梅沈一呆的独脚戏，月光歌舞团[1] 的歌舞之类。诚如广告所说，"化洋五角，救人一命，……一举两得，何乐不为"，钱是要拿去救命的，不过所"看"的却其实还是游艺，并不是"救命"。

有人说中国是"文字国"，有些像，却还不充足，中国倒该说是最不看重文字的"文字游戏国"，一切总爱玩些实际以上花样，把字和词的界说，闹得一团糟，弄到暂时非把"解放"解作"掌戮"[2]，"跳舞"解作"救命"不可。捣一场小乱子，就是伟人，编一本教科书，就是学者，造几条文坛消息，就是作家。于是比较自爱的人，一听到这些冠冕堂皇的名目就骇怕了，竭力逃避。逃名，其实是爱名的，逃的是这一团糟的名，不愿意酱在那里面。

---

1　应是明月歌舞团，由黎锦晖创办，为中国首所歌舞专门学校和首个表演团体，其中涌现了一大批明星。

2　孥乃妻子和儿女的统称，孥戮为连坐刑之一种。

天津《大公报》的副刊《小公园》，近来是标榜了重文不重名的。

这见识很确当。不过也偶有"老作家"的作品，那当然为了作品好，不是为了名。然而八月十六日那一张上，却发表了很有意思的"许多前辈作家附在来稿后面的叮嘱"：

把我这文章放在平日，我愿意那样，我骄傲那样。我和熟人的名字并列得厌倦了，我愿着挤在虎生生的新人群里，因为许多时候他们的东西来得还更新鲜。

这些"前辈作家"们好像都撒了一点谎。"熟"，是不至于招致"厌倦"的。我们一离乳就吃饭或面，直到现在，可谓熟极了，却还没有厌倦。这一点叮嘱，如果不是编辑先生玩的双簧的花样，也不是前辈作家玩的借此"返老

五八四

还童"的花样，那么，这所证明的是：所谓"前辈作家"也者，有一批是盗名的，因此使别一批羞与为伍，觉得和"熟人的名字并列得厌倦"，决计逃走了。

从此以后，他们只要"挤在虎生生的新人群里"就舒舒服服，还是作品也就"来得还更新鲜"了呢，现在很难测定。逃名，固然也不能说是豁达，但有去就，有爱憎，究竟总不失为洁身自好之士。《小公园》里，已经有人在现身说法了，而上海滩上，却依然有人在"掏腰包"，造消息，或自称"言行一致"，或大呼"冤哉枉也"，或拖明朝死尸搭台，或请现存古人喝道，或自收自己的大名人辞典中，定为"中国作家"，或自编自己的作品入画集里，名曰"现代杰作"——忙忙碌碌，鬼鬼祟祟，煞是好看。

作家一排一排的坐着，将来使人笑，使人

怕，还是使人"厌倦"呢？——现在也很难测定。但若据"前车之鉴"，则"后之视今，亦犹今之视昔"，大约也还不免于"悲夫"的了！

八月二十三日。

# 六论"文人相轻"——二卖

　　今年文坛上的战术，有几手是恢复了五六年前的太阳社式，年纪大又成为一种罪状了，叫作"倚老卖老"。

　　其实呢，罪是并不在"老"，而在于"卖"的，假使他在叉麻酱，念弥陀，一字不写，就决不会惹青年作家的口诛笔伐。如果这推测并不错，文坛上可又要增添各样的罪人了，因为现在的作家，有几位总不免在他的"作品"之外，附送一点特产的赠品，有的卖富，说卖稿的文人的作品，都是要不得的；有人指出了他的诗思不过在太太的奁资中，就有帮闲的来说这人是因为得不到这样的太太，恰如狐狸的吃不到葡萄，所以只好说葡萄酸。有的卖穷，或卖病，说他的作品是挨饿三天，吐血十口，这才做出来的，所以与众不同。有的卖穷和富，说这刊物是因为受了文阀文僚的排挤，自掏腰包，忍痛印出来的，所以又与众不同。有的卖孝，说自己做这样的文章，是因为怕父亲将来吃苦的缘故，那可更了不得，价值简直和李密的《陈情表》不相上下了。有的就是衔烟斗，穿洋服，唉声叹气，顾影自怜，老是记着自己的韶年玉貌的少年哥儿，这里和"卖老"相对，姑且叫他"卖俏"罢。

不过中国的社会上，"卖老"的真也特别多。女人会穿针，有什么希奇呢，一到一百多岁，就可以开大会，穿给大家看，顺便还捐钱了。说中国人"起码要学狗"，倘是小学生的作文，是会遭先生的板子的，但大了几十年，新闻上就大登特登，还用方体字标题道："幡然一老莅故都，吴稚晖语妙天下"；劝人解囊赈灾的文章，并不少见，而文中自述年纪曰："余年九十六岁矣"者，却只有马相伯先生。但普通都不谓之"卖"，另有极好的称呼，叫作"有价值"。

"老作家"的"老"字，就是一宗罪案，这法律在文坛上已经好几年了，不过或者指为落伍，或者说是把持，……总没有指出明白的坏处。这回才由上海的青年作家揭发了要点，是在"卖"他的"老"。

那就不足虑了，很容易扫荡。中国各业，多老牌子，文坛却并不然，创作了几年，就或者做官，或者改业，或者教书，或者卷逃，或者经商，或者造反，或者送命……不见了。

"老"在那里的原已寥寥无几，真有些像耆英会里的一百多岁的老太婆，居然会活到现在，连"民之父母"也觉得希奇古怪。而且她还会穿针，就尤其希奇古怪，使街头巷尾弄得闹嚷嚷。然而呀了，这其实是为了奉旨旌表的缘故，如果一个十六七岁的漂亮姑娘登台穿起针来，看的人也决不会少的。

谁有"卖老"的吗？一遇到少的俏的就倒。

不过中国的文坛虽然幼稚、昏暗，却还没有这么简单；读者虽说被"养成一种'看热闹'的情趣"，但有辨别力的也不少，而且还在多起来。所以专门"卖老"，是不行的，因为文坛究竟不是养老堂，又所以专门"卖俏"，也不行的，因为文坛究竟也不是妓院。

二卖俱非，由非见是，混沌之辈，以为两伤。

九月十二日。

不但要以热烈的憎，向「异己」者进攻，还得以热烈的憎，向「死的说教者」抗战。

# 七论"文人相轻"——两伤

所谓文人，轻个不完，弄得别一些作者摇头叹气了，以为作践了文苑。这自然也说得通。陶渊明先生"采菊东篱下"，心境必须清幽闲适，他这才能够"悠然见南山"，如果篱中篱外，有人大嚷大跳，大骂大打，南山是在的，他却"悠然"不得，只好"愕然见南山"了。现在和晋宋之交有些不同，连"象牙之塔"也已经搬到街头来，似乎颇有"不隔"之意，然而也还得有幽闲，要不然，即无以寄其沉痛，文坛减色，嚷嚷之罪大矣。于是相轻的文人们的处境，就也更加艰难起来，连街头也不再是扰攘的地方了，真是途穷道尽。

然而如果还要相轻又怎么样呢？前清有成例，知县老爷出巡，路遇两人相打，不问青红皂白，谁是谁非，各打屁股五百完事。不相轻的文人们纵有"肃静""回避"牌，却无小板子，打是自然不至于的，他还是用"笔伐"，说两面都不是好东西。这里有一段炯之¹先生的《谈谈上海的刊物》为例——

说到这种争斗，使我们记起《太白》《文学》《论语》《人间世》几年来的争斗成绩。这成绩就是凡骂人的与被骂的一古脑儿变成丑角，等于木偶戏的互相揪打或

1 即沈从文。

以头互碰，除了读者养成一种"看热闹"的情趣以外，别无所有。把读者养成欢喜看"戏"不欢喜看"书"的习气，"文坛消息"的多少，成为刊物销路多少的主要原因。争斗的延长，无结果的延长，实在可说是中国读者的大不幸。我们是不是还有什么方法可以使这种"私骂"占篇幅少一些？一个时代的代表作，结起账来若只是这些精巧的对骂，这文坛，未免太可怜了。（天津《大公报》的《小公园》，八月十八日。）

"这种斗争"，炯之先生还自有一个界说："即是向异己者用一种琐碎方法，加以无怜悯，不节制的辱骂（一个术语，便是'斗争'）"云。

于是乎这位炯之先生便以怜悯之心，节制之笔，定两造为丑角，觉文坛之可怜了，虽然

"我们记起《太白》《文学》《论语》《人间世》几年来"，似乎不但并不以"'文坛消息'的多少，成为刊物销路多少的主要原因"，而且简直不登什么"文坛消息"。

不过"骂"是有的；只"看热闹"的读者，大约一定也有的。试看路上两人相打，他们何尝没有是非曲直之分，但旁观者往往只觉得有趣；就是绑出法场去，也是不问罪状，单看热闹的居多。由这情形，推而广之以至于文坛，真令人有不如逆来顺受，唾面自干之感。到这里来一个"然而"罢，转过来是旁观者或读者，其实又并不全如炯之先生所拟定的混沌，有些是自有各人自己的判断的。所以昔者古典主义者和罗曼主义者相骂，甚而至于相打[1]，他们并不都成为丑角，左拉遭了剧烈的文字和图画

---

[1] 指 1830 年 2 月 25 日雨果的剧作《欧那尼》首演，引发古典派与浪漫派的激烈冲突，后世称为"欧那尼之战"。

的嘲骂，终于不成为丑角；连生前身败名裂的王尔德，现在也不算是丑角。

自然，他们有作品。但中国也有的。中国的作品"可怜"得很，诚然，但这不只是文坛可怜，也是时代可怜，而且这可怜中，连"看热闹"的读者和论客都在内。凡有可怜的作品，正是代表了可怜的时代。昔之名人说"恕"字诀——但他们说，对于不知恕道的人，是不恕的；——今之名人说"忍"字诀，春天的论客以"文人相轻"混淆黑白，秋天的论客以"凡骂人的与被骂的一古脑儿变成丑角"抹杀是非。冷冰冰阴森森的平安的古冢中，怎么会有生人气？

"我们是不是还有什么方法可以使这种'私骂'占篇幅少一些？"——炯之先生问。有是有的。纵使名之曰"私骂"，但大约决不会件件都是一面等于二加二，一面等于一加三，在"私"之中，有的较近于"公"，在"骂"之中，有的较合于"理"的，居然来加评论的人，就该放弃了"看热闹的情趣"，加以分析，明白的说出你究以为那一面较"是"，那一面较"非"来。

至于文人，则不但要以热烈的憎，向"异己"者进攻，还得以热烈的憎，向"死的说教者"抗战。在现在这"可怜"的时代，能杀才能生，能憎才能爱，能生与爱，才能文。彼兑飞[1]说得好：

> 我的爱并不是欢欣安静的人家，
> 花园似的，将平和一门关住，
> 其中有"幸福"慈爱地往来，
> 而抚养那"欢欣"，那娇小的仙女。

[1] 即裴多菲。

我的爱，就如荒凉的沙漠一般——

一个大盗似的有嫉妒在那里霸着：

他的剑是绝望的疯狂，

而每一刺是各样的谋杀！


九月十二日。

# 萧红作《生死场》序

　　记得已是四年前的事了，时维二月，我和妇孺正陷在上海闸北的火线中，眼见中国人的因为逃走或死亡而绝迹。后来仗着几个朋友的帮助，这才得进平和的英租界，难民虽然满路，居人却很安闲。和闸北相距不过四五里罢，就是一个这么不同的世界，——我们又怎么会想到哈尔滨。

　　这本稿子的到了我的桌上，已是今年的春天，我早重回闸北，周围又复熙熙攘攘的时候了。但却看见了五年以前，以及更早的哈尔滨。这自然还不过是略图，叙事和写景，胜于人物的描写，然而北方人民的对于生的坚强，对于死的挣扎，却往往已经力透纸背；女性作者的细致的观察和越轨的笔致，又增加了不少明丽和新鲜。精神是健全的，就是深恶文艺和功利有关的人，如果看起来，他不幸得很，他也难免不能毫无所得。

听说文学社曾经愿意给她付印，稿子呈到中央宣传部书报检查委员会那里去，搁了半年，结果是不许可。人常常会事后才聪明，回想起来，这正是当然的事：对于生的坚强和死的挣扎，恐怕也确是大背"训政"之道的。今年五月，只为了《略谈皇帝》这一篇文章，这一个气焰万丈的委员会就忽然烟消火灭，便是"以身作则"的实地大教训。

奴隶社[1]以汗血换来的几文钱，想为这本书出版，却又在我们的上司"以身作则"的半年之后了，还要我写几句序。然而这几天，却又谣言蜂起，闸北的熙熙攘攘的居民，又在抱头鼠窜了，路上是骆驿不绝的行李车和人，路旁是黄白两色的外人，含笑在赏鉴这礼让之邦的盛况。自以为居于安全地带的报馆的报纸，则称这些逃命者为"庸人"或"愚民"。我却以为他们也许是聪明的，至少，是已经凭着经验，知道了煌煌的官样文章之不可信。他们还有些记性。

现在是一九三五年十一月十四的夜里，我在灯下再看完了《生死场》。周围像死一般寂静，听惯的邻人的谈话声没有了，食物的叫卖声也没有了，不过偶有远远的几声犬吠。想起

六〇三

1935 年，作家萧军、萧红和叶紫深感社会环境的压迫，组织奴隶社，并自费印行出版《奴隶丛书》。

来，英法租界当不是这情形，哈尔滨也不是这情形；我和那里的居人，彼此都怀着不同的心情，住在不同的世界。然而我的心现在却好像古井中水，不生微波，麻木的写了以上那些字。这正是奴隶的心！——但是，如果还是扰乱了读者的心呢？那么，我们还决不是奴才。

　　不过与其听我还在安坐中的牢骚话，不如快看下面的《生死场》，她才会给你们以坚强和挣扎的力气。

# 陀思妥夫斯基的事

## ——为日本三笠书房《陀思妥夫斯基全集》普及本作

到了关于陀思妥夫斯基，不能不说一两句话的时候了。说什么呢？他太伟大了，而自己却没有很细心的读过他的作品。

回想起来，在年青时候，读了伟大的文学者的作品，虽然敬服那作者，然而总不能爱的，一共有两个人。一个是但丁，那《神曲》的《炼狱》里，就有我所爱的异端在；有些鬼魂还在把很重的石头，推上峻峭的岩壁去。这是极吃力的工作，但一松手，可就立刻压烂了自己。不知怎地，自己也好像很是疲乏了。于是我就在这地方停住，没有能够走到天国去。

　　还有一个，就是陀思妥夫斯基。一读他二十四岁时所作的《穷人》，就已经吃惊于他那暮年似的孤寂。到后来，他竟作为罪孽深重的罪人，同时也是残酷的拷问官而出现了。他把小说中的男男女女，放在万难忍受的境遇里，来试炼它们，不但剥去了表面的洁白，拷问出藏在底下的罪恶，而且还要拷问出藏在那罪恶之下的真正的洁白来。而且还不肯爽利的处死，竭力要放它们活得长久。而这陀思妥夫斯基，则仿佛就在和罪人一同苦恼，和拷问官一同高兴着似的。这决不是平常人做得到的事情，总而言之，就因为伟大的缘故。但我自己，却常常想废书不观。

医学者往往用病态来解释陀思妥夫斯基的作品。这伦勃罗梭[1]式的说明，在现今的大多数的国度里，恐怕实在也非常便利，能得一般人们的赞许的。但是，即使他是神经病者，也是俄国专制时代的神经病者，倘若谁身受了和他相类的重压，那么，愈身受，也就会愈懂得他那夹着夸张的真实、热到发冷的热情、快要破裂的忍从，于是爱他起来的罢。

不过作为中国的读者的我——却还不能熟悉陀思妥夫斯基式的忍从——对于横逆之来的真正的忍从。在中国，没有俄国的基督。在中国，君临的是"礼"，不是神。百分之百的忍从，在未嫁就死了定婚的丈夫，坚苦的一直硬活到八十岁的所谓节妇身上，也许偶然可以发见罢，但在一般的人们，却没有。忍从的形式，是有

现通译为龙勃罗梭（1835—1909），意大利精神病学家、犯罪学家，相信天生犯罪人论。

的，然而陀思妥夫斯基式的掘下去，我以为恐怕也还是虚伪。因为压迫者指为被压迫者的不德之一的这虚伪，对于同类，是恶，而对于压迫者，却是道德的。

但是，陀思妥夫斯基式的忍从，终于也并不只成了说教或抗议就完结。因为这是当不住的忍从，太伟大的忍从的缘故。人们也只好带着罪业，一直闯进但丁的天国，在这里这才大家合唱着，再来修练天人的功德了。只有中庸的人，固然并无堕入地狱的危险，但也恐怕进不了天国的罢。

十一月二十日。

# 孔另境编《当代文人尺牍钞》序

日记或书信，是向来有些读者的。先前是在看朝章国故，丽句清词，如何抑扬，怎样请托，于是害得名人连写日记和信也不敢随随便便。晋人写信，已经得声明"匆匆不暇草书"，今人作日记，竟日日要防传钞，来不及出版。王尔德的自述，至今还有一部分未曾公开，罗曼罗兰的日记，约在死后十年才可发表[1]，这

---

在我们中国恐怕办不到。

　　不过现在的读文人的非文学作品，大约目的已经有些和古之人不同，是比较的欧化了的：远之，在钩稽文坛的故实，近之，在探索作者的生平。而后者似乎要居多数。因为一个人的言行，总有一部分愿意别人知道，或者不妨给别人知道，但有一部分却不然。然而一个人的脾气，又偏爱知道别人不肯给人知道的一部分，于是尺牍就有了出路。这并非等于窥探门缝，意在发人的阴私，实在是因为要知道这人的全般，就是从不注意处，看出这人——社会的一分子的真实。

　　就是在"文学概论"上有了名目的创作上，作者本来也掩不住自己，无论写的是什么，这个人总还是这个人，不过加了些藻饰，有了些排场，仿佛穿上了制服。写信固然比较的随便，然而做作惯了的，仍不免带些惯性，别人以为他这回是赤条条的上场了罢，他其实还是穿着肉色紧身小衫裤，甚至于用了平常决不应用的奶罩。话虽如此，比起峨冠博带的时候来，这一回可究竟较近于真实。所以从作家的日记或尺牍上，往往能得到比看他的作品更其明晰的意见，也就是他自己的简洁的注释。不过也不能十分当真。有些作者，是连账簿也用心机的，叔本华记账就用梵文，不愿意别人明白。

另境先生的编这部书，我想是为了显示文人的全貌的，好在用心之古奥如叔本华先生者，中国还未必有。只是我的做序，可不比写信，总不免用些做序的拳经：这是要请编者读者，大家心照的。

一九三五年十一月二十五夜，
鲁迅记于上海闸北之且介亭。

# 杂谈小品文

自从"小品文"这一个名目流行以来，看看书店广告，连信札、论文，都排在小品文里了，这自然只是生意经，不足为据。一般的意见，第一是在篇幅短。

但篇幅短并不是小品文的特征。一条几何定理不过数十字，一部《老子》只有五千言，都不能说是小品。这该像佛经的小乘似的，先看内容，然后讲篇福。讲小道理，或没道理，而又不是长篇的，才可谓之小品。至于有骨力的文章，恐不如谓之"短文"，短当然不及长，寥寥几句，也说不尽森罗万象，然而它并不"小"。

《史记》里的《伯夷列传》和《屈原贾谊列传》除去了引用的骚赋，其实也不过是小品，只因为他是"太史公"之作，又常见，所以没有人来选出，翻印。由晋至唐，也很有几个作家；宋文我不知道，但"江湖派"诗，却确是我所谓的小品。现在大家所提倡的，是明清，据说"抒写性灵"是它的特色。那时有一些人，确也只能够抒写性灵的，风气和环境，加上作者的出身和生活，也只能有这样的意思，写这样的文章。虽说抒写性灵，其实后来仍落了窠臼，不过是"赋得性灵"，照例写出那么一套来。当然也有人豫感到危难，后来是身历了危难的，所以小品文中，有时也夹着感愤，但在文字狱时，都被销毁，劈板了，于是我们所见，就只剩了"天马行空"似的超然的性灵。

这经过清朝检选的"性灵"，到得现在，却刚刚相宜，有明末的洒脱，无清初的所谓"悖谬"，有国时是高人，没国时还不失为逸士。逸士也得有资格，首先即在"超然"，"士"所以超庸奴，"逸"所以超责任：现在的特重明清小品，其实是大有理由，毫不足怪的。

不过"高人兼逸士梦"恐怕也不长久。近一年来，就露了大破绽，自以为高一点的，已经满纸空言，甚而至于胡说八道，下流的却成为打诨，和猥鄙丑角，并无不同，主意只在挖公子哥儿们的跳舞之资，和舞女们争生意，可怜之状，已经下于五四运动前后的鸳鸯蝴蝶派数等了。

为了这小品文的盛行，今年就又有翻印所谓"珍本"的事。有些论者，也以为可虑。我却觉得这是并非无用的。原本价贵，大抵无力购买，现在只用了一元或数角，就可以看见现代名人的祖师，以及先前的性灵，怎样叠床架屋，现在的性灵，怎样看人学样，啃过一堆牛骨头，即使是牛骨头，不也有了识见，可以不再被生炒牛角尖骗去了吗？

不过"珍本"并不就是"善本"，有些是正因为它无聊，没有人要看，这才日就灭亡，少下去；因为少，所以"珍"起来。就是旧书店里必讨大价的所谓"禁书"，也并非都是慷慨激昂，令人奋起的作品，清初，单为了作者也会禁，往往和内容简直不相干。这一层，却要读者有选择的眼光，也希望识者给相当的指点的。

十二月二日。

# "题未定"草（六至九）

六

　　记得 T 君曾经对我谈起过：我的《集外集》出版之后，施蛰存先生曾在什么刊物上有过批评，以为这本书不值得付印，最好是选一下。我至今没有看到那刊物；但从施先生的推崇《文选》和手定《晚明二十家小品》的功业，以及自标"言行一致"的美德推测起来，这也正像他的话。好在我现在并不要研究他的言行，用不着多管这些事。

《集外集》的不值得付印，无论谁说，都是对的。其实岂只这一本书，将来重开四库馆时，恐怕我的一切译作，全在排除之列；虽是现在，天津图书馆的目录上，在《呐喊》和《彷徨》之下，就注着一个"销"字，"销"者，销毁之谓也；梁实秋教授充当什么图书馆主任时，听说也曾将我的许多译作驱逐出境。但从一般的情形而论，目前的出版界，却实在并不十分谨严，所以印了我的一本《集外集》，似乎也算不得怎么特别糟蹋了纸墨。至于选本，我倒以为是弊多利少的，记得前年就写过一篇《选本》，说明着自己的意见，后来就收在《集外集》中。

自然，如果随便玩玩，那是什么选本都可以的，《文选》好，《古文观止》也可以。不过倘要研究文学或某一作家，所谓"知人论世"，那么，足以应用的选本就很难得。

选本所显示的，往往并非作者的特色，倒是选者的眼光。眼光愈锐利，见识愈深广，选本固然愈准确，但可惜的是大抵眼光如豆，抹杀了作者真相的居多，这才是一个"文人浩劫"。例如蔡邕，选家大抵只取他的碑文，使读者仅觉得他是典重文章的作手，必须看见《蔡中郎集》里的《述行赋》（也见于《续古文苑》），那些"穷工巧于台榭兮，民露处而寝湿，委嘉谷于禽兽兮，下糠秕而无粒"[1]（手头无书，也许记错，容后订正）的句子，才明白他并非单单的老学究，也是一个有血性的人，明白那时的情形，明白他确有取死之道。

又如被选家录取了《归去来辞》和《桃花

---

1　原文为"穷变巧于台榭兮，民露处而寝湿。消嘉谷于禽兽兮，下糠秕而无粒"。

源记》，被论客赞赏着"采菊东篱下，悠然见南山"的陶潜先生，在后人的心目中，实在飘逸得太久了，但在全集里，他却有时很摩登，"愿在丝而为履，附素足以周旋，悲行止之有节，空委弃于床前"，竟想摇身一变，化为"阿呀呀，我的爱人呀"的鞋子，虽然后来自说因为"止于礼义"，未能进攻到底，但那些胡思乱想的自白，究竟是大胆的。就是诗，除论客所佩服的"悠然见南山"之外，也还有"精卫衔微木，将以填沧海，形天舞干戚，猛志固常在"之类的"金刚怒目"式，在证明着他并非整天整夜的飘飘然。这"猛志固常在"和"悠然见南山"的是一个人，倘有取舍，即非全人，再加抑扬，更离真实。譬如勇士，也战斗，也休息，也饮食，自然也性交，如果只取他末一点，画起像来，挂在妓院里，尊为性交大师，那当然也不能说是毫无根据，然而，岂不冤哉！我每见近人的称引陶渊明，往往不禁为古人惋惜。

这也是关于取用文学遗产的问题，潦倒而至于昏聩的人，凡是好的，他总归得不到。前几天，看见《时事新报》的《青光》上，引过林语堂先生的话，原文抛掉了，大意是说：老庄是上流，泼妇骂街之类是下流，他都要看，只有中流，剽上窃下，最无足观。如果我所记忆的并不错，那么，这真不但宣告了宋人语录、明人小品，下至《论语》《人间世》《宇宙风》[1]这些"中流"作品的死刑，也透彻的表白了其人的毫无自信。不过这还是空腹高心之谈，因为虽是"中流"，也并不一概，即使同是剽窃，有取了好处的，有取了无用之处的，有取了坏处的，到得"中流"的下流，他就连剽窃也不

---

1　《宇宙风》，1935年9月在上海创刊，林语堂等主编。与《人间世》《论语》并称小品文三大名刊。

会，"老庄"不必说了，虽是明清的文章，又何尝真的看得懂。

标点古文，不但使应试的学生为难，也往往害得有名的学者出丑，乱点词曲、拆散骈文的美谈，已经成为陈迹，也不必回顾了；今年出了许多廉价的所谓珍本书，都有名家标点，关心世道者慨然忧之，以为足煽复古之焰。我却没有这么悲观，化国币一元数角，买了几本，既读古之中流的文章，又看今之中流的标点；今之中流，未必能懂古之中流的文章的结论，就从这里得来的。

例如罢，——这种举例，是很危险的，从古到今，文人的送命，往往并非他的什么"意德沃罗基"[1]的悖谬，倒是为了个人的私仇居多。然而这里仍得举，因为写到这里，必须有例，

1　德语"ldeologie"（意识形态）的音译。

所谓"箭在弦上，不得不发"者是也。但经再三忖度，决定"姑隐其名"，或者得免于难软，这是我在利用中国人只顾空面子的缺点。

例如罢，我买的"珍本"之中，有一本是张岱的《琅嬛文集》，"特印本实价四角"；据"乙亥十月，卢前冀野父"跋，是"化峭僻之途为康庄"的，但照标点看下去，却并不十分"康庄"。标点，对于五言或七言诗最容易，不必文学家，只要数学家就行，乐府就不大"康庄"了，所以卷三的《景清刺》里，有了难懂的句子：

*……佩铅刀。藏膝髁。太史奏。机谋破。不称王向前。坐对御衣含血唾。……*

琅琅可诵，韵也押的，不过"不称王向前"这一句总有些费解。看看原序，有云："清知事不成。跃而询上。大怒曰。毋谓我王。即王敢尔耶。清曰。今日之号。尚称王哉。命抉其齿。立且询。则含血前。溘御衣。上益怒。剥其肤。……"（标点悉尊原本）那么，诗该是"不称王，向前坐"了，"不称王"者，"尚称王哉"也；"向前坐"者，"则含血前"也。而序文的"跃而询上。大怒曰"，恐怕也该是"跃而询。上大怒曰"才合式，据作文之初阶，观下文之"上益怒"。可知也矣。

纵使明人小品如何"本色"，如何"性灵"，拿它乱玩究竟还是不行的，自误事小，误人可似乎不大好。例如卷六的《琴操·脊令操》序里，有这样的句子：

秦府僚属。劝秦王世民。行周公之事。伏兵玄武门。射杀建成元吉魏征。伤亡作。

文章也很通，不过一翻《唐书》，就不免觉得魏征实在射杀得冤枉，他其实是秦王世民做了皇帝十七年之后，这才病死的。所以我们没有法，这里只好点作"射杀建成元吉，魏征伤亡作"。明明是张岱作的《琴操》，怎么会是魏征作呢，索性也将他射杀干净，固然不能说没有道理，不过"中流"文人，是常有拟作的，例如韩愈先生，就替周文王说过"臣罪当诛兮天王圣明"，所以在这里，也还是以"魏征伤亡作"为稳当。

我在这里也犯了"文人相轻"罪，其罪状曰"吹毛求疵"。但我想"将功折罪"的，是证明了有些名人，连文章也看不懂，点不断，如果选起文章来，说这篇好，那篇坏，实在不免令人有些毛骨悚然，所以认真读书的人，一不可倚仗选本，二不可凭信标点。

还有一样最能引读者入于迷途的，是"摘句"。它往往是衣裳上撕下来的一块绣花，经摘取者一吹嘘或附会，说是怎样超然物外，与尘浊无干，读者没有见过全体，便也被他弄得迷离惝恍。最显著的便是上文说过的"悠然见南山"的例子，忘记了陶潜的《述酒》和《读山海经》等诗，捏成他单是一个飘飘然，就是这摘句作怪。新近在《中学生》的十二月号上，看见了朱光潜先生的《说"曲终人不见，江上数峰青"》的文章，推这两句为诗美的极致，我觉得也未免有以割裂为美的小疵。他说的好处是：

我爱这两句诗，多少是因为它对于

我启示了一种哲学的意蕴。"曲终人不见"所表现的是消逝，"江上数峰青"所表现的是永恒。可爱的乐声和奏乐者虽然消逝了，而青山却巍然如旧，永远可以让我们把心情寄托在它上面。人到底是怕凄凉的，要求伴侣的。曲终了，人去了，我们一霎时以前所游目骋怀的世界猛然间好像从脚底倒塌去了。这是人生最难堪的一件事，但是一转眼间我们看到江上青峰，好像又找到另一个可亲的伴侣，另一个可托足的世界，而且它永远是在那里的。"山穷水尽疑无路，柳暗花明又一村"，此种风味似之。不仅如此，人和曲果真消逝了么；这一曲缠绵悱恻的音乐没有惊动山灵？它没有传出江上青峰的妩媚和严肃？它没有深深地印在这妩媚和严肃里面？反正青山和湘灵的瑟声已发生这么一回的因缘，青

六二六

山永在，瑟声和鼓瑟的人也就永在了。

这确已说明了他的所以激赏的原因。但也没有尽。读者是种种不同的，有的爱读《江赋》和《海赋》，有的欣赏《小园》或《枯树》[1]。后者是徘徊于有无生灭之间的文人，对于人生，既惮扰攘，又怕离去，懒于求生，又不乐死，实有太板，寂绝又太空，疲倦得要休息，而休息又太凄凉，所以又必须有一种抚慰。于是"曲终人不见"之外，如"只在此山中，云深不知处"或"笙歌归院落，灯火下楼台"[2]之类，就往往为人所称道。因为眼前不见，而远处却在，如果不在，便悲哀了，这就是道士之所以说"至心归命礼，玉皇大天尊！"也。

---

1　《江赋》为晋朝郭璞所作，《海赋》为晋朝木华所作，有帝国的气象。《小园》和《枯树》为南北朝庾信所作，寄怀故国之思。

2　"笙歌"一句来自白居易的《宴散》。

抚慰劳人的圣药，在诗，用朱先生的话来说，是"静穆"：

艺术的最高境界都不在热烈。就诗人之所以为人而论，他所感到的欢喜和愁苦也许比常人所感到的更加热烈。就诗人之所以为诗人而论，热烈的欢喜或热烈的愁苦经过诗表现出来以后，都好比黄酒经过长久年代的储藏，失去它的辣性，只剩一味醇朴。我在别的文章里曾经说过这一段话："懂得这个道理，我们可以明白古希腊人何以把和平静穆看作诗的极境。把诗神亚波罗摆在蔚蓝的山巅，俯瞰众生扰攘，而眉宇间却常如作甜蜜梦，不露一丝被扰动的神色？"这里所谓"静穆"（Serenity）自然只是一种最高理想，不是在一般诗里所能找得到的。古希腊——尤其是古希腊的造形艺术——常使我们觉到这种"静穆"的风味。"静穆"是一种豁然大悟，得到归依的心情。它好比低眉默想的观音大士，超一切忧喜，同时你也可说它泯化一切忧喜。这种境界在中国诗里不多见。屈原阮籍李白杜甫都不免有些像金刚怒目，愤愤不平的样子。陶潜浑身是"静穆"，所以他伟大。

古希腊人，也许把和平静穆看作诗的极境的罢，这一点我毫无知识。但以现存的希腊诗歌而论，荷马的史诗，是雄大而活泼的，沙孚[1]的恋歌，是明白而热烈的，都不静穆。我想，立"静穆"为诗的极境，而此境不见于诗，也许和立蛋形为人体的最高形式，而此形终不见

现通译萨福（约前610—前580），与荷马并称，但只有残篇存世。

于人一样。至于亚波罗之在山巅，那可因为他是"神"的缘故，无论古今，凡神像，总是放在较高之处的。这像，我曾见过照相，睁着眼睛，神清气爽，并不像"常如作甜蜜梦"。不过看见实物，是否"使我们觉到这种'静穆'的风味"，在我可就很难断定了，但是，倘使真的觉得，我以为也许有些因为他"古"的缘故。

我也是常常徘徊于雅俗之间的人，此刻的话，很近于大煞风景，但有时却自以为颇"雅"的；间或喜欢看看古董。记得十多年前，在北京认识了一个土财主，不知怎么一来，他也忽然"雅"起来了，买了一个鼎，据说是周鼎，真是土花斑驳，古色古香。而不料过不几天，他竟叫铜匠把它的土花和铜绿擦得一干二净，这才摆在客厅里，闪闪的发着铜光。这样的擦得精光的古铜器，我一生中还没有见过第二个。一切"雅士"，听到的无不大笑，我在当时，也不禁由吃惊而失笑了，但接着就变成肃然，好像得了一种启示。这启示并非"哲学的意蕴"，是觉得这才看见了近于真相的周鼎。鼎在周朝，恰如碗之在现代，我们的碗，无整年不洗之理，所以鼎在当时，一定是干干净净，金光灿烂的，换了术语来说，就是它并不"静穆"，倒有些"热烈"。这一种俗气至今未脱，变化了我衡量古美术的眼光，例如希腊雕刻罢，我总以为它现在之见得"只剩一味醇朴"者，原因之一，是在曾埋土中，或久经风雨，失去了锋棱和光泽的缘故，雕造的当时，一定是崭新、雪白，而且发闪的，所以我们现在所见的希腊之美，其实并不准是当时希腊人之所谓美，我们应该悬想它是一件新东西。

凡论文艺，虚悬了一个"极境"，是要陷入"绝境"的，在艺术，会迷惘于土花，在文学，则被拘迫而"摘句"。但"摘句"又大足以困人，所以朱先生就只能取钱起的两句，而踢开他的全篇，又用这两句来概括作者的全人，又用这两句来打杀了屈原、阮籍、李白、杜甫等辈，以为"都不免有些像金刚怒目，愤愤不平的样子"。其实是他们四位，都因为垫高朱先生的美学说，做了冤屈的牺牲的。

我们现在先来看一看钱起的全篇罢：

### 省试湘灵鼓瑟

善鼓云和瑟，常闻帝子灵。

冯夷空自舞，楚客不堪听。

苦调凄金石，清音入杳冥。

苍梧来怨慕，白芷动芳馨。

流水传湘浦，悲风过洞庭。

曲终人不见，江上数峰青。

要证成"醇朴"或"静穆",这全篇实在是不宜称引的,因为中间的四联,颇近于所谓"衰飒"。但没有上文,末两句便显得含胡,不过这含胡,却也许又是称引者之所谓超妙。现在一看题目,便明白"曲终"者结"鼓瑟","人不见"者点"灵"字,"江上数峰青"者做"湘"字,全篇虽不失为唐人的好试帖,但末两句也并不怎么神奇了。况且题上明说是"省试",当然不会有"愤愤不平的样子",假使屈原不和椒兰吵架,却上京求取功名,我想,他大约也不至于在考卷上大发牢骚的,他首先要防落第。

我们于是应该再来看看这《湘灵鼓瑟》的作者的另外的诗了。但我手头也没有他的诗集,只有一部《大历诗略》,也是迂夫子的选本,不过篇数却不少,其中有一首是:

六三三

## 下第题长安客舍

不遂青云望，愁看黄鸟飞。

梨花寒食夜，客子未春衣。

世事随时变，交情与我违。

空余主人柳，相见却依依。

一落第，在客栈的墙壁上题起诗来，他就不免有些愤愤了，可见那一首《湘灵鼓瑟》，实在是因为题目，又因为省试，所以只好如此圆转活脱。他和屈原、阮籍、李白、杜甫四位有时都不免是怒目金刚，但就全体而论，他长不到丈六。

世间有所谓"就事论事"的办法，现在就诗论诗，或者也可以说是无碍的罢。不过我总以为倘要论文，最好是顾及全篇，并且顾及作者的全人，以及他所处的社会状态，这才较为确凿。要不然，是很容易近乎说梦的。但我也并非反对说梦，我只主张听者心里明白所听的是说梦，这和我劝那些认真的读者不要专凭选本和标点本为法宝来研究文学的意思，大致并无不同。自己放出眼光看过较多的作品，就知道历来的伟大的作者，是没有一个"浑身是'静穆'"的。陶潜正因为并非"浑身是'静穆'，所以他伟大"。现在之所以往往被尊为"静穆"，是因为他被选文家和摘句家所缩小、凌迟了。


八


现在还在流传的古人文集，汉人的已经没有略存原状的了，魏的嵇康，所存的集子里还有别人的赠答和论难，晋的阮籍，集里也有伏义的来信，大约都是很古的残本，由后人重编的。《谢宣城集》虽然只剩了前半部，但有他的同僚一同赋咏的诗。我以为这样的集子最好，因为一面看作者的文章，一面又可以见他和别人的关系，他的作品，比之同咏者，高下如何，他为什么要说那些话……现在采取这样的编法的，据我所知道，则《独秀文存》，也附有和所存的"文"相关的别人的文字。

那些了不得的作家，谨严入骨，惜墨如金，要把一生的作品，只删存一个或者三四个字，刻之泰山顶上，"传之其人"，那当然听他自己的便，还有鬼蜮似的"作家"，明明有天兵天将保佑，姓名大可公开，他却偏要躲躲闪闪，生怕他的"作品"和自己的原形发生关系，随作随删，删到只剩下一张白纸，到底什么也没有，那当然也听他自己的便。如果多少和社会有些关系的文字，我以为是都应该集印的，其中当然夹杂着许多废料，所谓"榛楛弗剪"[1]，然而这才是深山大泽。现在已经不像古代，要手抄，要木刻，只要用铅字一排就够。虽说排印，糟蹋纸墨自然也还是糟蹋纸墨的，不过只要一想连杨邨人之流的东西也还在排印，那就无论什么都可以闭着眼睛发出去了。中国人常说，"有一利必有一弊"，也就是"有一弊必有一利"：揭起小无耻之旗，固然要引出无耻群，但使谦让者泼剌起来，却是一利。

收回了谦让的人，在实际上也并不少，但又是所谓"爱惜自己"的居多。"爱惜自己"当然并不是坏事情，至少，他不至于无耻，然而有些人往往误认"装点"和"遮掩"为"爱惜"。集子里面，有兼收"少作"的，然而偏去修改一下，在孩子的脸上，种上一撮白胡须；

---

[1] 语出晋陆机《文赋》："彼榛楛之勿剪，亦蒙荣于集翠。"榛楛泛指丛生的杂木，喻平庸之物。

也有兼收别人之作的，然而又大加拣选，决不取谩骂诬蔑的文章，以为无价值。其实是这些东西，一样的和本文都有价值的，即使那力量还不够引出无耻群，但倘和有价值的本文有关，这就是它在当时的价值。中国的史家是早已明白了这一点的，所以历史里大抵有循吏传、隐逸传，却也有酷吏传和佞幸传，有忠臣传，也有奸臣传。因为不如此，便无从知道全般。

而且一任鬼蜮的技俩随时消灭，也不能洞晓反鬼蜮者的人和文章。山林隐逸之作不必论，倘使这作者是身在人间，带些战斗性的，那么，他在社会上一定有敌对。只是这些敌对决不肯自承，时时撒娇道"冤乎枉哉，这是他把我当作假想敌了呀！"可是留心一看，他的确在放暗箭，一经指出，这才改为明枪，但又说这是因为被诬为"假想敌"的报复。所用的技俩，也是决不肯任其流传的，不但事后要它消灭，就是临时也在躲闪；而编集子的人又不屑收录。于是到得后来，就只剩了一面的文章了，无可对比，当时的抗战之作，就都好像无的放矢，独个人在向着空中发疯。我尝见人评古人的文章，说谁是"锋棱太露"，谁又是"剑拔弩张"，就因为对面的文章，完全消灭了的缘故，倘在，是也许可以减去评论家几分懵懂的。所以我以为此后该有博采种种所谓无价值的别人的文章，作为附录的集子。以前虽无成例，却是留给后来的宝贝，其功用与铸了魑魅魍魉两的形状的禹鼎相同。

就是近来的有些期刊，那无聊、无耻与下流，也是世界上不可多得的物事，然而这又确是现代中国的或一群人的"文学"，现在可以知今，将来可以知古，较大的图书馆，都必须保存的。但记得 C 君曾经告诉我，不但这些，连认真切实的期刊，也保存的很少，大抵只在

把外国的杂志，一大本一大本的装起来：还是
生着"贵古而贱今，忽近而图远"的老毛病。

九

　　仍是上文说过的所谓《珍本丛书》之一的
张岱《琅嬛文集》，那卷三的书牍类里，有《又
与毅儒八弟》的信，开首说：

　　　　前见吾弟选《明诗存》，有一字不似
　　钟谭者，必弃置不取；今几社诸君子盛称
　　王李，痛骂钟谭，而吾弟选法又与前一变，
　　有一字似钟谭者，必弃置不取。钟谭之诗
　　集，仍此诗集，吾弟手眼，仍此手眼，而
　　乃转若飞蓬，捷如影响，何胸无定识，目

六四〇

无定见，口无定评，乃至斯极耶？盖吾弟喜钟谭时，有钟谭之好处，尽有钟谭之不好处，彼盖玉常带璞，原不该尽视为连城；吾弟恨钟谭时，有钟谭之不好处，仍有钟谭之好处，彼盖瑕不掩瑜，更不可尽弃为瓦砾。吾弟勿以几社君子之言，横据胸中，虚心平气，细细论之，则其妍丑自见，奈何以他人好尚为好尚哉！……

这是分明的画出随风转舵的选家的面目，也指证了选本的难以凭信的。张岱自己，则以为选文造史，须无自己的意见，他在《与李砚翁》的信里说："弟《石匮》一书，泚笔四十余载，心如止水秦铜，并不自立意见，故下笔描绘，妍媸自见，敢言刻划，亦就物肖形而已。……"然而心究非镜，也不能虚，所以立"虚心平气"为选诗的极境，"并不自立意见"

六四一

为作史的极境者，也像立"静穆"为诗的极境一样，在事实上不可得。数年前的文坛上所谓"第三种人"杜衡辈，标榜超然，实为群丑，不久即本相毕露，知耻者皆羞称之，无待这里多说了；就令自觉不怀他意，屹然中立如张岱者，其实也还是偏倚的。他在同一信中，论东林云：

……夫东林自顾泾阳讲学以来，以此名目，祸我国家者八九十年，以其党升沉，用占世数兴败，其党盛则为终南之捷径，其党败则为元祐之党碑。……盖东林首事者实多君子，窜入者不无小人，拥戴者皆为小人，招徕者亦有君子，此其间线索甚清，门户甚迥。……东林之中，其庸庸碌碌者不必置论，如贪婪强横之王图，奸险凶暴之李三才，闯贼首辅之项煜，上笺劝进之周钟，以致窜入东林，乃欲俱奉之以君子，则吾臂可断，决不敢徇情也。东林之尤可丑者，时敏之降闯贼曰，"吾东林时敏也"，以冀大用。鲁王监国，巖尔小朝廷，科道任孔当辈犹曰，"非东林不可进用"。则是东林二字，直与巖尔鲁国及汝偕亡者。手刃此辈，置之汤镬，出薪真不可不猛也。……

这真可谓"词严义正"。所举的群小，也都确实的，尤其是时敏，虽在三百年后，也何尝无此等人，真令人惊心动魄。然而他的严责东林，是因为东林党中也有小人，古今来无纯一不杂的君子群，于是凡有党社，必为自谓中立者所不满，就大体而言，是好人多还是坏人多，他就置之不论了。或者还更加一转云：东林虽多君子，然亦有小人，反东林者虽多小人，然亦有正士，于是好像两面都有好有坏，并无不同，但因东林世称君子，故有小人即可丑，反东林者本为小人，故有正士则可嘉，苛求君子，宽纵小人，自以为明察秋毫，而实则反助小人张目。倘说：东林中虽亦有小人，然多数为君子，反东林者虽亦有正士，而大抵是小人。那么，斤量就大不相同了。

谢国桢[1]先生作《明清之际党社运动考》，钩索文籍，用力甚勤，叙魏忠贤两次虐杀东林党人毕，说道："那时候，亲戚朋友，全远远的躲避，无耻的士大夫，早投降到魏党的旗帜底下了。说一两句公道话，想替诸君子帮忙的，只有几个书呆子，还有几个老百姓。"

这说的是魏忠贤使缇骑捕周顺昌，被苏州人民击散的事。诚然，老百姓虽然不读诗书，

---

1　谢国桢（1901—1982），历史学家，曾师从梁启超，长于晚明史和版本目录学。

不明史法，不解在瑜中求瑕、屎里觅道，但能从大概上看，明黑白，辨是非，往往有决非清高通达的士大夫所可几及之处的。刚刚接到本日的《大美晚报》，有《北平特约通讯》，记学生游行，被警察水龙喷射，棍击刀砍，一部分则被闭于城外，使受冻馁，"此时燕冀中学、师大附中及附近居民纷纷组织慰劳队，送水烧饼馒头等食物，学生略解饥肠……"谁说中国的老百姓是庸愚的呢，被愚弄诓骗压迫到现在，还明白如此。张岱又说："忠臣义士多见于国破家亡之际，如敲石出火，一闪即灭，人主不急起收之：则火种绝矣。"（《越绝诗小序》）他所指的"人主"是明太祖，和现在的情景不相符。

　　石在，火种是不会绝的。但我要重申九年前的主张：不要再请愿！

十二月十八—十九夜。

# 论新文字

汉字拉丁化的方法一出世，方块字系的简笔字和注音字母，都赛下去了，还在竞争的只有罗马字拼音。这拼法的保守者用来打击拉丁化字的最大的理由，是说它方法太简单，有许多字很不容易分别。

这确是一个缺点。凡文字，倘若容易学，容易写，常常是未必精密的。烦难的文字，固然不见得一定就精密，但要精密，却总不免比较的烦难。罗马字拼音能显四声，拉丁化字不能显，所以没有"东""董"之分，然而方块字能显"东""蝀"之分，罗马字拼音却也不能显。单拿能否细别一两个字来定新文字的优劣，是并不确当的。况且文字一用于组成文章，那意义就会明显。虽是方块字，倘若单取一两个字，也往往难以确切的定出它的意义来。例如"日者"这两个字，如果只是这两个字，我们可以作"太阳这东西"解，可以作"近几天"解，也可以作"占卜吉凶的人"解；又如"果然"，大抵是"竟是"的意思，然而又是一种动物的名目，也可以作隆起的形容；就是一个"一"字，在孤立的时候，也不能决定它是数字"一二三"之"一"呢，还是动词"四海一"之"一"。不过组织在句子里，这疑难就消失了。所以取拉丁化的一两个字，说它含胡，并不是正当的指摘。

　　主张罗马字拼音和拉丁化者两派的争执，

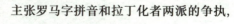

其实并不在精密和粗疏，却在那由来，也就是目的。罗马字拼音者是以古来的方块字为主，翻成罗马字，使大家都来照这规矩写，拉丁化者却以现在的方言为主，翻成拉丁字，这就是规矩。假使翻一部《诗韵》来作比赛，后者是赛不过的，然而要写出活人的口语来，倒轻而易举。这一点，就可以补它的不精密的缺点而有余了，何况后来还可以凭着实验，逐渐补正呢。

易举和难行是改革者的两大派。同是不满于现状，但打破现状的手段却大不同：一是革新，一是复古。同是革新，那手段也大不同：一是难行，一是易举。这两者有斗争。难行者的好幌子，一定是完全和精密，借此来阻碍易举者的进行，然而它本身，却因为是虚悬的计划，结果总并无成就：就是不行。

六四八

这不行，可又正是难行的改革者的慰藉，因为它虽无改革之实，却有改革之名。有些改革者，是极爱谈改革的，但真的改革到了身边，却使他恐惧。惟有大谈难行的改革，这才可以阻止易举的改革的到来，就是竭力维持着现状，一面大谈其改革，算是在做他那完全的改革的事业。这和主张在床上学会了浮水，然后再去游泳的方法，其实是一样的。

拉丁化却没有这空谈的弊病，说得出，就写得来，它和民众是有联系的，不是研究室或书斋里的清玩，是街头巷尾的东西；它和旧文字的关系轻，但和人民的联系密，倘要大家能够发表自己的意见，收获切要的知识，除它以外，确没有更简易的文字了。

而且由只识拉丁化字的人们写起创作来，才是中国文学的新生，才是现代中国的新文学，因为他们是没有中一点什么《庄子》和《文选》之类的毒的。

十二月二十三日。

六五〇

# 《死魂灵百图》小引

  果戈理开手作《死魂灵》第一部的时候，是一八三五年的下半年，离现在足有一百年了。幸而，还是不幸呢，其中的许多人物，到现在还很有生气，使我们不同国度、不同时代的读者，也觉得仿佛写着自己的周围，不得不叹服他伟大的写实的本领。不过那时的风尚，却究竟有了变迁，例如男子的衣服，和现在虽然小异大同，而闺秀们的高髻圆裙，则已经少见；那时的时髦的车子，并非流线形的摩托卡，却是三匹马拉的篷车，照着跳舞夜会的所谓眩眼的光辉，也不是电灯，只不过许多插在多臂烛台上的蜡烛：凡这些，倘使没有图画，是很难想像清楚的。

关于《死魂灵》的有名的图画，据里斯珂夫说，一共有三种，而最正确和完备的是阿庚[1]的百图。这图画先有七十二幅，未详何年出版，但总在一八四七年之前，去现在也快要九十年；后来即成为难得之品，新近苏联出版的《文学辞典》里，曾采它为插画，可见已经是有了定评的文献了。虽在它的本国，恐怕也只能在图书馆中相遇，更何况在我们中国。今年秋末，孟十还君忽然在上海的旧书店里看到了这画集，便像孩子望见了糖果似的，立刻奔

---

1　阿庚（1817—1875），俄国画家。父姓本为"Yelagin"，但因为是私生子，所以缩短。曾为屠格涅夫、普希金等人的作品画过插图，尤以为《死魂灵》创作的104幅画闻名。

走呼号，总算弄到手里了，是一八九三年印的第四版，不但百图完备，还增加了收藏家蔼甫列摩夫所藏的三幅，并那时的广告画和第一版封纸上的小图各一幅，共计一百零五图。

这大约是十月革命之际，俄国人带了逃出国外来的；他该是一个爱好文艺的人，抱守了十六年，终于只好拿它来换衣食之资；在中国，也许未必有第二本。藏了起来，对己对人，说不定都是一种罪业，所以现在就设法来翻印这一本书，除绍介外国的艺术之外，第一，是在献给中国的研究文学，或爱好文学者，可以和小说相辅，所谓"左图右史"，更明白十九世纪上半的俄国中流社会的情形，第二，则想献给插画家，借此看看别国的写实的典型，知道和中国向来的"出相"或"绣像"有怎样的不同，或者能有可以取法之处；同时也以慰售出这本画集的人，将他的原本化为千万，广布于

六五三

世，实足偿其损失而有余，一面也庶几不枉孟十还君的一番奔走呼号之苦。对于木刻家，却恐怕并无大益，因为这虽说是木刻，但画者一人，刻者又别一人，和现在的自画自刻，刻即是画的创作木刻，是已经大有差别的了。

世间也真有意外的运气。当中文译本的《死魂灵》开始发表时，曹靖华[1]君就寄给我一卷图画，也还是十月革命后不多久，在彼得堡得到的。这正是里斯珂夫所说的梭可罗夫画的十二幅。纸张虽然颇为破碎，但图像并无大损，怕它由我而亡，现在就附印在阿庚的百图之后，于是俄国艺术家所作的最写实，而且可以互相补助的两种《死魂灵》的插画，就全收在我们的这一本集子里了。

---

1　曹靖华（1897—1987），翻译家、散文家、北京大学教授。20 世纪 30 年代起热心从事苏俄文学介绍与翻译，多达百万字。

移译序文和每图的题句的，也是孟十还君的劳作；题句大概依照译本，但有数处不同，现在也不改从一律；最末一图的题句，不见于第一部中，疑是第二部记乞乞科夫免罪以后的事，这是那时俄国文艺家的习尚：总喜欢带点教训的。至于校印装制，则是吴朗西君和另外几位朋友们所经营。这都应该在这里声明谢意。

一九三五年十二月二十四日，鲁迅。

后记

这一本的编辑的体例，是和前一本相同的，也是按照着写作的时候。凡在刊物上发表之作，上半年也都经过官厅的检查，大约总不免有些删削，不过我懒于一一校对，加上黑点为记了。只要看过前一本，就可以明白犯官忌的是那些话。

被全篇禁止的有两篇：一篇是《什么是讽刺》，为文学社的《文学百题》而作，印出来时，变了一个"缺"字；一篇是《从帮忙到扯淡》，一来就说作者得了不正当的钱是近来文坛上的老例，我被人传说拿着卢布就有四五年之久，直到九一八以后，这才将卢布说取消，换上了"亲日"的更加新鲜的罪状。我是一向不"为爱护贵刊起见"的，所以从不寄一封辨正信。不料越来越滥，竟谣到苏汶先生头上去了，可见谣言多的地方，也是"有一利必有一弊"。但由我的经验说起来，检查官之"爱护""第三种人"，却似乎是真的，我去年所写的文章，有两篇冒犯了他们，一篇被删掉（《病后杂谈之余》），一篇被禁止（《脸谱臆测》）了。也许还有类于这些的事，所以令人猜为"人××（照录原文）会"了罢。这真应该"不胜愤慨"，没有受惯奚落的作家，是无怪其然的。

然而在对于真的造谣，毫不为怪的社会里，对于真的收贿，也就毫不为怪。如果收贿会受制裁的社会，也就要制裁妄造收贿的谣言的人们。所以用造谣来伤害作家的期刊，它只能作报销，在实际上很少功效。

其中的四篇，原是用日本文写的，现在自己译出，并且对于中国的读者，还有应该说明的地方——

一、《活中国的姿态》的序文里，我在对于"支那通"加以讥刺，且说明日本人的喜欢结论，语意之间好像笑着他们的粗疏。然而这脾气是也有长处的，他们的急于寻求结论，是因为急于实行的缘故，我们不应该笑一笑就完。

二、《在现代中国的孔夫子》是在六月号的《改造》杂志上发表的，这时我们的"圣裔"，正在东京拜他们的祖宗，兴高采烈。曾由亦光君译出，载于《杂文》杂志第二号（七月），现在略加改定，转录在这里。

三、在《中国小说史略》日译本的序文

里，我声明了我的高兴，但还有一种原因却未曾说出，是经十年之久，我竟报复了我个人的私仇。当一九二六年时，陈源即西滢教授，曾在北京公开对于我的人身攻击，说我的这一部著作，是窃取盐谷温教授的《支那文学概论讲话》里面的"小说"一部分的；《闲话》里的所谓"整大本的剽窃"，指的也是我。现在盐谷教授的书早有中译，我的也有了日译，两国的读者，有目共见，有谁指出我的"剽窃"来呢？呜呼，"男盗女娼"，是人间大可耻事，我负了十年"剽窃"的恶名，现在总算可以卸下，并且将"谎狗"的旗子，回敬自称"正人君子"的陈源教授，倘他无法洗刷，就只好插着生活，一直带进坟墓里去了。

四、《关于陀思妥夫斯基的事》是应三笠书房之托而作的，是写给读者看的介绍文，但我在这里，说明着被压迫者对于压迫者，不是奴隶，就是敌人，决不能成为朋友，所以彼此的道德，并不相同。

临末我还要记念镰田诚一君，他是内山书店的店员，很爱绘画，我的三回德俄木刻展览会，都是他独自布置的；一二八的时候，则由他送我和我的家属，以及别的一批妇孺逃入英租界。三三年七月，以病在故乡去世，立在他的墓前的是我手写的碑铭。虽在现在，一想到那时只是当作有趣的记载着我的被打杀的新闻，以及为了八十块钱，令我往返数次，终于不给的书店，我对于他，还是十分感愧的。

近两年来，又时有前进的青年，好意的可惜我现在不大写文章，并声明他们的失望，我的只能令青年失望，是无可置辩的，但也有一点误解。今天我自己查勘了一下：我从在《新青年》上写《随感录》起，到写这集子里的最末一篇止，共历十八年，单是杂感，约有八十万字。后九年中的所写，比前九年多两倍；而这后九年中，近三年所写的字数，等于前六年，那么，所谓"现在不大写文章"，其实也并非确切的核算。而且这些前进的青年，似乎谁都没有注意到现在的对于言论的迫压，也很是令人觉得诧异的。我以为要论作家的作品，必须兼想到周围的情形。

自然，这情形是极不容易明了的，因为倘一公开，作家要怕受难，书店就要防封门，然而如果自己和出版界有些相关，便可以感觉到这里面的一部分消息。现在我们先来回忆一下已往的公开的事情。也许还有读者记得，中华民国二十三年（一九三四年）三月十四日的《大美晚报》上，曾经登有一则这样的新闻——

六六四

## 中央党部禁止新文艺作品

沪市党部于上月十九日奉中央党部电令、派员挨户至各新书店、查禁书籍至百四十九种之多、牵涉书店二十五家、其中有曾经市党部审查准予发行、或内政部登记取得著作权、且有各作者之前期作品、如丁玲之《在黑暗中》等甚多、致引起上海出版业之恐慌、由新书业组织之中国著作人出版人联合会集议、于二月二十五日推举代表向市党部请愿结果、蒙市党部俯允转呈中央、将各书重行审查、从轻发落、同日接中央复电、允予照准、惟各书店于复审期内、须将被禁各书、一律自动封存、不再发卖、兹将各书店被禁书目、分录如次：

六六五

| 店名 | 书名 | 译著者 |
|---|---|---|
| 神州 | 政治经济学批判 | 郭沫若 |
| | 文艺批评集 | 钱杏邨 |
| | 浮士德与城 | 柔石 |
| | 中国古代社会研究 | 郭沫若 |
| | 石炭王 | 郭沫若 |
| | 黑猫 | 郭沫若 |
| | 创造十年 | 郭沫若 |
| | 果树园 | 鲁迅 |
| | 田汉戏曲集（五集） | 田汉 |
| | 檀泰琪儿之死 | 田汉 |
| | 平林泰子集 | 沈端先 |
| | 残兵 | 周全平 |
| | 没有樱花 | 蓬子 |
| | 挣扎 | 楼建南 |
| | 夜会 | 丁玲 |
| | 诗稿 | 胡也频 |
| | 炭矿夫 | 龚冰庐 |

| 店名 | 书名 | 译著者 |
|---|---|---|
| 现代 | 光慈遗集 | 蒋光慈 |
| | 丽莎的哀怨 | 蒋光慈 |
| | 野祭 | 蒋光慈 |
| | 语体文作法 | 高语罕 |
| | 藤森成吉集 | 森堡 |
| | 爱与仇 | 森堡 |
| | 新俄文学中的男女 | 周起应 |
| | 大学生私生活 | 周起应 |
| | 唯物史观研究上下 | 华汉 |
| | 十姑的悲愁 | 华汉 |
| | 归家 | 洪灵菲 |
| | 流亡 | 洪灵菲 |
| | 萌芽 | 巴金 |
| | 幼年时代 | 郭沫若 |
| | 文艺论集 | 郭沫若 |
| | 文艺论续集 | 郭沫若 |
| | 煤油 | 郭沫若 |

| 店名 | 书名 | 译著者 |
|------|------|--------|
| 光华 | 高尔基文集 | 鲁迅 |
| | 离婚 | 潘汉年 |
| | 小天使 | 蓬子 |
| | 我的童年 | 蓬子 |
| | 结婚集 | 蓬子 |
| | 妇人之梦 | 蓬子 |
| | 病与梦 | 楼建南 |
| | 路 | 茅盾 |
| | 自杀日记 | 丁玲 |
| | 我们的一团与他 | 冯雪峰 |
| | 三个不统一的人物 | 胡也频 |
| | 现代中国作家选集 | 蒋光慈 |
| | 新文艺辞典 | 顾凤城 |
| | 郭沫若论 | 顾凤城 |
| | 新兴文学概论 | 顾凤城 |
| | 没落的灵魂 | 顾凤城 |
| | 文艺创作辞典 | 顾凤城 |

| 店名 | 书名 | 译著者 |
|---|---|---|
| 光华 | 现代名人书信 | 高语罕 |
| | 文章及其作法 | 高语罕 |
| | 独清文艺论集 | 王独清 |
| | 锻炼 | 王独清 |
| | 暗云 | 王独清 |
| | 我在欧洲的生活 | 王独清 |
| 湖风 | 美术考古学发现史 | 郭沫若 |
| | 青年自修文学读本 | 钱杏邨 |
| | 暴风雨中的七个女性 | 田汉 |
| | 饥饿的光芒 | 蓬子 |
| | 恶党 | 楼建南 |
| | 万宝山 | 李辉英 |
| | 隐秘的爱 | 森堡 |
| | 寒梅 | 华汉 |
| | 地泉 | 华汉 |
| | 赌徒 | 洪灵菲 |
| | 地下室手记 | 洪灵菲 |

| 店名 | 书名 | 译著者 |
|------|------|--------|
| 南强 | 屠场 | 郭沫若 |
| | 新文艺描写辞典（正续编） | 钱杏邨 |
| | 怎样研究新兴文学 | 钱杏邨 |
| | 新兴文学论 | 沈端先 |
| | 铁流 | 杨骚 |
| | 十月 | 杨骚 |
| 大江 | 现代新兴文学的诸问题 | 鲁迅 |
| | 毁灭 | 鲁迅 |
| | 艺术论 | 鲁迅 |
| | 文学及艺术之技术的革命 | 陈望道 |
| | 艺术简论 | 陈望道 |
| | 社会意识学大纲 | 陈望道 |
| | 宿莽 | 茅盾 |
| | 野蔷薇 | 茅盾 |
| | 韦护 | 丁玲 |
| | 现代欧洲的艺术 | 冯雪峰 |
| | 艺术社会学底任务及问题 | 冯雪峰 |

六七〇

| 店名 | 书名 | 译著者 |
|------|------|--------|
| 水沫 | 文艺与批评 | 鲁迅 |
| | 文艺政策 | 鲁迅 |
| | 银铃 | 蓬子 |
| | 文学评论 | 冯雪峰 |
| | 流冰 | 冯雪峰 |
| | 艺术之社会的基础 | 冯雪峰 |
| | 艺术与社会生活 | 冯雪峰 |
| | 往何处去 | 胡也频 |
| | 伟大的恋爱 | 周起应 |
| 天马 | 鲁迅自选集 | 鲁迅 |
| | 苏联短篇小说集 | 楼建南 |
| | 茅盾自选集 | 茅盾 |
| 北新 | 而已集 | 鲁迅 |
| | 三闲集 | 鲁迅 |
| | 伪自由书 | 鲁迅 |
| | 文学概论 | 潘梓年 |
| | 处女的心 | 蓬子 |

| 店名 | 书名 | 译著者 |
|---|---|---|
| 乐华 | 世界文学史 | 余慕陶 |
| | 中外文学家辞典 | 顾凤城 |
| | 独清自选集 | 王独清 |
| 文艺 | 社会科学问答 | 顾凤城 |
| 儿童 | 穷儿苦狗记 | 楼建南 |
| 良友 | 苏联童话集 | 楼建南 |
| 商务 | 希望 | 柔石 |
| | 一个人的诞生 | 丁玲 |
| | 圣徒 | 胡也频 |
| 新中国 | 水 | 丁玲 |
| 华通 | 别人的幸福 | 胡也频 |
| 乐华 | 黎明之前 | 龚冰庐 |
| 中学生 | 中学生文艺辞典 | 顾凤城 |

出版界不过是借书籍以贸利的人们，只问销路，不管内容，存心"反动"的是很少的，所以这请愿颇有了好结果，为"体恤商艰"起

六七四

见，竟解禁了三十七种，应加删改，才准发行的是二十二种，其余的还是"禁止"和"暂缓发售"。这中央的批答和改定的书目，见于《出版消息》第三十三期（四月一日出版）——

中国国民党上海特别市执行委员会批答执字第一五九二号

（呈为奉令禁毁大宗刊物附奉说明书恳请转函中宣会重行审核从轻处置以恤商艰由）

呈件均悉查此案业准

中央宣传委员会公函并决定办法五项

一、平林泰子集等三十种，早经分别查禁有案，应切实执行前令，严予禁毁，以绝流传。

二、政治经济学批判等三十种内容，宣传普罗文艺，或挑拨阶级斗争，或诋毁党国当局，应予禁止发售。

三、浮士德与城等三十一种，或系介绍普罗文学理论，或系新俄作品，或含有不正确意识者，颇有宣传反动嫌疑。在剿匪严重时期内，应暂禁发售。

四、创造十年等二十二种，内容间有词句不妥，或一篇一段不妥，应删改，或抽去后方，准发售。

五、圣徒等三十七种，或系恋爱小说，或系革命以前作品，内容均尚无碍。对于此三十七种书籍之禁令，准予暂缓执行。用特分别开列各项书名单函达查照、转饬遵照等由，合仰该书店等，遵照中央决定各点并单开各种刊物，分别缴毁停售具报，毋再延误。是为至要件存，此批。

"附抄发各项书名单一份"

中华民国二十三年三月二十日

六七六

常务委员　　吴醒亚

　　　　　　潘公展

　　　　　　童行白

先后查禁有案之书目（略）


　　这样子，大批禁毁书籍的案件总算告一段落，书店也不再开口了。

　　然而还剩着困难的问题：书店是不能不陆续印行新书和杂志的，所以还是永远有陆续被扣留、查禁，甚而至于封门的危险。这危险，首先于店主有亏，那就当然要有补救的办法。不多久，出版界就有了一种风闻——真只是一种隐约的风闻——

　　不知道何月何日，党官、店主和他的编辑，开了一个会议，讨论善后的方法。着重的是在新的书籍杂志出版，要怎样才可以免于禁

六七七

止。听说这时就有一位杂志编辑先生某甲[1]，献议先将原稿送给官厅，待到经过检查，得了许可，这才付印，文字固然决不会"反动"了，而店主的血本也得保全，真所谓公私兼利。别的编辑们好像也无人反对，这提议完全通过了。散出的时候，某甲之友也是编辑先生的某乙，很感动的向或一书店代表道："他牺牲了个人，总算保全了一种杂志！"

"他"者，某甲先生也；推某乙先生的意思，大约是以为这种献策，颇于名誉有些损害的。其实这不过是神经衰弱的忧虑。即使没有某甲先生的献策，检查书报是总要实行的，不过用了别一种缘由来开始，况且这献策在当时，人们不敢纵谈，报章不敢记载，大家都认某甲

---

1　指施蛰存，1932 年起担任《现代》月刊主编。1979 年在致香港《文汇报》副刊编辑吴羊璧的信中，施称这是对他的"污蔑"，表示如果自己有这样的经历，后来不可能不被查出来。

先生为功臣，于是也就是虎须，谁也不敢捋，所以至多不过交头接耳，局外人知道的就很少，——于名誉无关。

总而言之，不知何年何月，中央图书杂志审查委员会到底在上海出现了，于是每本出版物上，就有了一行"中宣会图书杂志审委会审查证……字第……号"字样，说明着该抽去的已经抽去，该删改的已经删改，并且保证着发卖的安全——不过也并不完全有效，例如我那《二心集》被删剩的东西，书店改名《拾零集》，是经过检查的，但在杭州仍被没收。这种乱七八遭，自然是普通现象，并不足怪，但我想，也许是还带着一点私仇，因为杭州省党部的有力人物，久已是复旦大学毕业生许绍棣[1]老爷之流，而当《语丝》登载攻击复旦大学的来函

---

[1] 许绍棣（1900—1980），毕业于复旦大学商科，曾任国民党浙江省党部执行委员、宣传部长等职。

六七九

时，我正是编辑，开罪不少。为了自由大同盟而呈请中央通缉"堕落文人鲁迅"，也是浙江省党部发起的，但至今还没有呈请发掘祖坟，总算党恩高厚。

至于审查员，我疑心很有些"文学家"，倘不，就不能做得这么令人佩服。自然，有时也删禁得令人莫名其妙，我以为这大概是在示威，示威的脾气，是虽是文学家也很难脱体的，而且这也不算是恶德。还有一个原因，则恐怕是在饭碗。要吃饭也决不能算是恶德，但吃饭，审查的文学家和被审查的文学家却一样的艰难，他们也有竞争者，在看漏洞，一不小心便会被抢去了饭碗，所以必须常常有成绩，就是不断的禁，删，禁，删，第三个禁，删。我初到上海的时候，曾经看见一个西洋人从旅馆里出来，几辆洋车便向他飞奔而去，他坐了一辆，走了。这时忽然来了一位巡捕，便向拉不

六八〇

到客的车夫的头上敲了一棒，撕下他车上的照会。我知道这是车夫犯了罪的意思，然而不明白为什么拉不到客就犯了罪，因为西洋人只有一个，当然只能坐一辆，他也并没有争。后来幸蒙一位老上海告诉我，说巡捕是每月总得捉多少犯人的，要不然，就算他懒惰，于饭碗颇有碍。真犯罪的不易得，就只好这么创作了。我以为审查官的有时审得古里古怪，总要在稿子上打几条红杠子，恐怕也是这缘故。倘使真的这样，那么，他们虽然一定要把我的"契诃夫选集"做成"残山剩水"，我也还是谅解的。

这审查办得很起劲，据报上说，官民一致满意了。九月二十五日的

《中华日报》云——

**中央图书杂志审查委会工作紧张**

*中央图书杂志审查委员会、自在沪成*

六八一

立以来、迄今四阅月、审查各种杂志书籍、共计有五百余种之多、平均每日每一工作人员审查字在十万以上、审查手续、异常迅速、虽洋洋巨著、至多不过二天、故出版界咸认为有意想不到之快、予以便利不少、至该会审查标准、如非对党对政府绝对显明不利之文字、请其删改外、余均一秉大公、无私毫偏袒、故数月来相安无事、过去出版界、因无审查机关、往往出书以后，受到扣留或查禁之事、自审查会成立后、此种事件、已不再发生矣、闻中央方面、以该会工作成绩优良、而出版界又甚需要此种组织、有增加内部工作人员计划、以便利审查工作云。

如此善政，行了还不到一年，不料竟出了

六八二

《新生》的《闲话皇帝》事件 [1]。大约是受了日本领事的警告罢，那雷厉风行的办法，比对于"反动文字"还要严：立刻该报禁售，该社封门，编辑者杜重远已经自认该稿未经审查，判处徒刑，不准上诉的了，却又革掉了七位审查官，一面又往书店里大搜涉及日本的旧书，墙壁上贴满了"敦睦邦交"的告示。出版家也显出孤苦零丁模样，据说：这"一秉大公"的"中央宣传部图书杂志审查委员会"不见了，拿了稿子，竟走投无路。

那么，不是还我自由，飘飘然了么？并不是的。未有此会以前，出版家倒还有一点自己的脊梁，但已有此会而不见之后，却真觉得有些摇摇摆摆。大抵的农民，都能够自己过活，然而奥国和俄国解放农奴时，他们中的有些

[1] 周刊《新生》由抗日爱国人士杜重远于1933年创办。因《闲话皇帝》一文，杜被判刑一年零两个月。

人，却哭起来了，因为失了依靠，不知道自己怎么过活。况且我们的出版家并非单是"失了依靠"，乃是遇到恢复了某甲先生献策以前的状态，又会扣留、查禁、封门，危险得很。而且除怕被指为"反动文字"以外，又得怕违反"敦睦邦交令"了。已被"训"成软骨症的出版界，又加上了一副重担，当局对于内交，又未必肯怎么"敦睦"，而"礼让为国"，也急于"体恤商艰"，所以我想，自有"审查会"而又不见之后，出版界的一大部份，倒真的成了孤哀子了。

所以现在的书报，倘不是先行接洽，特准激昂，就只好一味含胡，但求无过，除此之外，是依然会有先前一样的危险，挨到木棍，撕去照会的。

评论者倘不了解以上的大略，就不能批评近三年来的文坛。即使批评了，也很难中肯。

六八四

我在这一年中，日报上并没有投稿。凡是发表的，自然是含胡的居多。这是带着枷锁的跳舞，当然只足发笑的。但在我自己，却是一个纪念，一年完了，过而存之，长长短短，共四十七篇。

一九三五年十二月三十一夜半

至一月一日晨，写讫.

六八五

# 且介亭杂文续编

一九三六年

忘记我，管自己生活。——倘不，那就真是胡涂虫。

# 文人比较学

齐物论

《国闻周报》十二卷四十三期上，有一篇文章指出了《国学珍本丛书》的误用引号，错点句子；到得四十六期，"主编"的施蛰存先生来答复了，承认是为了"养生主"[1]，并非"修儿孙福"，而且该承认就承认，该辨解的也辨解，态度非常磊落。末了，还有一段总辨解云：

---

1　庄子讲述生活之道的名篇，收录于《庄子·内篇》。用于此处是"讨生活，求生存"之意。

但是虽然失败，虽然出丑，幸而并不能算是造了什么大罪过。因为充其量还不过是印出了一些草率的书来，到底并没有出卖了别人的灵魂与血肉来为自己的"养生主"，如别的一些文人们也。

中国的文人们有两"些"，一些，是"充其量还不过是印出了一些草率的书来"的，"别的一些文人们"，却是"出卖了别人的灵魂与血肉来为自己的'养生主'"的，我们只要想一想"别的一些文人们"，就知道施先生不但"并不能算是造了什么大罪过"，其实还能够算是修了什么"儿孙福"。但一面也活活的画出了"洋场恶少"的嘴脸——不过这也并不是"什么大罪过"，"如别的一些文人们也"。

# 大小奇迹

何 干

　　元旦看报，《申报》的第三面上就见了商务印书馆的"星期标准书"[1]，这回是"罗家伦先生选定"的希特拉[2]著《我之奋斗》（A. Hitler：My Battle），遂"摘录罗先生序"云：

---

1　1935 年时，商务印书馆创立了"星期标准书"的营销模式，以名人荐书的形式每星期向读者推荐一本商务新书。

2　即阿道夫·希特勒。《我的奋斗》是希特勒于 1925 年出版的自传宣言。全书宣扬希特勒的生活经历和法西斯主义的价值观，后来成为德国纳粹党的思想纲领。

希特拉之崛起于德国，在近代史上为一大奇迹。……希特拉《我之奋斗》一书系为其党人而作；唯其如此，欲认识此一奇迹者尤须由此处入手。以此书列为星期标准书至为适当。

但即使不看译本，仅"由此处入手"，也就可以认识三种小"奇迹"：其一，是堂堂的一个国立中央编译馆，竟在百忙中先译了这一本书；其二，是这"近代史上为一大奇迹"的东西，却须从英文转译；其三，堂堂的一位国立中央大学校长，却不过"欲认识此一奇迹者尤须由此处入手"。

真是奇杀人哉！

六九五

自画像

Käthe Kollwitz: *Self portrait* (1924)

商议

Käthe Kollwitz: *Beratung*（1898）

# 《凯绥·珂勒惠支版画选集》序目

凯绥·勒密特（Kaethe Schmidt）以一八六七年七月八日生于东普鲁士的区匿培克（Koenigsberg）。她的外祖父是卢柏（Julius Rupp），即那地方的自由宗教协会的创立者。父亲原是候补的法官，但因为宗教上和政治上的意见，没有补缺的希望了，这穷困的法学家便如俄国人之所说："到民间去"，做了木匠，一直到卢柏死后，才来当这教区的首领

六九八

和教师。他有四个孩子，都很用心的加以教育，然而先不知道凯绥的艺术的才能。凯绥先学的是刻铜的手艺，到一八八五年冬，这才赴她的兄弟在研究文学的柏林，向斯滔发·培伦（Stauffer Bern）[1] 去学绘画。后回故乡，学于奈台（Neide）[2]，为了"厌倦"，终于向闵兴的哈台列克（Herterich）[3] 那里去学习了。

一八九一年，和她兄弟的幼年之友卡尔·珂勒惠支（Karl Kollwitz）结婚，他是一个开业的医生，于是凯绥也就在柏林的"小百姓"之间住下，这才放下绘画，刻起版画来。待到孩子们长大了，又用力于雕刻。一八九八年，制成有名的《织工一揆》计六

---

1　斯托弗·伯恩（1857—1891），瑞典画家、雕刻家。

2　应埃米尔·诺尔德（1867—1956），德国著名画家，表现主义代表人物之一。

3　路德维希·冯·赫特里希（1803—1884），德国画家与美术教师，慕尼黑画派的代表。

幅，取材于一八四四年的史实，是与先出的霍普德曼（Gerhart Hauptmann）[1] 的剧本同名的；一八九九年刻《格莱亲》，零一年刻《断头台边的舞蹈》；零四年旅行巴黎，零四至八年成连续版画《农民战争》七幅，获盛名，受 Villa Romana 奖金 [2]，得游学于意大利。这时她和一个女友由佛罗棱萨步行而入罗马，然而这旅行，据她自己说，对于她的艺术似乎并无大影响。一九〇九年作《失业》，一〇年作《妇人被死亡所捕》和以"死"为题材的小图。

世界大战起，她几乎并无制作。一九一四年十月末，她的很年青的大儿子以义勇兵死

---

1　格哈特·霍普特曼（1862—1946），德国剧作家、诗人，自然主义文学重要代表人物。

2　罗马别墅（Villa Romana）位于佛罗伦萨，拥有 1.5 万平方米的公园。1905 年，时为德国艺术协会副主席的马克斯·克林格将其买下，并设立该奖，主要面向年轻艺术家，获奖者有机会在这里待十个月。

于弗兰兑伦（Flandern）[1] 战线上。一八年十一月，被选为普鲁士艺术学院会员，这是以妇女而入选的第一个。从一九年以来，她才仿佛从大梦初醒似的，又从事于版画了，有名的是这一年的纪念里勃克内希（Liebknecht）[2] 的木刻和石刻，二二至二三年的木刻连续画《战争》，后来又有三幅《无产者》，也是木刻连续画。一九二七年为她的六十岁纪念，霍普德曼那时还是一个战斗的作家，给她书简道："你的无声的描线，侵人心髓，如一种惨苦的呼声：希腊和罗马时候都没有听到过的呼声。"法国罗曼·罗兰（Romain Rolland）则说："凯绥·珂勒惠支的作品是现代德国的最伟大的诗歌，它

---

1　通译佛兰德，西欧的一个历史地名，范围涵盖今日的比利时、法国和荷兰等地区。

2　卡尔·李卜克内西（1871—1919），德国共产党的创始人之一，同罗莎·卢森堡一起被右翼民兵组织"自由军团"杀害。

照出穷人与平民的困苦和悲痛。这有丈夫气概的妇人，用了阴郁和纤秾的同情，把这些收在她的眼中，她的慈母的腕里了。这是做了牺牲的人民的沉默的声音。"然而她在现在，却不能教授，不能作画，只能真的沉默的和她的儿子住在柏林了；她的儿子像那父亲一样，也是一个医生。

在女性艺术家之中，震动了艺术界的，现代几乎无出于凯绥·珂勒惠支之上——或者赞美，或者攻击，或者又对攻击给她以辩护。诚如亚斐那留斯（Ferdinand-Avenarius）[1]之所说："新世纪的前几年，她第一次展览作品的时候，就为报章所喧传的了。从此以来，一个说，'她是伟大的版画家'；人就过作无聊的不成话道：'凯绥·珂勒惠支是属于只有一个男子的新派

---

1　费迪南德·阿维纳留斯，德国抒情诗人，也是当时的文化改革运动的主要代表人物。

版画家里的。'别一个说：'她是社会民主主义的宣传家'，第三个却道：'她是悲观的困苦的画手。'而第四个又以为'是一个宗教的艺术家'。要之：无论人们怎样地各以自己的感觉和思想来解释这艺术，怎样地从中只看见一种的意义——然而有一件事情是普遍的：人没有忘记她。谁一听到凯绥·珂勒惠支的名姓，就仿佛看见这艺术。这艺术是阴郁的，虽然都在坚决的动弹，集中于强韧的力量，这艺术是统一而单纯的——非常之逼人。"

但在我们中国，绍介的还不多，我只记得在已经停刊的《现代》和《译文》上，各曾刊印过她的一幅木刻，原画自然更少看见；前四五年，上海曾经展览过她的几幅作品，但恐怕也不大有十分注意的人。她的本国所复制的作品，据我所见，以《凯绥·珂勒惠支画帖》

（*Kaethe Kollwitz Mappe, Herausgegeben Von*

*Kunstwart Kunstwar–Verlag*, Muenchen, 1927）
为最佳，但后一版便变了内容，忧郁的多于战
斗的了。印刷未精，而幅数较多的，则有《凯
绥·珂勒惠支作品集》（*Das Kaethe Kollwitz
Werk, Carl Reisner Verlag*, Dresden, 1930），
只要一翻这集子，就知道她以深广的慈母之爱，
为一切被侮辱和损害者悲哀、抗议、愤怒、斗
争；所取的题材大抵是困苦、饥饿、流离、疾
病、死亡，然而也有呼号、挣扎、联合和奋
起。此后又出了一本新集（*Das Neue K.Kollwitz
Werk*, 1933），却更多明朗之作了。霍善斯坦
因（Wilhelm Hausenstein）[1]批评她中期的作品，
以为虽然间有鼓动的男性的版画，暴力的恐吓，
但在根本上，是和颇深的生活相联系，形式也
出于颇激的纠葛的，所以那形式，是紧握着世

---

1　威廉·豪森施泰因（1882—1957），德国艺术评论家，西德
　　首任驻法大使。

事的形相。永田一修[1]并取她的后来之作，以这批评为不足，他说凯绥·珂勒惠支的作品，和里培尔曼（Max Liebermann）[2]不同，并非只觉得题材有趣，来画下层世界的；她因为被周围的悲惨生活所动，所以非画不可，这是对于榨取人类者的无穷的"愤怒"。"她照目前的感觉，——永田一修说——描写着黑土的大众。她不将样式来范围现象。时而见得悲剧，时而见得英雄化，是不免的。然而无论她怎样阴郁，怎样悲哀，却决不是非革命。她没有忘却变革现社会的可能。而且愈入老境，就愈脱离了悲剧的，或者英雄的，阴暗的形式。"

而且她不但为周围的悲惨生活抗争，对

---

1　永田一修（1903—1927），日本艺术评论者。鲁迅从日文刊物上读到了永田一修的文章《全世界无产阶级美术的形式》，这成了他关注珂勒惠支的契机。

2　马克斯·李卜曼（1847—1935），德国印象派初期代表人物，作为艺术界的领导者，经常呼吁艺术与政治的分离。

于中国也没有像中国对于她那样的冷淡：一九三一年一月间，六个青年作家遇害 [1] 之后，全世界的进步的文艺家联名提出抗议的时候，她也是署名的一个人。现在，用中国法计算作者的年龄，她已届七十岁了，这一本书的出版，虽然篇幅有限，但也可以算是为她作一个小小的记念的罢。

选集所取，计二十一幅，以原版拓本为主，并复制一九二七年的印本画帖以足之。以下据亚斐那留斯及第勒（Louise Diel）[2] 的解说，并略参己见，为目录——

（1）《自画像》（*Selbstbild*）。石刻，制作年代未详，按《作品集》所列次序，当成于一九一〇年顷；据原拓本，原大 34 × 30cm. 这

---

1　此处有笔误，应是五个，即左联五烈士。
2　路易斯·迪尔（1893—1967），德国记者、作家，珂勒惠支的朋友及评论者。

是作者从许多版画的肖像中，自己选给中国的一幅，隐然可见她的悲悯、愤怒和慈和。

（2）《穷苦》（*Not*）。石刻，原大 15×15cm. 据原版拓本，后五幅同。这是有名的《织工一揆》（*Ein Weberaufstand*）的第一幅，一八九八年作。前四年，霍普德曼的剧本《织匠》始开演于柏林的德国剧场，取材是一八四四年的勒列济安（Schlesien）麻布工人的蜂起[1]，作者也许是受着一点这作品的影响的，但这可以不必深论，因为那是剧本，而这却是图画。我们借此进了一间穷苦的人家，冰冷、破烂，父亲抱一个孩子，毫无方法的坐在屋角里，母亲是愁苦的，两手支头，在看垂危的儿子，纺车静静的停在她的旁边。

（3）《死亡》（*Tod*）。石刻，原大 22×18cm.

---

1　指 1884 年的德国西里西亚纺织工人起义，该起义也是这一时期德国无产阶级最突出的一次斗争。

同上的第二幅，还是冰冷的房屋，母亲疲劳得睡去了，父亲还是毫无方法的，然而站立着在沉思他的无法。桌上的烛火尚有余光，"死"却已经近来，伸开他骨出的手，抱住了弱小的孩子。孩子的眼睛张得极大，在凝视我们，他要生存，他至死还在希望人有改革运命的力量。

（4）《商议》（*Beratung*）。石刻，原大 27 × 17cm. 同上的第三幅。接着前两幅的沉默的忍受和苦恼之后，到这里却现出生存竞争的景象来了。我们只在黑暗中看见一片桌面、一只杯子和两个人，但为的是在商议攥掉被践踏的运命。

（5）《织工队》（*Weberzug*）。铜刻，原大 22 × 29cm. 同上的第四幅。队伍进向吮取脂膏的工场，手里捏着极可怜的武器，手脸都瘦损，神情也很颓唐，因为向来总饿着肚子。队伍中有女人，也疲惫到不过走得动；这作者所写的大众里，是大抵有女人的。她还背着孩子，却伏在肩头睡去了。

（6）《突击》（*Sturm*）。铜刻，原大 24 × 29cm. 同上的第五幅。工场的铁门早经锁闭，织工们却想用无力的手和可怜的武器，来破坏这铁门，或者是飞进石子去。女人们在助战，用痉挛的手，从地上挖起石块来。孩子哭了，也许是路上睡着的那一个。这是在六幅之中，人认为最好的一幅，有时用这来证明作者的《织工》，艺术达到怎样的高度的。

（7）《收场》（*Ende*）。铜刻，原大 24 × 30cm. 同上的第六和末一幅。我们到底又和织工回到他们的家里来，织机默默的停着，旁边躺着两具尸体，伏着一个女人；而门口还在抬进尸体来。这是四十年代，在德国的织工的求生的结局。

（8）《格莱亲》（*Gretchen*）。一八九九年作石刻；据画帖，原大未详。歌德（Goethe）的《浮士德》（Faust）有浮士德爱格莱亲，诱与通情，有孕；她在井边，从女友听到邻女被情人所弃，想到自己，于是向圣母供花祷告事。这一幅所写的是这可怜的少女经过极狭的桥上，在水里幻觉的看见自己的将来。她在剧本里，后来是将她和浮士德所生的孩子投在水里淹死，下狱了。原石已破碎。

（9）《断头台边的舞蹈》（*Tanz Um Die Guillotine*）。一九〇一年作，铜刻；据画帖，原大未详。是法国大革命时候的一种情景：断头台造起来了，大家围着它，吼着"让我们来跳加尔玛弱儿舞罢！"（Dansons La Carmagnole！）的歌，在跳舞。不是一个，是为了同样的原因而同样的可怕了的一群。周围的破屋，像积叠起来的困苦的峭壁，上面只见一块天。狂暴的人堆的臂膊，恰如净罪的火焰一般，照出来的只有一个阴暗。

（10）《耕夫》（*Die Pflueger*）。原大 31 × 45cm. 这就是有名的历史的连续画《农民战争》（*Bauernkrieg*）的第一幅。画共七幅，作于一九〇四至〇八年，都是铜刻。现在据以影印的也都是原拓本。"农民战争"是近代德国最大的社会改革运动之一，以一五二四年顷，起于南方，其时农民都在奴隶的状态，被虐于贵族的封建的特权；玛丁·路德既提倡新教，同时也传播了自由主义的福音，农民就觉醒起来，要求废止领主的苛例，发表宣言，还烧教堂，攻地主，扰动及于全国。然而这时路德却反对了，以为这种破坏的行为，大背人道，应该加以镇压，诸侯们于是放手的讨伐，恣行残酷的复仇，到第二年，农民就都失败了，境遇更加悲惨，所以他们后来就称路德为"撒谎博士"。

这里刻划出来的是没有太阳的天空之下，两个耕夫在耕地，大约是弟兄，他们套着绳索，拉着犁头，几乎爬着的前进，像牛马一般，令人仿佛看见他们的流汗，听到他们的喘息。后面还该有一个扶犁的妇女，那恐怕总是他们的母亲了。

（11）《凌辱》（Vergewaltigt）。同上的第二幅；原大 35×53cm. 男人们的受苦还没有激起变乱，但农妇也遭到可耻的凌辱了；她反缚两手，躺着，下颏向天，不见脸。死了，还是昏着呢，我们不知道。只见一路的野草都被蹂躏，显着曾经格斗的样子，较远之处，却站着可爱的小小的葵花。

（12）《磨镰刀》（Beim Dengeln）。同上的第三幅，原大 30×30cm. 这里就出现了饱尝苦楚的女人，她的壮大粗糙的手，在用一块磨石，磨快大镰刀的刀锋，她那小小的两眼里，是充满着极顶的憎恶和愤怒。

（13）《圆洞门里的武装》（*Bewaffnung In Einem Gewoelbe*）。同上的第四幅，原大 50 × 33cm. 大家都在一个阴暗的圆洞门下武装了起来，从狭窄的戈谛克式[1]阶级蜂涌而上：是一大群拚死的农民。光线愈高愈少；奇特的半暗，阴森的人相。

（14）《反抗》（*Losbruch*）。同上的第五幅，原大 51 × 50cm. 谁都在草地上没命的向前，最先是少年，喝令的却是一个女人，从全体上洋溢着复仇的愤怒。她浑身是力，挥手顿足，不但令人看了就生勇往直前之心，还好像天上的云，也应声裂成片片。她的姿态，是所有名画中最有力量的女性的一个。也如《织工一揆》里一样，女性总是参加着非常的事变，而且

---

1　即哥特式。

极有力，这也就是"这有丈夫气概的妇人"的精神。

（15）《战场》（*Schlachtfeld*）。同上的第六幅，原大 41×53cm. 农民打败了，他们敌不过官兵。剩在战场上的是什么呢？几乎看不清东西。只在隐约看见尸横遍野的黑夜中，有一个妇人，用风灯照出她一只劳作到满是筋节的手，在触动一个死尸的下巴。光线都集中在这一小块上。这，恐怕正是她的儿子，这处所，恐怕正是她先前扶犁的地方，但现在流着的却不是汗而是鲜血了。

（16）《俘虏》（*Die Gefangenen*）。同上的第七幅，原大 33×42cm. 画里是被捕的孑遗，有赤脚的，有穿木鞋的，都是强有力的汉子，但竟也有儿童，个个反缚两手，禁在绳圈里。他们的运命，是可想而知的了，但各人的神气，有已绝望的，有还是倔强或愤怒的，也有自在沉思的，却不见有什么萎靡或屈服。

（17）《失业》（*Arbeitslosigkeit*）。一九〇九年作，铜刻；据画帖，原大 44 × 54cm. 他现在闲空了，坐在她的床边，思索着——然而什么法子也想不出。那母亲和睡着的孩子们的模样，很美妙而崇高，为作者的作品中所罕见。

（18）《妇人为死亡所捕获》（*Frau Vom Tod Gepackt*），亦名《死和女人》（*Tod Und Weib*）。一九一〇年作，铜刻；据画帖，原大未详。"死"从她本身的阴影中出现，由背后来袭击她，将她缠住，反剪了；剩下弱小的孩子，无法叫回他自己的慈爱的母亲。一转眼间，对面就是两界。"死"是世界上最出众的拳师，死亡是现社会最动人的悲剧，而这妇人则是全作品中最伟大的一人。

（19）《母与子》（*Mutter Und Kind*）。制作年代未详，铜刻；据画帖，原大 19 × 13cm. 在

妇人为死亡所捕获

Käthe Kollwitz： *Tod packt eine Frau* (1934)

德国的孩子们饿着!

·Käthe Kollwitz: *Deutschlands Kinder hungern!* （1923）

《凯绥·珂勒惠支作品集》中所见的百八十二幅中，可指为快乐的不过四五幅，这就是其一。亚斐那留斯以为从特地描写着孩子的呆气的侧脸，用光亮衬托出来之处，颇令人觉得有些忍俊不禁。

（20）《面包！》（*Brot*！）。石刻，制作年代未详，想当在欧洲大战之后；据原拓本，原大 30 × 28cm. 饥饿的孩子的急切的索食，是最碎裂了做母亲的心的。这里是孩子们徒然张着悲哀，而热烈地希望着的眼，母亲却只能弯了无力的腰。她的肩膀耸了起来，是在背人饮泣。她背着人，因为肯帮助的和她一样的无力，而有力的是横竖不肯帮助的。她也不愿意给孩子们看见这是剩在她这里的仅有的慈爱。

（21）《德国的孩子们饿着！》（*Deutschlands Kinder Hungern*！）。石刻，制作年代未详，想当在欧洲大战之后，据原拓本，原大 43 × 29cm.

他们都擎着空碗向人，瘦削的脸上的圆睁的眼睛里，炎炎的燃着如火的热望。谁伸出手来呢？这里无从知道。这原是横幅，一面写着现在作为标题的一句，大约是当时募捐的揭帖。后来印行的，却只存了图画。作者还有一幅石刻，题为《决不再战！》（*Nie Wieder Krieg*！），是略早的石刻，可惜不能搜得；而那时的孩子，存留至今的，则已都成了二十以上的青年，可又将被驱作兵火的粮食了。

一九三六年一月二十八日，鲁迅。

七一九

# 难答的问题

何 干

大约是因为经过了"儿童年"[1]的缘故罢，这几年来，向儿童们说话的刊物多得很，教训呀，指导呀，鼓励呀，劝谕呀，七嘴八舌，如果精力的旺盛不及儿童的人，是看了要头昏的。

最近，二月九日《申报》的《儿童专刊》上，有一篇文章在对儿童讲"武训先生"。它

---

1　1931 年，民国始设儿童节，为每年 4 月 4 日。1934 年起，为了惠及穷苦儿童，被拉长至儿童年。

说他是一个乞丐，自己吃臭饭，喝脏水，给人家做苦工，"做得了钱，却把它储起来。只要有人给他钱，甚至他可以跪下来的"。

这并不算什么特别。特别的是他得了钱，却一文也不化，终至于开办了一个学校。

于是这篇《武训先生》的作者提出一个问题来道：

"小朋友！你念了上面的故事，有什么感想？"

我真也极愿意知道小朋友将有怎样的感想。假如念了上面的故事的人，是一个乞丐，或者比乞丐景况还要好，那么，他大约要自愧弗如，或者愤慨于中国少有这样的乞丐。然而小朋友会怎样感想呢，他们恐怕只好圆睁了眼睛，回问作者道：

"大朋友！你讲了上面的故事，是什么意思？"

# 登错的文章

何 干

　　印给少年们看的刊物上，现在往往见有描写岳飞呀，文天祥呀的故事文章。自然，这两位，是给中国人挣面子的，但来做现在的少年们的模范，却似乎迂远一点。

　　他们俩，一位是文官，一位是武将，倘使少年们受了感动，要来模仿他，他就先得在普通学校卒业之后，或进大学，再应文官考试，或进陆军学校，做到将官，于是武的呢，准备被十二金牌召还，死在牢狱里；文的呢，起兵失败，死在蒙古人的手中。

宋朝怎么样呢？有历史在，恕不多谈。

不过这两位，却确可以励现任的文官武将，愧前任的降将逃官，我疑心那些故事，原是为办给大人老爷们看的刊物而作的文字，不知怎么一来，却错登在少年读物上面了，要不然，作者是决不至于如此低能的。

# 记苏联版画展览会

我记得曾有一个时候，我们很少能够从本国的刊物上，知道一点苏联的情形。虽是文艺罢，有些可敬的作家和学者们，也如千金小姐的遇到柏油一样，不但决不沾手，离得还远呢，却已经皱起了鼻子。近一两年可不同了，自然间或还看见几幅从外国刊物上取来的讽刺画，但更多的是真心的绍介着建设的成绩，令人抬起头来，看见飞机、水闸、工人住宅、集体农场，不再专门两眼看地，惦记着破皮鞋摇头叹气了。这些绍介者，都并非有所谓可怕的政治倾向的人，但决不幸灾乐祸，因此看得邻人的平和的繁荣，也就非常高兴，并且将这高兴来分给中国人。我以为为中国和苏联两国起见，这现象是极好的，一面是真相为我们所知道，得到了解，一面是不再误解，而且证明了我们中国，确有许多"威武不能屈，贫贱不能移"的必说真话的人们。

但那些绍介，都是文章或照相，今年的版画展览会，却将艺术直接陈列在我们眼前了。作者之中，很有几个是由于作品的复制，姓名已为我们所熟识的，但现在才看到手制的原作，使我们更加觉得亲密。

版画之中，木刻是中国早已发明的，但中途衰退，五年前从新兴起的是取法于欧洲，与古代木刻并无关系。不久，就遭压迫，又缺师资，所以至今不见有特别的进步。我们在这会里才得了极好、极多的模范。首先应该注意的是内战时期，就改革木刻，从此不断的前进的巨匠法复尔斯基（V. Favorsky）[1]，和他的一派兑内加（A. Deineka），冈察洛夫（A. Goncharov），叶卡斯托夫（G. Echeistov），毕珂夫（M.Pikov）等，他们在作品里各各表现着真挚的精神，继起者怎样照着导师所指示的道路，却用不同的方法，使我们知道只要内容相同，方法不妨各异，而依傍和模仿，决不能产生真艺术。

兑内加和叶卡斯托夫的作品，是中国未曾绍介过的，可惜这里也很少，和法复尔斯基接近的保夫理诺夫（P. Pavlinov）的木刻，我们只见过一幅，现在却弥补了这缺憾了。

---

1　弗拉基米尔·安德烈耶维奇·法沃尔斯基（1886—1964），苏联版画艺术家。以下提到的几位也皆为苏联版画艺术家。鲁迅曾通过策展、出版等方式向中国系统地介绍过苏联版画。

克拉甫兼珂（A. Kravchenko）的木刻能够幸而寄到中国，翻印绍介了的也只有一幅，到现在大家才看见他更多的原作。他的浪漫的色彩，会鼓动我们的青年的热情，而注意于背景和细致的表现，也将使观者得到裨益。我们的绘画，从宋以来就盛行"写意"，两点是眼，不知是长是圆，一画是鸟，不知是鹰是燕，竟尚高简，变成空虚，这弊病还常见于现在的青年木刻家的作品里，克拉甫兼珂的新作《尼泊尔建造》（*Dneprostroy*），是惊起这种懒惰的空想的警钟。至于毕斯凯莱夫（N. Piskarev），则恐怕是最先绍介到中国来的木刻家。他的四幅《铁流》[1] 的插画，早为许多青年读者所欣赏，现在才又见了《安娜·加里尼娜》[2] 的插画，

---

1　《铁流》是由苏联作家绥拉菲摩维支（1863—1949）创作的一部著名的革命题材小说。鲁迅对其评价极高，曾编校对它的中译本。这四幅插画也由鲁迅推荐发表于中文刊物上。

——他的刻法的别一端。

这里又有密德罗辛（D. Mitrokhin），希仁斯基（L. Khizhinsky），莫察罗夫（S. Mochalov），都曾为中国豫先所知道，以及许多第一次看见的艺术家，是从十月革命前已经有名，以至生于二十世纪初的青年艺术家的作品，都在向我们说明通力合作，进向平和的建设的道路。别的作者和作品，展览会的说明书上各有简要说明，而且临末还揭出了全体的要点："一般的社会主义的内容和对于现实主义的根本的努力"，在这里也无须我赘说了。

但我们还有应当注意的，是其中有乌克兰、乔其亚[1]、白俄罗斯的艺术家的作品，我想，倘没有十月革命，这些作品是不但不能和我们见面，也未必会得出现的。

现在，二百余幅的作品，是已经灿烂的一

---

1　现通译为格鲁吉亚。

同出现于上海了。单就版画而论，使我们看起来，它不像法国木刻的多为纤美，也不像德国木刻的多为豪放；然而它真挚，却非固执，美丽，却非淫艳，愉快，却非狂欢，有力，却非粗暴；但又不是静止的，它令人觉得一种震动——这震动，恰如用坚实的步法，一步一步，踏着坚实的广大的黑土进向建设的路的大队友军的足音。


　　附记：会中的版画，计有五种。一木刻，一胶刻（目录译作"油布刻"，颇怪），看名目自明。两种是用强水浸蚀铜版和石版而成的，译作"铜刻"和"石刻"固可，或如目录，译作"蚀刻"和"石印"亦无不可。还有一种Monotype，是在版上作画，再用纸印，所以虽是版画，却只一幅的东西，我想只好译作"独幅版画"。会中的说明书上译作"摩诺"，还不

七二九

过等于不译，有时译为"单型学"，却未免比不译更难懂了。其实，那不提撰人的说明，是非常简而得要的，可惜译得很费解，如果有人改译一遍，即使在闭会之后，对于留心版画的人也还是很有用处的。

二月十七日。

中国的人民，是常用自己的血，去洗权力者的手，使他又变成洁净的人物的。

# 我要骗人

疲劳到没有法子的时候，也偶然佩服了超出现世的作家，要模仿一下来试试。然而不成功。超然的心，是得像贝类一样，外面非有壳不可的。而且还得有清水。浅间山¹边，倘是客店，那一定是有的罢，但我想，却未必有去造"象牙之塔"的人的。

为了希求心的暂时的平安，作为穷余的

---

1　位于东京以西 150 公里，为日本最活跃的火山之一，南麓的轻井泽为避暑胜地。

七三四

一策，我近来发明了别样的方法了，这就是骗人。

去年的秋天或是冬天，日本的一个水兵，在闸北被暗杀了[1]。忽然有了许多搬家的人，汽车租钱之类，都贵了好几倍。搬家的自然是中国人，外国人是很有趣似的站在马路旁边看。我也常常去看的。一到夜里，非常之冷静，再没有卖食物的小商人了，只听得有时从远处传来着犬吠。然而过了两三天，搬家好像被禁止了。警察拚死命的在殴打那些拉着行李的大车夫和洋车夫，日本的报章，中国的报章，都异口同声的对于搬了家的人们给了一个"愚民"的徽号。这意思就是说，其实是天下太平的，只因为有这样的"愚民"，所以把颇好的天下，

---

1　1935 年 11 月 9 日，日本海军一等兵中山秀雄在上海公共租界被暗杀。随后日本海军陆战队按户搜查虹口区的中国居民，局势变得极为紧张，居民们纷纷搬家逃离。

弄得乱七八糟了。

　　我自始至终没有动，并未加入"愚民"这一伙里。但这并非为了聪明，却只因为懒惰。也曾陷在五年前的正月的上海战争[1]——日本那一面，好像是喜欢称为"事变"似的——的火线下，而且自由早被剥夺，夺了我的自由的权力者，又拿着这飞上空中了，所以无论跑到那里去，都是一个样。中国的人民是多疑的。无论那一国人，都指这为可笑的缺点。然而怀疑并不是缺点。总是疑，而并不下断语，这才是缺点。我是中国人，所以深知道这秘密。其实，是在下着断语的，而这断语，乃是：到底还是不可信。但后来的事实，却大抵证明了这断语的的确。中国人不疑自己的多疑。所以我的没有搬家，也并不是因为怀着天下太平的确

---

1　1932 年的"一·二八"事变。

信，说到底，仍不过为了无论那里都一样的危险的缘故。五年以前翻阅报章，看见过所记的孩子的死尸的数目之多，和从不见有记着交换俘虏的事，至今想起来，也还是非常悲痛的。

虐待搬家人，殴打车夫，还是极小的事情，中国的人民，是常用自己的血，去洗权力者的手，使他又变成洁净的人物的，现在单是这模样就完事，总算好得很。

但当大家正在搬家的时候，我也没有整天站在路旁看热闹，或者坐在家里读世界文学史之类的心思。走远一点，到电影院里散闷去。一到那里，可真是天下太平了。这就是大家搬家去住的处所。我刚要跨进大门，被一个十二三岁的女孩子捉住了。是小学生，在募集水灾的捐款，因为冷，连鼻子尖也冻得通红。我说没有零钱，她就用眼睛表示了非常的失望。我觉得对不起人，就带她进了电影院，买过门票之后，付给她一块钱。她这回是非常高兴了，称赞我道，"你是好人"，还写给我一张收条。只要拿着这收条，就无论到那里，都没有再出捐款的必要。于是我，就是所谓"好人"，也轻松的走进里面了。

看了什么电影呢？现在已经丝毫也记不起。总之，大约不外乎一个英国人，为着祖国，征服了印度的残酷的酋长，或者一个美国人，到亚非利加去，发了大财，和绝世的美人结婚之类罢。这样的消遣了一些时光，傍晚回家，又走进了静悄悄的环境。听到远地里的犬吠声。女孩子的满足的表情的相貌，又在眼前出现，自己觉得做了好事情了，但心情又立刻不舒服起来，好像嚼了肥皂或者什么一样。

诚然，两三年前，是有过非常的水灾的，这大水和日本的不同，几个月或半年都不退。但我又知道，中国有着叫作"水利局"的机关，每年从人民收着税钱，在办事。但反而出了这样的大水了。我又知道，有一个团体演了戏来筹钱，因为后来只有二十几元，衙门就发怒不肯要。连被水灾所害的难民成群的跑到安全之处来，说是有害治安，就用机关枪去扫射的话也都听到过。恐怕早已统统死掉了罢。然而孩子们不知道，还在拚命的替死人募集生活费，募不到，就失望，募到手，就喜欢。而其实，一块来钱，是连给水利局的老爷买一天的烟卷也不够的。我明明知道着，却好像也相信款子真会到灾民的手里似的，付了一块钱。实则不过买了这天真烂漫的孩子的欢喜罢了。我不爱看人们的失望的样子。

倘使我那八十岁的母亲，问我天国是否真有，我大约是会毫不踌躇，答道真有的罢。

然而这一天的后来的心情却不舒服。好像是又以为孩子和老人不同，骗她是不应该似的，想写一封公开信，说明自己的本心，去消释误解，但又想到横竖没有发表之处，于是中止了，时候已是夜里十二点钟。到门外去看了一下。

已经连人影子也看不见。只在一家的檐下，有一个卖馄饨的，在和两个警察谈闲天。这是一个平时不大看见的特别穷苦的肩贩，存着的材料多得很，可见他并无生意。用两角钱买了两碗，和我的女人两个人分吃了。算是给他赚一点钱。

庄子曾经说过："干下去的（曾经积水的）车辙里的鲋鱼，彼此用唾沫相湿，用湿气相嘘，"——然而他又说，"倒不如在江湖里，大家互相忘却的好。"[1]

可悲的是我们不能互相忘却。而我，却愈加恣意的骗起人来了。如果这骗人的学问不

---

1　原文为"泉涸，鱼相与处于陆，相呴以湿，相濡以沫，不如相忘于江湖"。

毕业，或者不中止，恐怕是写不出圆满的文章来的。

但不幸而在既未卒业，又未中止之际，遇到山本社长[1]了。因为要我写一点什么，就在礼仪上，答道"可以的"。因为说过"可以"，就应该写出来，不要使他失望，然而，到底也还是写了骗人的文章。

写着这样的文章，也不是怎么舒服的心地。要说的话多得很，但得等候"中日亲善"更加增进的时光。不久之后，恐怕那"亲善"的程度，竟会到在我们中国，认为排日即国贼——因为说是共产党利用了排日的口号，使中国灭亡的缘故，——而到处的断头台上，都闪烁着太阳的圆圈的罢，但即使到了这样子，也还不是披沥真实的心的时光。

七四一

指山本实彦（1885—1952），日本《改造》社的社长。

单是自己一个人的过虑也说不定：要彼此看见和了解真实的心，倘能用了笔、舌，或者如宗教家之所谓眼泪洗明了眼睛那样的便当的方法，那固然是非常之好的，然而这样便宜事，恐怕世界上也很少有。这是可以悲哀的。一面写着漫无条理的文章，一面又觉得对不起热心的读者了。

临末，用血写添几句个人的豫感，算是一个答礼罢。

二月二十三日。

七四二

# 《译文》复刊词

先来引几句古书，——也许记的不真确，——庄子曰："涸辙之鲋，相濡以沫，相煦以湿，——不若相忘于江湖。"

《译文》[1]就在一九三四年九月中，在这样的状态之下出世的。那时候，鸿篇巨制如《世界文学》和《世界文库》之类，还没有诞生，所以在这青黄不接之际，大约可以说是仿佛戈

---

[1]《译文》是由鲁迅和茅盾发起的、翻译和介绍外国文学的月刊，创于上海。最初三期由鲁迅编辑。

壁中的绿洲，几个人偷点余暇，译些短文，彼此看看，倘有读者，也大家看看，自寻一点乐趣，也希望或者有一点益处，——但自然，这决不是江湖之大。

不过这与世无争的小小的期刊，终于不能不在去年九月，以"终刊号"和大家告别了。虽然不过野花小草，但曾经费过不少移栽灌溉之力，当然不免私心以为可惜的。然而竟也得了勇气和慰安：这是许多读者用了笔和舌，对于《译文》的凭吊。

我们知道感谢，我们知道自勉。

我们也不断的希望复刊。但那时风传的关于终刊的原因：是折本。出版家虽然大抵是"传播文化"的，而"折本"却是"传播文化"的致命伤，所以荏苒半年，简直死得无药可救。直到今年，折本说这才起了动摇，得到再造的运会，再和大家相见了。

七四四

内容仍如创刊时候的"前记"里所说一样：原料没有限制；门类也没有固定；文字之外多加图画，也有和文字有关系的，意在助趣，也有和文字没有关系的，那就算是我们贡献给读者的一点小意思。

这一回，将来的运命如何呢？我们不知道。但今年文坛的情形突变，已在宣扬宽容和大度了，我们真希望在这宽容和大度的文坛里，《译文》也能够托庇比较的长生。

三月八日。

七四五

# 白莽作《孩儿塔》序

春天去了一大半了，还是冷；加上整天的下雨，淅淅沥沥，深夜独坐，听得令人有些凄凉，也因为午后得到一封远道寄来的信，要我给白莽[1]的遗诗写一点序文之类；那信的开首说道："我的亡友白莽，恐怕你是知道的罢。……"——这就使我更加惆怅。

说起白莽来，——不错，我知道的。四年

---

[1] 白莽（1910—1931），左翼作家，诗人，"左联五烈士"之一，被国民党秘密杀害时尚不足 21 岁。

之前，我曾经写过一篇《为了忘却的记念》，要将他们忘却。他们就义了已经足有五个年头了，我的记忆上，早又蒙上许多新鲜的血迹；这一提，他的年青的相貌就又在我的眼前出现，像活着一样，热天穿着大棉袍，满脸油汗，笑笑的对我说道："这是第三回了。自己出来的。前两回都是哥哥保出，他一保就要干涉我，这回我不去通知他了。……"——我前一回的文章上是猜错的，这哥哥才是徐培根，航空署长，终于和他成了殊途同归的兄弟；他却叫徐白，较普通的笔名是殷夫。

一个人如果还有友情，那么，收存亡友的遗文真如捏着一团火，常要觉得寝食不安，给它企图流布的。这心情我很了然，也知道有做序文之类的义务。我所惆怅的是我简直不懂诗，也没有诗人的朋友，偶尔一有，也终至于闹开，不过和白莽没有闹，也许是他死得太快了罢。

现在，对于他的诗，我一句也不说——因为我不能。

这《孩儿塔》的出世并非要和现在一般的诗人争一日之长，是有别一种意义在。这是东方的微光，是林中的响箭，是冬末的萌芽，是进军的第一步，是对于前驱者的爱的大纛，也是对于摧残者的憎的丰碑。一切所谓圆熟简练、静穆幽远之作，都无须来作比方，因为这诗属于别一世界。

那一世界里有许多许多人，白莽也是他们的亡友。单是这一点，我想，就足够保证这本集子的存在了，又何需我的序文之类。

一九三六年三月十一夜，

鲁迅记于上海之且介亭。

# 《海上述林》[1] 上卷序言

　　这一卷里，几乎全是关于文学的论说；只有《现实》中的五篇，是根据了杂志《文学的遗产》撰述的，再除去两篇序跋，其余就都是翻译。

　　编辑本集时，所据的大抵是原稿；但《绥

---

1　《海上述林》是革命者瞿秋白的译文集。1935 年 6 月 18 日瞿秋白被国民党反动派枪杀，年仅 36 岁。噩耗传到上海后，鲁迅悲愤之余，决定整理出版其遗著。《海上述林》上卷由鲁迅亲自编校与推介，在内山书店代售。店主内山完造极为重视，不到一个月已基本售罄。但直到临终，鲁迅都未能看到《海上述林》的下卷出版。

拉菲摩维支〈铁流〉序〉，却是由排印本收入的。《十五年来的书籍版画和单行版画》一篇，既系摘译，又好像曾由别人略加改易，是否合于译者本意，已不可知，但因为关于艺术的只有这一篇，所以仍不汰去。

《冷淡》所据的也是排印本，本该是收在《高尔基论文拾补》中的，可惜发见得太迟一点，本书已将排好了，因此只得附在卷末。

对于文辞，只改正了几个显然的笔误和补上若干脱字；至于因为断续的翻译，遂使人地名的音译字，先后不同，或当时缺少参考书籍，注解中偶有未详之处，现在均不订正，以存其真。

关于搜罗文稿和校印事务种种，曾得许多友人的协助，在此一并志谢。

一九三六年三月下旬，编者

七五〇

# 我的第一个师父

　　不记得是那一部旧书上看来的了，大意说是有一位道学先生，自然是名人，一生拚命辟佛，却名自己的小儿子为"和尚"。有一天，有人拿这件事来质问他。他回答道："这正是表示轻贱呀！"那人无话可说而退云。

　　其实，这位道学先生是诡辩。名孩子为"和尚"，其中是含有迷信的。中国有许多妖魔鬼怪，专喜欢杀害有出息的人，尤其是孩子；要下贱，他们才放手，安心。和尚这一种人，从和尚的立场看来，会成佛——但也不一定，——固然高超得很，而从读书人的立场一看，他们无家无室，不会做官，却是下贱之流。读书人意中的鬼怪，那意见当然和读书人相同，所以也就不来搅扰了。这和名孩子为阿猫阿狗，完全是一样的意思：容易养大。

还有一个避鬼的法子，是拜和尚为师，也就是舍给寺院了的意思，然而并不放在寺院里。我生在周氏是长男，"物以希为贵"，父亲怕我有出息，因此养不大，不到一岁，便领到长庆寺里去，拜了一个和尚为师了。拜师是否要赞见礼，或者布施什么的呢，我完全不知道。只知道我却由此得到一个法名叫作"长庚"，后来我也偶尔用作笔名，并且在《在酒楼上》这篇小说里，赠给了恐吓自己的侄女的无赖；还有一件百家衣，就是"衲衣"，论理，是应该用各种破布拼成的，但我的却是橄榄形的各色小绸片所缝就，非喜庆大事不给穿；还有一条称为"牛绳"的东西，上挂零星小件，如历本、镜子、银筛之类，据说是可以避邪的。

这种布置，好像也真有些力量：我至今没有死。

不过，现在法名还在，那两件法宝却早已失去了。前几年回北平去，母亲还给了我婴儿时代的银筛，是那时的惟一的记念。仔细一看，原来那筛子圆径不过寸余，中央一个太极图，上面一本书，下面一卷画，左右缀着极小的尺、剪刀、算盘、天平之类。我于是恍然大悟，中国的邪鬼，是怕斩钉截铁，不能含胡的东西的。因为探究和好奇，去年曾经去问上海的银楼，终于买了两面来，和我的几乎一式一样，不过缀着的小东西有些增减。奇怪得很，半世纪有余了，邪鬼还是这样的性情，避邪还是这样的法宝。然而我又想，这法宝成人却用不得，反而非常危险的。

　　但因此又使我记起了半世纪以前的最初的先生。我至今不知道他的法名，无论谁，都称他为"龙师父"，瘦长的身子，瘦长的脸，高颧细眼，和尚是不应该留须的，他却有两绺下垂的小胡子。对人很和气，对我也很和气，不教我念一句经，也不教我一点佛门规矩；他自己呢，穿起袈裟来做大和尚，或者戴上毗卢帽放焰口 [1]，"无祀孤魂，来受甘露味"的时候，是庄严透顶的，平常可也不念经，因为是住持，只管着寺里的琐屑事，其实——自然是由我看起来——他不过是一个剃光了头发的俗人。

　　因此我又有一位师母，就是他的老婆。论理，和尚是不应该有老婆的，然而他有。我家

---

1　焰口为一种饿鬼，以身形焦枯，口内燃火，咽细如针而得名。佛教有专对此种饿鬼施食的经咒和念诵仪轨，其仪式一般称作"放焰口"。

七五四

的正屋的中央，供着一块牌位，用金字写着必须绝对尊敬和服从的五位："天地君亲师"。我是徒弟，他是师，决不能抗议，而在那时，也决不想到抗议，不过觉得似乎有点古怪。但我是很爱我的师母的，在我的记忆上，见面的时候，她已经大约有四十岁了，是一位胖胖的师母，穿着玄色纱衫裤，在自己家里的院子里纳凉，她的孩子们就来和我玩耍。有时还有水果和点心吃，——自然，这也是我所以爱她的一个大原因；用高洁的陈源教授的话来说，便是所谓"有奶便是娘"，在人格上是很不足道的。

不过我的师母在恋爱故事上，却有些不平常。"恋爱"，这是现在的术语，那时我们这偏僻之区只叫作"相好"。《诗经》云，"式相好矣，毋相尤矣"，起源是算得很古，离文武周公的时候不怎么久就有了的，然而后来好像并不算十分冠冕堂皇的好话。这且不管它罢。总之，听说龙师父年青时，是一个很漂亮而能干的和尚，交际很广，认识各种人。有一天，乡下做社戏了，他和戏子相识，便上台替他们去敲锣，精光的头皮，簇新的海青[1]，真是风头十足。乡下人大抵有些顽固，以为和尚是只应该念经拜忏的，台下有人骂了起来。师父不甘示弱，也给他们一个回骂。于是战争开幕，甘蔗梢头雨点似的飞上来，有些勇士，还有进攻之势，"彼众我寡"，他只好退走，一面退，一面一定追，逼得他又只好慌张的躲进一家人家去。而这人家，又只有一位年青的寡妇。以后的故事，我也不甚了然了，总而言之，她后来就是我的师母。

自从《宇宙风》出世以来，一向没有拜读的机缘，近几天才看见了"春季特大号"。其

---

1　礼佛时所穿衣服，广袖如海青（亦称海东青，雕之一种），故此得名。

中有一篇铢堂先生的《不以成败论英雄》，使我觉得很有趣，他以为中国人的"不以成败论英雄"，"理想是不能不算崇高"的，"然而在人群的组织上实在要不得。抑强扶弱，便是永远不愿意有强。崇拜失败英雄，便是不承认成功的英雄。"近人有一句流行话，说中国民族富于同化力，所以辽金元清都并不曾征服中国。其实无非是一种惰性，对于新制度不容易接收罢了"。我们怎样来改悔这"惰性"呢，现在姑且不谈，而且正在替我们想法的人们也多得很。我只要说那位寡妇之所以变了我的师母，其弊病也就在"不以成败论英雄"。乡下没有活的岳飞或文天祥，所以一个漂亮的和尚在如雨而下的甘蔗梢头中，从戏台逃下，也就是一个货真价实的失败的英雄。她不免发现了祖传的"惰性"，崇拜起来，对于追兵，也像我们的祖先的对于辽金元清的大军似的，"不承认成功的英雄"了。在历史上，这结果是正如铢堂先生所说："乃是中国的社会不树威是难得帖服的"，所以活该有"扬州十日"和"嘉定三屠"[1]。但那时的乡下人，却好像并没有"树威"，走散了，自然，也许是他们料不到躲在家里。

因此我有了三个师兄、两个师弟。大师兄是穷人的孩子，舍在寺里，或是卖在寺里的；其余的四个，都是师父的儿子，大和尚的儿子做小和尚，我那时倒并不觉得怎么稀奇。大师兄只有单身；二师兄也有家小，但他对我守着秘密，这一点，就可见他的道行远不及我的师父，他的父亲了。而且年龄都和我相差太远，我们几乎没有交往。

三师兄比我恐怕要大十岁，然而我们后来

---

1　1645 年（顺治二年）清军在攻破扬州和嘉定后实施的大屠杀。

的感情是很好的，我常常替他担心。还记得有一回，他要受大戒[1]了，他不大看经，想来未必深通什么大乘教理，在剃得精光的囟门上，放上两排艾绒，同时烧起来，我看是总不免要叫痛的，这时善男信女，多数参加，实在不大雅观，也失了我做师弟的体面。这怎么好呢？每一想到，十分心焦，仿佛受戒的是我自己一样。然而我的师父究竟道力高深，他不说戒律，不谈教理，只在当天大清早，叫了我的三师兄去，厉声吩咐道："拚命熬住，不许哭，不许叫，要不然，脑袋就炸开，死了！"这一种大喝，实在比什么《妙法莲花经》或《大乘起信论》还有力，谁高兴死呢，于是仪式很庄严的进行，虽然两眼比平时水汪汪，但到两排艾绒在头顶上烧完，的确一声也不出。我嘘一口气，真所

指佛教徒通过一定的宗教仪式接受戒律，正式成为比丘或比丘尼。

谓"如释重负"，善男信女们也个个"合十赞叹，欢喜布施，顶礼而散"了。

出家人受了大戒，从沙弥升为和尚，正和我们在家人行过冠礼，由童子而为成人相同。成人愿意"有室"，和尚自然也不能不想到女人。以为和尚只记得释迦牟尼或弥勒菩萨，乃是未曾拜和尚为师，或与和尚为友的世俗的谬见。寺里也有确在修行，没有女人，也不吃荤的和尚，例如我的大师兄即是其一，然而他们孤僻，冷酷，看不起人，好像总是郁郁不乐，他们的一把扇或一本书，你一动他就不高兴，令人不敢亲近他。所以我所熟识的，都是有女人，或声明想女人，吃荤，或声明想吃荤的和尚。

我那时并不诧异三师兄在想女人，而且知道他所理想的是怎样的女人。人也许以为他想的是尼姑罢，并不是的，和尚和尼姑"相好"，加倍的不便当。他想的乃是千金小姐或少奶奶；而作这"相思"或"单相思"——即今之所谓"单恋"也——的媒介的是"结"。我们那里的阔人家，一有丧事，每七日总要做一些法事，有一个七日，是要举行"解结"的仪式的，因为死人在未死之前，总不免开罪于人，存着冤结，所以死后要替他解散。方法是在这天拜完经忏的傍晚，灵前陈列着几盘东西，是食物和花，而其中有一盘，是用麻线或白头绳，穿上十来文钱，两头相合而打成蝴蝶式、八结式之类的复杂的，颇不容易解开的结子。一群和尚便环坐桌旁，且唱且解，解开之后，钱归和尚，而死人的一切冤结也从此完全消失了。这道理似乎有些古怪，但谁都这样办，并不为奇，大约也是一种"惰性"。不过解结是并不如世俗人的所推测，个个解开的，倘有和尚以为打得精致，因而生爱，或者故意打得结实，很难解散，因而生恨的，便能暗暗的整个落到僧袍的大袖里去，一任死者留下冤结，到地狱里去吃苦。这种宝结带回寺里，便保存起来，也时时鉴赏，恰如我们的或亦不免偏爱看看女作家的作品一样。当鉴赏的时候，当然也不免想到作家，打结子的是谁呢，男人不会，奴婢不会，有这种本领的，不消说是小姐或少奶奶了。和尚没有文学界人物的清高，所以他就不免睹物思人，所谓"时涉遐想"起来，至于心理状态，则我虽曾拜和尚为师，但究竟是在家人，不大明白底细。只记得三师兄曾经不得已而分给我几个，有些实在打得精奇，有些则打好之后，浸过水，还用剪刀柄之类砸实，使和尚无法解散。解结，是替死人设法的，现在却和和尚为难，我真不知道小姐或少奶奶是什么意思。这疑问直到二十年后，学了一点医学，才明白原来是给和尚吃苦，颇有一点虐待异性的病态的。深闺的怨恨，会无线电似的报在佛寺的和尚身上，我看道学先生可还没有料到这一层。

后来，三师兄也有了老婆，出身是小姐，是尼姑，还是"小家碧玉"呢，我不明白，他也严守秘密，道行远不及他的父亲了。这时我也长大起来，不知道从那里，听到了和尚应守清规之类的古老话，还用这话来嘲笑他，本意是在要他受窘。不料他竟一点不窘，立刻用"金刚怒目"式，向我大喝一声道：

"和尚没有老婆，小菩萨那里来！？"

这真是所谓"狮吼"[1]，使我明白了真理，哑口无言，我的确早看见寺里有丈余的大佛，有数尺或数寸的小菩萨，却从未想到他们为什么有大小。经此一喝，我才澈底的省悟了和尚

---

[1] 佛家用语，也作"狮子吼"，用以赞誉佛陀讲经说法的威慑力。

有老婆的必要，以及一切小菩萨的来源，不再发生疑问。但要找寻三师兄，从此却艰难了一点，因为这位出家人，这时就有了三个家了：一是寺院，二是他的父母的家，三是他自己和女人的家。

我的师父，在约略四十年前已经去世；师兄弟们大半做了一寺的住持；我们的交情是依然存在的，却久已彼此不通消息。但我想，他们一定早已各有一大批小菩萨，而且有些小菩萨又有小菩萨了。

四月一日。

# 续记

　　这是三月十日的事。我得到一个不相识者由汉口寄来的信，自说和白莽是同济学校的同学，藏有他的遗稿《孩儿塔》，正在经营出版，但出版家有一个要求：要我做一篇序；至于原稿，因为纸张零碎，不寄来了，不过如果要看的话，却也可以补寄。其实，白莽的《孩儿塔》的稿子，却和几个同时受难者的零星遗稿，都在我这里，里面还有他亲笔的插画，但在他的朋友手里别有初稿，也是可能的；至于出版家

七六五

要有一篇序，那更是平常事。

　　近两年来，大开了印卖遗著的风气，虽是期刊，也常有死人和活人合作的，但这已不是先前的所谓"骸骨的迷恋"，倒是活人在依靠死人的余光，想用"死诸葛吓走生仲达"[1]。我不大佩服这些活家伙。可是这一回却很受了感动，因为一个人受了难，或者遭了冤，所谓先前的朋友，一声不响的固然有，连赶紧来投几块石子，借此表明自己是属于胜利者一方面的，也并不算怎么希罕；至于抱守遗文，历多年还要给它出版，以尽对于亡友的交谊者，以我之孤陋寡闻，可实在很少知道。大病初愈，才能起坐，夜雨淅沥，怆然有怀，便力疾写了一点短文，到第二天付邮寄去，因为恐怕连累

---

1　参见《三国演义》第一百四回。司马懿（字仲达）夜观天象，见大星流坠，算出诸葛亮之死，但因秉性多疑，在亲率兵马追击蜀军时，被木制的孔明像吓跑。

付印者，所以不题他的姓名；过了几天，才又投给《文学丛报》，因为恐怕妨碍发行，所以又隐下了诗的名目。

此后不多几天，看见《社会日报》，说是善于翻戏的史济行[1]，现又化名为齐涵之了。我这才悟到自己竟受了骗，因为汉口的发信者，署名正是齐涵之。他仍在玩着骗取文稿的老套，《孩儿塔》不但不会出版，大约他连初稿也未必有的，不过知道白莽和我相识，以及他的诗集的名目罢了。

至于史济行和我的通信，却早得很，还是八九年前，我在编辑《语丝》，创造社和太阳社联合起来向我围剿的时候，他就自称是一个艺术专门学校的学生，信件在我眼前出现了，

---

1　史济行是当时文坛上受鲁迅鄙弃的文人，曾多次致函向鲁迅索稿，均为鲁迅所拒。此番史济行化名为齐涵之请鲁迅为白莽的遗诗作序，亦出于骗稿的目的。

投稿是几则当时所谓革命文豪的劣迹，信里还说这类文稿，可以源源的寄来。然而《语丝》里是没有"劣迹栏"的，我也不想和这种"作家"往来，于是当时即加以拒绝。后来他又或者化名"彳亍"，在刊物上捏造我的谣言，或者忽又化为"天行"（《语丝》也有同名的文字，但是别一人）或"史岩"，卑词征求我的文稿，我总给他一个置之不理。这一回，他在汉口，我是听到过的，但不能因为一个史行在汉口，便将一切汉口的不相识者的信都看作卑劣者的圈套，我虽以多疑为忠厚长者所诟病，但这样多疑的程度是还不到的。不料人还是大意不得，偶不疑虑，偶动友情，到底成为我的弱点了。

今天又看见了所谓"汉出"的《人间世》的第二期，卷末写着"主编史天行"，而下期要目的豫告上，果然有我的《序〈孩儿塔〉》在。但卷端又声明着下期要更名为《西北风》了，那么，我的序文，自然就卷在第一阵《西北风》里。而第二期的第一篇，竟又是我的文章，题目是《日译本〈中国小说史略〉序》。这原是我用日本文所写的，这里却不知道何人所译，仅止一页的短文，竟充满着错误和不通，但前面却附有一行声明道："本篇原来是我为日译本《支那小说史》写的卷头语……"乃是模拟我的语气，冒充我自己翻译的。翻译自己所写的日文，竟会满纸错误，这岂不是天下的大怪事么？

中国原是"把人不当人"的地方，即使无端诬人为投降或转变，国贼或汉奸，社会上也并不以为奇怪。所以史济行的把戏，就更是微乎其微的事情。我所要特地声明的，只在请读了我的序文而希望《孩儿塔》出版的人，可以收回了这希望，因为这是我先受了欺骗，一转而成为我又欺骗了读者的。

最后，我还要添几句由"多疑"而来的结论：即使真有"汉出"《孩儿塔》，这部诗也还是可疑的。我从来不想对于史济行的大事业讲一句话，但这回既经我写过一篇序，且又发表了，所以在现在或到那时，我都有指明真伪的义务和权利。

四月十一日。

七七〇

# 写于深夜里

一　珂勒惠支教授的版画之入中国

野地上有一堆烧过的纸灰，旧墙上有几个划出的图画，经过的人是大抵未必注意的，然而这些里面，各各藏着一些意义，是爱，是悲哀，是愤怒，……而且往往比叫了出来的更猛烈。也有几个人懂得这意义。

一九三一年——我忘了月份了——创刊

不久便被禁止的杂志《北斗》[1] 第一本上，有一幅木刻画，是一个母亲，悲哀的闭了眼睛，交出她的孩子去。这是珂勒惠支教授（Prof. Kaethe Kollwitz）的木刻连续画《战争》的第一幅，题目叫作《牺牲》；也是她的版画绍介进中国来的第一幅。

这幅木刻是我寄去的，算是柔石遇害的纪念。他是我的学生和朋友，一同绍介外国文艺的人，尤喜欢木刻，曾经编印过三本欧美作家的作品，虽然印得不大好。然而不知道为了什么，突然被捕了，不久就在龙华和别的五个青年作家同时枪毙。当时的报章上毫无记载，大约是不敢，也不能记载，然而许多人都明白他不在人间了，因为这是常有的事。只有他那双目失明的母亲，我知道她一定还以为她的爱子

---

1　《北斗》是当时中国左翼作家联盟的机关刊物，丁玲主编。1931 年 9 月在上海创刊，1932 年 6 月即被关停。

仍在上海翻译和校对。偶然看到德国书店的目录上有这幅《牺牲》，便将它投寄《北斗》了，算是我的无言的纪念。然而，后来知道，很有一些人是觉得所含的意义的，不过他们大抵以为纪念的是被害的全群。

这时珂勒惠支教授的版画集正在由欧洲走向中国的路上，但到得上海，勤恳的绍介者却早已睡在土里了，我们连地点也不知道。好的，我一个人来看。这里面是穷困、疾病、饥饿、死亡……自然也有挣扎和争斗，但比较的少；这正如作者的自画像，脸上虽有憎恶和愤怒，而更多的是慈爱和悲悯的相同。这是一切"被侮辱和被损害的"的母亲的心的图像。这类母亲，在中国的指甲还未染红的乡下，也常有的，然而人往往嗤笑她，说做母亲的只爱不中用的儿子，但我想，她是也爱中用的儿子的，只因为既然强壮而有能力，她便放了心，去注意"被侮辱的和被损害的"孩子去了。

现在就有她的作品的复印二十一幅，来作证明；并且对于中国的青年艺术学徒，又有这样的益处的——

一、近五年来，木刻已颇流行了，虽然时时受着迫害。但别的版画，较成片段的，却只有一本关于卓伦（Anders Zorn）[1] 的书。现在所介绍的全是铜刻和石刻，使读者知道版画之中，又有这样的作品，也可以比油画之类更加普遍，而且看见和卓伦截然不同的技法和内容。

二、没有到过外国的人，往往以为白种人都是对人来讲耶稣道理或开洋行的，鲜衣美食，一不高兴就用皮鞋向人乱踢。有了这画集，就

---

1　安德斯·索恩（1860—1920），瑞典艺术家，以肖像画获得国际声誉，曾画过三位美国总统。他还创作了大量铜版蚀刻画，其中有着丰富的明暗调子和完美的素描关系，一些评论家认为比他的绘画更好。

明白世界上其实许多地方都还存在着"被侮辱和被损害的"人，是和我们一气的朋友，而且还有为这些人们悲哀、叫喊和战斗的艺术家。

三、现在中国的报纸上多喜欢登载张口大叫着的希特拉像，当时是暂时的，照相上却永久是这姿势，多看就令人觉得疲劳。现在由德国艺术家的画集，却看见了别一种人，虽然并非英雄，却可以亲近、同情，而且愈看，而愈觉得美，愈觉得有动人之力。

四、今年是柔石被害后的满五年，也是作者的木刻第一次在中国出现后的第五年；而作者，用中国式计算起来，她是七十岁了，这也可以算作一个纪念。作者虽然现在也只能守着沉默，但她的作品，却更多的在远东的天下出现了。是的，为人类的艺术，别的力量是阻挡不住的。

## 二 略论暗暗的死

这几天才悟到，暗暗的死，在一个人是极其惨苦的事。

中国在革命以前，死囚临刑，先在大街上通过，于是他或呼冤，或骂官，或自述英雄行为，或说不怕死。到壮美时，随着观看的人们，便喝一声采，后来还传述开去。在我年青的时候，常听到这种事，我总以为这情形是野蛮的，这办法是残酷的。新近在林语堂博士编辑的《宇宙风》里，看到一篇铢堂先生的文章，却是别一种见解。他认为这种对死囚喝采，是崇拜失败的英雄，是扶弱，"理想是不能不算崇高。然而在人群的组织上实在要不得。抑强扶弱，便是永远不愿意有强。崇拜失败的英雄，便是不承认成功的英雄"。所以使"凡是

七七六

古来成功的帝王，欲维持几百年的威力，不定得残害几万几十万无辜的人，方才能博得一时的慑服"。

残害了几万几十万人，还只"能博得一时的慑服"，为"成功的帝王"设想，实在是大可悲哀的：没有好法子。不过我并不想替他们划策，我所由此悟到的，乃是给死囚在临刑前可以当众说话，倒是"成功的帝王"的恩惠，也是他自信还有力量的证据，所以他有胆放死囚开口，给他在临死之前，得到一个自夸的陶醉，大家也明白他的收场。我先前只以为"残酷"，还不是确切的判断，其中是含有一点恩惠的。我每当朋友或学生的死，倘不知时日，不知地点，不知死法，总比知道的更悲哀和不安；由此推想那一边，在暗室中毕命于几个屠夫的手里，也一定比当众而死的更寂寞。

然而"成功的帝王"是不秘密杀人的，他

七七七

只秘密一件事：和他那些妻妾的调笑。到得就要失败了，才又增加一件秘密：他的财产的数目和安放的处所；再下去，这才加到第三件，秘密的杀人。这时他也如铢堂先生一样，觉得民众自有好恶，不论成败的可怕了。

所以第三种秘密法，是即使没有策士的献议，也总有一时要采用的，也许有些地方还已经采用。这时街道文明了，民众安静了，但我们试一推测死者的心，却一定比明明白白而死的更加惨苦。我先前读但丁的《神曲》，到《地狱》篇，就惊异于这作者设想的残酷，但到现在，阅历加多，才知道他还是仁厚的了：他还没有想出一个现在已极平常的惨苦到谁也看不见的地狱来。

## 三　一个童话

看到二月十七日的"DZZ"[1]，有为纪念海涅（H.Heine）死后八十年，勃莱兑勒（Willi Bredel）[2] 所作的《一个童话》，很爱这个题目，也来写一篇。

有一个时候，有一个这样的国度。权力者压服了人民，但觉得他们倒都是强敌了，拼音字好像机关枪，木刻好像坦克车；取得了土地，但规定的车站上不能下车。地面上也不能走了，总得在空中飞来飞去；而且皮肤的抵抗力也衰弱起来，一有要紧的事情，就伤风，同时还传染给大臣们，一齐生病。

---

1　*Deutsche Zentral Zeitung*（《德意志中央报》）的缩写，该报在莫斯科发行。

2　威利·布莱德尔（1901—1964），德国作家，曾加入德国共产党，长期从事反纳粹斗争，曾访问过中国。

出版有大部的字典，还不止一部，然而是都不合于实用的，倘要明白真情，必须查考向来没有印过的字典。这里面很有新奇的解释，例如：“解放”就是“枪毙”；“托尔斯泰主义”就是“逃走”；“官”字下注云：“大官的亲戚朋友和奴才”；“城”字下注云：“为防学生出入而造的高而坚固的砖墙”；“道德”条下注云：“不准女人露出臂膊”；“革命”条下注云：“放大水入田地里，用飞机载炸弹向‘匪贼’头上掷之也。”

出版有大部的法律，是派遣学者，往各国采访了现行律，摘取精华，编纂而成的，所以没有一国，能有这部法律的完全和精密。但卷头有一页白纸，只有见过没有印出的字典的人，才能够看出字来，首先计三条：一、或从宽办理；二、或从严办理；三、或有时全不适用之。

自然有法院，但曾在白纸上看出字来的

七八〇

犯人，在开庭时候是决不抗辩的，因为坏人才爱抗辩，一辩即不免"从严办理"；自然也有高等法院，但曾在白纸上看出字来的人，是决不上诉的，因为坏人才爱上诉，一上诉即不免"从严办理"。

有一天的早晨，许多军警围住了一个美术学校。校里有几个中装和西装的人在跳着，翻着，寻找着，跟随他们的也是警察，一律拿着手枪。不多久，一位西装朋友就在寄宿舍里抓住了一个十八岁的学生的肩头。

"现在政府派我们到你们这里来检查，请你……"

"你查罢！"那青年立刻从床底下拖出自己的柳条箱来。

这里的青年是积多年的经验，已颇聪明了的，什么也不敢有。但那学生究竟只有十八岁。终于被在抽屉里，搜出几封信来了，也许是因为那些信里面说到他的母亲的困苦而死，一时不忍烧掉罢。西装朋友便子子细细的一字一字的读着，当读到"……世界是一台吃人的筵席，你的母亲被吃去了，天下无数无数的母亲也会被吃去的……"的时候，就把眉头一扬，摸出一枝铅笔来，在那些字上打着曲线，问道：

"这是怎么讲的？"

"…………"

"谁吃你的母亲？世上有人吃人的事情吗？我们吃你的母亲？好！"他凸出眼珠，好像要化为枪弹，打了过去的样子。

"那里！……这……那里！……这……"青年发急了。

但他并不把眼珠射出去，只将信一折，塞在衣袋里；又把那学生的木版，木刻刀和拓片，《铁流》，《静静的顿河》，剪贴的报，都放在一处，对一个警察说：

"我把这些交给你！"

"这些东西里有什么呢，你拿去？"青年知道这并不是好事情。

但西装朋友只向他瞥了一眼，立刻顺手一指，对别一个警察命令道：

"我把这个交给你！"

警察的一跳好像老虎，一把抓住了这青年的背脊上的衣服，提出寄宿舍的大门口去了。门外还有两个年纪相仿的学生，背脊上都有一只勇壮巨大的手在抓着。旁边围着一大层教员和学生。

四　又是一个童话

有一天的早晨的二十一天之后，拘留所里开审了。一间阴暗的小屋子里，上面坐着两位老爷，一东一西。东边的一个是马褂，西边的一个是西装，不相信世上有人吃人的事情的乐天派，录口供的。警察吆喝着连抓带拖的弄进一个十八岁的学生来，苍白脸，脏衣服，站在下面。马褂问过他的姓名、年龄、籍贯之后，就又问道：

"你是木刻研究会的会员么？"

"是的。"

"谁是会长呢？"

"Ch……正的，H……副的。"

"他们现在在那里？"

"他们都被学校开除了，我不晓得。"

"你为什么要鼓动风潮呢，在学校里？"

"阿！……"青年只惊叫了一声。

"哼。"马褂随手拿出一张木刻的肖像来给他看，"这是你刻的吗？"

"是的。"

“刻的是谁呢？”

“是一个文学家。”

“他叫什么名字？”

“他叫卢那却尔斯基。”

“他是文学家？——他是那一国人？”

“我不知道！”这青年想逃命，说谎了。

“不知道？你不要骗我！这不是露西亚[1]人吗？这不是明明白白的露西亚红军军官吗？我在露西亚的革命史上亲眼看见他的照片的呀！你还想赖？”

“那里！”青年好像头上受到了铁椎的一击，绝望的叫了一声。

“这是应该的，你是普罗艺术家，刻起来自然要刻红军军官呀！”

“那里……这完全不是……”

---

日语俄罗斯一词的音译。起初为“鲁西亚”，1877 年俄国提出抗议，认为“鲁”有“鲁钝”之意，于是改成“露”。

"不要强辩了，你总是'执迷不悟'！我们很知道你在拘留所里的生活很苦。但你得从实说来，好使我们早些把你送给法院判决。——监狱里的生活比这里好得多。"

青年不说话——他十分明白了说和不说一样。

"你说，"马褂又冷笑了一声，"你是 CP，还是 CY？[1]"

"都不是的。这些我什么也不懂！"

"红军军官会刻，CP、CY 就不懂了？人这么小，却这样的刁顽！去！"于是一只手顺势向前一摆，一个警察很聪明而熟练的提着那青年就走了。

我抱歉得很，写到这里，似乎有些不像童话了。但如果不称它为童话，我将称它为什

---

1　"CP"即"Communist Party"（共产党）的缩写。"CY"即英语"Communist Youth"（共青团）的缩写。

么呢？特别的只在我说得出这事的年代，是一九三二年。


## 五　一封真实的信


"敬爱的先生：

　　你问我出了拘留所以后的事情么，我现在大略叙述在下面——

　　在当年的最后一月的最后一天，我们三个被××省政府解到了高等法院。一到就开检查庭。这检察官的审问很特别，只问了三句：

　　'你叫什么名字？'——第一句；

　　'今年你几岁？'——第二句；

　　'你是那里人？'——第三句。

　　开完了这样特别的庭，我们又被法院解到

了军人监狱。有谁要看统治者的统治艺术的全般的么？那只要到军人监狱里去。他的虐杀异己、屠戮人民，不惨酷是不快意的。时局一紧张，就拉出一批所谓重要的政治犯来枪毙，无所谓刑期不刑期的。例如南昌陷于危急的时候，曾在三刻钟之内，打死了二十二个；福建人民政府成立时，也枪毙了不少。刑场就是狱里的五亩大的菜园，囚犯的尸体，就靠泥埋在菜园里，上面栽起菜来，当作肥料用。

约莫隔了两个半月的样子。起诉书来了。法官只问我们三句话，怎么可以做起诉书的呢？可以的！原文虽然不在手头，但是我背得出，可惜的是法律的条目已经忘记了——

……Ch……H……所组织之木刻研究会，系受共党指挥，研究普罗艺术之团体也。被告等皆为该会会员，……核其所刻，

七八八

皆为红军军官及劳动饥饿者之景象，借以鼓动阶级斗争而示。无产阶级必有专政之一日。……

　　之后，没有多久，就开审判庭。庭上一字儿坐着老爷五位，威严得很。然而我倒并不怎样的手足无措，因为这时我的脑子里浮出了一幅图画，那是陀密埃（Honoré Daumier）[1] 的《法官》，真使我赞叹！

　　审判庭开后的第八日，开最后的判决庭，宣判了。判决书上所开的罪状，也还是起诉书上的那么几句，只在它的后半段里，有——

核其所为，当依危害民国紧急治罪法第×条、刑法第×百×十×条第×款，

---

1　从 1845 年 3 月 21 日到 1848 年 10 月 31 日，杜米埃发表了38 幅针对法官、律师或诉讼当事人的石版画，也即著名的《正义之人》（*Les Gens de Justice*）。

七八九

各处有期徒刑五年。……然被告等皆年幼无知，误入歧途，不无可悯，特依××法第×千×百×十×条第×款之规定，减处有期徒刑二年六个月。于判决书送到后十日以内，不服上诉……云云。

我还用得到'上诉'么？'服'得很！反正这是他们的法律！

总结起来，我从被捕到放出，竟游历了三处残杀人民的屠场。现在，我除了感激他们不砍我的头之外，更感激的是增加了我不知几多的知识。单在刑罚一方面，我才晓得现在的中国有：一、抽藤条，二、老虎凳，都还是轻的；三、踏杠，是叫犯人脆下，把铁杠放在他的腿弯上，两头站上彪形大汉去，起先两个，逐渐加到八人；四、脆火链，是把烧红的铁链盘在地上，使犯人脆上去；五、还有一种叫'吃'的，

七九〇

是从鼻孔里灌辣椒水，火油，醋，烧酒……六、还有反绑着犯人的手，另用细麻绳缚住他的两个大拇指，高悬起来，吊着打，我叫不出这刑罚的名目。

我认为最惨的还是在拘留所里和我同枷的一个年青的农民。老爷硬说他是红军军长，但他死不承认。呵，来了，他们用缝衣针插在他的指甲缝里，用榔头敲进去。敲进去了一只，不承认，敲第二只，仍不承认，又敲第三只……第四只……终于十只指头都敲满了。直到现在，那青年的惨白的脸，凹下的眼睛，两只满是鲜血的手，还时常浮在我的眼前，使我难于忘却！使我苦痛！……

然而，入狱的原因，直到我出来之后才查明白。祸根是在我们学生对于学校有不满之处，尤其是对于训育主任，而他却是省党部的政治情报员。他为了要镇压全体学生的不满，就把仅存的三个木刻研究会会员，抓了去做示威的牺牲了。而那个硬派卢那却尔斯基为红军军官的马褂老爷，又是他的姐夫。多么便利呵！

写完了大略，抬头看看窗外，一地惨白的月色，心里不禁渐渐地冰凉了起来。然而我自信自己还并不怎样的怯弱，然而，我的心冰凉起来了……

愿你的身体康健！

人凡[1]。四月四日，后半夜。"

附记：从《一个童话》后半起至篇末止，均据人凡君信及《坐牢略记》。

四月七日。

---

1　即曹白（1914—2007），木刻家，鲁迅的十二名抬棺人之一。

七九二

# 三月的租界

今年一月，田军[1]发表了一篇小品，题目是《大连丸上》，记着一年多以前，他们夫妇俩怎样幸而走出了对于他们是荆天棘地的大连——

"第二天当我们第一眼看到青岛青青的山角时，我们的心才又从冻结里蠕活过来。

"'啊！祖国！'

—————
1 作家萧军的笔名之一。

"我们梦一般这样叫了！"

他们的回"祖国"，如果是做随员，当然没有人会说话，如果是剿匪，那当然更没有人会说话，但他们竟不过来出版了《八月的乡村》。这就和文坛发生了关系。那么，且慢"从冻结里蠕活过来"罢。三月里，就"有人"在上海的租界上冷冷的说道——

"田军不该早早地从东北回来！"

谁说的呢？就是"有人"。为什么呢？因为这部《八月的乡村》"里面有些还不真实"。然而我的传话是"真实"的。有《大晚报》副刊《火炬》的奇怪毫光之一，《星期文坛》上的狄克[1]先生的文章为证——

《八月的乡村》整个地说，他是一首

---

七九四

史诗，可是里面有些还不真实，像人民革命军进攻了一个乡村以后的情况就不够真实。有人这样对我说："田军不该早早地从东北回来"，就是由于他感觉到田军还需要长时间的学习，如果再丰富了自己以后，这部作品当更好。技巧上，内容上，都有许多问题在，为什么没有人指出呢？

这些话自然不能说是不对的。假如"有人"说，高尔基不该早早不做码头脚夫，否则，他的作品当更好；吉须[1]不该早早逃亡外国，如果坐在希忒拉[2]的集中营里，他将来的报告文学当更有希望。倘使有谁去争论，那么，这人

---

1　基希（E. H. Kisch, 1885—1948），捷克报告文学家，1922年移居柏林，以《愤怒的记者》一书成名。1933年德国国会大厦大火之后入狱，获释后被驱逐出境。来过中国，并著有《秘密的中国》。

2　即希特勒。

一定是低能儿。然而在三月的租界上，却还有说几句话的必要，因为我们还不到十分"丰富了自己"，免于来做低能儿的幸福的时期。

这样的时候，人是很容易性急的。例如罢，田军早早的来做小说了，却"不够真实"，狄克先生一听到"有人"的话，立刻同意，责别人不来指出"许多问题"了，也等不及"丰富了自己以后"，再来做"正确的批评"。但我以为这是不错的，我们有投枪就用投枪，正不必等候刚在制造或将要制造的坦克车和烧夷弹。可惜的是这么一来，田军也就没有什么"不该早早地从东北回来"的错处了。立论要稳当真也不容易。

况且从狄克先生的文章上看起来，要知道"真实"似乎也无须久留在东北似的，这位"有人"先生和狄克先生大约就留在租界上，并未比田军回来得晚，在东北学习，但他们却知道够不够真实。而且要作家进步，也无须靠"正确"的批评，因为在没有人指出《八月的乡村》的技巧上，内容上的"许多问题"以前，狄克先生也已经断定了："我相信现在有人在写，或豫备写比《八月的乡村》更好的作品，因为读者需要！"

到这里，就是坦克车正要来，或将要来了，不妨先折断了投枪。

到这里，我又应该补叙狄克先生的文章的题目，是：《我们要执行自我批判》。

题目很有劲。作者虽然不说这就是"自我批判"，但却实行着抹杀《八月的乡村》的"自我批判"的任务的，要到他所希望的正式的"自我批判"发表时，这才解除它的任务，而《八月的乡村》也许再有些生机。因为这种模模胡胡的摇头，比列举十大罪状更有害于对手，列举还有条款，含胡的指摘，是可以令人揣测到坏到茫无界限的。

自然，狄克先生的"要执行自我批判"是好心，因为"那些作家是我们底"的缘故。但我以为同时可也万万忘记不得"我们"之外的"他们"，也不可专对"我们"之中的"他们"。要批判，就得彼此都给批判，美恶一并指出。如果在还有"我们"和"他们"的文坛上，一味自责以显其"正确"或公平，那其实是在向"他们"献媚或替"他们"缴械。

四月十六日。

七九八

# 《海上述林》下卷序言

　　这一卷所收的，都是文学的作品：诗，剧本，小说。也都是翻译。

　　编辑时作为根据的，除《克里慕·萨慕京的生活》[1]的残稿外，大抵是印本。只有《没工夫唾骂》曾据译者自己校过的印本改正几个错字。高尔基的早年创作也因为得到原稿校对，补入了几条注释，所可惜的是力图保存的《第

---

[1] 通译《克里姆·萨姆金的一生》，高尔基的最后一部长篇巨著。

十三篇关于列尔孟托夫的小说》的原稿终被遗失，印本上虽有可疑之处，也无从质证，而且连小引也恐怕和初稿未必完全一样了。

译者采择翻译的底本，似乎并无条理。看起来：大约一是先要能够得到，二是看得可以发表，这才开手来翻译。而且有时也许还因了插图的引动，如雷赫台莱夫（B. A. Lekhterev）和巴尔多（R. Barto）的绘画，都曾为译者所爱玩，观最末一篇小说之前的小引，即可知。所以这里就不顾体例和上卷不同，凡原本所有的图画，也全数插入，——这，自然想借以增加读者的兴趣，但也有些所谓"悬剑空垄"[1]的意思的。至于关于辞句的办法，却和上卷悉同，兹不赘。

一九三六年四月末，编者。

---

1　出自《史记·吴太伯世家》，指心许朋友之事，不因人死而改变。

# 《出关》的“关”

　　我的一篇历史的速写《出关》在《海燕》上一发表，就有了不少的批评，但大抵自谦为“读后感”。于是有人说：“这是因为作者的名声的缘故。”话是不错的。现在许多新作家的努力之作，都没有这么的受批评家注意，偶或为读者所发现，销上一二千部，便什么“名利双收”呀，“不该回来”呀，“叽哩咕噜”呀，群起而打之，惟恐他还有活气，一定要弄到此后一声不响，这才算天下太平，文坛万岁。然而别一方面，慷慨激昂之士也露脸了，他戟指大叫道："我们中国有半个托尔斯泰没有？有半个歌德没有？"惭愧得很，实在没有。不过其实也不必这么激昂，因为从地壳凝结，渐有生物以至现在，在俄国和德国，托尔斯泰和歌德也只有各一个。

我并没有遭着这种打击和恫吓，是万分幸福的，不过这回却想破了向来对于批评都守缄默的老例，来说几句话，这也并无他意，只以为批评者有从作品来批判作者的权利，作者也有从批评来批判批评者的权利，咱们也不妨谈一谈而已。

看所有的批评，其中有两种，是把我原是小小的作品，缩得更小，或者简直封闭了。

一种，是以为《出关》在攻击某一个人。这些话，在朋友闲谈、随意说笑的时候，自然是无所不可的，但若形诸笔墨，昭示读者，自以为得了这作品的魂灵，却未免像后街阿狗的妈妈。她是只知道，也只爱听别人的阴私的。不幸我那《出关》并不合于这一流人的胃口，于是一种小报上批评道："这好像是在讽刺傅东华[1]，然而又不是。"既然"然而又不是"，就可见并不"是在讽刺傅东华"了，这不是该从别处着眼了么？然而他因此又觉得毫无意味，一定要实在"是在讽刺傅东华"，这才尝出意味来。

这种看法的人们，是并不很少的，还记得作《阿Q正传》时，就曾有小政客和小官僚惶怒，硬说是在讽刺他，殊不知阿Q的模特儿，却在别的小城市中，而他也实在正在给人家捣米。但小说里面，并无实在的某甲或某乙

---

1　傅东华（1893—1971），著名翻译家，以翻译了《飘》最广为人知。傅东华曾因撰写《休士在中国》一文与鲁迅之间生了罅隙，后由茅盾登门解释而消除误会。

的么？并不是的。倘使没有，就不成为小说。纵使写的是妖怪，孙悟空一个筋斗十万八千里，猪八戒高老庄招亲，在人类中也未必没有谁和他们精神上相像。有谁相像，就是无意中取谁来做了模特儿，不过因为是无意中，所以也可以说是谁竟和书中的谁相像。我们的古人，是早觉得做小说要用模特儿的，记得有一部笔记，说施耐庵——我们也姑且认为真有这作者罢[1]——请画家画了一百零八条梁山泊上的好汉，贴在墙上，揣摩着各人的神情，写成了《水浒》。但这作者大约是文人，所以明白文人的技俩，而不知道画家的能力，以为他倒能凭空创造，用不着模特儿来作标本了。

作家的取人为模特儿，有两法。一是专用

---

1　《水浒传》的作者认定存在争议。如胡适认为："施耐庵大概是'乌有先生''亡是公'一流的人，是一个假托的名字。"

一个人，言谈举动，不必说了，连微细的癖性，衣服的式样，也不加改变。这比较的易于描写，但若在书中是一个可恶或可笑的角色，在现在的中国恐怕大抵要认为作者在报个人的私仇——叫作"个人主义"，有破坏"联合战线"之罪，从此很不容易做人。二是杂取种种人，合成一个，从和作者相关的人们里去找，是不能发见切合的了。但因为"杂取种种人"，一部分相像的人也就更其多数，更能招致广大的惶怒。我是一向取后一法的，当初以为可以不触犯某一个人，后来才知道倒触犯了一个以上，真是"悔之无及"，既然"无及"，也就不悔了。况且这方法也和中国人的习惯相合，例如画家的画人物，也是静观默察，烂熟于心，然后凝神结想，一挥而就，向来不用一个单独的模特儿的。

不过我在这里，并不说傅东华先生就做不

得模特儿，他一进小说，是有代表一种人物的资格的；我对于这资格，也毫无轻视之意，因为世间进不了小说的人们倒多得很。然而纵使谁整个的进了小说，如果作者手腕高妙，作品久传的话，读者所见的就只是书中人，和这曾经实有的人倒不相干了。例如《红楼梦》里贾宝玉的模特儿是作者自己曹霑，《儒林外史》里马二先生的模特儿是冯执中[1]，现在我们所觉得的却只是贾宝玉和马二先生，只有特种学者如胡适之先生之流，这才把曹霑和冯执中念念不忘的记在心儿里：这就是所谓人生有限，而艺术却较为永久的话罢。

还有一种，是以为《出关》乃是作者的自况，自况总得占点上风，所以我就是其中的老

---

1  冯执中，明万历二十二年举人，后在山东任知县。时值饥年，冯知县将俸煮粥以赈灾，又以士子多贫寒，创置学田为诸生筹赡养之资，得士民称颂。

子。说得最凄惨的是邱韵铎 [1] 先生——

>    ……至于读了之后，留在脑海里的影子，就只是一个全身心都浸淫着孤独感的老人的身影。我真切地感觉着读者是会坠入孤独和悲哀去，跟着我们的作者。要是这样，那么，这篇小说的意义，就要无形地削弱了，我相信，鲁迅先生以及像鲁迅先生一样的作家们的本意是不在这里的。……（《每周文学》的《海燕读后记》）

这一来真是非同小可，许多人都"坠入孤独和悲哀去"，前面一个老子，青牛屁股后面一个作者，还有"以及像鲁迅先生一样的作家们"，还有许多读者们连邱韵铎先生在内，竟

---

[1] 邱韵铎 (1907—1992)，曾任创造社出版部主任，1930 年加入左联，主编《文学界》月刊。

一窠蜂似的涌"出关"去了。但是，倘使如此，老子就又不"只是一个全身心都浸淫着孤独感的老人的身影"，我想他是会不再出关，回上海请我们吃饭，出题目征集文章，做道德五百万言的了。

所以我现在想站在关口，从老子的青牛屁股后面，挽留住"像鲁迅先生一样的作家们"以及许多读者们连邱韵铎先生在内。首先是请不要"坠入孤独和悲哀去"，因为"本意是不在这里"，邱先生是早知道的，但是没说出在那里，也许看不出在那里。倘是前者，真是"这篇小说的意义，就要无形地削弱了"；倘因后者，那么，却是我的文字坏，不够分明的传出"本意"的缘故。现在略说一点，算是敬扫一回两月以前"留在脑海里的影子"罢——

老子的西出函谷，为了孔子的几句话，并非我的发见或创造，是三十年前，在东京从太炎先生口头听来的，后来他写在《诸子学略说》中，但我也并不信为一定的事实。至于孔老相争，孔胜老败，却是我的意见：老，是尚柔的；"儒者，柔也"，孔也尚柔，但孔以柔进取，而老却以柔退走。这关键，即在孔子为"知其不可为而为之"的事无大小，均不放松的实行者，老则是"无为而无不为"的一事不做，徒作大言的空谈家。要无所不为，就只好一无所为，因为一有所为，就有了界限，不能算是"无不为"了。我同意于关尹子的嘲笑：他是连老婆也娶不成的。于是加以漫画化，送他出了关，毫无爱惜，不料竟惹起邱先生的这样的凄惨，我想，这大约一定因为我的漫画化还不足够的缘故了，然而如果更将他的鼻子涂白，是不只"这篇小说的意义，就要无形地削弱"而已的，所以也只好这样子。

　　再引一段邱韵铎先生的独白——

八〇九

……我更相信，他们是一定会继续地运用他们的心力和笔力，倾注到更有利于社会变革方面，使凡是有利的力量都集中起来，加强起来，同时使凡是可能有利的力量都转为有利的力量，以联结成一个巨大无比的力量。

一为而"成一个巨大无比的力量"，仅次于"无为而无不为"一等，我"们"是没有这种玄妙的本领的，然而我"们"和邱先生不同之处却就在这里，我"们"并不"坠入孤独和悲哀去"，而邱先生却会"真切地感觉着读者是会坠入孤独和悲哀去"的关键也在这里。他起了有利于老子的心思，于是不禁写了"巨大无比"的抽象的封条，将我的无利于老子的具象的作品封闭了。但我疑心：邱韵铎先生以及像邱韵铎先生一样的作家们的本意，也许倒只在这里的。

四月三十日。

# 答托洛斯基派¹ 的信

## 一　来信

　　鲁迅先生：

　　　　一九二七年革命失败后，中国康缪尼

---

1　马克思主义的一个流派，名称来自其理论创建者，也是十
　　月革命的领导者之一托洛斯基，通译为托洛茨基。列宁逝
　　世后，托洛茨基成为斯大林的反对者，1927 年被开除出党，
　　1929 年被驱逐出国。"托派"也成为国际共产主义运动中
　　一个涵义复杂且通常被批判和敌视的概念。

斯脱[1]不采取退兵政策以预备再起，而乃转向军事投机。他们放弃了城市工作，命令党员在革命退潮后到处暴动，想在农民基础上制造 Reds 以打平天下。七八年来，几十万勇敢有为的青年，被这种政策所牺牲掉，使现在民族运动高涨之时，城市民众失掉革命的领袖，并把下次革命推远到难期的将来。

现在 Reds 打天下的运动失败了。中国康缪尼斯脱又盲目地接受了莫斯科官僚的命令，转向所谓"新政策"。他们一反过去的行为，放弃阶级的立场，改换面目，发宣言，派代表交涉，要求与官僚、政客、军阀，甚而与民众的刽子手"联合战线"。

---

[1] 英语"Communist"（共产党人）的音译；下文的"Reds"意为红军。

藏匿了自己的旗帜，模糊了民众的认识，使民众认为官僚、政客、刽子手，都是民族革命者，都能抗日，其结果必然是把革命民众送交刽子手们，使再遭一次屠杀。史太林[1]党的这种无耻背叛行为，使中国革命者都感到羞耻。

现在上海的一般自由资产阶级与小资产阶级上层分子无不欢迎史太林党的这"新政策"。这是无足怪的。莫斯科的传统威信，中国 Reds 的流血史迹与现存力量——还有比这更值得利用的东西吗？可是史太林党的"新政策"越受欢迎，中国革命便越遭毒害。

我们这个团体，自一九三〇年后，在百般困苦的环境中，为我们的主张作不懈

---

1  即斯大林。

的斗争。大革命失败后我们即反对史太林派的盲动政策，而提出"革命的民主斗争"的道路。我们认为大革命既然失败了，一切只有再从头做起。我们不断地团结革命干部，研究革命理论，接受失败的教训，教育革命工人，期望在这反革命的艰苦时期，为下次革命打下坚固的基础。几年来的各种事变证明我们的政治路线与工作方法是正确的。我们反对史太林党的机会主义，盲动主义的政策与官僚党制，现在我们又坚决打击这叛背的"新政策"。但恰因为此，我们现在受到各投机分子与党官僚们的嫉视。这是幸呢，还是不幸？

先生的学识文章与品格，是我十余年来所景仰的，在许多有思想的人都沉溺到个人主义的坑中时，先生独能本自己的见

八一五

解奋斗不息！我们的政治意见，如能得到先生的批评，私心将引为光荣。现在送上近期刊物数份，敬乞收阅。如蒙赐复，请留存×处，三日之内当来领取。顺颂

健康！

陈××[1]　六月三日。

二　回信

陈先生：

先生的来信及惠寄的《斗争》《火花》[2]等

---

1　原本署名"陈仲山"，被鲁迅在公开时略去，以致被有的人误以为是陈独秀。陈仲山是当时中国托派的核心人物之一。
2　两本皆为当时中国托派组织的机关刊物。

刊物，我都收到了。

　　总括先生来信的意思，大概有两点，一是骂史太林先生们是官僚，再一是斥毛泽东先生们的"各派联合一致抗日"的主张为出卖革命。

　　这很使我"糊涂"起来了，因为史太林先生们的苏维埃俄罗斯社会主义共和国联邦在世界上的任何方面的成功，不就说明了托洛斯基先生的被逐、飘泊、潦倒，以致"不得不"用敌人金钱的晚景的可怜么？现在的流浪，当与革命前西伯利亚的当年风味不同，因为那时怕连送一片面包的人也没有；但心境又当不同，这却因了现在苏联的成功。事实胜于雄辩，竟不料现在就来了如此无情面的讽刺的。其次，你们的"理论"确比毛泽东先生们高超得多，岂但得多，简直一是在天上，一是在地下。但高超固然是可敬佩的，无奈这高超又恰恰为日本侵略者所欢迎，则这高超仍不免要从天上掉下来，掉到地上最不干净的地方去。因为你们高超的理论为日本所欢迎，我看了你们印出的很整齐的刊物，就不禁为你们捏一把汗，在大众面前，倘若有人造一个攻击你们的谣，说日本人出钱叫你们办报，你们能够洗刷得很清楚么？这决不是因为从前你们中曾有人跟着别人骂过我拿卢布，现在就来这一手以报复。不是的，我还不至于这样下流，因为我不相信你们会下作到拿日本人钱来出报攻击毛泽东先生们的一致抗日论。你们决不会的。我只要敬告你们一声，你们的高超的理论，将不受中国大众所欢迎，你们的所为有背于中国人现在为人的道德。我要对你们讲的话，就仅仅这一点。

最后，我倒感到一点不舒服，就是你们忽然寄信寄书给我，不是没有原因的。那就因为我的某几个"战友"曾指我是什么什么的原故。

但我，即使怎样不行，自觉和你们总是相离很远的罢。那切切实实，足踏在地上，为着现在中国人的生存而流血奋斗者，我得引为同志，是自以为光荣的。要请你原谅，因为三日之期已过，你未必会再到那里去取，这信就公开作答了。即颂

　　大安。

鲁迅。六月九日。

（这信由先生口授，O.V.[1] 笔写。）

---

1　即冯雪峰（1903—1976），湖畔诗社成员，在其偶像李大钊遇害后，毅然加入中国共产党。他一开始对鲁迅不太欣赏，将其定位为"同路人"，后扮演鲁迅与党之间的纽带。

# 论现在我们的文学运动

## ——病中答访问者，O.V. 笔录

"左翼作家联盟"五六年来领导和战斗过来的，是无产阶级革命文学的运动。这文学和运动，一直发展着；到现在更具体底地，更实际斗争底地发展到民族革命战争的大众文学。民族革命战争的大众文学，是无产阶级革命文学的一发展，是无产革命文学在现在时候的真实的更广大的内容。这种文学，现在已经存在着，并且即将在这基础之上，再受着实际战斗生活的培养，开起烂缦的花来罢。因此，新的口号的提出，不能看作革命文学运动的停止，或者说"此路不通"了。所以，决非停止了历来的反对法西主义，反对一切反动者的血的斗争，而是将这斗争更深入，更扩大，更实际，更细微曲折，将斗争具体化到抗日反汉奸的斗争，将一切斗争汇合到抗日反汉奸斗争这总流里去。决非革命文学要放弃它的阶级的领导的责任，而是将它的责任更加重，更放大，重到和大到要使全民族，不分阶级和党派，一致去对外。这个民族的立场，才真是阶级的立杨。托洛斯基的中国的徒孙们，似乎胡涂到连这一点都不懂的。但有些我的战友，竟也有在作相反的"美梦"者，我想，也是极胡涂的昏虫。

　　但民族革命战争的大众文学，正如无产革命文学的口号一样，大概是一个总的口号罢。在总口号之下，再提些随时应变的具体的口号，例如"国防文学""救亡文学""抗日文艺"……等等，我以为是无碍的。不但没有碍，并且是有益的，需要的。自然，太多了也使人头昏，浑乱。

不过，提口号，发空论，都十分容易办。但在批评上应用，在创作上实现，就有问题了。批评与创作都是实际工作。以过去的经验，我们的批评常流于标准太狭窄，看法太肤浅；我们的创作也常现出近于出题目做八股的弱点。所以我想现在应当特别注意这点：民族革命战争的大众文学决不是只局限于写义勇军打仗，学生请愿示威……等等的作品。这些当然是最好的，但不应这样狭窄。它广泛得多，广泛到包括描写现在中国各种生活和斗争的意识的一切文学。因为现在中国最大的问题，人人所共的问题，是民族生存的问题。所有一切生活（包含吃饭睡觉）都与这问题相关；例如吃饭可以和恋爱不相干，但目前中国人的吃饭和恋爱却都和日本侵略者多少有些关系，这是看一看满洲和华北的情形就可以明白的。而中国的唯一的出路，是全国一致对日的民族革命战争。懂得这一点，则作家观察生活，处理材料，就如理丝有绪；作者可以自由地去写工人、农民、学生、强盗、娼妓、穷人、阔佬，什么材料都可以，写出来都可以成为民族革命战争的大众文学。也无需在作品的后面有意地插一条民族革命战争的尾巴，翘起来当作旗子；因为我们需要的，不是作品后面添上去的口号和矫作的尾巴，而是那全部作品中的真实的生活，生龙活虎的战斗，跳动着的脉搏，思想和热情，等等。

六月十日。

# 《苏联版画集》序

——前大半见上面《记苏联版画展览会》，而将《附记》删去，再后便接下文：

右一篇，是本年二月间，苏联版画展览会在上海开会的时候，我写来登在《申报》上面的。这展览会对于中国给了不少的益处；我以为因此由幻想而入于脚踏实地的写实主义的大约会有许多人，良友图书公司要印一本画集，我听了非常高兴，所以当赵家璧先生希望我参加选择和写作序文的时候，我都毫不思索地答应了：这是我所愿意做，也应该做的。

参加选择绘画，尤其是版画，我是践了夙诺的，但后来却生了病，缠绵月余，什么事情也不能做了，写序之期早到，我却还连拿一张纸的力量也没有。停印等我，势所不能，只好仍取旧文，印在前面，聊以塞责。不过我自信其中之所说也还可以略供参考，要请读者见恕的是我竟偏在这时候生病，不能写出一点新的东西来。

这一个月来，每天发热，发热中也有时记起了版画。我觉得这些作者，没有一个是潇洒、飘逸、伶俐、玲珑的。他们个个如广大的黑土的化身，有时简直显得笨重，自十月革命以后，开山的大师就忍饥、斗寒，以一个廓大镜和几把刀，不屈不挠的开拓了这一部门的艺术。这回虽然已是复制了，但大略尚存，我们可以看见，有那一幅不坚实，不恳切，或者是有取巧、弄乖的意思的呢？

　我希望这集子的出世，对于中国的读者有好影响，不但可见苏联的艺术的成绩而已。

一九三六年六月二十三日，

鲁迅述，许广平记。

# 《呐喊》捷克译本序言

　　记得世界大战之后，许多新兴的国家出现的时候，我们曾经非常高兴过，因为我们自己也是曾被压迫，挣扎出来的人民。捷克的兴起，自然为我们所大欢喜；但是奇怪，我们又很疏远，例如我，就没有认识过一个捷克人，看见过一本捷克书，前几年到了上海，才在店铺里目睹了捷克的玻璃器。

　　我们彼此似乎都不很互相记得。但以现在的一般情况而言，这并不算坏事情，现在各国

八二七

的彼此念念不忘，恐怕大抵未必是为了交情太好了的缘故。自然，人类最好是彼此不隔膜，相关心。然而最平正的道路，却只有用文艺来沟通，可惜走这条道路的人，历来又少得很。

出乎意外地，译者竟将首先来试尽这任务的光荣，加在我这里了。我的作品，因此能够横在捷克的读者的眼前，这在我，实在比译成通行很广的别国语言更高兴。我想，我们两国，虽然民族不同、地域相隔，交通又很少，但是可以互相了解、接近的，因为我们都走过艰难的道路，现在还在走，一面寻求着光明。

一九三六年七月二十一日，鲁迅。

# 答徐懋庸并关于抗日统一战线问题[1]

鲁迅先生：

贵恙已痊愈否？念念。自先生一病，加以文艺界的纠纷，我就无缘再亲聆教诲，思之常觉怆然！

我现因生活困难，身体衰弱，不得不

---

1　1936年"左联"解散之后，发生了"国防文学"和"民族革命战争的大众文学"两个口号之间的论战。在这场论战中，徐同鲁迅的意见相左，凭二人此前的往来之谊，在去信中急不择言地提出一些自己的意见。

离开上海，拟往乡间编译一点卖现钱的书后，再来沪上。趁此机会，暂作上海"文坛"的局外人，仔细想想一切问题，也许会更明白些的罢。

在目前，我总觉得先生最近半年来的言行，是无意地助长着恶劣的倾向的。以胡风[1]的性情之诈，以黄源[2]的行为之诡，先生都没有细察，永远被他们据为私有，眩惑群众，若偶像然，于是从他们的野心出发的分离运动，遂一发而不可收拾矣。胡风他们的行动，显然是出于私心的，极端的宗派运动，他们的理论，前后矛盾，错误百出。即如"民族革命战争的大众文

---

1　胡风（1902—1985），文艺理论家，诗人，曾任中国左联宣传部部长，与鲁迅颇有往来。1954 年因写《关于几年来文艺实践情况的报告》被定为"胡风反革命集团"之首，1980 年平反。

2　黄源（1906—2003），作家，翻译家。1934 年在鲁迅领导下工作，成为《译文》月刊的执行主编。

学"这口号，起初原是胡风提出来用以和"国防文学"对立的，后来说一个是总的，一个是附属的，后来又说一个是左翼文学发展到现阶段的口号，如此摇摇荡荡，即先生亦不能替他们圆其说。对于他们的言行，打击本极易，但徒以有先生作着他们的盾牌，人谁不爱先生，所以在实际解决和文字斗争上都感到绝大的困难。

我很知道先生的本意。先生是唯恐参加统一战线的左翼战友，放弃原来的立场，而看到胡风们在样子上尚左得可爱；所以赞同了他们的。但我要告诉先生，这是先生对于现在的基本的政策没有了解之故。现在的统一战线——中国的和全世界的都一样——固然是以普洛[1]为主体的，但其

[1] "无产阶级"的音译简称，更为常见的是"普罗"。

成为主体，并不由于它的名义，它的特殊地位和历史，而是由于它的把握现实的正确和斗争能力的巨大。所以在客观上，普洛之为主体，是当然的。但在主观上，普洛不应该挂起明显的徽章，不以工作，只以特殊的资格去要求领导权，以至吓跑别的阶层的战友。所以，在目前的时候，到联合战线中提出左翼的口号来，是错误的，是危害联合战线的。所以先生最近所发表的《病中答客问》，既说明"民族革命战争的大众文学"是普洛文学到现在的一发展，又说这应该作为统一战线的总口号，这是不对的。

再说参加"文艺家协会"的"战友"，未必个个右倾堕落，如先生所疑虑者；况集合在先生的左右的"战友"，既然包括巴金和黄源之流，难道先生以为凡参

八二

加"文艺家协会"的人们，竟个个不如巴金和黄源么？我从报章杂志上，知道法西两国"安那其"[1]之反动，破坏联合战线，无异于托派，中国的"安那其"的行为，则更卑劣。黄源是一个根本没有思想，只靠捧名流为生的东西。从前他奔走于傅郑[2]门下之时，一副谄佞之相，固不异于今日之对先生效忠致敬。先生可与此辈为伍，而不屑与多数人合作，此理我实不解。

我觉得不看事而只看人，是最近半年来先生的错误的根由。先生的看人又看得不准。譬如，我个人，诚然是有许多缺点的，但先生却把我写字糊涂这一层当作大缺点，我觉得实在好笑。（我为什么故意

<hr />

八
三
三

1　法语"Anarchisme"（无政府主义）的音译。
2　指傅东华和郑振铎。

要把"邱韵铎"三字，写成像"郑振铎"的样子呢？难道郑振铎是先生所喜欢的人么？）为此小故，遽拒一个人于千里之外，我实以为不对。

我今天就要离沪，行色匆匆，不能多写了，也许已经写得太多。以上所说，并非存心攻击先生，实在很希望先生仔细想一想各种事情。

拙译《斯太林传》快要出版，出版后当寄奉一册，此书甚望先生细看一下，对原意和译文，均望批评。敬颂

痊安。

懋庸上。　八月一日

以上，是徐懋庸给我的一封信，我没有得他同意就在这里发表了，因为其中全是教训我

八三四

和攻击别人的话，发表出来，并不损他的威严，而且也许正是他准备我将它发表的作品。但自然，人们也不免因此看得出：这发信者倒是有些"恶劣"的青年！

但我有一个要求：希望巴金、黄源、胡风诸先生不要学徐懋庸的样。因为这信中有攻击他们的话，就也报答以牙眼，那恰正中了他的诡计。在国难当头的现在，白天里讲些冠冕堂皇的话，暗夜里进行一些离间、挑拨、分裂的勾当的，不就正是这些人么？这封信是有计划的，是他们向没有加入"文艺家协会"[1]的人们的新的挑战，想这些人们去应战，那时他们就加你们以"破坏联合战线"的罪名，"汉奸"的罪名。然而我们不，我们决不要把笔锋去专

---

[1]　1936 年，因左联已解散，周扬联络郑振铎、傅东华、茅盾等人，着手筹备一个新的组织"中国文艺家协会"。冯雪峰曾经动员鲁迅加入，鲁迅拒绝了，却另外发表了《中国文艺工作者宣言》，左翼文学阵营陷入分裂。

对几个个人，"先安内而后攘外"，不是我们的办法。

但我在这里，有些话要说一说。首先是我对于抗日的统一战线的态度。其实，我已经在好几个地方说过了，然而徐懋庸等似乎不肯去看一看，却一味的咬住我，硬要诬陷我"破坏统一战线"，硬要教训我说我"对于现在基本的政策没有了解"。我不知道徐懋庸们有什么"基本的政策"。（他们的基本政策不就是要咬我几口么？）然而中国目前的革命的政党向全国人民所提出的抗日统一战线的政策，我是看见的，我是拥护的，我无条件地加入这战线，那理由就因为我不但是一个作家，而且是一个中国人，所以这政策在我是认为非常正确的，我加入这统一战线，自然，我所使用的仍是一枝笔，所做的事仍是写文章、译书，等到这枝笔没有用了，我可自己相信，用起别的武器来，决不会在徐懋庸等辈之下！

其次，我对于文艺界统一战线的态度。我赞成一切文学家，任何派别的文学家在抗日的口号之下统一起来的主张。我也曾经提出过我对于组织这种统一的团体的意见过，那些意见，自然是被一些所谓"指导家"格杀了，反而即刻从天外飞来似地加我以"破坏统一战线"的罪名。这首先就使我暂不加入"文艺家协会"了，因为我要等一等，看一看，他们究竟干的什么勾当；我那时实在有点怀疑那些自称"指导家"以及徐懋庸式的青年，因为据我的经验，那种表面上扮着"革命"的面孔，而轻易诬陷别人为"内奸"，为"反革命"，为"托派"，以至为"汉奸"者，大半不是正路人；因为他们巧妙地格杀革命的民族的力量，不顾革命的大众的利益，而只借革命以营私，老实说，我甚至怀疑过他们是否系敌人所派遣。我想，我不如暂避无益于人的危险，暂不听他们指挥罢。自然，事实会证明他们到底的真相，我决不愿来断定他们是什么人，但倘使他们真的志在革命与民族，而不过心术的不正当、观念的不正确、方式的蠢笨，那我就以为他们实有自行改正一下的必要。我对于"文艺家协会"的态度，我认为它是抗日的作家团体，其中虽有徐懋庸式的人，却也包含了一些新的人；但不能以为有了"文艺家协会"，就是文艺界的统一战线告成了，还远得很，还没有将一切派别的文艺家都联为一气。那原因就在"文艺家协会"还非常浓厚的含有宗派主义和行帮情形。不看别的，单看那章程，对于加入者的资格就限制得太严；就是会员要缴一元入会费，两元年费，也就表示着"作家阀"的倾向，不是抗日"人民式"的了。在理论上，如《文学界》创刊号上所发表的关于"联合问题"和"国防文学"

的文章，是基本上宗派主义的；一个作者引用了我在一九三〇年讲的话，并以那些话为出发点，因此虽声声口口说联合任何派别的作家，而仍自己一相情愿的制定了加入的限制与条件。这是作者忘记了时代。我以为文艺家在抗日问题上的联合是无条件的，只要他不是汉奸，愿意或赞成抗日，则不论叫哥哥妹妹，之乎者也，或鸳鸯蝴蝶都无妨。但在文学问题上我们仍可以互相批判。这个作者又引例了法国的人民阵线，然而我以为这又是作者忘记了国度，因为我们的抗日人民统一战线是比法国的人民阵线还要广泛得多的。另一个作者解释"国防文学"，说"国防文学"必须有正确的创作方法，又说现在不是"国防文学"就是"汉奸文学"，欲以"国防文学"一口号去统一作家，也先豫备了"汉奸文学"这名词作为后日批评别人之用。这实在是出色的宗派主义的理论。我以为应当说：作家在"抗日"的旗帜，或者在"国防"的旗帜之下联合起来；不能说：作家在"国防文学"的口号下联合起来，因为有些作者不写"国防为主题"的作品，仍可从各方面来参加抗日的联合战线；即使他像我一样没有加入"文艺家协会"，也未必就是"汉奸"。"国防文学"不能包括一切文学，因为在"国防文学"与"汉奸文学"之外，确有既非前者也非后者的文学，除非他们有本领也证明了《红楼梦》《子夜》《阿Q正传》是"国防文学"或"汉奸文学"。这种文学存在着，但它不是杜衡、韩侍桁、杨邨人之流的什么"第三种文学"[1]。因此，我很同意郭沫若先生的"国防文艺是广义的爱国主义的文学"和"国防文艺是作家关

---

1　1933年，作家、翻译家杜衡在《现代》杂志发表文章，自称是居于反动文艺和左翼文艺之间的"第三种人"，由此引发一场关于"第三种人"和"第三种文学"的争论。

系间的标帜，不是作品原则上的标帜"的意见。我提议"文艺家协会"应该克服它的理论上与行动上的宗派主义与行帮现象，把限度放得更宽些，同时最好将所谓"领导权"移到那些确能认真做事的作家和青年手里去，不能专让徐懋庸之流的人在包办。至于我个人的加入与否，却并非重要的事。

其次，我和"民族革命战争的大众文学"这口号的关系。徐懋庸之流的宗派主义也表现在对于这口号的态度上。他们既说这是"标新立异"，又说是与"国防文学"对抗。我真料不到他们会宗派到这样的地步。只要"民族革命战争的大众文学"的口号不是"汉奸"的口号，那就是一种抗日的力量；为什么这是"标新立异"？你们从那里看出这是与"国防文学"对抗？拒绝友军之生力的，暗暗的谋杀抗日的力量的，是你们自己的这种比"白衣秀士"王伦[1]还要狭小的气魄。我以为在抗日战线上是任何抗日力量都应当欢迎的，同时在文学上也应当容许各人提出新的意见来讨论。"标新立异"也并不可怕；这和商人的专卖不同，并且事实上你们先前提出的"国防文学"的口号，也并没有到南京政府或"苏维埃"政府去注过册。但现在文坛上仿佛已有"国防文学"牌与"民族革命战争大众文学"牌的两家，这责任应该徐懋庸他们来负，我在病中答访问者的一文里是并没有把它们看成两家的。自然，我还得说一说"民族革命战争的大众文学"这口号的无误及其与"国防文学"口号之关系。——我先得说，前者这口号不是胡风提的，胡风做过一篇文章是事实，但那是我请他做的，他的文章解释得不清楚也是事实。这口号，也不是

---

1　《水浒传》中的人物，原为读书人出身，所以浑号"白衣秀士"，其人心胸狭窄，妒贤忌能。

我一个人的"标新立异"，是几个人大家经过一番商议的，茅盾先生就是参加商议的一个。郭沫若先生远在日本，被侦探监视着，连去信商问也不方便。可惜的就只是没有邀请徐懋庸们来参加议讨。但问题不在这口号由谁提出，只在它有没有错误。如果它是为了推动一向囿于普洛革命文学的左翼作家们跑到抗日的民族革命战争的前线上去，它是为了补救"国防文学"这名词本身的在文学思想的意义上的不明了性，以及纠正一些注进"国防文学"这名词里去的不正确的意见，为了这些理由而被提出，那么它是正当的，正确的。如果人不用脚底皮去思想，而是用过一点脑子，那就不能随便说句"标新立异"就完事。"民族革命战争的大众文学"这名词，在本身上，比"国防文学"这名词，意义更明确，更深刻，更有内容。"民族革命战争的大众文学"，主要是对前进的一向称左翼的作家们提倡的，希望这些作家们努力向前进，在这样的意义上，在进行联合战线的现在，徐懋庸说不能提出这样的口号，是胡说！"民族革命战争的大众文学"，也可以对一般或各派作家提倡的、希望的，希望他们也来努力向前进，在这样的意义上，说不能对一般或各派作家提这样的口号，也是胡说！但这不是抗日统一战线的标准，徐懋庸说我"说这应该作为统一战线的总口号"，更是胡说！我问徐懋庸究竟看了我的文章没有？人们如果看过我的文章，如果不以徐懋庸他们解释"国防文学"的那一套来解释这口号，如聂绀弩等所致的错误，那么这口号和宗派主义或关门主义是并不相干的。这里的"大众"，即照一向的"群众""民众"的意思解释也可以，何况在现在，当然有"人民大众"这意思呢。我说"国防文学"是我们目前文学运动的具体口号之一，为

八四四

的是"国防文学"这口号，颇通俗，已经有很多人听惯，它能扩大我们政治的和文学的影响，加之它可以解释为作家在国防旗帜下联合，为广义的爱国主义的文学的缘故。因此，它即使曾被不正确的解释，它本身含义上有缺陷，它仍应当存在，因为存在对于抗日运动有利益。我以为这两个口号的并存，不必像辛人[1]先生的"时期性"与"时候性"的说法，我更不赞成人们以各种的限制加到"民族革命战争的大众文学"上。如果一定要以为"国防文学"提出在先，这是正统，那么就将正统权让给要正统的人们也未始不可，因为问题不在争口号，而在实做；尽管喊口号，争正统，固然也可作为"文章"，取点稿费，靠此为生，但尽管如此，也到底不是久计。

最后，我要说到我个人的几件事。徐懋庸

---

[1] 陈辛仁（1915—2005），笔名辛人，左翼作家。

说我最近半年的言行，助长着恶劣的倾向。我就检查我这半年的言行。所谓言者，是发表过四五篇文章，此外，至多对访问者谈过一些闲天，对医生报告我的病状之类；所谓行者，比较的多一点，印过两本版画，一本杂感，译过几章《死魂灵》，生过三个月的病，签过一个名，此外，也并未到过咸肉庄或赌场，并未出席过什么会议。我真不懂我怎样助长着，以及助长什么恶劣倾向。难道因为我生病么？除了怪我生病而竟不死以外，我想就只有一个说法：怪我生病，不能和徐懋庸这类恶劣的倾向来搏斗。

其次，是我和胡风、巴金、黄源诸人的关系。我和他们，是新近才认识的，都由于文学工作上的关系，虽然还不能称为至交，但已可以说是朋友。不能提出真凭实据，而任意诬我的朋友为"内奸"，为"卑劣"者，我是要加以辩正的，这不仅是我的交友的道义，也是看人看事的结果。徐懋庸说我只看人，不看事，是诬枉的，我就先看了一些事，然后看见了徐懋庸之类的人。胡风我先前并不熟识，去年的有一天，一位名人约我谈话了，到得那里，却见驶来了一辆汽车，从中跳出四条汉子[1]：田汉、周起应，还有另两个，一律洋服，态度轩昂，说是特来通知我：胡风乃是内奸，官方派来的。我问凭据，则说是得自转向[2]以后的穆木天口中。转向者的言谈，到左联就奉为圣旨，这真使我口呆目瞪。再经几度问答之后，我的回答是：证据薄弱之极，我不相信！当时自然不欢而散，但后来也不再听人说胡风是"内奸"了。然而奇怪，此后的小报，每当攻击胡

---

[1] 除了田汉、周扬（即周起应），还有阳翰笙和夏衍。
[2] 日本现代政治、思想和文学史上的重要用语，指左翼分子在反动政权的压迫下，放弃其思想立场，甚至变为右翼分子。

风时，便往往不免拉上我，或由我而涉及胡风。最近的则如《现实文学》发表了 O. V. 笔录的我的主张以后，《社会日报》就说 O. V. 是胡风，笔录也和我的本意不合，稍远的则如周文向傅东华抗议删改他的小说时，同报也说背后是我和胡风。最阴险的则是同报在去年冬或今年春罢，登过一则花边的重要新闻：说我就要投降南京，从中出力的是胡风，或快或慢，要看他的办法。我又看自己以外的事：有一个青年，不是被指为"内奸"，因而所有朋友都和他隔离，终于在街上流浪，无处可归，遂被捕去，受了毒刑的么？又有一个青年，也同样的被诬为"内奸"，然而不是因为参加了英勇的战斗，现在坐在苏州狱中，死活不知么？这两个青年就是事实证明了他们既没有像穆木天[1]等似的

<hr />

1  穆木天（1900—1971），诗人、翻译家，曾受法国象征派诗歌影响，与穆旦等人同为中国象征派诗歌代表人物。"九一八"事变前后思想与创作发生重大变化，后加入"左联"，彻底走向"文艺大众化"的极端。

做过堂皇的悔过的文章，也没有像田汉似的在南京大演其戏[1]。同时，我也看人：即使胡风不可信，但对我自己这人，我自己总还可以相信的，我就并没有经胡风向南京讲条件的事。因此，我倒明白了胡风鲠直，易于招怨，是可接近的，而对于周起应之类，轻易诬人的青年，反而怀疑以至憎恶起来了。自然，周起应也许别有他的优点。也许后来不复如此，仍将成为一个真的革命者；胡风也自有他的缺点，神经质，繁琐，以及在理论上的有些拘泥的倾向，文字的不肯大众化，但他明明是有为的青年，他没有参加过任何反对抗日运动或反对过统一战线，这是纵使徐懋庸之流用尽心机，也无法抹杀的。

---

1　1935 年，田汉在南京组织发起两场话剧公演，引起轩然大波，被攻击为"卖身投靠"。上海左翼作家圈对此也颇有意见。

至于黄源，我以为是一个向上的认真的译述者，有《译文》这切实的杂志和别的几种译书为证。巴金是一个有热情的有进步思想的作家，在屈指可数的好作家之列的作家，他固然有"安那其主义者"之称，但他并没有反对我们的运动，还曾经列名于文艺工作者联名的战斗的宣言。黄源也签了名的。这样的译者和作家要来参加抗日的统一战线，我们是欢迎的，我真不懂徐懋庸等类为什么要说他们是"卑劣"？难道因为有《译文》存在碍眼？难道连西班牙的"安那其"的破坏革命，也要巴金负责？

还有，在中国近来已经视为平常，而其实不但"助长"，却正是"恶劣的倾向"的，是无凭无据，却加给对方一个很坏的恶名。例如徐懋庸的说胡风的"诈"，黄源的"谄"，就都是。田汉周起应们说胡风是"内奸"，终于不是，是因为他们发昏；并非胡风诈作"内奸"，其实不是，致使他们成为说谎。《社会日报》说胡风拉我转向，而至今不转，是撰稿者有意的诬陷；并非胡风诈作拉我，其实不拉，以致记者变了造谣。胡风并不"左得可爱"，但我以为他的私敌，却实在是"左得可怕"的。黄源未尝作文捧我，也没有给我做过传，不过专办着一种月刊，颇为尽责，舆论倒还不坏，怎么便是"诌"，怎么便是对于我的"效忠致敬"？难道《译文》是我的私产吗？黄源"奔走于傅郑门下之时，一副诌佞之相"，徐懋庸大概是奉谕知道的了，但我不知道，也没有见过，至于他和我的往还，却不见有"诌佞之相"，而徐懋庸也没有一次同在，我不知道他凭着什么，来断定和诌佞于傅郑门下者"无异"？当这时会，我也就是证人，而并未实见的徐懋庸，对于本身在场的我，竟可以如此信口胡说，含血喷人，这真可谓横暴恣肆，达于极点了。莫非这是"了解"了"现在的基本的政策"之故吗？"和全世界都一样"的吗？那么，可真要吓死人！

其实"现在的基本政策"是决不会这样的好像天罗地网的。不是只要"抗日"，就是战友吗？"诈"何妨，"谄"又何妨？又何必定要剿灭胡风的文字，打倒黄源的《译文》呢，莫非这里面都是"二十一条"和"文化侵略"吗？首先应该扫荡的，倒是拉大旗作为虎皮，包着自己，去吓呼别人；小不如意，就倚势（！）定人罪名，而且重得可怕的横暴者。自然，战线是会成立的，不过这吓成的战线，作不得战。先前已有这样的前车，而覆车之鬼，至死不悟，现在在我面前，就附着徐懋庸的肉身而出现了。

在左联结成的前后，有些所谓革命作家，

其实是破落户的漂零子弟。他也有不平，有反抗，有战斗，而往往不过是将败落家族的妇姑勃谿[1]、叔嫂斗法的手段，移到文坛上。嘁嘁嚓嚓，招是生非，搬弄口舌，决不在大处着眼。这衣钵流传不绝。例如我和茅盾、郭沫若两位，或相识，或未尝一面，或未冲突，或曾用笔墨相讥，但大战斗却都为着同一的目标，决不日夜记着个人的恩怨。然而小报却偏喜欢记些鲁比茅如何，郭对鲁又怎样，好像我们只在争座位，斗法宝。就是《死魂灵》，当《译文》停刊后，《世界文库》上也登完第一部的，但小报却说"郑振铎腰斩《死魂灵》"，或鲁迅一怒中止了翻译。这其实正是恶劣的倾向，用谣言来分散文艺界的力量，近于"内奸"的行为的。然而也正是破落文学家最末的道路。

---

[1] 意为家庭中的争吵。《庄子·外物》："室无空虚，则妇姑勃谿。"

我看徐懋庸也正是一个喊喊嚷嚷的作者，和小报是有关系了，但还没有坠入最末的道路。不过也已经胡涂得可观（否则，便是骄横了）。例如他信里说"对于他们的言行，打击本极易，但徒以有先生作他们的盾牌，……所以在实际解决和文字斗争上都感到绝大的困难。"是从修身上来打击胡风的诈、黄源的谄，还是从作文上来打击胡风的论文、黄源的《译文》呢？——这我倒并不急于知道；我所要问的是为什么我认识他们，"打击"就"感到绝大的困难"？对于造谣生事，我固然决不肯附和，但若徐懋庸们义正词严，我能替他们一手掩尽天下耳目的吗？而且什么是"实际解决"？是充军，还是杀头呢？在"统一战线"这大题目之下，是就可以这样锻炼人罪，戏弄威权的？我真要祝祷"国防文学"有大作品，倘不然，也许又是我近半年来，"助长着恶劣的倾向"的罪恶了。

八五四

临末，徐懋庸还叫我细细读《斯太林传》。是的，我将细细的读，倘能生存，我当然仍要学习；但我临末也请他自己再细细的去读几遍，因为他翻译时似乎毫无所得，实有从新细读的必要。否则，抓到一面旗帜，就自以为出人头地，摆出奴隶总管的架子，以鸣鞭为唯一的业绩——是无药可医，于中国也不但毫无用处，而且还有害处的。

八月三——六日．

最高的轻蔑是无言，而且连眼珠也不转过去。

# 半夏小集

一

A：你们大家来品评一下罢，B 竟蛮不讲理的把我的大衫剥去了！

B：因为 A 还是不穿大衫好看。我剥它掉，是提拔他；要不然，我还不屑剥呢。

A：不过我自己却以为还是穿着好……

C：现在东北四省失掉了，你漫不管，只

嚷你自己的大衫，你这利己主义者，你这猪猡！

C 太太：他竟毫不知道 B 先生是合作的好伴侣，这昏蛋！

二

用笔和舌，将沦为异族的奴隶之苦告诉大家，自然是不错的，但要十分小心，不可使大家得着这样的结论："那么，到底还不如我们似的做自己人的奴隶好。"

## 三

　　“联合战线”之说一出，先前投敌的一批“革命作家”，就以“联合”的先觉者自居，渐渐出现了。纳款[1]、通敌的鬼蜮行为，一到现在，就好像都是“前进”的光明事业。

## 四

　　这是明亡后的事情。

　　凡活着的，有些出于心服，多数是被压服的。但活得最舒服横恣的是汉奸；而活得最清高，被人尊敬的，是痛骂汉奸的逸民。后来自

---

1　意为投诚、归顺。

己寿终林下，儿子已不妨应试去了，而且各有一个好父亲。至于默默抗战的烈士，却很少能有一个遗孤。

我希望目前的文艺家，并没有古之逸民气。

五

A：B，我们当你是一个可靠的好人，所以几种关于革命的事情，都没有瞒了你。你怎么竟向敌人告密去了？

B：岂有此理！怎么是告密！我说出来，是因为他们问了我呀。

A：你不能推说不知道吗？

B：什么话！我一生没有说过谎，我不是这种靠不住的人！

A：阿呀，B先生，三年不见了！你对我一定失望了罢？……

B：没有的事……为什么？

A：我那时对你说过，要到西湖上去做二万行的长诗，直到现在，一个字也没有，哈哈哈！

B：哦，……我可并没有失望。

A：您的"世故"可是进步了，谁都知道您记性好，"责人严"，不会这么随随便便的，您现在也学会了说谎。

B：我可并没有说谎。

A：那么，您真的对我没有失望吗？

B：唔，无所谓失不失望，因为我根本没有相信过你。

七

庄生以为"在上为乌鸢食，在下为蝼蚁食"，死后的身体，大可随便处置，因为横竖结果都一样。

我却没有这么旷达。假使我的血肉该喂动物，我情愿喂狮虎鹰隼，却一点也不给癞皮狗们吃。

养肥了狮虎鹰隼，它们在天空、岩角、大漠、丛莽里是伟美的壮观，捕来放在动物园里，打死制成标本，也令人看了神旺，消去鄙吝的心。

但养胖一群癞皮狗，只会乱钻、乱叫，可多么讨厌！

八

　　琪罗编辑圣·蒲孚[1]的遗稿，名其一部为
《我的毒》（*Mes Poisons*）；我从日译本上，看
见了这样的一条：

　　　　明言着轻蔑什么人，并不是十足的轻
　　　蔑。惟沉默是最高的轻蔑。——我在这里
　　　说，也是多余的。

　　诚然，"无毒不丈夫"，形诸笔墨，却还不
过是小毒。最高的轻蔑是无言，而且连眼珠也
不转过去。

---

1　圣勃夫（Sainte-Beuve，1804—1869），法国 19 世纪文学批
　　评的代表人物。

作为缺点较多的人物的模特儿，被写入一部小说里，这人总以为是晦气的。

殊不知这并非大晦气，因为世间实在还有写不进小说里去的人。倘写进去，而又逼真，这小说便被毁坏。

譬如画家，他画蛇，画鳄鱼，画龟，画果子壳，画字纸篓，画垃圾堆，但没有谁画毛毛虫，画癞头疮，画鼻涕，画大便，就是一样的道理。

有人一知道我是写小说的，便回避我，我常想这样的劝止他，但可惜我的毒还不到这程度。

无穷的远方，无数的人们，都和我有关。我存在着，我存在生活，我将生活下去。

## "这也是生活"

这也是病中的事情。

有一些事，健康者或病人是不觉得的，也许遇不到，也许太微细。到得大病初愈，就会经验到；在我，则疲劳之可怕和休息之舒适，就是两个好例子。我先前往往自负，从来不知道所谓疲劳。书桌面前有一把圆椅，坐着写字或用心的看书，是工作；旁边有一把藤躺椅，靠着谈天或随意的看报，便是休息；觉得两者并无很大的不同，而且往往以此自负。现在才

八六八

知道是不对的，所以并无大不同者，乃是因为并未疲劳，也就是并未出力工作的缘故。

我有一个亲戚的孩子，高中毕了业，却只好到袜厂里去做学徒，心情已经很不快活的了，而工作又很繁重，几乎一年到头，并无休息。他是好高的，不肯偷懒，支持了一年多。有一天，忽然坐倒了，对他的哥哥道："我一点力气也没有了。"

他从此就站不起来，送回家里，躺着，不想饮食，不想动弹，不想言语，请了耶稣教堂的医生来看，说是全体什么病也没有，然而全体都疲乏了。也没有什么法子治。自然，连接而来的是静静的死。我也曾经有过两天这样的情形，但原因不同，他是做乏，我是病乏的。我的确什么欲望也没有，似乎一切都和我不相干，所有举动都是多事，我没有想到死，但也没有觉得生；这就是所谓"无欲望状态"，是死亡的第一步。曾有爱我者因此暗中下泪；然而我有转机了，我要喝一点汤水，我有时也看看四近的东西，如墙壁、苍蝇之类，此后才能觉得疲劳，才需要休息。

象心纵意的躺倒，四肢一伸，大声打一个呵欠，又将全体放在适宜的位置上，然后弛懈了一切用力之点，这真是一种大享乐。在我是从来未曾享受过的。我想，强壮的，或者有福的人，恐怕也未曾享受过。

记得前年，也在病后，做了一篇《病后杂谈》，共五节，投给《文学》，但后四节无法发表，印出来只剩了头一节了。虽然文章前面明明有一个"一"字，此后突然而止，并无"二""三"，仔细一想是就会觉得古怪的，但这不能要求于每一位读者，甚而至于不能希望于批评家。于是有人据这一节，下我断语道："鲁迅是赞成生病的。"现在也许暂免这种灾难了，但我还不如先在这里声明一下："我的话到这里还没有完。"

有了转机之后四五天的夜里，我醒来了，喊醒了广平。

"给我喝一点水。并且去开开电灯，给我看来看去的看一下。"

"为什么？……"她的声音有些惊慌，大约是以为我在讲昏话。

"因为我要过活。你懂得么？这也是生活呀。我要看来看去的看一下。"

"哦……"她走起来，给我喝了几口茶，徘徊了一下，又轻轻的躺下了，不去开电灯。

我知道她没有懂得我的话。

街灯的光穿窗而入，屋子里显出微明，我大略一看，熟识的墙壁，壁端的棱线；熟识的书堆，堆边的未订的画集，外面的进行着的夜，无穷的远方，无数的人们，都和我有关。我存在着，我在生活，我将生活下去，我开始觉得自己更切实了，我有动作的欲望——但不久我又坠入了睡眠。

第二天早晨在日光中一看，果然，熟识的墙壁，熟识的书堆……这些，在平时，我也时常看它们的，其实是算作一种休息。但我们一向轻视这等事，纵使也是生活中的一片，却排在喝茶搔痒之下，或者简直不算一回事。我们所注意的是特别的精华，毫不在枝叶。给名人作传的人，也大抵一味铺张其特点，李白怎样做诗，怎样耍颠，拿破仑怎样打仗，怎样不睡觉，却不说他们怎样不耍颠，要睡觉。其实，一生中专门耍颠或不睡觉，是一定活不下去的，人之有时能耍颠和不睡觉，就因为倒是有时不耍颠和也睡觉的缘故。然而人们以为这些平凡的都是生活的渣滓，一看也不看。

于是所见的人或事，就如盲人摸象，摸着了脚，即以为象的样子像柱子。中国古人，常欲得其"全"，就是制妇女用的"乌鸡白凤丸"，也将全鸡连毛血都收在丸药里，方法固然可笑，主意却是不错的。

删夷枝叶的人，决定得不到花果。

为了不给我开电灯，我对于广平很不满，见人即加以攻击；到得自己能走动了，就去一翻她所看的刊物，果然，在我卧病期中，全是精华的刊物已经出得不少了，有些东西，后面虽然仍旧是"美容妙法"，"古木发光"，或者"尼姑之秘密"，但第一面却总有一点激昂慷慨的文章。作文已经有了"最中心之主题"：连义和拳时代和德国统帅瓦德西睡了一些时候的赛金花¹，也早已封为九天护国娘娘了。

---

1　赛金花（1872—1936），清末民初著名交际花。1887 年曾以公使夫人的名义随洪钧出使德国。1900 年八国联军入侵北京时，因赛金花会德语，能与士兵交谈，一时间被传为"民间议和使者"。曾朴更是将其为原型写入《孽海花》，有赛金花与联军统帅瓦德西旧相识而极力劝阻联军烧杀抢掠之情节，自此更被坊间奉为"九天护国娘娘"。

尤可惊服的是先前用《御香缥缈录》[1]，把清朝的宫廷讲得津津有味的《申报》上的《春秋》，也已经时而大有不同，有一天竟在卷端的《点滴》里，教人当吃西瓜时，也该想到我们土地的被割碎，像这西瓜一样。自然，这是无时无地无事而不爱国，无可訾议的。但倘使我一面这样想，一面吃西瓜，我恐怕一定咽不下去，即使用劲咽下，也难免不能消化，在肚子里咕咚的响它好半天。这也未必是因为我病后神经衰弱的缘故。我想，倘若用西瓜作比，讲过国耻讲义，却立刻又会高高兴兴的把这西瓜吃下，成为血肉的营养的人，这人恐怕是有些麻木。对他无论讲什么讲义，都是毫无功效的。

---

1　《御香缥缈录》，又名《慈禧太后私生活实录》，由作者裕德龄用英文所做。裕德龄为慈禧御前近身女官，也是晚清为数极少的受过西方教育，能说英、法、日语的中国女性。

我没有当过义勇军，说不确切。但自己问：战士如吃西瓜，是否大抵有一面吃，一面想的仪式的呢？我想：未必有的，他大概只觉得口渴，要吃，味道好，却并不想到此外任何好听的大道理。吃过西瓜，精神一振，战斗起来就和喉干舌敝时候不同，所以吃西瓜和抗敌的确有关系，但和应该怎样想的上海设定的战略，却是不相干。这样整天哭丧着脸去吃喝，不多久，胃口就倒了，还抗什么敌。

　　然而人往往喜欢说得稀奇古怪，连一个西瓜也不肯主张平平常常的吃下去。其实，战士的日常生活，是并不全部可歌可泣的，然而又无不和可歌可泣之部相关联，这才是实际上的战士。

八月二十三日。

# 立此存照（一）

晓 角

海派《大公报》的《大公园地》上，有《非广漫话》，八月二十五日的一篇，题为《太学生应试》，云：

> 这次太学生应试，国文题在文科的是：《士先器识而后文艺》，理科的是《拟南粤王复汉文帝书》，并把汉文帝遗南粤王赵佗书的原文附在题后。也许这个试题，对

八七六

于现在的异动，不无见景生情之意。但是太学生对于这两个策论式的命题，很有些人摸不着头脑。有一位太学生在试卷上大书："汉文帝三字仿佛故识，但不知系汉高祖几代贤孙，答南粤王赵他，则素昧生平，无从说起。且回去用功，明年再见。"某试官见此生误佗为他，辄批其后云："汉高文帝爸，赵佗不是他；今年既不中，明年再来吧。"又一生在《士先器识而后文艺》题后，并未作文，仅书"若见美人甘下拜，凡闻过失要回头"一联，掷笔出场而去。某试官批云："闻鼓鼙而思将帅之臣，临考试而动爱美之兴，幸该生尚能悬崖勒马，否则应打竹板四十，赶出场外。"是亦孤城落日中堪资谈助者。

寥寥三百余字耳，却已将学生对于旧学之

空疏和官师态度之浮薄写尽，令人觉自言"歇后郑五作宰相，天下事可知"[1]者，诚亦古之人不可及也。

但国文亦良难：汉若无赵他，中华民国亦岂得有"太学生"哉。

1　语出《旧唐书·郑綮传》。唐人郑綮，家中排行第五，作诗时语多俳谐，被时人称为"歇后郑五"，后被唐昭宗任为宰相。

# 立此存照（二）

晓　角

《申报》（八月九日）载本地人盛阿大，有一养女，名杏珍，年十六岁，于六日忽然失踪，盛在家检点衣物，从杏珍之箱箧中发现他人寄与之情书一封，原文云：

> 光阴如飞的过去了，倏忽已六个月半矣，在此过程中，很是觉得闷闷的，然而细想真有无穷快乐在眼前矣，细算时日，

不久快到我们的时候矣，请万事多多秘密为要，如有东西，有机会拿来，请你爱惜金钱，不久我们需要金钱应用，幸勿浪费，是幸，你的身体爱惜，我睡在床上思想你，早晨等在洋台上，看你开门，我多看见你芳影，很是快活，请你勿要想念，再会吧，日健，爱书，

盛遂将信呈交捕房，不久果获诱拐者云云。

案这种事件，是不足为训的。但那一封信，却是十足道地的语录体情书，置之《宇宙风》中，也堪称佳作，可惜林语堂博士竟自赴美国讲学，不再顾念中国文风了。

现在录之于此，以备他日作《中国语录体文学史》者之采择，其作者，据《申报》云，乃法租界蒲石路四七九号协盛水果店伙无锡项三宝也。

让他们怨恨去，我也一个都不宽恕。

# 死

当印造凯绥·珂勒惠支（Kaethe Kollwitz）所作版画的选集时，曾请史沫德黎（A. Smedley）[1]女士做一篇序。自以为这请得非常合适，因为她们俩原极熟识的。不久做来了，又逼着茅盾先生译出，现已登在选集上。其中有这样的文字：

---

1　史沫特莱（1890—1950），美国新闻记者，1928 年作为《法兰克福日报》特派记者来中国，著有《朱德传》。

许多年来，凯绥·珂勒惠支——她从没有一次利用过赠授给她的头衔——作了大量的画稿，速写，铅笔作的和钢笔作的速写，木刻，铜刻。把这些来研究，就表示着有二大主题支配着，她早年的主题是反抗，而晚年的是母爱，母性的保障，救济，以及死。而笼照于她所有的作品之上的，是受难的，悲剧的，以及保护被压迫者深切热情的意识。

有一次我问她："从前你用反抗的主题，但是现在你好像很有点抛不开死这观念。这是为什么呢？"用了深有所苦的语调，她回答道，"也许因为我是一天一天老了！"……

我那时看到这里，就想了一想。算起来：她用"死"来做画材的时候，是一九一〇年顷，这时她不过四十三四岁。我今年的这"想了一想"，当然和年纪有关，但回忆十余年前，对于死却还没有感到这么深切。大约我们的生死久已被人们随意处置，认为无足重轻，所以自己也看得随随便便，不像欧洲人那样的认真了。有些外国人说，中国人最怕死。这其实是不确的，——但自然，每不免模模胡胡的死掉则有之。

大家所相信的死后的状态，更助成了对于死的随便。谁都知道，我们中国人是相信有鬼（近时或谓之"灵魂"）的，既有鬼，则死掉之后，虽然已不是人，却还不失为鬼，总还不算是一无所有。不过设想中的做鬼的久暂，却因其人的生前的贫富而不同。穷人们是大抵以为死后就去轮回的，根源出于佛教。佛教所说的轮回，当然手续繁重，并不这么简单，但穷人往往无学，所以不明白。这就是使死罪犯人绑赴法场时，大叫"二十年后又是一条好汉"，面无惧色的原因。况且相传鬼的衣服，是和临终时一样的，穷人无好衣裳，做了鬼也决不怎么体面，实在远不如立刻投胎，化为赤条条的婴儿的上算。我们曾见谁家生了小孩，胎里就穿着叫化子或是游泳家的衣服的么？从来没有。这就好，从新来过。也许有人要问，既然相信轮回，那就说不定来生会堕入更穷苦的景况，或者简直是畜生道，更加可怕了。但我看他们是并不这样想的，他们确信自己并未造出该入畜生道的罪孽，他们从来没有能堕畜生道的地位、权势和金钱。

然而有着地位、权势和金钱的人，却又并不觉得该堕畜生道；他们倒一面化为居士，准备成佛，一面自然也主张读经复古，兼做圣贤。他们像活着时候的超出人理一样，自以为死后也超出了轮回的。至于小有金钱的人，则虽然也不觉得该受轮回，但此外也别无雄才大略，只豫备安心做鬼。所以年纪一到五十上下，就给自己寻葬地，合寿材，又烧纸锭，先在冥中存储，生下子孙，每年可吃羹饭。这实在比做人还享福。假使我现在已经是鬼，在阳间又有好子孙，那么，又何必零星卖稿，或向北新书局去算账呢，只要很闲适的躺在楠木或阴沉木的棺材里，逢年逢节，就自有一桌盛馔和一堆国币摆在眼前了，岂不快哉！

就大体而言，除极富贵者和冥律无关外，大抵穷人利于立即投胎，小康者利于长久做鬼。小康者的甘心做鬼，是因为鬼的生活（这两字大有语病，但我想不出适当的名词来），就是他还未过厌的人的生活的连续。阴间当然也有主宰者，而且极其严厉、公平，但对于他独独颇肯通融，也会收点礼物，恰如人间的好官一样。

八八八

有一批人是随随便便，就是临终也恐怕不大想到的，我向来正是这随便党里的一个。三十年前学医的时候，曾经研究过灵魂的有无，结果是不知道；又研究过死亡是否苦痛，结果是不一律，后来也不再深究，忘记了。近十年中，有时也为了朋友的死，写点文章，不过好像并不想到自己。这两年来病特别多，一病也比较的长久，这才往往记起了年龄，自然，一面也为了有些作者们笔下的好意的或是恶意的不断的提示。

从去年起，每当病后休养，躺在藤躺椅上，每不免想到体力恢复后应该动手的事情：做什么文章，翻译或印行什么书籍。想定之后，就结束道：就是这样罢——但要赶快做。这"要赶快做"的想头，是为先前所没有的，就因为在不知不觉中，记得了自己的年龄。却从来没有直接的想到"死"。

八八九

直到今年的大病，这才分明的引起关于死的豫想来。原先是仍如每次的生病一样，一任着日本的S医师的诊治的。他虽不是肺病专家，然而年纪大，经验多，从习医的时期说，是我的前辈，又极熟识，肯说话。自然，医师对于病人，纵使怎样熟识，说话是还是有限度的，但是他至少已经给了我两三回警告，不过我仍然不以为意，也没有转告别人。大约实在是日子太久，病象太险了的缘故罢，几个朋友暗自协商定局，请了美国的D医师来诊察了。他是在上海的唯一的欧洲的肺病专家，经过打诊、听诊之后，虽然誉我为最能抵抗疾病的典型的中国人，然而也宣告了我的就要灭亡；并且说，倘是欧洲人，则在五年前已经死掉。这判决使善感的朋友们下泪。我也没有请他开方，因为我想，他的医学从欧洲学来，一定没有学过给死了五年的病人开方的法子。然而D医师的

八九〇

诊断却实在是极准确的，后来我照了一张用 X 光透视的胸像，所见的景象，竟大抵和他的诊断相同。

　　我并不怎么介意于他的宣告，但也受了些影响，日夜躺着，无力谈话，无力看书。连报纸也拿不动，又未曾炼到"心如古井"，就只好想，而从此竟有时要想到"死"了。不过所想的也并非"二十年后又是一条好汉"，或者怎样久住在楠木棺材里之类，而是临终之前的琐事。在这时候，我才确信，我是到底相信人死无鬼的。我只想到过写遗嘱，以为我倘曾贵为宫保[1]，富有千万，儿子和女婿及其他一定早已逼我写好遗嘱了，现在却谁也不提起。但是，我也留下一张罢。当时好像很想定了一些，都是写给亲属的，其中有的是：

[1] 清代对加有太子少保衔官员的尊称。

一、不得因为丧事，收受任何人的一文钱。——但老朋友的，不在此例。

二、赶快收敛，埋掉，拉倒。

三、不要做任何关于纪念的事情。

四、忘记我，管自己生活。——倘不，那就真是胡涂虫。

五、孩子长大，倘无才能，可寻点小事情过活，万不可去做空头文学家或美术家。

六、别人应许给你的事物，不可当真。

七、损着别人的牙眼，却反对报复，主张宽容的人，万勿和他接近。

此外自然还有，现在忘记了。只还记得在发热时，又曾想到欧洲人临死时，往往有一种仪式，是请别人宽恕，自己也宽恕了别人。我的怨敌可谓多矣，倘有新式的人问起我来，怎么回答呢？我想了一想，决定的是：让他们怨恨去，我也一个都不宽恕。

但这仪式并未举行，遗嘱也没有写，不过默默的躺着，有时还发生更切迫的思想：原来这样就算是在死下去，倒也并不苦痛；但是，临终的一刹那，也许并不这样的罢；然而，一世只有一次，无论怎样，总是受得了的。……后来，却有了转机，好起来了。到现在，我想，这些大约并不是真的要死之前的情形，真的要死，是连这些想头也未必有的，但究竟如何，我也不知道。

九月五日。

# 女吊

大概是明末的王思任说的罢："会稽乃报仇雪耻之乡，非藏垢纳污之地！"[1]这对于我们绍兴人很有光彩，我也很喜欢听到，或引用这两句话。但其实，是并不的确的；这地方，无论为那一样都可以用。

不过一般的绍兴人，并不像上海的"前

1　来自著名的《让马瑶草》。清军破南京后，鲁王监国于绍兴，以王思任为礼部尚书；权奸马士英欲往绍兴避难，遭其拒绝；绍兴陷落后，王思任进山中，绝食而亡。

进作家"那样憎恶报复，却也是事实。单就文艺而言，他们就在戏剧上创造了一个带复仇性的，比别的一切鬼魂更美、更强的鬼魂。这就是"女吊"。我以为绍兴有两种特色的鬼，一种是表现对于死的无可奈何，而且随随便便的"无常"，我已经在《朝花夕拾》里得了绍介给全国读者的光荣了，这回就轮到别一种。

"女吊"也许是方言，翻成普通的白话，只好说是"女性的吊死鬼"。其实，在平时，说起"吊死鬼"，就已经含有"女性的"的意思的，因为投缳而死者，向来以妇人女子为最多。有一种蜘蛛，用一枝丝挂下自己的身体，悬在空中，《尔雅》上已谓之"蜆，缢女"，可见在周朝或汉朝，自经的已经大抵是女性了，所以那时不称它为男性的"缢夫"或中性的"缢者"。不过一到做"大戏"或"目连戏"的时候，我们便能在看客的嘴里听到"女吊"的称呼。也叫作"吊神"。横死的鬼魂而得到"神"的尊号的，我还没有发见过第二位，则其受民众之爱戴也可想。但为什么这时独要称她"女吊"呢？很容易解：因为在戏台上，也要有"男吊"出现了。

我所知道的是四十年前的绍兴，那时没有达官显宦，所以未闻有专门为人（堂会？）的演剧。凡做戏，总带着一点社戏性，供着神位，是看戏的主体，人们去看，不过叨光。但"大戏"或"目连戏"所邀请的看客，范围可较广了，自然请神，而又请鬼，尤其是横死的怨鬼。所以仪式就更紧张，更严肃。一请怨鬼，仪式就格外紧张严肃，我觉得这道理是很有趣的。

也许我在别处已经写过，"大戏"和"目连"，虽然同是演给神、人、鬼看的戏文，但两者又很不同。不同之点：一在演员，前者是专门的戏子，后者则是临时集合的 Amateur[1]——
农民和工人；一在剧本，前者有许多种，后者
却好歹总只演一本《目连救母记》。然而开场
的"起殇"，中间的鬼魂时时出现，收场的好
人升天、恶人落地狱，是两者都一样的。

当没有开场之前，就可看出这并非普通的
社戏，为的是台两旁早已挂满了纸帽，就是高
长虹之所谓"纸糊的假冠"[2]，是给神道和鬼
魂戴的。所以凡内行人，缓缓的吃过夜饭，喝
过茶，闲闲而去，只要看挂着的帽子，就能知
道什么鬼神已经出现，因为这戏开场较早，"起
殇"在太阳落尽时候，所以饭后去看，一定是
做了好一会了，但都不是精彩的部分。"起殇"
者，绍兴人现已大抵误解为"起丧"，以为就

---

1     "Amateur"意为业余，音译为"爱美"。五四时期出现过
爱美剧运动。

2   高长虹在 1925 年 11 月《狂飙周刊》第 5 期上攻击鲁迅戴
着"纸糊的权威者的假冠"。

是召鬼，其实是专限于横死者的。《九歌》中的《国殇》云："身既死兮神以灵，魂魄毅兮为鬼雄"，当然连战死者在内。明社垂绝，越人起义而死者不少，至清被称为叛贼，我们就这样的一同招待他们的英灵。在薄暮中，十几匹马，站在台下了；戏子扮好一个鬼王，蓝面鳞纹，手执钢叉，还得有十几名鬼卒，则普通的孩子都可以应募。我在十余岁时候，就曾经充过这样的义勇鬼，爬上台去，说明志愿，他们就给在脸上涂上几笔彩色，交付一柄钢叉。待到有十多人了，即一拥上马，疾驰到野外的许多无主孤坟之处，环绕三匝，下马大叫，将钢叉用力的连连刺在坟墓上，然后拔叉驰回，上了前台，一同大叫一声，将钢叉一掷，钉在台板上。我们的责任，这就算完结，洗脸下台，可以回家了，但倘被父母所知，往往不免挨一顿竹篠（这是绍兴打孩子的最普通的东西），一以罚其带着鬼气，二以贺其没有跌死，但我却幸而从来没有被觉察，也许是因为得了恶鬼保佑的缘故罢。

这一种仪式，就是说，种种孤魂厉鬼，已经跟着鬼王和鬼卒，前来和我们一同看戏了，但人们用不着担心，他们深知道理，这一夜决不丝毫作怪。于是戏文也接着开场，徐徐进行，人事之中，夹以出鬼：火烧鬼，淹死鬼，科场鬼（死在考场里的），虎伤鬼……孩子们也可以自由去扮，但这种没出息鬼，愿意去扮的并不多，看客也不将它当作一回事。一到"跳吊"时分——"跳"是动词，意义和"跳加官"[1]之"跳"同——情形的松紧可就大不相同了。台上吹起悲凉的喇叭来，中央的横梁上，原有一团布，也在这时放下，长约戏台高度的五分

---

1　旧时戏曲演出的开场仪式，由演员边献舞边展示写有"加官进禄"之类祝辞的条幅。

之二。看客们都屏着气，台上就闯出一个不穿衣裤，只有一条犊鼻裈[1]，面施几笔粉墨的男人，他就是"男吊"。一登台，径奔悬布，像蜘蛛的死守着蛛丝，也如结网，在这上面钻，挂。他用布吊着各处：腰、胁、胯下、肘弯、腿弯、后项窝……一共七七四十九处。最后才是脖子，但是并不真套进去的，两手扳着布，将颈子一伸，就跳下，走掉了。这"男吊"最不易跳，演目连戏时，独有这一个脚色须特请专门的戏子。那时的老年人告诉我，这也是最危险的时候，因为也许会招出真的"男吊"来。所以后台上一定要扮一个王灵官[2]，一手捏诀，一手执鞭，目不转睛的看着一面照见前台的镜子。倘镜中见有两个，那么，一个就是真鬼了，

---

1  以三尺布裁成的开裆短裤，因形似犊鼻而得名，多为在水田干活的农民所穿。

2  道教中的护法镇山神将。

他得立刻跳出去，用鞭将假鬼打落台下。假鬼一落台，就该跑到河边，洗去粉墨，挤在人丛中看戏，然后慢慢的回家。倘打得慢，他就会在戏台上吊死；洗得慢，真鬼也还会认识，跟住他。这挤在人丛中看自己们所做的戏，就如要人下野而念佛，或出洋游历一样，也正是一种缺少不得的过渡仪式。

这之后，就是"跳女吊"。自然先有悲凉的喇叭；少顷，门幕一掀，她出场了。大红衫子，黑色长背心，长发蓬松，颈挂两条纸锭，垂头，垂手，弯弯曲曲的走一个全台，内行人说：这是走了一个"心"字。为什么要走"心"字呢？我不明白。我只知道她何以要穿红衫。看王充的《论衡》，知道汉朝的鬼的颜色是红的，但再看后来的文字和图画，却又并无一定颜色，而在戏文里，穿红的则只有这"吊神"。意思是很容易了然的；因为她投缳之际，准备作厉鬼以复仇，红色较有阳气，易于和生人相接近，……绍兴的妇女，至今还偶有搽粉穿红之后，这才上吊的。自然，自杀是卑怯的行为，鬼魂报仇更不合于科学，但那些都是愚妇人，连字也不认识，敢请"前进"的文学家和"战斗"的勇士们不要十分生气罢。我真怕你们要变呆鸟。

她将披着的头发向后一抖，人这才看清了脸孔：石灰一样白的圆脸，漆黑的浓眉，乌黑的眼眶，猩红的嘴唇。听说浙东的有几府的戏文里，吊神又拖着几寸长的假舌头，但在绍兴没有。不是我袒护故乡，我以为还是没有好；那么，比起现在将眼眶染成淡灰色的时式打扮来，可以说是更彻底，更可爱。不过下嘴角应该略略向上，使嘴巴成为三角形：这也不是丑模样。假使半夜之后，在薄暗中，远处隐约着一位这样的粉面朱唇，就是现在的我，也许会跑过去看看的，但自然，却未必就被诱惑得上吊。她两肩微耸，四顾，倾听，似惊，似喜，似怒，终于发出悲哀的声音，慢慢地唱道：

奴奴本身杨家女，

呵呀，苦呀，天哪！……

下文我不知道了。就是这一句，也还是刚从克士¹那里听来的。但那大略，是说后来去做童养媳，备受虐待，终于弄到投缳。唱完就听到远处的哭声，这也是一个女人，在衔冤悲泣，准备自杀。她万分惊喜，要去"讨替代"了，却不料突然跳出"男吊"来，主张应该他去讨。他们由争论而至动武，女的当然不敌，幸而王灵官虽然脸相并不漂亮，却是热烈的女权拥护

九〇三

----
¹ 鲁迅的三弟周建人（1888—1984）的笔名。

家，就在危急之际出现，一鞭把男吊打死，放女的独去活动了。老年人告诉我说：古时候，是男女一样的要上吊的，自从王灵官打死了男吊神，才少有男人上吊；而且古时候，是身上有七七四十九处，都可以吊死的，自从王灵官打死了男吊神，致命处才只在脖子上。中国的鬼有些奇怪，好像是做鬼之后，也还是要死的，那时的名称，绍兴叫作"鬼里鬼"。但男吊既然早被王灵官打死，为什么现在"跳吊"，还会引出真的来呢？我不懂这道理，问问老年人，他们也讲说不明白。

而且中国的鬼还有一种坏脾气，就是"讨替代"，这才完全是利己主义；倘不然，是可以十分坦然的和他们相处的。习俗相沿，虽女吊不免，她有时也单是"讨替代"，忘记了复仇。绍兴煮饭，多用铁锅，烧的是柴或草，烟煤一厚，火力就不灵了，因此我们就常在地上看见刮下的锅煤。但一定是散乱的，凡村姑乡妇，谁也决不肯省些力，把锅子伏在地面上，团团一刮，使烟煤落成一个黑圈子。这是因为吊神诱人的圈套，就用煤圈炼成的缘故。散掉烟煤，正是消极的抵制，不过的是反对"讨替代"，并非因为怕她去报仇。被压迫者即使没有报复的毒心，也决无被报复的恐惧，只有明明暗暗，吸血吃肉的凶手或其帮闲们，这才赠人以"犯而勿校"或"勿念旧恶"<sup>1</sup>的格言，——我到今年，也愈加看透了这些人面东西的秘密。

九月十九——二十日。

分别出自《论语·泰伯》和《论语·公冶长》。

# 立此存照（三）

晓 角

　　饱暖了的白人要搔痒的娱乐，但菲洲食人蛮俗和野兽影片已经看厌，我们黄脸低鼻的中国人就被搬上银幕来了。于是有所谓"辱华影片"事件，我们的爱国者，往往勃发了义愤。

　　五六年前罢，因为《月宫盗宝》这片子，和范朋克[1]大闹了一通，弄得不欢而散。但好

---

1　范朋克（Douglas Fairbanks，1883—1939），美国演员，被誉为默片时代（20 世纪 20 年代）的"好莱坞之王"。《月宫盗宝》（*The Thief of Bagdad*）现通译为《月宫宝盒》。

像彼此到底都没有想到那片子上其实是蒙古王子，和我们不相干；而故事是出于《天方夜谈》的，也怪不得只是演员非导演的范朋克。

不过我在这里，也并无替范朋克叫屈的意思。

今年所提起的《上海快车》事件，却比《盗宝》案切实得多了。我情愿做一回"文剪公"，因为事情和文章都有意思，太删节了怕会索然无味。首先，是九月二十日上海《大公报》内《大公俱乐部》上所载的，萧运先生的《冯史丹堡 [1] 过沪再志》：

这几天，上海的电影界，忙于招待一位从美国来的贵宾，那便是派拉蒙公

---

[1] 约翰·冯·斯登堡（1894—1969），美国著名导演。拍摄过《上海快车》《上海风光》两部以 20 世纪 30 年代的上海为背景的好莱坞电影。

司的名导演约瑟夫·冯史丹堡（Josef von Sternberg），当一些人在热烈地欢迎他的时候，同时有许多人在向他攻击，因为他是辱华片《上海快车》（*Shanghai Express*）的导演人，他对于我国曾有过重大的侮蔑。这是令人难忘的一回事！

说起《上海快车》，那是五年前的事了，上海正当一二八战事之后，一般人的敌忾心理还很敏锐，所以当这部歪曲了事实的好莱坞出品在上海出现时，大家不由都一致发出愤慨的呼声，像昙花一现地，这部影片只映了两天，便永远在我国人眼前消灭了。到了五年后的今日，这部片子的导演人还不能避免舆论的谴责。说不定经过了这回教训之后，冯史丹堡会明白，无理侮蔑他人是不值得的。

拍《上海快车》的时候，冯史丹堡对

于中国，可以说一点印象没有，中国是怎样的，他从来不晓得，所以他可以替自己辩护，这回侮辱中国，并非有意如此。但是现在，他到过中国了，他看过中国了，如果回好莱坞之后，他再会制出《上海快车》那样作品，那才不可恕呢。他在上海时对人说他对中国的印象很好，希望他这是真话。

（下略。）

但是，究竟如何？不幸的是也是这天的《大公报》，而在《戏剧与电影》上，登有弃扬先生的《艺人访问记》云：

以《上海快车》一片引起了中国人注意的导演人约瑟夫·冯史登堡氏，无疑，从这次的旅华后，一定会获得他的第二部所谓辱华的题材的。

"中国人没有自知，《上海快车》所描写的，从此次的来华，益给了我不少证实……"不像一般来华的访问者，一到中国就改变了他原有的论调；冯史登堡氏确有着这样一种隽然的艺术家风度，这是很值得我们的敬佩的。

（中略。）

没有极正面去抗议《上海快车》这作品，只把他在美时和已来华后，对中日的感想来问了。

不立刻置答，继而茫然地说：

"在美时和已来华后，并没有什么不同，东方风味确然两样，日本的风景很好，中国的北平亦好，上海似乎太繁华了，苏州太旧，神秘的情调，确实是有的。许多访问者都以《上海快车》事来质问我，实际上，不必掩饰是确有其事的。现在是更留得了一个真切的印象。……我不带摄影机，但我的眼睛，是不会叫我忘记这一些的。"使我想起了数年前南京中山路，为了招待外宾而把茅棚拆除的故事。……

原来他不但并不改悔，倒更加坚决了，怎样想着，便怎么说出，真有日耳曼人的好的一面的蛮风，我同意记者之所说："值得我们的敬佩"。

我们应该有"自知"之明，也该有知人之明：我们要知道他并不把中国的"舆论的谴责"放在心里，我们要知道中国的舆论究有多大的权威。

"但是现在，他到过中国了，看过中国了"，"他在上海时对人说他对中国的印象很好"，据《访问记》，也确是"真话"。不过他说"好"

的是北平，是地方，不是中国人，中国的地方，从他们看来，和人们已经几乎并无关系了。

况且我们其实也并无什么好的人事给他看。我看过关于冯史丹堡的文章，就去翻阅前一天的，十九日的报纸，也没有什么体面事，现在就剪两条电报在这里：

（北平十八日中央社电）平九一八纪念日，警宪戒备极严，晨六时起，保安侦缉两队全体出动，在各学校公共场所冲要街巷等处配置一切，严加监视，所有军警，并停止休息一日。全市空气颇呈紧张，但在平安中渡过。

（天津十八日下午十一时专电）本日傍晚，丰台日军突将二十九军驻防该处之冯治安部包围，勒令缴械，入夜尚在相持中。日军已自北平增兵赴丰台，详况不明。查月来日方迭请宋哲元部将冯部撤退，宋迄未允。

跳下一天，二十日的报上的电报：

（丰台十九日同盟社电）十八日之丰台事件，于十九日上午九时半圆满解决，同时日本军解除包围形势，集合于车站前大坪，中国军亦同样整列该处，互释误会。

再下一天，二十一日报上的电报：

（北平二十日中央社电）丰台中日军误会解决后，双方当局为避免今后再发生同样事件，经详细研商，决将两军调至较远之地方，故我军原驻丰台之二营五连，已调驻丰台迤南之赵家村，驻丰日军附近，已无我军踪迹矣。

我不知道现在冯史丹堡在那里，倘还在中国，也许要错认今年为"误会年"，十八日为"学生造反日"的罢。

其实，中国人是并非"没有自知"之明的，缺点只在有些人安于"自欺"，由此并想"欺人"。譬如病人，患着浮肿，而讳疾忌医，但愿别人胡涂，误认他为肥胖。妄想既久，时而自己也觉得好像肥胖，并非浮肿；即使还是浮肿，也是一种特别的好浮肿，与众不同。如果有人，当面指明：这非肥胖，而是浮肿，且并不"好"，病而已矣，那么，他就失望，含羞，于是成怒，骂指明者，以为昏妄。然而还想吓他，骗他，又希望他畏惧主人的愤怒和骂詈，

九一四

惴惴的再看一遍，细寻佳处，改口说这的确是肥胖。于是他得到安慰，高高兴兴，放心的浮肿着了。

不看"辱华影片"，于自己是并无益处的，不过自己不看见，闭了眼睛浮肿着而已。但看了而不反省，却也并无益处。我至今还在希望有人翻出斯密斯的《支那人气质》[1]来。看了这些，而自省，分析，明白那几点说得对，变革，挣扎，自做工夫，却不求别人的原谅和称赞，来证明究竟怎样的是中国人。

[1] 亦译作《中国人的性格》，美国来华传教士明恩溥（阿瑟·亨德森·史密斯）所作，出版于 1890 年。

# 立此存照（四）

晓 角

近年的期刊有《越风》[1]，撰人既非全是越人，所谈也非尽属越事，殊不知其命名之所以然。自然，今年是必须痛骂贰臣和汉奸的，十七期中，有高越天先生作的《贰臣汉奸的丑史和恶果》，第一节之末云：

---

1　文史类刊物，1935年在杭州创刊，黄萍荪主编，以刊载史料掌故、名人轶闻、随笔小品为主。

明朝颇崇气节，所以亡国之际，忠臣义烈，殉节不屈的多不胜计，实为我汉族生色。但是同时汉奸贰臣，却也不少，最大汉奸吴三桂，贰臣洪承畴，这两个没廉耻的东西，我们今日闻名，还须掩鼻。其实他们在当时昧了良心努力讨好清廷，结果还是"鸟尽弓藏，兔死狗烹"，真是愚不可及，大汉奸的下场尚且如此，许多次等汉奸，结果自更属可惨。……

后又据《雪庵絮墨》，述清朝对于开创功臣，皆配享太庙，然无汉人之耿精忠、尚可喜、吴三桂、洪承畴四名，洪且由乾隆列之《贰臣传》之首，于是诚曰：

"似这样丢脸的事情，我想不独含怨泉下的洪经略要大吃一惊，凡一班吃里爬外，枪口向内的狼鼠之辈，读此亦当憬然而悟矣。"

九一七

这种训诫，是反问不得的。倘有不识时务者问："如果那时并不'鸟尽弓藏，兔死狗烹'，而且汉人也配享太庙，洪承畴不入《贰臣传》，则将如何？"我觉得颇费唇舌。

因为卫国和经商不同，值得与否，并不是第一着也。

# 立此存照（五）

晓　角

　　《社会日报》久不载《艺人腻事》了，上海《大公报》的《本埠增刊》上，却载起《文人腻事》来。"文""腻"两音差多，事也并不全"腻"，这真叫作"一代不如一代"。但也常有意外的有趣文章，例如九月十五日的《张资平[1]在女学生心中》条下，有记的是：

---

九一九

他虽然是一个恋爱小说作家，而他却是一个颇为精明方正的人物。并没有文学家那一种浪漫热情不负责任的习气，他之精明强干，恐怕在作家中找不出第二个来吧。胖胖的身材，矮矮的个子，穿着一身不合身材的西装，衬着他一付团团的黝黑的面孔，一手里经常的夹着一个大皮包，大有洋行大板公司经理的派头，可是，他的大皮包内没有支票账册，只有恋爱小说的原稿与大学里讲义。

　　原意大约是要写他的"颇为精明方正的"，但恰恰画出了开乐群书店赚钱时代的张资平老板面孔。最妙的是"一手里经常夹着一个大皮包"，但其中"只有恋爱小说的原稿与大学里讲义"：都是可以赚钱的货色，至于"没有支票账册"，就活画了他用不着记账，和开支票付钱。所以当书店关门时，老板依然"一付团团的黝黑的面孔"，而有些卖稿或抽板税的作者，却成了一付尖尖的晦气色的面孔了。

# 立此存照（六）

晓　角

崇祯八年（一六三五）新正，张献忠之
一股陷安徽之巢县，秀水人沈国元在彼地，被
斫不死，改名常，字存仲，作《再生纪异录》。
今年春，上虞罗振常重校印行，改名《流寇陷
巢记》，多此一改，怕是生意经了。其中有这
样的文字：

元宵夜，月光澄湛，皎如白日。邑前

居民神堂火起，严大尹拜灭之；戒市人勿张灯。时余与友人薛希珍杨子乔同步街头，各有忧色，盖以贼锋甚锐，毫无防备，城不可守也。街谈巷议，无不言贼事，各以"来了"二字，互相惊怖。及贼至，果齐声呼"来了来了"：非市谶先兆乎？

《热风》中有《来了》一则，臆测而已，这却是具象的实写；而贼自己也喊"来了"，则为《热风》作者所没有想到的。此理易明："贼"即民耳，故逃与追不同，而所喊的话如一，易地则皆然。

又云：

二十二日，……余……匿金身后，即闻有相携而踬者，有痛楚而呻者，有襁负而至者，一闻贼来，无地可入，真人生之绝境也。及贼徜徉而前，仅一人提刀斫地示威耳；有猛犬逐之，竟惧而走。……

非经宋元明三朝的压迫、杀戮和麻醉，不能到这田地。民觉醒于四年前之春，而宋元明清之教养亦醒矣。

九二四

大朋友，我们既然生着人头，努力来讲人话罢！

# 立此存照（七）

晓　角

　　近来的日报上作兴附"专刊"，有讲医药的，有讲文艺的，有谈跳舞的；还有"大学生专刊"，"中学生专刊"，自然也有"小学生"和"儿童专刊"；只有"幼稚园生专刊"和"婴儿专刊"，我还没有看见过。

　　九月二十七日，偶然看《申报》，遇到了《儿童专刊》，其中有一篇叫作《救救孩子！》，还有一篇"儿童作品"，教小朋友不要看无用

九二八

的书籍，如果有工夫，"可以看些有用的儿童刊物，或则看看星期日《申报》出版的《儿童专刊》，那是可以增进我们儿童知识的"。

在手里的就是这《儿童专刊》，立刻去看第一篇。果然，发见了不忍删节的应时的名文：

### 小学生们应有的认识

梦 苏

最近一个月中，四川的成都、广东的北海、湖北的汉口，以及上海公共租界上，连续出了不幸的案件，便是日本侨民及水兵的被人杀害，国交显出分外严重的不安。

小朋友对于这种不幸的案件，作何感想？于我们民族前途的关系是极大的。

国际的交涉，在非常时期，做国民的

不可没有抗敌御侮的精神；但国交尚在常态的时期，却绝对不可有伤害外侨的越轨行动。倘若以个人的私怨，而杀害外侨，这比较杀害自国人民，罪加一等。因为被杀害的虽然是绝少数人，但会引起别国的误会，加重本国外交上的困难；甚至发生意外的纠纷，把整个民族复兴运动的步骤乱了。这种少数人无意识的轨外行动，实是国法的罪人、民族的败类。我们当引为大戒。要知道这种举动，和战士在战争时的杀敌致果，功罪是绝对相反的。

小朋友们！试想我们住在国外的侨民，倘使被别国人非法杀害，虽然我们没有兵舰派去登陆保侨，小题大做：我们政府不会提出严厉的要求，得不到丝毫公道的保障；但总禁不住我们同情的愤慨。

我们希望别国人民敬视我们的华侨，我们也当敬视任何的外侨；使伤害外侨的

九三〇

非法行为以后不再发生。这才是大国民的风度。

　　这"大国民的风度"非常之好，虽然那"总禁不住""同情的愤慨"，还嫌过激一点，但就大体而言，是极有益于敦睦邦交的。不过我们站在中国人的立场上，却还"希望"我们对于自己，也有这"大国民的风度"，不要把自国的人民的生命价值，估计得只值外侨的一半，以至于"罪加一等"。主杀奴无罪、奴杀主重办的刑律，自从民国以来（呜呼，二十五年了！）不是早经废止了么？

　　真的要"救救孩子"。这"于我们民族前途的关系是极大的！"

　　而这也是关于我们的子孙。大朋友，我们既然生着人头，努力来讲人话罢！

# 关于太炎先生二三事

　　前一些时，上海的官绅为太炎先生开追悼会，赴会者不满百人，遂在寂寞中闭幕，于是有人慨叹，以为青年们对于本国的学者竟不如对于外国的高尔基的热诚。这慨叹其实是不得当的。官绅集会，一向为小民所不敢到；况且高尔基是战斗的作家，太炎先生虽先前也以革命家现身，后来却退居于宁静的学者，用自己所手造的和别人所帮造的墙，和时代隔绝了。纪念者自然有人，但也许将为大多数所忘却。

九三三

我以为先生的业绩，留在革命史上的，实在比在学术史上还要大。回忆三十余年之前，木板的《訄书》已经出版了，我读不断，当然也看不懂，恐怕那时的青年，这样的多得很。我的知道中国有太炎先生，并非因为他的经学和小学，是为了他驳斥康有为和作邹容的《革命军》序，竟被监禁于上海的西牢。那时留学日本的浙籍学生，正办杂志《浙江潮》[1]，其中即载有先生狱中所作诗，却并不难懂。这使我感动，也至今并没有忘记，现在抄两首在下面——

### 狱中赠邹容

邹容吾小弟，被发下瀛洲。快剪刀除辫，干牛肉作餱。英雄一入狱，天地亦悲

---

1　1903 年创刊于日本的月刊，由留学日本的浙江学生同乡会所编，刊载的多为反清排满的民族革命宣传文章。

秋。临命须掺手，乾坤只两头。

### 狱中闻沈禹希见杀

不见沈生久，江湖知隐沦，萧萧悲壮士，今在易京门。螭魅羞争焰，文章总断魂。中阴当待我，南北几新坟。

一九〇六年六月出狱，即日东渡，到了东京，不久就主持《民报》[1]。我爱看这《民报》，但并非为了先生的文笔古奥，索解为难，或说佛法，谈"俱分进化"，是为了他和主张保皇的梁启超斗争，和"××"的×××斗争[2]，

---

1　同盟会的机关刊物，1905 年在日本创刊。章太炎曾主编过其中几期。

2　1902 年，吴稚晖在上海与蔡元培发起爱国学社，不久章太炎、邹容先后加入，结为同志。《苏报》案发生后，吴远走英国，章被捕，邹主动入狱，并因体弱瘐死。三年后，章出狱，为邹作传，称吴卖友以自保，所谓"献策"。

和"以《红楼梦》为成佛之要道"的 ×××[1]斗争，真是所向披靡，令人神旺。前去听讲也在这时候，但又并非因为他是学者，却为了他是有学问的革命家，所以直到现在，先生的音容笑貌，还在目前，而所讲的《说文解字》却一句也不记得了。

民国元年革命后，先生的所志已达，该可以大有作为了，然而还是不得志。这也是和高尔基的生受崇敬、死备哀荣，截然两样的。我以为两人遭遇的所以不同，其原因乃在高尔基先前的理想，后来都成为事实，他的一身，就是大众的一体，喜怒哀乐，无不相通；而先生则排满之志虽伸，但视为最紧要的"第一是用宗教发起信心，增进国民的道德；第二是用国粹激动种性，增进爱国的热肠"（见《民报》

---

[1] 此处略去的名字是蓝公武（1887—1957），与张君劢、黄远庸并称梁启超门下"三少年"，译有《纯粹理性批判》。

第六本），却仅止于高妙的幻想；不久而袁世凯又攘夺国柄，以遂私图，就更使先生失却实地，仅垂空文，至于今，惟我们的"中华民国"之称，尚系发源于先生的《中华民国解》（最先亦见《民报》），为巨大的记念而已，然而知道这一重公案者，恐怕也已经不多了。既离民众，渐入颓唐，后来的参与投壶，接收馈赠，遂每为论者所不满，但这也不过白圭之玷，并非晚节不终。考其生平，以大勋章作扇坠，临总统府之门，大诟袁世凯的包藏祸心者，并世无第二人；七被追捕，三入牢狱，而革命之志，终不屈挠者，并世亦无第二人：这才是先哲的精神，后生的楷范。近有文侩，勾结小报，竟也作文奚落先生以自鸣得意，真可谓"小人不欲成人之美"，而且"蚍蜉撼大树，可笑不自量"了！

但革命之后，先生亦渐为昭示后世计，自

藏其锋铓。浙江所刻的《章氏丛书》，是出于手定的，大约以为驳难攻讦，至于忿詈，有违古之儒风，足以贻讥多士的罢，先前的见于期刊的斗争的文章，竟多被刊落，上文所引的诗两首，亦不见于《诗录》中。一九三三年刻《章氏丛书续编》于北平，所收不多，而更纯谨，且不取旧作，当然也无斗争之作，先生遂身衣学术的华衮，粹然成为儒宗，执贽愿为弟子者綦众，至于仓皇制《同门录》成册。近阅日报，有保护版权的广告，有三续丛书的记事，可见又将有遗著出版了，但补入先前战斗的文章与否，却无从知道。战斗的文章，乃是先生一生中最大、最久的业绩，假使未备，我以为是应该一一辑录、校印，使先生和后生相印，活在战斗者的心中的。然而此时此际，恐怕也未必能如所望罢，呜呼！

十月九日。

# 曹靖华译《苏联作家七人集》序

曾经有过这样的一个时候，喧传有好几位名人都要译《资本论》，自然依据着原文，但有一位还要参照英法日俄各国的译本。到现在，至少已经满六年，还不见有一章发表，这种事业之难可想了。对于苏联的文学作品，那时也一样的热心，英译的短篇小说集一到上海，恰如一胛羊肉坠入狼群中，立刻撕得一片片，或则化为"飞脚阿息普"，或则化为"飞毛腿奥雪伯"[1]；然而到得第二本英译《蔚蓝的城》[2]输入的时候，志士们却已经没有这么起劲，有的还早觉得"伊凡""彼得"，还不如"一洞""八索"[3]之有趣了。

然而也有并不一哄而起的人，当时好像落后，但因为也不一哄而散，后来却成为中坚。靖华就是一声不响，不断的翻译着的一个。他二十年来，精研俄文，默默的出了《三姊妹》，出了《白茶》，出了《烟袋》和《四十一》，出了《铁流》以及其他单行小册很不少，然而不尚广告，至今无煊赫之名，且受挤排，两处受封锁之害。但他依然不断的在改定他先前的译作，而他的译作，也依然活在读者们的心中。

---

1　俄国小说家、诗人 I. M. 卡萨特金（1880—1938）的短篇小说《会飞的奥西普》的两种译法。

2　英译的俄国文学短篇小说集，作者包括托尔斯泰等知名作家。

3　麻将的两种牌名。

这固然也因为一时自称"革命作家"的过于吊儿郎当，终使坚实者成为硕果，但其实却大半为了中国的读书界究竟有进步，读者自有确当的批判，不再受空心大老的欺骗了。

靖华是未名社中之一员；未名社一向设在北京，也是一个实地劳作，不尚叫嚣的小团体。但还是遭些无妄之灾，而且遭得颇可笑。它被封闭过一次，是由于山东督军张宗昌的电报，听说发动的倒是同行的文人；后来没有事，启封了。出盘之后，靖华译的两种小说都积在台静农家，又和"新式炸弹"一同被收没，后来虽然证明了这"新式炸弹"其实只是制造化装品的机器，书籍却仍然不发还，于是这两种书，遂成为天地之间的珍本。为了我的《呐喊》在天津图书馆被焚毁，梁实秋教授掌青岛大学图书馆时，将我的译作驱除，以及未名社的横祸，我那时颇觉得北方官长，办事较南方为森严元朝分奴隶为四等，置北人于南人之上，实在并非无故。后来知道梁教授虽居北地，实是南人，以及靖华的小说想在南边出版，也曾被锢多日，就又明白我的决论其实是不确的了。这也是所谓"学问无止境"罢。

但现在居然已经得到出版的机会，闲话休题，是当然的。言归正传：则这是合两种译本短篇小说集而成的书，删去两篇，加入三篇，以篇数论，有增无减。所取题材，虽多在二十年前，因此其中不见水闸建筑，不见集体农场，但在苏联，还都是保有生命的作品，从我们中国人看来，也全是亲切有味的文章。至于译者对于原语的学力的充足和译文之可靠，是读书界中早有定论，不待我多说的了。

靖华不厌弃我，希望在出版之际，写几句序言，而我久生大病，体力衰惫，不能为文，以上云云，几同塞责。然而靖华的译文，岂真有待于序，此后亦如先前，将默默的有益于中国的读者，是无疑的。倒是我得以乘机打草，是一幸事，亦一快事也。

一九三六年十月十六日，

鲁迅记于上海且介亭之东南角。

九四二

# 因太炎先生而想起的二三事

　　写完题目，就有些踌躇，怕空话多于本文，就是俗语之所谓"雷声大，雨点小"。

　　做了《关于太炎先生二三事》以后，好像还可以写一点闲文，但已经没有力气，只得停止了。第二天一觉醒来，日报已到，拉过来一看，不觉自己摩一下头顶，惊叹道："二十五周年的双十节！原来中华民国，已过了一世纪的四分之一了，岂不快哉！"但这"快"是迅速的意思。后来乱翻增刊，偶看见新作家的憎

九
四
三

恶老人的文章，便如兜顶浇半瓢冷水。自己心里想：老人这东西，恐怕也真为青年所不耐的。例如我罢，性情即日见乖张，二十五年而已，却偏喜欢说一世纪的四分之一，以形容其多，真不知忙着什么；而且这摩一下头顶的手势，也实在可以说是太落伍了。

这手势，每当惊喜或感动的时候，我也已经用了一世纪的四分之一，犹言"辫子究竟剪去了"，原是胜利的表示。这种心情，和现在的青年也是不能相通的。假使都会上有一个拖着辫子的人，三十左右的壮年和二十上下的青年，看见了恐怕只以为珍奇，或者竟觉得有趣，但我却仍然要憎恨、愤怒，因为自己是曾经因此吃苦的人，以剪辫为一大公案的缘故。我的爱护中华民国，焦唇敝舌，恐其衰微，大半正为了使我们得有剪辫的自由，假使当初为了保存古迹，留辫不剪，我大约是决不会这样爱它

九四四

的。张勋来也好，段祺瑞来也好，我真自愧远不及有些士君子的大度。

当我还是孩子时，那时的老人指教我说：剃头担上的旗竿，三百年前是挂头的。满人入关，下令拖辫，剃头人沿路拉人剃发，谁敢抗拒，便砍下头来挂在旗竿上，再去拉别的人。那时的剃发，先用水擦，再用刀刮，确是气闷的，但挂头故事却并不引起我的惊惧，因为即使我不高兴剃发，剃头人不但不来砍下我的脑袋，还从旗竿斗里摸出糖来，说剃完就可以吃，已经换了怀柔方略了。见惯者不怪，对辫子也不觉其丑，何况花样繁多，以姿态论，则辫子有松打，有紧打，辫线有三股，有散线，周围有看发（即今之"刘海"），看发有长短，长看发又可打成两条细辫子，环于顶搭之周围，顾影自怜，为美男子；以作用论，则打架时可拔，犯奸时可剪，做戏的可挂于铁竿，为父的可鞭其子女，变把戏的将头摇动，能飞舞如龙蛇，昨在路上，看见巡捕拿人，一手一个，以一捕二，倘在辛亥革命前，则一把辫子，至少十多个，为治民计，也极方便的。不幸的是所谓"海禁大开"，士人渐读洋书，因知比较，纵使不被洋人称为"猪尾"，而既不全剃，又不全留，剃掉一圈，留下一撮，打成尖辫，如慈菇芽，也未免自己觉得毫无道理，大可不必了。

我想，这是纵使生于民国的青年，一定也都知道的。清光绪中，曾有康有为者变过法，不成，作为反动，是义和团起事，而八国联军遂入京，这年代很容易记，是恰在一千九百年，十九世纪的结末。于是满清官民，又要维新了，维新有老谱，照例是派官出洋去考察，和派学生出洋去留学。我便是那时被两江总督派赴日本的人们之中的一个，自然，排满的学说和辫子的罪状和文字狱的大略，是早经知道了一些的，而最初在实际上感到不便的，却是那辫子。

凡留学生一到日本，急于寻求的大抵是新知识。除学习日文，准备进专门的学校之外，就赴会馆，跑书店，往集会，听讲演。我第一次所经历的是在一个忘了名目的会场上，看见一位头包白纱布，用无锡腔讲演排满的英勇的青年，不觉肃然起敬。但听下去，到得他说"我在这里骂老太婆，老太婆一定也在那里骂吴稚晖"，听讲者一阵大笑的时候，就感到没趣，觉得留学生好像也不外乎嬉皮笑脸。"老太婆"者，指清朝的西太后。吴稚晖在东京开会骂西太后，是眼前的事实无疑，但要说这时西太后也正在北京开会骂吴稚晖，我可不相信。讲演固然不妨夹着笑骂，但无聊的打诨，是非徒无益，而且有害的。不过吴先生这时却正在和公使蔡钧大战[1]，名驰学界，白纱布下面，就藏着名誉的伤痕。不久，就被递解回国，路经皇城外的河边时，他跳了下去，但立刻又被捞起，押送回去了。这就是后来太炎先生和他笔战时，文中之所谓"不投大壑而投阳沟，面目上露"。其实是日本的御沟并不狭小，但当警官护送之际，却即使并未"面目上露"，也一定要被捞起的。这笔战愈来愈凶，终至夹着毒詈，今年吴先生讥剌太炎先生受国民政府优遇时，还提起这件事，这是三十余年前的旧账，至今不忘，可见怨毒之深了。但先生手定的《章氏丛书》内，却都不收录这些攻战的文章。先生力排清虏，而服膺于几个清儒，殆将希纵古贤，故不欲以此等文字自秽其著述——但由我看来，其

---

1　1902 年，9 名自费留学生申请入日本成城学校学习，但驻日公使蔡钧拒绝提供担保。吴稚晖率一众留学生大闹公使馆。之后，日警以"妨害治安罪"为名将吴驱逐出境。

实是吃亏、上当的，此种醇风，正使物能遁形，贻患千古。

剪掉辫子，也是当时一大事。太炎先生去发时，作《解辫发》，有云——

……共和二千七百四十一年[1]，秋七月，余年三十三矣。是时满洲政府不道，戕虐朝士，横挑强邻，戮使略贾，四维交攻。愤东胡之无状，汉族之不得职，陨涕涔涔曰，余年已立，而犹被戎狄之服，不逾咫尺，弗能剪除，余之罪也。将荐绅束发，以复近古，日既不给，衣又不可得。于是曰，昔祁班孙、释隐玄，皆以明氏遗老，断发以殁。《春秋谷梁传》曰："吴祝发"，《汉书·严助传》曰："越劗发"，（晋

[1] 公元前 841 年，国人暴动，赶走暴虐的周厉王，改由大臣周定公和召穆公共同执政，称为"共和"。

灼曰："劗，张揖以为古剪字也。"）余故吴越间民，去之亦犹行古之道也。……

文见于木刻初版和排印再版的《訄书》中，后经更定，改名《检论》时，也被删掉了。我的剪辫，却并非因为我是越人，越在古昔，"断发文身"[1]，今特效之，以见先民仪矩，也毫不含有革命性，归根结蒂，只为了不便：一不便于脱帽，二不便于体操，三盘在囟门上，令人很气闷。在事实上，无辫之徒，回国以后，默然留长，化为不二之臣者也多得很。而黄克强[2]在东京作师范学生时，就始终没有断发，也未尝大叫革命，所略显其楚人的反抗的蛮性

<hr>

1　语出《左传·哀公七年》，原指古代南越一带的习俗，身刺花纹，截短头发，可避水中蛟龙的伤害，后常用以指代较落后地区的民俗。

2　即为黄兴（1874—1916），民主革命家，中华民国的创建者之一，时人将其与孙中山并称为"孙黄"。

者，惟因日本学监，诫学生不可赤膊，他却偏光着上身，手挟洋磁脸盆，从浴室经过大院子，摇摇摆摆的走入自修室去而已。

主　　编｜徐　露

特约编辑｜徐子淇　赵雪雨

营销总监｜张　延

营销编辑｜狄洋意　许芸茹

版权联络｜rights@chihpub.com.cn

品牌合作｜zy@chihpub.com.cn

出品方　春山望野（北京）
文化传媒有限公司

Room 216, 2nd Floor, Building 1, Yard 31,
Guangqu Road, Chaoyang, Beijing, China